凝視古典美學

〈高中古文鑑賞篇〉

陳嘉英◎著

自 序

　　如果把閱讀，視為一種空間的闖入和停留，那麼，人的一生何嘗不能視為讀書、讀人、讀自然、讀生命、讀世界的歷程？故事的情節總是不斷地被傳誦、被發酵、被續寫，每一個人都是故事的一部分，也是故事的創作者，你站在那一個位置？決定你看出去的風景是什麼樣子？

　　一篇作品的意義並非先驗先決的，而是靠它與其它作品的意義的對照關係來建立。華茲華斯曾這樣說道：「夢，和書，各自成一個世界，而我們知道，書更實在。兩者皆純粹而美好，它們都延伸出捲鬚，強若血肉，我們的快樂從其中成長。」人間種種情事在不經意的閱讀中形塑盛境，在匠心獨運的解讀與批判間顯現深意。或許所有的閱讀都是自行延伸的誤解，而真相也許在作者那邊，但是，閱讀與探索的樂趣應該在我們手上，讀者所實現的意義可以是與作者共享的，也可以是單獨屬於讀者的。在與文本對話的真實和幻想漫步裡，在踱步於書角甬道間的低迴留戀處自有解讀的自由、凝視的濃度、對白的酣醉、聆聽的忘我、爭辯的清明、覺悟的釋然、顛覆的得意種種閱讀感動。

　　這些文章，留存 2000 年到 2005 年在讀書、教學、說解、鑑賞、學習間的屐痕，一方面也反映我近年來在教學上的反省與思考：做為高中國文老師，除了疲於追逐課程進度、考試趨向，還能做什麼？在文字表象的解說之外，還能提出什麼樣的新觀點，來重構古典，引發新新人類親近？透過文本詮釋作者

思維，是否可以放在時空軸線中、文化的座標上觀想，與學生生命及所處時代能產生對話？作者以其獨特的文字語言、符號風格、寫作方式所呈現的美感特質、承傳創新，由其生命歷程所顯現的風範學養、哲學省察、生活態度，形成什麼樣的面相？由中可以歸納共通的精神與價值？

中國文學自有其文化與傳統上的主體，有其宏博的審美體系，架構出古典美學格局。是以本書有資料整理如〈淺酌低唱詞之情韻〉、文章結構與技巧分析如〈精力自致墨池黑〉、〈由師說談論文寫作〉、〈出奇制勝的留侯論〉，除從結構上分析文章內部的實質內容和推論間的縝密關係，並更加細緻、深入的了解古文家如何用心發展營構自己的風格。

在針對高中選文蘊思探究過程裡，或尋思古文所記憶的生命片段裡承載的歷史感與美感如〈李白撈的是什麼樣的月？〉〈岳陽樓記中展現的生命情境〉，或是呈現文化現象與生活美學如〈幽賞蘭亭　暢敘情懷〉、〈由居室看文人生活情韻〉，乃至提出另類思考者如〈談留侯受書之事〉……等。在這些建構，同時解構的過程裡，不僅實踐新批評主義所認為文學作品的意義就是作品本身，企圖還原作品客觀的、獨立的生命，揭示作品深藏的內在意蘊，展示出文章中各種不同層次的意蘊與面相，並集中於作家某個時期作品作全方位式的觀照，就蘇軾黃州時期作品而言，有俯瞰全貌的黃州詞、深入其思辯境遇的〈無邊水月在赤壁〉，或集中於月、反映詩人內心多重獨白的〈東坡黃州月〉，試從〈赤壁賦與詞間的對話〉探索文體間在取材、風格與情韻上散發的能量與姿勢……等。

然而新世紀的中國文學需要有新的美學思維，無論是從文化上回頭看古文、以現代人的眼光重讀古文，或藉由西方文學

批評理論引發思考，都能帶來一番新感覺，顯出文本的深刻性。基於這樣的方向，而有以心理學審視〈永州八記——柳宗元尋找自我的影像〉一文的嘗試，以主題學及女性主義所探索王昭君故事〈如何一段琵琶曲，青草離離詠不休〉在歷代文化模式上的顯現大異其趣的取捨、反應與詮釋，並嘗試探索所以如此的原因：以及透過建築文化〈閱讀項脊軒志裡的空間〉、融合詩畫的藝術理論〈閱讀山中與裴迪書裡的畫趣〉，另如將〈桃花源記〉放置於遊仙基型結構中，分析其異化和深化之處以及人間的夢土被一再重建的意義。

　　感謝柯慶明老師、鄭毓瑜老師開啟美學批評多重風貌，國文天地、各國文教學刊物以及報章雜誌提供高中國文教學研究發表園地，讓拙作得以受各方指正；更感謝種種因緣聚合，促成萬卷樓出版此書，作為一生從事國文教學的紀念，並留駐對於文學作品的爬梳與解讀，接受與創造間撞擊出的聲音。

陳嘉英
2005 年 8 月

目 錄

⑨ 玩 月 ⑨

⑨ 織 錦 ⑨

⑨ 探 索 ⑨

省　思

〈岳陽樓記〉中展現的生命情境

　　每一種文體都有其特殊的風貌與美感標準,「記」之體在《古文辭類纂》及《經史百家雜鈔》都列為雜記類,《古文辭類纂》謂:「雜記類者,亦碑文之屬。碑主於稱頌功德,記則所紀大小事殊,取義各異。」該書所收錄絕大多數是記亭臺樓閣之記,以描景狀物為主,其中各蘊含作者由景中所悟的哲理,如柳宗元的〈始得西山宴遊記〉反映心凝神釋,與萬化冥合物我兩忘的情境;或似歐陽脩〈醉翁亭記〉於太守之樂裡展現與民同樂的心志,而〈岳陽樓記〉則在記的有常之體外,求異化新,既不似王安石〈遊褒禪山記〉以論理方式將學志與登山緊密疊合,也非曾鞏〈墨池記〉般由寫王羲之學書之事,漸次提升到抽象的道德境界,反在開展洞庭一片勝景中,將悠遠思想融入具體的寫景,在形式上呈現創造性的新穎,同時藉陰雨春晴的覽物之情異,議以物役而境遷的盲點,提出超越的人生觀以寄託懷抱,顯見內容上的開拓。

一、寫作背景

　　據《宋史‧滕宗諒傳》,其與范仲淹同於真宗大中祥符八年舉進士,二人交情匪淺。由滕子京知涇州,范仲淹薦以自

代，而被擢為天章閣待制，後因御史梁堅彈劾其於涇州曾浪費公錢十六萬貫，范仲淹力救中可以見得其患難之義。滕子京在降官謫知虢州後，仍不免中丞王拱辰數論過，於慶曆四年春，被徙岳州（即巴陵郡）。

范仲淹時由資政殿大學士知邠州，又改知鄧州，於慶曆六年九月十五日寫此記。由滕子京到任僅一年便做到「政通人和，百廢具興」，足見其貶謫不是因為才不如人，處事不力，而是與范仲淹同為慶曆新政改革中的犧牲者。心中的委屈無奈彼此自然相悉，因此范仲淹藉「屬予作文以記之」的機會，「緣情設景，借題引合，想見萬物一體胸襟」（清‧浦起龍《古文眉詮》），來勉知己，表心志，寄期許。

二、寫作策略

歷來詩家對岳陽樓的描繪，或以景為著墨者，如李白〈與夏十二登岳陽樓〉：「樓觀滄海盡，川迴洞庭開。雁引愁心去，江銜好月來。雲間連下榻，天上接行杯。醉後涼風起，吹人舞袖迴。」或如孟浩然〈臨洞庭湖〉寓不遇之悲者：「八月湖水平，涵虛混太清。氣蒸雲夢澤，波撼岳陽城。欲濟無舟楫，端居恥聖明。坐觀垂釣者，徒有羨魚情。」或如杜甫〈登岳陽樓〉感身世之淒：「昔聞洞庭水，今上岳陽樓。吳楚東南坼，乾坤日夜浮。親朋無一字，老病有孤舟。戎馬關山北，憑軒涕泗流。」

既然重修的岳陽樓上已刻有唐賢及今人詩賦，因此，范仲淹所採取的寫作策略是一反前人寫景抒情的詩體，而另闢蹊

徑，著眼於借景言志的記體散文。儘管言志的意圖濃厚，但在文字運用上，作者並未流於僵硬刻板，反不避優美柔情之筆、豐富多姿的色彩風韻，使語未言志而無句不見志。這樣的技巧，正如趙翼《甌北詩話》言：「所謂鍊者，不在乎句險語曲，驚人耳目，而在乎言簡意深，一語勝千百，此真鍊也。……觀者並不見其煉之跡，乃真鍊之至也。」此外，也因為范仲淹本人並未親至洞庭，憑藉滕子京提供的詩文圖畫，所以在落筆時，選擇不就細節鋪設，而於大處著墨。

清·李漁《閒情偶寄》論文章結構中說道：「至於結構二字，則在引商刻羽之先，拈韻抽毫之始。如造物之賦形，當其精血初凝，胞胎未就，先為製定未形，使點血而具五官百骸之勢。」這篇文章在結構上正表現出如此嚴密的設計與創意，在精巧佈局與內容完美結合下，呈現新、深、精的文境。

文由滕子京謫守巴陵郡與重修岳陽樓，屬己作記，點出為文背景與動機，預為下文遷客騷人會於此之情懷安排伏筆之餘，也暗示通篇主要對象正是謫降之人。次段概寫岳陽樓不變的景觀，先勾勒洞庭湖形勢、規模及浩蕩天際的萬千氣象，突出其不凡的盛況，不僅交代岳陽樓特定背景，更令人眼界開闊。作者如此安排，正是為抒發不同於一般士大夫的寬闊心胸，表達自己的政治見解和遠大抱負作鋪墊。深意與畫面相互交織，虛實相生。第三、四段以對照手法具寫變異之景，但表面就岳陽樓之大觀氣象萬千，描繪景之變，以交代題目，實則由「覽物之情，得無異乎」的「情」字著眼來鋪敘，以為蓄勢，並由變景異情的「二者之為」，從反面生發末段的感慨。

這種虛中有實，實中有虛，或略或詳，或顯或隱的藝術安排中，以達到言此意彼，巧妙完成作記與明志的內涵，是這篇

文章出奇制勝之處。清‧林雲銘曰:「文正……單就遷客騷人登樓異情處,轉入古仁人用心,遂將平日胸中致君澤民,先憂後樂大本領一齊揭示。蓋滕公以司諫謫守巴陵,居廟堂之高者,忽江湖之遠,其憂讒畏譏之念,寵辱之懷,撫景感觸,不能自遣,情所必至,若知念及君民之當憂,自有不暇為物喜,為己悲者。篇首提出謫守二字本是此意,妙在借他方遷客騷人,閒閒點綴,不即不離,謂之為子京說法可也,謂之自述其懷抱可也,及謂之遍告天下後世君子俱宜如此存心,亦無不可也。」這一段評論正見此文謀篇運材上的獨特性和其作意的深遠性。

文中除以駢散結合的筆法,因事及景,又因景生情,將自然與人情相牽繫以對照,涵蓋古今騷人墨客的矛盾掙扎,在最後一段裡,由景異情變部分,寫古仁人之心「不以物喜,不以己悲」,從而更進一層地轉現另一種生命態度,另一種人生追求。這樣寓哲理於寫景的作法,不僅概括了所有來岳陽樓者的生命情境,並提出足以轉化客觀環境限制的困窘,為物所役的無奈,也成功的開拓記的內容與表現方式。

三、篇章略影

(一)勾勒地理位置

文先技巧性的將巴陵勝狀集於洞庭一湖,隨而就湖寫「銜遠山,吞長江」的地理情勢。「銜」、「吞」二字活躍了湖的生命,也顯其氣態豪壯。鏡頭由遠拉近寫水面浩浩水流湯湯,靜

動之間彷彿見其橫無際涯，聞其聲奔放滾滾，然後由水面及天
上，轉為山間的朝夕日景雲影，再收江水山景晨昏光影為一句
「氣象萬千」。層遞之中見描繪次序，也呈現由岳陽樓所望見的
景物勝況，惟此前人之述已備矣，於是下文轉為以人、心為焦
點。樓所在處是「北通巫峽，南極瀟湘」，因此「遷客騷人，
多會於此」。遷之不定，騷之憂心是觀景共同的背景，筆墨一
轉，再從集於此的「遷客騷人」移到登樓覽物之情。

　　文以「前人之述備矣」，一筆輕輕宕開昔人窠臼，顯現其
創作方向正在與前人不同，於是焦點由樓景，轉為登樓之人與
聚此之情思。藉「遷客騷人」或悲或喜的「覽物之情」，間接寫
「陰雨霏霏」、「春和景明」的「岳陽樓大觀」，不經意間狀寫洞
庭湖之景，也在不經意間為後文主旨引發做準備。取材的鏡頭
就這麼將洞庭湖多變的景象與遷客騷人易感的情思、不幸的際
遇相連接，由外內寫心隨景轉，並藉覽勝之情或因陰而悲，或
因晴而喜，引出兩種人生觀，並以此開展出下二段的異情。

（二）天地與人事之悲

　　原本一望無際的視野是天寬地闊的美景，是可以讓人陶醉
忘我的心靈場域。但在連月不開的霪雨霏霏下，呈現「陰風怒
號，濁浪排空；日星隱耀，山岳潛形；商旅不行，檣傾楫摧；
薄暮冥冥，虎嘯猿啼」的慘況。「陰」、「濁」所呈現的灰沉色
調鬱結情緒以及「潛」、「隱」所暗示的黃鐘毀棄、瓦釜雷鳴、
是非不明的狀態，說明風雨交加的豈只是商旅離鄉的暫棲處，
也是造成騷人墨客人生困境的原因。風怒雨號，天陰地暗，整
個世界頓然陷入淒厲悲慘的情調。登斯樓者在行不得的限制，
與連續不絕的困窘中，更添失意愁緒。尤其去國的身分，是因

為浮雲蔽日，星月隱形；在滿目蕭然中，心頭憂讒畏譏的忐忑不安，望不見前程的絕滅，怎能不感極而悲？再者，以范仲淹與滕子京被貶謫的角度來看「霪雨」、「陰風」、「濁浪」似乎象徵小人的打擊，而「日星」、「山岳」、「虎猿」則是個人情志的顯現。

（三）春回欣然之喜

下一段以春和景明所開展的是另一種截然不同的風貌。大地因為春回日暖、明媚華麗，「波瀾不驚」與前段「陰風怒號」相較下，顯現一片平靜安詳的景況。「上下天光，一碧萬頃」是就登樓所望見的景色，視線由上而平遠，天澄碧藍，水也盡是瀲灩光華，水天合一相連為廣大無邊的畫幅，可以想像山光雲影在如鏡的湖面上徘徊流轉，是何等美麗迷人的風景！接著目光由水移動及沙灘、岸旁，其間或展翅高翔或棲息弄影的白鷗，錦繡斑斕的魚兒悠悠自得，將洞庭湖多變的景象與遷客騷人易感的情思、不幸的際遇相連接，由外而內的眼前之景立刻因為天上凌飛而降的群鳥和水裡鮮活的錦魚，由靜而動。但這一切都在「不驚」的微風和陽光中進行，形成一派自由自在、悠閒喜樂的氣氛。待「岸芷汀蘭」加入畫面，不但豐富繁茂，而且香氣馥烈，視覺、嗅覺享受就這舉目一望之中。除了對仗色香之美外，這段文字以明、驚、頃、青、金、錦所合韻的聲律之潤滑，也襯得這一片春景春心之悅。

以遠近高低層次寫罷日間景物之後，作者轉筆勾勒明月當空的夜景，分別以「浮」、「耀」寫動態的水月之舞，以「影」、「璧」描繪水月依戀的沉醉，然後揚起互答唱和的漁歌，讓畫面頓時飛揚起快樂跳躍的音符，並以「此樂何極」收

日夜之景。任何人登樓望見如此美景必然心曠神怡，把酒臨風之際，寵辱皆忘，這四句又緊扣前述「遷客騷人」而發，忘懷去國懷鄉之憂，忘記現實際遇中的不得志，足顯神遊物外，心與景接的陶然。

綜觀〈岳陽樓記〉，因為有慶曆新政失敗而被貶的陰影，故行文之間用語多與政治上的失意有關，如以物喜之「寵辱偕忘」、以己悲之「憂讒畏譏」，他如「皓月」、「芷蘭」象徵君子，「長煙一空」的光潔顯現致君如堯舜，民享其德的太平。點江而起的白鷺沙鷗是忘機友，「錦鱗」之游讓人聯想起莊子濠梁間與自然相親相知的忘我，如魚得水的愜意順情，有自然的真意在其中，也見高雅的心志寄情於此，其中有士人的自負，也有其隱逸之想。「不驚」之語又或許反映現實生活中，謗毀叢生的險象與戰戰兢兢的心情而有的平凡心願。

雨悲晴喜這兩段是寫實景，卻不同一般寫景文記年月具體形象，僅以概括而形象的手法描繪兩幅壯麗畫面，及引起登樓迥然不同的「覽物之情」展開。對仗工整，平仄協調，擊節吟唱自覺情隨物移，物變情異，與其說是寫景，其實是抒情。景雖有事實根據，但已經作者巧思改造，賦予主觀的色彩，使景是自然之景，又是心中之景。

（四）理想境界的超拔

最後一段中，以設問拓開文意，揭出正旨，表現作者以天下為己任的抱負。范仲淹提出古仁人為典範，做為面對人生挫逆、謫遷不幸時的另一個出口，亦即超越世俗的價值觀與外在的得失榮辱。並將關注點由個人開闊到天下，將悲喜的決定權由仕宦際遇的外在景物延伸到百姓，實踐儒家「達則兼善天

下，窮則獨善其身」、「君子謀道不謀食，憂道不憂貧」的處世之道，也就是「居廟堂之高則憂其民，處江湖之遠則憂其君」進退皆憂的境界，再提升到孟子以天下為己任的理想。如此則時時憂，處處憂；但憂的不是個人行不得也的人生旅程，不是讒譏寵辱之憂，而是既以天下為憂，也以天下為喜。這樣的心胸是開闊的，就有如眼前上下天光所呈現的一碧萬頃，帶給所有人和暖的陽光與無拘無束的暢快。

李扶九《古文筆法百篇》評此文道：「其中或悲或喜，處處隱對子京，即處處從謫守著想。故末以憂、樂二字易悲、喜二字，歸到仁人身上，見得境雖變，心不與之俱變，心所存，道即與之俱存。出憂其民，處憂其君，仁人之心自有其所以異者在也。」說明受滕子京請託而寫此文的范仲淹，在寫作上能處處貼切受託者的處境、身分，分析當下的情緒，並寄望好友能超越慶曆新政的失敗，進而堅持為天下而憂、為生民而憂的襟懷與理想。

「微斯人，吾誰與歸？」表面看來是范仲淹以此自期並勉滕子京，實際上則以晴雨來否定心被景役者，而推崇能放眼天下，心懷蒼生的仁人，也可以說藉以勉所有因慶曆新政被貶的同志，不以一時得失而喪志，不因一時挫敗而沮喪，更不為此放棄濟世之心，因此這篇文章所指陳的，應有其普遍性的觀照與目的。

四、結語

〈岳陽樓記〉這篇文章裡並不特別記錄某一個人站在岳陽

樓觀景的感覺，而是把自己的感覺普遍化為謫遷者的共同經驗，造成普遍化的效果。正因為覽物無異，所以文中所提出的悲喜情節便成了這個時代乃至古今士人生命的共同情調。而當范仲淹透過岳陽樓之大觀，看見政商匯集於此要道的蕭然而嘆、洋洋而快的模樣，就彷彿見到自己被得失困惑的面貌。

　　「記」者，所以備而不忘也；記者，記生命中難忘的、重要的、值得念念銘心的情事；記，同時也是一種思考。以此觀之，可知范仲淹藉滕子京囑託寫記的機會，就岳陽樓之景表現遷客內心世界，同時將深層內涵轉化於景物之外。一方面洗滌過去，重新省視生命現象與問題，思索生命抉擇與再出發的方向；另一方面記錄自己找到自己一貫堅持的，仍是仕宦者為人處世的準則與義理，先憂後樂的標的。藉著這樣對生活的重新詮釋，對行為模式的重新認定，不僅更肯定既有的追尋，也在古仁人行事風範，普世精神中療傷止痛，並於重新定位中點燃生命的希望與目標。

　　這樣的歷程除藉以展現自我生命的特殊面貌，對自我生命的省察，並以「先憂後樂」為銘，一方面用來說服自己，用以自勝，不為物困；同時亦以此寬慰被謫憤鬱頗見辭色的滕子京，並激勵天下讀書人以古仁人作為人生標的。不僅如此，這樣的政治理想又足以作為後世所有仕宦者的座右銘，以延續如伊尹為聖之任者，孟子捨我其誰的慨然之志業。應之於《宋史本傳》所云：「每感激論天下事，奮不顧身，一時士大夫矯厲尚風節，自仲淹倡之。」以及義田以施貧活族，助天下寒士，上百官圖銳意改革朝政，守邊討西夏的作為，和秉持「但得葵心長向日」、「猶濟瘡痍十萬民」的心志，築海堰、建郡學、賑災民，在在可見其「居廟堂之高則憂其民，處江湖之遠則憂其

君」的生命實踐。

　　——原刊於《南一國文教學快訊》第 4 期（2001 年 6 月）。

由〈春夜宴桃李園序〉看李白的生命情調

序的傳統包含很深的文化性格、思維傾向。它不但是為所收集、或所寫述作品所做出的概括性介紹，更在討論作品風格特質的同時，提出批評或背景上思想間的論述。因此，藉著〈春夜宴桃李園序〉，我們可以洞悉李白在「飛羽觴而醉月」的狂態背後，其對人生的清醒感受與對生命的看法，也能察知李白如何把感官的情性與抽象的思想串聯，並超越自己，看古今人生命的共同──「浮生若夢」，然後回到古今人交感──「為歡幾何？」的反思中，展現藝術另一特質。就在寬宏疏朗的時空跨度，自然相與過程中，李白以其熱情奔放的生命意識，超越現實的侷限，提出及時行樂以跳脫宿命悲調。在這篇文章裡，我們見到李白以一種美感態度來面對生活，經營生活，同時以詩歌詠天倫樂事、陽春煙景，將美感觀照擴展為生命中的永恆，並通過對永恆的短暫把握而超越人生的悲苦無奈，實現對個體生命的充分肯定。

一、深沉的悲劇覺知

在這一場聚會中，參加者有李白及其堂弟等，地點則在桃李園中，桃紅灼灼，芳香撲鼻，正是一年最美景。時間是開元

二十五年春夜，天氣是和風舒暢，月皎星明；所發生的事有幽賞高談、詠歌、飛觴、罰酒，準備的應時之物有瓊筵佳餚、酒觴玉漿、繼夜之燭。在整個過程中，李白以金谷園詩不成則罰酒的方式來激勵伸懷之作，並以六朝駢文式的小品文為序，來報導這春天勝況。

　　然而在展開這聲色交織、情景相生的記錄之初，卻非柔美之筆，呈錦繡之畫，而是以一組對比的排句：「夫天地者，萬物之逆旅也；光陰者，百代之過客也。」近乎絕望的悲論開啟一篇之先，讓我們不禁要問：何以作為賦篇什總序的揭開之首，在發語時，便以生命的短暫與天地永恆相對照，而呈現如此宿命性的事實？

　　自認為是楚狂人的謫仙，一直想以安邦濟世建立功名，但「身沒其不朽，榮名在麟閣」的希望，從天寶元年秋奉詔入京，到天寶三年被讒見疏、「賜金放還」的挫折，理想落空的打擊使他的思想經歷痛苦的變化。在主客變易下，磨銳了他對時間的敏感度，也因年歲徒然老大而一事無成，使李白在尋索生存的理由之際，引起種種焦慮、孤絕、猶疑而懷鄉的期望、放逐的憂傷，讓他清醒地意識時間、生命的有限性，不免時而流露出人生易逝感傷情緒。這樣的情緒在他的詩裡低迴不已，如：「生者為過客，死者為歸人；天地一逆旅，同悲萬古塵。」（〈擬古十二首中其九〉）「人生飄忽百年內，且須酣暢萬古情。」（〈答王十二寒夜獨酌有懷〉）「悲來乎，悲來乎，天雖長，地雖久，金玉滿堂應不守，富貴百年能幾何？死生一度人皆有，孤猿坐啼墳上月，且須只盡杯中酒。」（〈悲歌行〉）「光景不待人，須臾髮成絲；當年失行樂，老去徒傷悲。」（〈相逢行〉）「白日何短短，百年苦易滿。」（〈短歌行〉）「人

生非寒松，年貌豈常在？」(〈古風十〉)由這一連串詩句中可見：懊惱時光飛逝，嗟嘆生命短暫。這樣的焦慮導致這篇文章在起筆便以「逆旅」、「過客」表現出來自我作為存在的必然的孤獨，顯現人存在於永恆遼闊時空中短暫渺小的意識；特別是與「萬物」、「百代」對照之際，更讓這樣的命運成為永久的無奈。

　　無論從時間或所處空間的有限性來觀照，人逃不開寄蜉蝣於天地，渺滄海之一粟的命運。瞬息即逝的光陰與朝生暮死的萬物，面對恆久存在的天地與百代，益形渺小短暫。不過儘管人生由整體角度看都是悲劇，但從部分看，則的確有許多喜劇的場景——悲喜交集，構成大部分人的生命意識。李白洞悉這生命的原型面貌，繼而道：「而浮生若夢，為歡幾何？」這是典型中國式對人生的詢問或解答。「浮生若夢」，說盡人飄浮於紅塵情事間，身不由己的流動。語出《莊子‧刻意》：「其生若浮，其死若休。」這並不是頹廢與消沉，也非絕望的悲音，這是一種精神的痛苦，一種生命渴望超越自身的形而上，卻無法達到的痛苦。它顯現庸庸碌碌，如走馬燈的一生，多麼虛幻不定，而汲汲營營所追求的名利總如夢，是一場空！讓人不禁問：生老病死之間的人生究竟為何？黃粱一夢何其短，南柯一夢渺富貴。莊子則在栩栩然的夢中，不知周之夢為蝴蝶，蝴蝶之夢為周？生死之辨似夢覺之分，形神之間實虛詭異。少年紅燭香羅帳裡的浪漫，中年聽雨客舟中的漂泊，乃至僧廬下一任階前點滴到天明的驀然回首，人生種種情事的流變，不也正如此虛浮？

二、秉燭夜遊以求歡

　　當透視變化無常，漂浮不定的生命基調後，對個人生命有極敏感體認的李白，選擇的並非沉潛涵斂的內在反省，或怨哀悲嘆的傷懷。自恃「天生我才必有用」的李白這顆蒼穹中璀璨的星星，雖然不免在時間巨流前凝滯，在顧盼自如的神采裡蘊含繁華又寂寞的悲感，但正因為短暫的人生苦多歡少，更該貪歡尋樂。李白不是生命的傷感主義者，他的感傷全然是因珍惜人生意義和人生價值之故，這樣的生命懷想使筆調頓時跳開悲春傷秋的情緒，轉感慨悲傷為超拔地把握當下。這樣的體悟使夜宴有其必要，也使秉燭所展開的歡聚高談，成為對抗如夢浮生的有情天地，讓詠懷佳作記錄生命活動與自我超越的境界。

　　〈古詩十九首〉中，在感人生短促後，雖以及時行樂為收筆，如：「生年不滿百，常懷千歲憂。晝短苦夜長，何不秉燭遊？為樂當及時，何能待來茲？愚者愛惜費，但為後世嗤。仙人王子喬，難可與等期。」事實上卻夾雜著生虛無幻滅與成仙長生之絕望，那樣的秉燭夜遊的享樂其實是頹廢的，放縱感官的。魏晉時文人或以成仙的遠景來抗拒生命短暫，或如曹丕〈與吳質書〉道：「少壯真當努力，年一過往，何可攀援？古人思秉燭夜遊，良有以也。」提出惜時努力的夜遊，相對於他們在為歡幾何所做的夜遊，今夕李白的夜遊又是怎樣的態度？

三、縱情自然之樂

「況陽春召我以煙景，大塊假我以文章。」是從《莊子‧大宗師》：「夫大塊載我以形，勞我以生，佚我以老，息我以死。」衍生出來的自然，在李白心中則是可以賞玩，可以流連，可以忘我的場域與對象。大地之美就是四時明法，萬物成理，情用賞為美，事昧竟誰辨？自古騷人墨客在失意困惑之際，總在觀此遺物慮，一悟得所遣；在自然的美感觀賞中，超越一己狹隘的欲望而恢復自我的真性，並在「感往慮有復」之餘，體會一己與萬物之理的冥合，讓自然生生不息的律動充塞心靈，而使個體生命的存在與集體生命的存有融合為一；在無窮無際，心靈交感的無盡中，達到天人合一的境界。

由漢代以自然為引生情意的象徵，到魏晉宴遊詩企圖利用對仗辭藻之美來塑造自然，晉宋意識人與自然充滿真意之美的相融形式，至唐，則在自然中尋找開闊雄渾，深具宇宙韻律之美。江淹詩：「煙景抱空意，蘅杜綴幽心。」何況春氣溫潤若含煙霧，山水文章是宇宙之賜。放眼觀天地之美，游乎四海之外，道心的形釋；「相看兩不厭，唯有敬亭山」裡有泯物合一的真趣。自然所提供舒展的無限空間，讓現實生活中自我價值的失落得到補償，自由的個性更在山水審美中得以盡情享受體味，這樣的陶然忘我是李白所以夜遊之趣，也是李白認為於如夢浮生中唯一可以把握的永恆之樂。

四、欣然所會天倫之樂

聚少離多是人間實況，任何人只活在同一宇宙的某個時刻、某個空間，只和某些人交集，也就是我們只能與某些時地人發生交感互動。有的人是今生與你擦身而過，萍水相逢的風景；有的人則與你的生命緊密糾結，或結成漂亮的蝴蝶結，或亂成倉促的散結，或繫成窒息的網繩，無論那是怎樣的交錯都是難得的相遇，生命也在抓住同一個主軸中定格。特別當相遇的人是心相契合時，那便是生命中最美好的逗點，因此，杜甫在訪舊半為鬼之後，終於重登君子堂時，激動地感謝：「今夕是何夕，共此燈燭光？」王羲之〈蘭亭集序〉：「其欣然於所遇，暫得於己，快然自足，不知老之將至。」與相遇的人在短暫的交會中契合暢歡，這樣的快樂讓時間停格。而任俠結豪四處遊蕩，「萬里無主人，一身獨為客」（〈淮南臥病書懷〉）的李白，在如此散發桃花香色的美景中，竟能「會桃花之芳園，序天倫之樂事。」與親人相會，抒陳離別之思、昔日之情，怎不充滿浪漫的喜悅？這樣的快樂足以忘掉不可留的昨日，忘今日亂我心的煩憂。

活在同時空下的人才有共同的生命經驗，他們創造彼此相交集而形成的故事，過往從前種種記憶是如此，今夜會聚天倫之樂更是如此。

五、才情相映之樂

《南史‧謝方明傳》:「子惠連,幼而聰敏,年十歲,能屬文。族兄靈運,加賞之云:『每有篇章,對惠連輒得佳語。』嘗於永嘉西堂思詩,竟日不就,忽夢見惠連,即得『池塘生春草』大以為工。嘗云:『此語有神功,非吾語也。』」

「蓬萊文章建安骨,中間小謝又清發。」(〈宣州謝朓樓餞別校書叔雲〉)提倡詩歌改革復古的李白,以建安風骨中的清俊來反六朝的浮麗,追求「清水出芙蓉,天然去雕飾」的自然,因此李白對謝靈運清新自然的佳句讚不絕口,甚至愛致成夢,如「夢得池塘生春草」(〈贈從弟南平太守之遙其一〉)、「他日相思一夢君,應得池塘生春草」(〈送舍弟〉)。由這些詩足見李白不僅在贈從弟、送舍弟詩中以謝靈運自比,在這篇文章裡,李白也以「群季俊秀,皆為惠連。吾人詠歌,獨慚康樂」,藉《南史》故事比況雙方關係與相匹之才。「俊秀」二字既是狀貌寫才,更表詩風清俊。「慚」字是自謙,尚有竊喜之意,畢竟有弟如惠連之傑,也是自己的驕傲,能同和詩興感豈非樂事?

六、瓊筵醉月之樂

「幽賞未已,高談轉清。」由現實賞煙景、序天倫到哲理性的美感角度遊目騁懷,主客相親。被觀照的大塊文章在靜賞

中，引生「萬物靜觀皆自得，四時佳興與人同」的愉悅，做為主體的生之狂喜也在彼此高談闊論懷抱中，心心相交，相知之情、遇合之美盡在心領神會裡流傳。由幽賞到高談，高談而轉清雅，除了表現春夜會聚現場實況的靜與動，更在其中呈現心靈與人事、與自然間流動的波浪。我們可能想見當時周遭氣氛在賞之幽雅、談之開闊中漫生熱烈興奮的因子，曲調飛揚而輕快，急遽而奔放，交錯著彼此的急問趣答，繼而由縱容的侃侃而談到心心相知的靜默了然，這樣的境界超越了語言所能表達的極限。

緊接著未已的興致，轉清的情調，忽然別出激揚的曲調，動態的狂歡：「開瓊筵以坐花，飛羽觴而醉月。」這或許是承謝朓詩「瓊筵妙舞絕，桂席羽觴陳」的趣味，也是如〈蘭亭集序〉裡「一觴一詠，亦足以暢敘幽情」。李白以豐富情感，集合春光聲色，在桃花月下交織輝映出意氣風發的歡態，如行雲流水舒卷自如般的灑脫與放縱。這是李白在生命中所追求的得意，它不屬於「五花馬，千金裘」的功名權勢，它是心靈上絕對自由的歡樂。

李白飲酒時多興會淋漓之作，如：「兩人對酌山花開，一杯一杯復一杯；我醉欲眠卿且去，明朝有意抱琴來。」（〈山中與友人對酌〉）春月春花人團圓，正是人間好時節，由文中「開、飛、醉」一連串暢懷放縱的動作裡，我們彷彿聽到興高采烈的勸酒聲：「將進酒，杯莫停。」那痛飲狂歌的狂態是「唯願當歌對酒時，月光長照金樽裡」（〈把酒問月〉）的自得。對李白而言，飲酒為益爽氣，增樂事，「酒酣益爽氣，為樂不知秋」（〈過汪氏別業〉）。在李白心中「人生得意須盡歡」。酒，為李白帶來精神上的自由與生活的興味，「清宴逸雲霄」

的瀟灑情韻則是其詩酒風流的主調。「飛」字除了傳神地表現
痛飲宴聚之歡樂，勾勒出樂觀的性格，熱情豪爽的聲調，以突
出及時行樂的主線，更見李白純真天機的生命情調，在山花風
雅中從容自適，在明月間逍遙自得，除了酒令人醉，月光更令
人迷醉。

　　李白在這二句中呈現個性化的豪放，並集藝術形象、感情
色彩於瓊、花、羽、月之中。佳境佳情，春景當前固然是教人
著迷的焦點，然而，今夜天倫聚會，會賞為歡的真情更是人生
至樂。

七、暢舒情懷之樂

　　文章最後在人和自然的相與中，又不斷地把和永恆宇宙的
美聯繫。一則與開頭「過客」、「若夢」的事實相映，另則表現
出李白在知道幸福是可能時，所採取的對策：「不有佳詠，何
伸雅懷？」

　　石崇〈金谷詩序〉：「遂各賦詩，以敘中懷，或不能者，罰
酒三斗。」由鄴下七子始有的宴遊習慣，結合觀景、詩會、宴
樂所建構出特殊寫作環境，不僅將詩趣結合，情思留駐，更將
個體生命與集體生命在文章中融合為一。繼而興起的曲水流
觴，金谷詩會讓墨客雅士在無窮無際的玄思妙想，無盡無邊的
心靈交感中，創造生活美學，享受酬唱應和的情趣，並在寄志
抒情的書寫中產生新的生命意義。

　　詩是為歡的遊戲之一，不僅將酒所發酵的情愫化為文字，
將與自然、天倫間默契轉為你吟我和的輪唱；詩也是使今夕短

暫的聚會成為生命中恆久記憶的烙印。李白清楚地知悉文學創造是有限生命永遠的救贖，因為所有存在的生命都透過作品在以後的歲月中復活，在這樣的期待下，春夜花前月下之宴，當然不可沒有佳作。既以伸懷抒情，又藉銘志作詩的活動與存在時間的短暫對抗，取得生命的無限價值。

寫作與生命意識的關聯由曹丕〈典論論文〉中，「蓋文章者，經國之大業，不朽之盛事」，得以見知。這樣的認斷，既讓文章的地位提升，更為騷人墨客在現實不如意中找到另一種足以肯定自我的出口；也讓在同時空下、同情境中相聚的人也透過物色表現，形成承載情樂的永恆，藉以突破生命的有限性，為短暫的相會添上美麗的註腳。

「興酣落筆搖五嶽，詩成笑傲凌滄洲」（〈江上吟〉），酒趣、天倫樂使詩的意脈酣暢，讓美好的記憶停格。如此，浮生儘管若夢，卻也有真實可銘心之處；即使天地者萬物之逆旅，卻仍有不可磨滅的感動時。李白以馳騁風發、浪漫飄逸的生命情調展現另一種對生命期待的觀想，讓我們見到另一層可以對抗如寄如夢，虛無悲嘆外的亮麗。

八、結語

「功名不早著，竹帛將何宣？」李白熱切建功名，積極奉獻的思想與消極享樂思想是同時存在的。然而供奉翰林大濟蒼生之志，隨著仕途坎坷在蒙受政治打擊、對功名富貴等身外之物看淡後，「人生且行樂，何必組與珪？」便突出於其行思之中。尤其當他越來越明顯的感覺到：「容顏若飛電，時景如飄

風；草綠霜已白，日西月復東。」（〈古風二十八〉）極力想掙脫時間所帶來的壓迫羈繫，遂形成李白生命衝突的一環。然而，承受生命中最強烈的震撼時，也是最清醒時。當李白將有限的生命納入無限的時空中去考察時，既真切感受人與宇宙的巨大反差，興起人生如寄，浮生可嗟的悲愴慨嘆，同時也於如夢的浮生裡，陽春煙景的召喚使李白在有限的個人生命中與無窮的天地相遇，而獲得對宇宙人生全新的感受。酒則使他意興倍增，獲得對生命的充分自信；天倫相會的難得與伸懷留情的佳作，讓自己與短暫的永恆巧妙結合，這種投入生活當下自足的態度，不正是人人都能接受，並把握個體生命的絕妙方式嗎？於是，追求快樂的人生，成為理所當然的事，這也體現了一種審美的生命價值取向。

對「我本楚狂人」的李白而言，狂，就是在任何情形下都不放棄追求自由的人生。渴望實現自我生命價值的過程中，所產生的強烈的自我價值感，使李白擁有強烈的自我意識、獨特個性與價值觀。他「慷慨自負，不拘常調」（范傳正〈唐左拾遺翰林學士李公新墓碑并序〉），不以世俗傳統觀念束縛自己，規範其人生道路，他堅持獨立自由的人格，對追求人生理想的執著始終如一。

吳楚材評曰：「發端數語，已見瀟灑風塵之外；而轉落層次，語無泛設，幽懷逸趣，辭短韻長，讀之增人許多情思。」過商侯則謂：「只起首二句，便是天仙化語。胸中有此曠達，何日不堪宴！春夜桃李，特其寄焉耳。」在這一篇文章裡，可見三十七歲的李白燃燒對生命的熱情與堅持，將觀賞風景的精神享受與飲酒狂歌的物質享受結合，藉桃李園一片春景春花所交錯的春事春情中，寫下他留住人生春天的渴望。將對生命的

觀察與特有的敏感以飽含快樂的筆調在動靜烘托中，躍然地呈現其輕盈往來天地之間的瀟灑，無拘無束的快樂自由與豪逸中的自負自信自得，這樣的生命情調使李白得以在仙凡間自在流轉。

人生的價值是以生命的存在為前提，李白認為生命是在追求濟世理想，同時也在盡情享受。人生若夢，富貴成空，所以以得意須盡歡作為生命哲學。這樣的論調與其說是李白消極思想意識，不如深思其中所反映對生命價值的關注。行樂之法在與天地合一，在物我相融中永世長存，這是道家以自然為本的思想，也體現李白追求生命永恆價值的理想與熱情。

懂得浮生若夢的宿命與生命的有限之後，李白並沒有停留在人生的感喟上，反提出「人生觀光理論」，以經驗豐富性為主，讓自己活得更從容、更美麗的生活方式來呈現人活的目的在樂以忘憂。這也啟示我們可以選擇如顏回智慧之樂，或似陶淵明自得適志之樂，再不，便如《浮生六記》裡芸娘與三白平凡之知惜，或如趙明誠與李清照間品茗賞金石之趣。平凡人在卑微中為歡，在自然裡陶醉，也一樣值得紀念珍惜。李白所追求的理想人生是落實在人情群眾間的歡樂，天倫聚會醉月的豪意，也在寫詩的快樂中，留下當下實體的體悟，找到生命存在的理由與生命意義。

李白給人騎鶴於天際之感，對生命的認知是一往直前，無論人生過程中有不可逆轉的無奈，有無可逃避的悲劇，他自信自己照樣可以飛越載行，可以激盪起波濤。如此豪邁奔放自樂自足的生命情調，引領我們領略生命中的悲歡離合，看到現象之外的倒影。其酣暢飽滿的生命情態更提醒我們除了生活裡的有限性外，還有另一個世界可能更真實地存在。人既然只是時

空座標上的存在，那麼當投入理智體驗人生，以感情豐富生活內涵時，於生命所形成現實中的行樂自在中，任何具體留住時空交感的聚會或人事的記錄，將不止讓我們超越生命有限的悲觀，享受生的趣味，創造生活的美感，同時也給了我們另一個希望，另一個夢想。

——原刊於《南一國文教學快訊》第 5 期（2001 年 9 月）。

人間樂土

──〈桃花源記〉

～王爾德：「一幅世界地圖若無烏托邦在其中，則不值一顧。」～

　　陶淵明是我國第一位田園詩人，鍾嶸推之為「隱逸詩人之宗」。田園之於陶淵明不但是感情上的依歸，也是理想與精神之所繫。生存於桓玄篡位、劉裕起兵的陶淵明，面對中原陷入長期動盪與分裂，門閥制度森嚴，權戚宗門荒淫奢侈，以及戰爭造成民生凋敝、世風頹廢，在幾度出仕與離職間掙扎。當時文人學士求保命安身，隱居避世之風盛，陶淵明為保名節，也為不再心為形役，終而選擇歸田園隱。況且「富貴非吾願，帝鄉不可期」，於是以「懷良辰以孤往，或植杖而耘耔。登東皋以舒嘯，臨清流而賦詩。聊乘化以歸盡，樂夫天命復奚疑！」〈歸去來辭〉宣告對自我的堅持。儘管「草盛豆苗稀」，卻仍舊「晨興理荒穢」，因為「衣沾不足惜，但使願無違」。選擇所欲、所願的平靜田園是陶淵明的歸宿，而〈桃花源記〉與詩中的世界正是其一生的追尋。

　　〈桃花源記〉寫在以清談玄學佛道思想勃興時的作品，在思想上除了呈現老子「鄰國相望，雞犬之聲相聞」模式的小國寡民社會，也含蘊著孔子大同世界中男耕女織、各盡其才，與「人不獨親其親、不獨子其子」的博愛世界。彼此泯心機、無猜忌，所以「見漁人，便要還家，設酒、殺雞、作食」。《孟子·公孫丑篇》載：「雞鳴狗吠相聞而達乎四境，而齊有其民

矣。」不正是「荒路曖交通，雞犬互鳴吠」的寫照？至於莊子〈逍遙遊〉或如朱乾所說：「嫌九洲之局促，思假道於天衢，大抵騷人才士不得志于時，藉此以寫胸中之牢落。」交合出世入世的矛盾，或從出世向入世的回歸，其基調則是超越二者而最終指向生命意識。

〈桃花源記并詩〉乃陶淵明五十六歲晚年作品，不但映現其人格思想與哲學，也表現在對現實社會的批判下，所構置出與現實完全不同的願景。陶淵明的桃花源取材荊、湘一帶具地域性景觀的家鄉民俗傳故事[1]，以個人創意性的筆法，結合遊記小說寓言，甚至夾雜著遊仙文學的影子、說書的口吻，藉頌古非今，託言避秦來否定現實。在表現上採用第三人稱客觀的敘述角度，虛構一些情節、對話，塑造一個理想世界。

人的世界永遠不完美，人無法避世絕俗，因此人永遠嚮往「桃花源」。而真正的桃花源「奇蹤隱五百，一朝敞神界」，似乎遠在天邊，永遠尋而未果。但「相命肆農耕，日入從所憩」的生活，卻又彷彿近在咫尺，這或許便是千百年來文人隱士之所以不斷尋找桃花源，發現桃花源的原因吧！?

一、寓言與神話的交互指涉

一篇文章並非只是一種獨立自主的存在，它總是和其他文類形成一種交際關係、一種潛在的對話；或在遠承某種脈絡的同時，進行解構與重新建構的創新活動。在六朝小說以志怪志

---

[1] 唐長孺〈讀桃花源記旁證質疑〉，載入《魏晉南北朝史論叢續編》（臺北：帛書出版社，1985年），頁182～190。

人為兩大系統的背景下，〈桃花源記〉既吸收了志怪中遊仙的故事模式，同時也在將夢幻轉化為現實場域中，以口頭言之的對話，書寫形式的故事來表達某種寓意。但其所運用寓言的結構既非如唐傳奇〈枕中記〉以開端、結尾的二重構造，展開史傳形式的內容，並於最後發之以「寵辱之道，窮達之運，得喪之理，死生之情，盡知之矣」的議論。相反的，〈桃花源記〉採用意在篇章之外的方式，及如屈原〈漁父〉般以口頭言之，在一問一答中呈現理想之境，以故事表達寄託寓意。

漢以前求仙不論天上仙宮、凡間仙窟、海上仙島都在同樣建構於追求長生永恆的神仙觀念上，展現時空上不同的刻度。或由崑崙上升的天上仙宮體現最鮮明的永恆，進入仙境的神幾乎完全超越生死。後演變為凡間仙窟，無論時空都與塵俗現實最接近，且隨仙的世俗化，人情漸濃、人性漸強，如王嘉《拾遺記》、劉義慶《幽明錄》，時間往往與當時相距三百年（九代或七代）。王孝廉先生於〈中國的神話世界〉中云：「中國仙鄉傳說的發展過程，是由古代的原始信仰傳承神話發展，而為道教成立之後以神仙思想為主的仙鄉傳說，到了陶淵明又把仙鄉傳說落實到現實的人文世界上去。」足見〈桃花源記〉以遊仙為基型結構，並將其異化和深化，使彼岸的樂園變形而落實於世，創造出人間淨土。

日學者小川環樹在〈中國小說史之研究〉中列舉中國樂園故事模式的特點：一、是樂園位於深山或海上。二、到仙鄉中常經過洞穴。三、是獲得仙藥和食物。四、是在仙鄉的凡人與美女戀愛或結婚。五、是被傳授道術或某種贈物。六、是懷鄉與勸歸。七、是仙鄉的時間很快，如《西遊記》：「天上一日，

等於地上一年。」八、是回鄉後就無法再回歸樂園。[2]

根據〈桃花源記〉的描繪，桃花源在深山，其入口是洞穴，漁人獲得洞中人殺雞作食的款待，與懷鄉回歸之不可得，在空間位置與故事架構上，都見繼承尋找仙鄉、探索樂園的脈絡。仔細比較，則可發現〈桃花源記〉重在表現烏托邦式的社會政治理想，任昉〈述異記〉表現仙鄉瞬間與凡間萬劫的特殊時空觀，以及滄海桑田之感慨；王績〈醉鄉記〉表現自由逍遙的幻想世界的無限快樂，但都摒棄仙凡豔遇，歸向生命自由和精神超越的追求，都是「遠遊式」的敘事形式，與「追尋式」母體復歸的表意內涵，更是莊子〈逍遙遊〉的變型表現。

此外，為超越塵世的遊仙，這些遊仙的作品在情節上通常經歷「出發──變型──回歸」三階程，也就是構成「從那裡來，回那裡去」的循環。這意味著進入仙界是暫時的，終要退出，但已與現實世界產生時間與經驗隔離，因而再度失蹤，不知所之。因此在〈桃花源記〉裡儘管漁人「處處誌之……太守即遣人隨其往，尋向所誌，遂迷不復得路。南陽劉子驥，高尚士也，聞之，欣然規往，未果」，說明人為刻意的尋訪仙鄉仙境，是不可得的。

不同的是，遊仙書寫往往需借助某種神秘力量的幫助和指引，或由仙界直接特定人、物（如動物神），或某種機緣，始能進入仙界。[3]〈桃花源記〉則藉「無心」、「無機」的漁人來轉播呈現理想世界。因為無心，所以漁人「忘」路之遠近；也因為無機，方得以在「忽」中意外地闖入「芳草鮮美，落英繽紛」的桃花林。並在驚「異」美景，欲窮其林的好奇心驅使

[2] 轉引自王孝廉《中國的神話世界》（北京：作家出版社，1991年），頁84〜85。
[3] 梅新林《紅樓夢哲學精神》（上海：學林書局，1997年三版），頁156〜166。

下，由光而及口、由口而入。透過這清楚的路徑，彷彿桃花源真有其境，卻又因為漁人在忘路的情形下，入此不辨之境，而營造出迷離恍惚的效果，留給後人無限世外探異的興味。這是否也意味著，在天崩地壞的世界中，唯有忘：忘懷得失、忘卻時空，才能見到這純真樂園，而這詩境異地也正因為人與人間忘我忘私而存在。

二、三段式結構

鄭文惠師於〈新形式典範的重構——陶淵明〈桃花源記并詩〉新探〉一文中說道：「在〈桃花源〉主題中理想與現實的對峙消融，自然與人文的交會互攝，入世而超世的精神超越等多層內涵，都呈顯於『詩』、『文』的對話中，其以一體化的結構，展示出發——歷程——迷失——死亡——回歸的生命歷程，探索在遺忘時空與超越時空緯度上，陶淵明如何呈現本我——自我——超我的生命進程，如何透露出隱藏深層的生命原音。」

文章展開第一段是漁夫發現桃花林的經過，接著透過漁人的眼睛，如畫軸般在讀者面前呈顯桃花源風景與生活，結筆於重尋桃花源終不復得。在敘事結構上以出發——歷程——回歸三段式，造成層遞、循環的效果，並在虛擬實境，編撰情節中，兼用敘述式、情節性和對話式的敘事體形式，完整地塑造故事情節與人物形象；同時以漁人、太守、劉子驥追訪桃花源為經穿梭成其脈絡。而這三個人正巧代表凡俗之人、官宦者、高尚士，不同的社會階層鑲嵌著不同的社會品性，正隱示著陶

淵明個人由仕宦、歸田為民以及心志所嚮的高尚士的生命歷程，因此可視為其個人意識潛意識的投射。而這三類社會角色在追尋桃花源的情節發展中，所呈現「無心」、「有心」規往而不得兩種情感與結果，顯見這以人物情節與故事情節交織的敘事背後，隱藏著追尋者生命的原音，卻也同時在尋不得中低訴生命理想失落的悵恨與悲哀。

　　空間上由溪之清流、夾岸桃花林，引渡到水源與深山。視野上由開闊到幽僻，但就在內心覺得窮而無路時，山洞所透出光像一個半開顯的門，蓄積欲望和誘惑，於是在一路「甚異之」的驅使下，神秘的洞、神秘的光像一線希望，吸引漁人的腳步在復前行中探索。「纔通人」的通道像進入母體子宮的通道般，帶領著漁人，也引領著讀者回到原始。穿洞的行為具有強烈的象徵意味，它既是俗界通往神話世界，亦是常與非常的時空標界。而所必須的通行證則是「忘」與「捨」的心靈，才能完成通關，如此迎面而來豁然開朗的不僅是空間上的開闊，更是洞中有天地的恍然大悟：這一路追尋溪畔奇美之景的答案是由於水、山而使路徑封閉，與現實時空相異的理想環境。

　　一覽無遺的鏡頭下，出現散點式的構景：「土地平曠，屋舍儼然。有良田、美池、桑、竹之屬，阡陌交通，雞犬相聞。其中往來種作，男女衣著，悉如外人；黃髮垂髫，並怡然自樂。」「儼然」二字所代表的不但是身心的居所，更是社會的秩序。而圍繞屋舍所展開的存在空間，是平曠的土地。敞開的平廣寬闊，這何嘗不代表平坦展開的心胸、平和的風氣？相較於民不聊生、歲不平靜的現實，這是一片理想投射的田園範本；和平、柔美成了農業社會祈求富足和平的集體夢想。同時田之所以良、池之所以美，也隱然帶出因人之勤、人之和的事

實。在儼然有序的天人關係上，人人尊重自然。「阡陌交通」
所暗示的過從之密，與「雞犬相聞」的安閒和諧都讓這一片平
凡的世界變得不平凡。「雞鳴狗吠」是幸福的象徵，這由曹操
〈蒿里行〉：「白骨露於野，千里無雞鳴。」可得知。此外李白
〈訪戴天山道士不遇〉詩也提及「犬吠水聲中，桃花帶雨濃」。
「往來種作」、「黃髮垂髫，並怡然自樂」所陳述壯者躬耕農
事、老者安之、幼者懷之的社會狀態，具高度人間生活的象徵
意義。或許也因為虛構幻想建立於現實生活基礎上，讓讀者信
其有，而於人間不斷訪尋。

　　由「晉太原中」到「停數日」、「後遂無問津者」，是以時
間順敘方式布局，然洞中人回憶來此經過時則運用倒敘，並加
上插敘的「乃不知有漢，無論魏晉」，使文章由前段空間的重
心轉為時間的敘述，讓時空在對話中消弭。透過「見漁人，乃
大驚，問所從來，具答之」的對話，彼此由陌生進入親近、從
疏離而熱絡，尤其是接下來一連串交融歡欣的場面，不但讓洞
裡洞外的人親如一家，更使被遺忘的歷史在嘆惋中展現不同文
化時空的意義與心情。漁人說的是晉亂、洞裡人說的是避秦時
亂，二者在嘆惋聲中聚焦。諷刺的是歷史的重複性如此不可避
免，這意味著「桃源」永遠是人心底的渴望。

三、漁人、舟、水與桃花林的
　　　過渡意象

　　由春秋始，請老子留五千言的守關者、長沮桀溺等耕者、
明白孔子是知其不可而為之的守門者、歌鳳兮鳳兮何德之衰的

狂者……都是隱士的化身。而在江畔識得屈原形容憔悴背後憂情的漁父，更非等閒之輩。因此，陶淵明安排漁人作為發現理想國的媒介是有其文化記憶上的意象。隱者是聖者的知音，出世者與入世者彼此對話中有相惜，也有對立的提醒。在尋找理想生命方式中，這是否也意味著陶淵明渴望自己被發現？

　　「舟」、「水」與「桃花林」都具有引渡、過渡的性質。張惠娟在〈樂園神話與烏托邦——兼論中國烏托邦文學的認定問題〉一文中說道：「漁人初探桃花源之行程與坎爾對於通過儀式，此一神話成分之探討多有不謀而合者。」三者都有由原出生命形態改變為另一生命形態的再生功能。

　　在古典詩歌中，「水」的透明清澈既是乾淨的象徵，又是生命的維持者。基督教以水洗原罪之污，又象徵精神上的新生、乾淨，與印度生死都希望以恆河的水來洗滌在象徵意義上是相同的，「水」同時也代表經由水的儀式死而重生。此外，「水」，絕也，含蘊隔離的效果。黛玉葬花便因為大觀園裡的水乾淨，不讓落花流了出去而沾污，可見「水」有與世隔絕的作用與象徵意義，因為「水」的隔離，才得以產生一個乾淨、新生的桃花源。

　　漁人透過水源與桃花林的引渡而得以超越時空。「桃」除了含有春之意，如「桃花依舊笑東風」、「桃花流水杳人間」。在中國神話中，「桃」有再生的意象，「桃」更是夸父渴死後的另一種生命形式的轉化，道教中桃枝則具有避邪之用，與西王母的蟠桃長生，交融為超越凡俗與仙境空間的媒介。

　　「舟」在現實界與抽象世界中都是擺渡的工具，無論是生者行旅異遊，或死者由陽間至陰，或龍舟招魂，因此做為由現實到想像，由生命的追尋到發現過程中，自然以「舟」為離世

與創世的橋樑。

四、詩與文間的對話

在〈桃花源記并詩〉中，「記」、「詩」不同文類的並置、交疊、指涉含蘊著豐富而複雜的對話關係。在同樣表示對農耕生活的理想憧憬，與渴望之情的基點上，「記」以圖景式的美感流瀉出視覺情境；「詩」則透過四皓隱商山的典故呈現心理，使「記」中的避秦時亂，轉為生命的抉擇，染上一層濃厚的歷史色彩與哲學性格。在〈五柳先生傳〉中，陶淵明把自己定位於「無懷氏之民，葛天氏之民」，希望過著無政府、自由自在的生活，一如〈勸農〉詩中所寫：「悠悠上古，厥初生民，傲然自足，抱樸含真。」〈桃花源記〉中展示的圖像除顯現人人勞動、怡然自樂的幸福，原始的共耕與無君無臣是別於現實之所在。由「詩」著意鋪寫農村生活方式、社會面貌中，可以清楚見到陶淵明企圖將理想與上古「無君無臣，穿井而飲，耕田而食，日出而作，日入而息。勢力不萌，禍亂不作，干戈不用，城池不設。民獲考終，機心不生，含鋪而熙，鼓腹而遊。」（葛洪《抱朴子·詰鮑篇》）所載鮑敬言之論結合的痕跡。

「記」終於「後遂無問津者」；「詩」則一方面質疑方士「焉測塵囂外」，另方面呈現「願言躡輕風，高舉尋吾契」的追尋方向，象徵精神上的超我。所以透過「詩」與「文」間的對話，陶淵明重整心理層面的自我與本我，以達超我之境，並揭示其對隱逸生活理想圖式的再造，亦即其一生在反思中不斷追

求的生命情境。

五、理想與現實的對比

陶淵明以詩歌體現其追求精神與自然融合的情境，在桃花源裡塑造一個典型的理想世界。這個世界反映他對晉代社會的不滿，他有意識地將「園林」與「人間」／「世情」對立。「人間」是「樊籠」、「園林」是「自然」。「靜念園林好，人間良可辭」，因此〈桃花源記〉有詩人擺脫「塵網」、「復得返自然」的心情；更蘊含其反對、厭惡乃至批判社會現實，追求精神解放與自由的想法。

理想往往是現實的倒影，由在幻境中所勾勒的圖景，可以反射其現實的殘缺，由社會生活看陶淵明所處時代的面貌是：「荒塗無歸人，時時見廢墟。」（〈和劉柴桑〉）「井灶有遺處，桑竹殘朽株。」（〈歸園田居五首〉）這民生凋敝的現況，在〈桃花源記〉裡則是：「土地平曠，屋舍儼然。有良田、美池、桑、竹之屬，阡陌交通，雞犬相聞。」〈桃花源詩〉裡是「桑竹垂餘蔭，菽稷隨時藝」。相對於現實中「耕中不足以自給」（〈歸去來辭序〉）、「寒餒常糟糠」（〈雜詩八首之八〉），桃花源裡「黃髮垂髫，並怡然自樂」、「相命肆農耕，日入從所憩」，顯見人民所渴望的不過是基本衣食的飽足，所追求的是為生活付出勞力，自給自足的安樂。

當時的社會人與人間爾虞我詐，桃花源裡則是「怡然有餘樂，於何勞智慧」，「見漁人，便要還家，設酒、殺雞、作食」。人與人間無嫌隙無猜忌，充滿和樂與信任、關懷與善

意。至於生活的精神面貌，由陶淵明詩中可知當世之士「冰炭滿懷抱」(〈雜詩八首之四〉)，於是或以「得歡當作樂」、「且陶一觴」(〈雜詩八首之一〉)的方式自我麻醉，因此桃花源裡陶淵明嚮往的是「童孺縱行歌，斑白歡游詣」。隨處可聞發自內心的歡笑。

　　在桃花源詩中陶淵明說明政治思想是：「雖無紀歷志，四時自成歲。怡然有餘樂，於何勞智慧。」表明不要標寫皇權年號，並用「春蠶收長絲，秋熟靡王稅」，直接否定君權，將桃源社會構建為沒有階段、沒有剝削壓迫、沒有君主的理想世界。

　　這篇文章寫於宋武帝永初元年，元月劉裕篡晉，國號宋。陶淵明自晉亡便淡出甲子，不記帝號，一如〈五柳先生傳〉中：「先生不知何許人也，亦不詳其姓字。」這是弔詭的嘲諷，也是對重門第、名教的社會表示消極的不認同。因此在〈桃花源記〉中，陶淵明把形成桃花源的原因歸結於「問今是何世？乃不知有漢，無論魏、晉！」這是對歷史沉重的抗議。更諷刺的是此中人正是沒有經歷漢魏以來「真風告逝，大偽斯興」的社會，才能如此和樂幸福。也就是說桃花源世界是建立在完全否定社會現實之上，在抨擊原有制度之上，代之而起的新社會呼喚，並用可感的藝術手法技巧以理想圖景描繪心靈的呼喚。

六、結語

　　陶淵明三十九歲所作〈歸園田居〉中云：「方宅十餘畝，

草屋八九間。榆柳蔭後簷，桃李羅堂前。曖曖遠人村，依依墟里煙。狗吠深巷中，雞鳴桑樹巔。」四十一歲寫〈歸去來辭〉賦志言：「雲無心以出岫，鳥倦飛而知還。」「木欣欣以向榮，泉涓涓而始流。」無論是壯年時歸園、或是歸去時的宣示、或晚年的桃花源中，都呈現出他對生命的省思、回歸自然的嚮往。「單純」、「真實」是心性之所至，也象徵陶淵明精神還鄉之永恆回歸的生命的皈依。

歷來以陶淵明〈桃花源詩〉、〈桃花源記〉為基礎所作的詩不勝枚舉，如王維〈桃源行〉、韓愈〈桃源圖〉、劉禹錫〈桃源行〉、王安石〈桃源行〉、汪藻〈桃源行〉、樓鑰〈桃源圖〉、趙孟頫〈題桃源圖〉……都是極有特色的變奏，各見其詮釋與隱托。唐人以為桃源是神仙之境；宋人則考其實，拒絕虛幻之說；元人則多以為「桃源有路堪結隱」；明時以園林將桃花源在地化。儘管歷代對於桃源的構築各有詮釋，但模式化的書寫使得陶淵明所塑造的桃花源成為文人隱逸的隱喻、象徵，也成為烏托邦原型。

每個時代的人以其所處背景，投射內心的渴望，創造出屬於彼時的桃花源。桃花源不斷被建構，但正如司空圖：「是有真跡，如不可知。」桃花源的幻影存在於無相無跡的背後，宛如不留蹤跡，但在每個人心靈地圖上總有桃花源存在。

——原刊於《龍騰國文教學通訊》第 13 期（2001 年 7 月）。

相逢何必曾相識
〈琵琶行〉裡知音惜

當一位落魄書生遇見失意女子，你想會發生什麼浪漫故事？

當遷客遇到見棄商婦，彼此為什麼由孤獨而結合？由相知而相惜，會醞釀出怎樣的高潮？

琵琶女為什麼秋夜對瑟瑟荻花彈弄弦琴？白居易何以青衫溼？素昧平生的兩個陌生人何以會互訴心傷？

這是一齣舞臺劇，是一場感人心腑的電影，你，想不想過過編劇導演癮？或是化為戲中人？準備好了嗎？

舞臺： 江

燈光： 月

人物： 主角──詩人和琵琶女。配角──客。

地點： 潯陽江上

事件： 送客聞琵琶聲

時間： 元和十一年秋夜

情境： 船外──茫茫江浸月。船內──燈、酒、有情人。

道具： 琵琶

第一幕：晚江送客

潯陽江頭夜送客，楓葉荻花秋瑟瑟。主人下馬客在船，舉酒欲飲無管弦。醉不成歡慘將別，別時茫茫江浸月。

第二幕：水上琴音

忽聞水上琵琶聲，主人忘歸客不發。尋聲闇問彈者誰，移船相近邀相見。添酒迴燈重開宴，琵琶聲停欲語遲。千呼萬喚始出來，猶抱琵琶半遮面。

第三幕：琵琶心曲

（試音）　轉軸撥弦三兩聲，未成曲調先有情。

（感情）　弦弦掩抑聲聲思，似訴平生不得志。

（神態）　低眉信手續續彈，說盡心中無限事。

（手法）　輕攏慢撚抹復挑

（曲目）　初為霓裳後綠腰

（旋律）　大弦嘈嘈如急雨，小弦切切如私語。嘈嘈切切
　　　　　錯雜彈，大珠小珠落玉盤。間關鶯語花底滑，
　　　　　幽咽泉流水下灘。水泉冷澀弦凝絕，凝絕不通
　　　　　聲暫歇。別有幽愁闇恨生，此時無聲勝有聲。

銀瓶乍破水漿迸，鐵騎突出刀槍鳴。曲終收撥
當心畫，四弦一聲如裂帛。東船西舫悄無言，
唯見江心秋月白。

第四幕：商婦訴懷

（內心情緒掙扎考慮）	沉吟放撥插弦中
（態度莊重矜持自尊）	整頓衣裳起斂容
（回首前塵出身不凡）	自言本是京城女，家在蝦蟆陵下住。
（資質出眾色藝雙全）	十三學得琵琶成，名屬教坊第一部， 曲罷曾教善才伏，妝成每被秋娘妒。
（燦爛歲月歡樂受寵）	五陵年少爭纏頭，一曲紅綃不知數。 鈿頭雲篦擊節碎，血色羅裙翻酒污。
（青春時光揮霍無度）	今年歡笑復明年，秋月春風等閒度。 弟走從軍阿姨死，暮去朝來顏色故。
（色衰見棄嫁作商婦）	門前冷落車馬稀，老大嫁作商人婦。 商人重利輕別離，前月浮梁買茶去。
（思昔想今悲不自勝）	去來江口守空船，遶船月明江水寒。 夜深忽夢少年事，夢啼妝淚紅闌干。

第五幕：司馬自悲

我聞琵琶已嘆息，又聞此語重唧唧。同是天涯淪落人，相
逢何必曾相識。我從去年辭帝京，謫居臥病潯陽城。潯陽地僻

無音樂，終歲不聞絲竹聲。

（貶謫所居）　　住近湓江地低溼，黃蘆苦竹繞宅生。
　　　　　　　　其間旦暮聞何物？杜鵑啼血猿哀鳴。
（心靈苦悶）　　春江花朝秋月夜，往往取酒還獨傾。
　　　　　　　　豈無山歌與村笛，嘔啞嘲哳難為聽。
（情宣意撼）　　今夜聞君琵琶語，如聽仙樂耳暫明。
　　　　　　　　莫辭更坐彈一曲，為君翻作琵琶行。

第六幕：惺惺相惜　賓主俱化

感我此言良久立，卻坐促弦弦轉急。淒淒不似向前聲，滿座重聞皆掩泣。座中泣下誰更多，江州司馬青衫溼。

劇情本事概言

　　雖然宋人洪邁在《容齋隨筆》中，提出白居易夜遇琵琶女事未必可信。是作者藉虛構的情節，敘商婦不幸遭遇，實寫自己在政治上的沉浮，以寄託感慨。陳寅恪先生則言：「〈琵琶行〉既專為此長安故倡感今傷昔而作，又連綰己身遷謫失路之懷。」姑且不論其疑信之言，也不論其事真偽，白居易在這首詩中不僅寫活了一個女人的無奈，寫亮了琵琶樂聲的變化美妙，也寫透了內心曲折幽怨的情懷。但女子有才如此，仍逃不了老大嫁人的命運，敵不過商人重利輕別離的空船冷落，躲不了流光催老顏色故，做為官人呢？雖沒有嫁雞隨雞的宿命，但浮雲蔽日忠言致謗不也一樣無奈？空有濟世之志卻遭貶謫，怎不惴慄憤懣？

　　一個是從京都朝官貶為江州司馬的詩人，一個是以教坊名妓淪為見棄商婦的琵琶女，同是淪落人，同是失意情。在音樂的媒介中，萍水相逢的兩個人藉音樂相知，也藉音樂相惜。琵琶女以卓越的彈奏技巧彈出情思，詩人以其深厚音樂造詣，聽出是京都聲，也聽出她心中無限事的傾訴，更以詩將音樂幽情表達得淋漓盡致，藉詩敘己謫居臥病無法解之愁苦情。

寫作背景說明

　　這一齣戲就在白居易與琵琶女偶遇潯陽江的樂聲中，因為「淪落」，因為「知音」，而引發女子的傷心，詩人的悲感，譜出富含音樂美的動人詩篇。

　　〈琵琶行〉一詩，聲滿紙上，其事在敘述詩人與琵琶女之遇合，其情在表達天涯淪落之悵恨，人物之共鳴則賴音樂之溝通，可見「淪落」是相惜之基礎，「音樂」則是相知的媒介。

　　貞元十五年白居易舉進士後，歷任秘書省校書郎、翰林學士、左拾遺及京兆府戶曹參軍、太子左贊善大夫，至此可說一路平順。孰料元和十年七月，右丞相元衡遇刺，白居易親見其死之慘狀，遂上疏為喊冤屈，急請捕盜。但有人以其非諫官有僭越之嫌，素惡白居易者藉機毀謗，以〈賞花〉、〈新井〉詩責其母死竟有心情作詩，甚傷名教，不宜居朝官，以致被貶江州司馬。

　　五代高彥休《唐闕史》云：「居易長於情，無一春無詠花篇什，遂為王涯嫉被摭詩章，以成讒謗，誣言其母看花墜井，而作〈賞花〉及〈新井〉詩。又驗〈新井〉市藝屋時作，隔官三政，不同時矣。」顯見所指是欲加之罪。

　　白居易在〈與楊虞卿書〉中自言其事：「朝廷有非常事，

即日讀進封章，謂之忠：謂之憤，亦無愧矣。謂之妄，謂之狂，又敢逃乎？以此辜，顧何如耳，況又不以此為罪名乎！」

雖然白居易在元和十二年〈與元微之書〉自述三泰道溢魚頗肥，江酒極美，說盧山不惟忘歸可能終老之情，但仍不免有籠鳥檻猿之悲，有「憶昔封書與君夜，金鑾殿後欲明天，今夜封書在何處？盧山庵裡曉燈前」之嘆。這首在元和十一年寫的〈琵琶行〉，序中道：「予出官二年，恬然自安」，但觀諸其文所言：「始得名於文章，終得罪於文章」，「豈圖志未就而悔已生，言未聞而謗已成」，足見以儒之濟世為志，以佛道思想期求放意的白居易，內心仍是沉重的，淪落的打擊依然強烈。

音樂在此詩中貫串全局，詩中人物緣音樂「宣洩」、「溝通」。舉酒欲飲無管弦的主客孤獨，忽聞水上琵琶聲，離愁別緒消失。尋聲闇問，移船相見，藉音樂而結合遂同悲淪落，而相知相惜。

第一幕：晚江送客

唐宣宗〈弔白樂天詩〉：「童子解吟長恨曲，胡兒能唱琵琶篇。」

張維屏〈琵琶亭〉云：「楓葉荻花何處尋？江州城外柳陰陰。開元法曲無人記，一曲琵琶說到今。」

〈琵琶行〉之所以能感動千古之人，不僅因寫音樂成功，更因情景相融。「江、月、夜」所營造出的背景，讓整首詩產生悠遠綿延，涵天蓋地，無邊無際之感。而水的茫茫，夜的陰幽，江的遼闊使現實遠遠地被隔絕，使小小的舟自成一個世

界，也讓離愁別緒迴盪在這淒清苦寂的場景之間。

　　江淹〈別賦〉：「黯然銷魂者，唯別而已矣。」白居易謫居僻地，有人遠來相訪，心頭的喜悅交織著故人情。在脆弱落魄的時候，這樣的友情無疑是深重的，這樣的送別也是消魂的。杜甫詩道：「明日隔山岳，世事兩茫茫。」宦途多險，一地一為別，能再相見否？別此好友，今後誰能共盞？這樣的別是沉重的，這樣的飲是沉悶的，所以「醉不成歡」。雖然心有千言卻相對無語，也因彼此心相知，知道說什麼話都說不盡心中苦憂。愁對楓葉荻花，淒聽秋聲瑟瑟，離情別緒無從宣洩，悶積鬱結怎不「慘」也！

　　交集著際會、別離、環境所產生的慘，襯得「管弦」的重要。因為無管弦，所以醉不成歡；因為無管弦，所以心鬱無法宣洩；因為無管弦，所以夜如此寂靜；因為無管弦，所以楓聲秋聲聽來格外清楚；因為無管弦，所以苦飲悶酒。「管弦」是牽繫著詩人歡戚的關鍵，而此悶藏內心，無從宣發的情緒，飽漲盈滿，只好客觀投影於江月，凍結在「茫茫江浸月」之中。

第二幕：水上琴音

　　當主客慘然，氣氛凝滯時，「忽聞水上琵琶聲」。「忽」字道出意外，偶然，也道出心頭驚喜。因為是不期而遇，是出乎意料，沒想到的是管弦竟在最需要時適時響起。因而這琵琶聲不僅劃破寂靜淒迷的江夜，也打破低沉僵硬的氣氛。如苦旱的甘霖，解心中饑渴，節奏頓時輕快起來！主人忘歸，客不發！在最渴望的時間，傳來一心想要的音樂，此時，還有什麼比這

更重要的呢？這一句不走了！這一個率性的舉動，這難得的放縱，做一件拋卻現實的事，都因為忽來的琵琶音樂而形成了，可想其樂多迷人！

　　承接上段「無管弦」的遺憾，忽來的琵琶聲不僅引起一個追尋彈者的好奇，也打開另一局面，帶起另一個場景，就此展開一個延續相聚的畫面。自是，儘管江月依舊茫茫，但已非反映愁緒的無奈，而成了增加彈者神秘的酵素。茫茫水氣醞釀的朦朧反為琵琶女的出現營造神秘，儘管楓葉荻花依舊搖起瑟瑟寒風，但音樂在前，一切卻都改變了！

　　人物由原本將離而暫合，情緒由抑鬱而熱烈，畫面由冷寂而活動，故事由送別而轉向另一個主題。夾雜著興奮、期待、好奇心情的詩人，「尋聲」「闇問彈者誰」。這其中可見詩人動作裡的追尋，探索心切：也可看出詩人唯恐唐突而對彈者表現的好奇與尊重。雖是闇問，聲依然輕輕傳到琵琶女耳裡，暗夜裡她聽得出問尋聲音裡的體貼和相知，聽得出詩人對彈者的尊重、欣賞之心。琵琶女心裡因為這份真摯欣賞之情而悸動，於是「琵琶聲停」。然而矜持於禮教，雖想輕輕應答對方的問話，矛盾地「欲語遲」。這一段裡「尋」、「闇」、「停」、「遲」含蓄的表示詩人對樂的追求與渴望，顯示琵琶女掙扎矛盾的內心變化，也呈現邀約的誠意和受邀的慎重。

　　詩人「移船相近」是情之顯示，「邀相見」是愛樂重才之故。「移」、「近」、「邀」、「見」的動作，再次更明顯具體地表現詩人的心理。「添酒迴燈重開宴」，添、迴之間不但轉動畫面的焦點，轉現詩人對琵琶女的看重，也轉出重新的喜悅。但經過移船、相邀、添酒、迴燈的表誠意的過程之後，仍得「千呼萬喚」始見之，這當中可見詩人等待期盼之殷切，見女子躊躇

娇羞之情。經過如此心焦急迫的期待之後，琵琶女終於現身了！一句「猶抱琵琶半遮面」不僅僅寫抱琵琶的樣子，也很有技巧地醞釀氣氛，加深琵琶女的神秘性，留給讀者想像空間，同時暗示她內斂的個性，也為後段說心中事所經的掙扎留下張力。

第三幕：琵琶心曲

「轉軸撥弦三兩聲」，本是隨意試音的動作，不成曲調，但光這輕撥三兩聲，白居易見到的不只是行家身手，更聽出「情」字，這就是知音！也讓整段寫曲調變化的旋律，與內心起伏的感情相牽繫。「低眉信手續續彈」、「輕攏慢撚抹復挑」寫其彈奏神態、手法，也寫技巧之熟練。不經意之中所流露的悲哀已讓詩人感受到「弦弦掩抑聲聲思」，「似訴平生不得志」，「說盡心中無限事」。琵琶女藉音樂宣洩情思，無限傷心往事，無奈人生際遇，都化做聲聲低沉掩抑的弦音。詩人主觀賦予此曲是「言情」、「訴志」、「說事」之音，見琵琶女之傷懷，詩人何嘗不也在這低沉迴盪的樂聲中「傷情」、「悲志」、「嘆事」？

音樂是最具有純粹形式的藝術，但因為它的抽象，使得描繪上產生困難。中國人喜歡把音樂情境化，音樂流動的不只是音符的變化，更是氣氛的迴盪，感情的牽轉。所以我們認為音樂是表現情境而非形式，如，「平湖秋月」、「春江花月夜」……等樂曲都以美麗的意象引發聯想，而使音樂所展開的情調在耳際縈繞，也在心頭駐足，眼前彷彿也出現如詩的畫

境，這讓單純的音樂因為聯想而有豐富的內容和感動的情思，
透過比賦而使人有更深的體會。

　　詩人以大弦小弦強調樂器，再次刻意顯現音樂是主體。接
著以一連串具體比喻來表現續續流洩出的弦聲，「嘈嘈切切錯
雜彈，大珠小珠落玉盤」以疊字顯示聲音綿密多變，揚抑曲折
與前句如急雨私語連續之外，更以「珠」、「玉」讓人有視覺
上、質感上的聯想。聲音的透明圓潤如珠，音符起落如珠落玉
盤，心情的起伏不也如此？急雨的狂亂，私語的溫柔，兩種旋
律交錯嘈雜，心裡的激動想必更是如此吧！

　　「間關鶯語花底滑，幽咽泉流水下灘」。春時花開鳥語聲
細，情柔意美的鳥兒，舞姿輕盈曼妙，「滑」字寫景寫意也寫
聲，視覺形象的優美營造出喜悅的情境，也強化了聲音之美。
然而這樣的快樂竟如此短暫，弦音頓轉淒楚，抑鬱心頭的悲，
苦不堪言的痛無處話，無人解。長久以來一直都只壓抑著，流
不出的哽咽之情如被灘石堵塞住的泉水，流不動。「冷」、
「澀」、「凝」、「絕」，一層比一層悲，一字比一字絕望，一聲比
一聲弱。繼而若有若無，終而水泉不通聲暫歇，但聲雖歇，彈
者聽者心中的情卻翻騰不已，裊裊餘音是「幽愁」，是「闇
恨」。「此時無聲勝有聲」形成言有盡意無窮的情境，這片段的
懸宕彷彿山水畫裡的留白，樂章中的休止符，讓彼此在凝滯的
氣氛中整體情緒，也逼得詩人面對自己壓抑已久，不如意不甘
心的情緒，此時耳無聲，心中卻有千萬聲。

　　此處詩人寫樂音，寓有於無，無中見有，琴聲雖歇，美的
感染力卻未停止，反而因迴盪在彼此心中的感情激動而更綿
延。莊子有言「得魚忘筌，得意忘言」，無聲之所以美，正在
於得意。

　　正當彼此被情緒壓得喘不過氣來時，「銀瓶乍破水漿迸，鐵騎突出刀槍鳴」。突然而出的急促聲如銀瓶乍破，如鐵騎突出，而激昂的聲情如水漿迸，如刀槍出，兇猛急驟的音調與前面的愁苦抑鬱形成強烈對比。隨琵琶女輕攏慢撚抹復挑間，詩人的心弦也被撥動，時而落寞憂愁，時而激動憤慨。當聲情疊到高潮時，「曲終收撥當心畫，四弦一聲如裂帛」，戛然而止。

　　然而撥畫的不只是琵琶，也畫在每個人心上；撕裂的不只是帛，更是心。曲雖終，迴盪心頭的思潮卻未止，「東船西舫悄無言」。悄的寧靜正襯心之平靜，悄的安定正寫鬱結情緒宣洩後的舒暢。由「別時茫茫江浸月」到「唯見江心秋月白」，以景烘托情感，使盡在不言中的情有更開展的空間，也讓人有廣大想像的回味。音樂的擴散力、傳染性讓琵琶女與詩人心靈交感，情緒得以紓解，也藉陶醉的神態，彈奏的神情，彼此心知都有一段傷心事，都有滿腹愁苦情。於是傾訴，成了必然之事。江「心」秋月「白」月這一句中，月白照江「心」也照人心，月的溫柔正是人柔軟的體貼相知情。月之「白」，一如心聲之坦白。能暫離枷鎖拋卻顧慮，推心置腹完全交托的「白」裡，有的也是安適、放心、信任所織成的相知。

　　這一段音樂由順快→澀慢→停頓→突起→結束的順序和順境→逆境困境→掙扎→復起→結束的際遇轉折隱隱相應，琵琶女低眉信手彈出的音是樂曲，更是生命的一部分。

第四幕：商婦訴懷

　　自古心曲難向俗人彈，琵琶女飄零天涯，誰識淒涼？誰憐

悲愴？而今得知音，寧不動容，一吐情衷？但內心仍不免掙扎猶豫怕被嘲笑，怕被看輕，怕等閒視之。幾度沉吟，還是鼓起勇氣放撥插弦中，藉著整頓衣裳、站起、斂容一連串動作。表面上整理衣裝，其實是調整矛盾情緒，也顯現尊重慎重。因為這一段往事是琵琶女一生最美麗的風景，也是最不堪回首的記憶。她一直密密的藏在心的角落，一直緊緊的鎖在抽屜裡。它，只讓懂的人知道。

京城、蝦蟆陵相對於地僻的潯陽，見繁華冷落，也見得意落魄。有道是：「琵琶千日箏百日」，琵琶難學，卻十三成，顯其聰慧。「名屬教坊第一部」，見其藝高。以「善才伏」加強其技之優，「秋娘妒」襯托其貌之美。只是年少輕狂，總以為幸福是永遠屬於自己的，五陵年少爭纏頭的日子是永恆的。「人生得意需盡歡，莫使金樽空對月」。於是縱情聲色，熱鬧喧嘩。殊不知酒汙了紅裙，也汙了青春；擊碎的不只是鈿頭雲篦，更是永恆的夢。而這些五陵年少爭的是她的顏色，寵的也是她的美貌，她從不知道該為自己爭什麼？「紅綃」、「鈿頭雲篦」、「血色」所代表的財富榮華，青春絢麗，她從不在乎！

「今年歡笑復明年，秋月春風等閒度」。燦爛的青春是人生最美麗的季節，秋月春風是一年最迷人的時光，在歡笑中、在等閒裡，匆匆而逝。一直以為太陽下山明天一樣會升起，今年過了明年還會來，美貌也一直如春花嬌、如秋月柔。圍繞身邊爭纏頭的五陵年少，從來沒有告訴她時間不為任何人停留，有一天色會退、貌會衰，任何人也逃不過生離死別。有一天弟會因從軍走阿姨會死。從來沒有人告訴她由「今年歡笑復明年」的年，「秋月春風」的季，到「暮去朝來」的日，時間越走越快，青春離得越來越遠，容顏的老去在朝暮就見變化。

　　五陵年少看重的是琵琶女的貌，爭的也是如秋娘的色，當色貌不再美豔時，門前冷落車馬稀，是必然的結果。琵琶女在老大無依下，不得不嫁作商人婦。女人嫁的是依靠，託的是一生，想的是幸福寵愛，然而商人重利輕別離，但琵琶女輕利重別離。去來之間流轉的豈止是江口？也是昔今；守的豈止是空船，更是空虛失落的心。

　　「遶船月明江水寒」。月明人圓是人間好時節，但人不圓事不如意時，月的圓更襯人的孤獨。李白詩中卻下水晶簾，仍不死心望玲瓏秋月的女子，望的是月想的卻是人，琵琶女不也是如此？心中翻騰的無限事，就像月在船邊遶，心中淒楚像江水寒。「遶」、「寒」二字寫景，更寫情。白日清醒時，理智強壓抑心緒，但夜晚孤船空盪盪的在水上漂，寂寞孤獨的寒意在心頭遶。當年「等閒」視青春，相對於今日的恍然大悟，心裡有無盡的悔恨傷悲，有說不出的蒼涼淒苦。問天天不語，回答她的只有冷冷的月光，寒寒的江水。這樣的愁緒整天整年在她心裡盤踞迴繞，讓她心焦心碎而憔悴，讓她在不定的江口徘徊，也在無依無靠的空虛孤寂裡擺盪。

　　這裡的「忽」字和水上「忽」聞琵琶聲的忽字，表面上都是出其不意。事實上都是蓄心中極度盼望的想法，琵琶女是日有所思夜有所夢，少年事無限綺麗，卻不堪回首，不敢回首。但當年被爭寵的紅顏盛景，心裡一直想著。白居易舉酒欲飲恨無管弦，別愁傷緒結聚在心，因此，這兩處的「忽」都有願意實現的意外欣喜，只是結果大異，琵琶女「夢啼妝淚紅闌干」……夢悄悄掀開深鎖的青春往事，多少日子思念的年少忽到眼前。作夢的人看夢裡的自己，永遠以為這一切都是千真萬確的，永遠都是那麼認認真真投入真實感情。當時的人物畫面

情節，當時的自己一顰一笑又回來了！「紅」字再次耀眼，是紅豔的春花容貌，是正紅的琵琶師，是紅亮的青春年華，是紅喜的幸福，也是被寵的紅人。但當它沾染上淚時，紅變成惋惜早凋的哀嘆，嘲諷蹉跎的冷笑，怎不叫傷悲至極的琵琶女禁不住在夢裡啼哭？這裡呈現的不但是夢中悲而啼的傷心，更是今夜說心事時洶湧澎湃於心的情懷。

從「自言本是京城女」到「前月浮梁買茶去」十八句，一氣而下，未曾換韻，見詩人有意增強琵琶女一洩而傾，訴無保留的激動，而深深的自憐，長長的惆悵都集在「啼」字。

第五幕：司馬自悲

賓主所以共感在於：⑴京都樂音，⑵美質見棄。

對於一個同樣來自京都的女子，在異鄉逢遇本來就有一股親切，何況京都是琵琶女青春的舞臺，也是詩人心志所繫「長安不見使人愁」，再加上京都樂聲所引起那遙遠的曾經繁盛的過去，這足以讓彼此一見如故。沒料到琵琶女的過去竟和詩人的際遇如此相同，這樣的「同」，讓詩人「嘆息」、「唧唧」，這是心裡對琵琶女的感慨，更是對「原來天下不幸的人並不只有我」的哀嘆。天涯何其大，兩個淪落人竟能相遇？同病相憐的相遇又何必曾相識？

唐代帝王多愛樂，自賀懷智、段善本、康昆崙到曹保保、曹善才、曹剛祖孫三代，有名的琵琶師都會集在京城，形成琵琶藝術的一大流派，即所謂「京都音」。詩人京城生活日與樂伴，所以自述淪落句句關樂。「京都音」是最足以代表長安的

音樂，京都也是朝廷所在，是志得意滿的代表，所以不聞絲竹聲，不是沒有音樂而是遠離帝京。不是山歌與村笛不能聽，只因謫居臥病，只因潯陽地僻的窮愁潦倒，所以嘔啞嘲哳難為聽，這不完全是針對山歌村笛而發，而是因詩人主觀的不如意所反射出的情緒。

「住近湓江地低溼，黃蘆苦竹繞宅生」。地低不正是人所處的情勢低，是人生的谷底。竹本不苦，東坡道：「無竹令人俗」，但繞宅生的竹對白居易而言，不是象徵高潔風骨的竹，反成細長入天，高密織成的牢籠。黃蘆也不再是白樸筆下漁樵的背景，而成包圍詩人的孤城。這已讓詩人心困意鬱，怎堪旦暮盡杜鵑啼血猿哀鳴？「黃蘆苦竹繞宅生」、「杜鵑啼血猿哀鳴」都具有心理上的象徵意義。啼血哀鳴的正是詩人自己，苦的不是竹，而是詩人。

際遇蹇困心靈苦悶，每到春江花朝秋月夜，想起昔日風光更是難解。取酒消愁愁更愁，獨傾獨醉獨徘徊，這樣的苦悶無人可話，這樣的辛酸無酒可醉。然而今夕是何夕？竟然聞君琵琶語，心靈震顫共感相知，所有壓抑的情緒都藉音樂宣洩，所有心裡的委屈無奈都藉共有的命運而聯結而溝通。終於有一個人可能傾吐心事，終於有一個人了解自己，終於有可能解下武裝的時刻，「如聽仙樂耳暫明」，這是仙樂更是仙境，耳明心更明。

「暫」自表示相聚是短暫的，這樣的宣洩也是短暫的。琵琶女的衰謝，詩人的宦途仍舊悠悠不可期。不過，眼前且莫辭，琵琶女更坐彈一曲，詩人翻作〈琵琶行〉，為彼此的短暫留下永恆，讓彼此的感動留下永遠。

第六幕：惺惺相惜　賓主俱化

琵琶女以其一生反映出「永恆的宿命」：其一，崇拜青春必然走向的境界是「門前冷落車馬稀」。其二，任何事物盛極必衰，無常是不變的常道，世間沒有永遠的不變，所以「弟走從軍阿姨死」、「五陵年少爭纏頭」，到「老大嫁做商人婦」、「暮去朝來顏色故」。在這樣的變化中，每個人都會從人生的春天走到秋天，從事業的春天到秋天。琵琶女自言身世的一席話，是自憐，是自我解放，對白居易而言又何嘗不是如此？

藉著琵琶女由色藝雙全，及財富寵愛於一身的盛況，到去來江口守空船的淒涼，詩人清楚地看到沒有人能停止時間的流轉，沒有人能逃過衰敗。藉著琵琶女生命的轉變，在某種意義上拯救了詩人，琵琶女所提供盛極必衰的畫面，讓詩人貶謫冤枉不平地憤恨之氣，導向理性的思考——天下沒有永遠的年輕，也沒有永遠的得意。

掩泣之中雖然仍有自己的傷悲，有同是淪落人的相惜相憐，但我想也有原諒自己走出陰霾的相慰相勉。所以，這裡的泣不是「妝淚紅闌干」般的悲慟悔恨之泣，該有某種喜極而泣的頓悟與釋懷吧!? 還有相遇知己的感動心喜而泣。

正如音樂不僅是琵琶女寄情的媒介，是詩人懷昔想今撥動心弦的觸發，不僅是兩個淪落人溝通宣洩情感的橋樑，也同樣是療傷止痛的藥石。

知心知意才能是知音，在這首詩裡，我們看到真正心靈上的分享，真正感情上的疼惜。「淪落」、「知音」讓兩個陌生人

交會，也讓他們在音樂裡，在彼此共有的經歷裡轉化，蛻變而獲得重生。所以，琵琶女再彈時淒淒不似向前聲，進入另一個境界。

——原刊於《國文天地》第 15 卷第 12 期（2000 年 5 月）。

〈永州八記〉
——柳宗元尋找自我的影像

　　柳宗元少年得志，前途無量，在三十三歲前，意氣風發的他從未想到自己後半生會在蠻荒中度過，此後到四十七歲逝世，屢貶屢挫的黑暗，讓柳宗元籠罩在「謫遷」罪犯的恥辱裡，在惴惴不安的惶恐中。

　　韓愈〈柳子厚墓誌銘〉云：「子厚力斥不久，窮不極，雖有出於人，其文學辭章，必不能自力以致必傳於後如今。」說明外在環境所感發的「不平」成為激動其生命的轉折。謫居的山水成就他在遊記中的精彩，也讓他在文窮而後工中，為自己開闢出一條在立功之外的不朽，但這十五年的每一日子都沾染著尋找生命出口，企圖脫困的血淚。

　　柳宗元的山水遊記短而精煉，字如精金美玉，但每一篇文章的背後都隱藏著一顆孤獨的不安的靈魂，流露出失意不平的怨氣。柳宗元不常在文章中直接談到自己的孤獨，只讓人去探索；他也不明顯地標舉現實，而是冷冷的諷刺，但出其不意的冷箭往往一矢中的，勝過漫天大火，可見其對政治的不滿憤懣，對現實看透。

　　對柳宗元而言，遊記不是觀光報導，不是體味人生，享受自然的媒介，而是心靈的痕跡。因此他不取六朝「流連光景」、「雕繢滿眼」的筆法，而以個人生命體驗反映其審美理想的自然，特別是所刻劃「曠」、「奧」兩種境界，所顯現隱含幽

深的格調、抑鬱幽憤的感情以及微約幽麗的文字，無一不是內心情志的寫照。應於其自言：「參之〈離騷〉以致其幽」（〈答韋中立論師道書〉）、「淒神寒骨，悄愴幽邃」（〈小石潭記〉）、「舒泄幽鬱」（〈上李中丞獻所著文啟〉）與茅坤《唐宋八大家文鈔・論例》所言：「巉岩崛岅，若游峻壑削壁，而谷風淒雨四至者，柳宗元之文也。」均見所描繪的風景，不止是天地山水，更是感情思想掙扎糾結的地圖，並在「情以物遷，辭以情發」（《文心雕龍・物色》）的條件下，寓託「主觀憾恨」與「人情冷暖」的深度。因此他筆下的足跡不踩在名山勝水之上，而是在幽僻冷清靜謐之處發現其勝。他鋪陳的奇石幽泉因為個性的滲透、感情的渲染、主觀感受的變化而「別有文章」。現在我們就依循著「永州八記」在山水之外所呈顯的心靈地圖，窺探柳宗元尋找自我的過程；透過心理學角度，感知他在委婉傷心、深沉幽怨中如何在山水中療傷止痛，藉以確定自我，以勾勒出他意圖解脫心靈束縛，卻蹣跚顛簸的腳步與悲憐憤慨的心路歷程。

一、改變柳宗元一生的永貞之變

柳宗元始祖可上溯至戰國魯國的展禽（柳下惠），展禽食采柳下，遂姓柳。柳氏先祖多任朝官，高伯奭為唐宰相，與褚遂良、韓瑗得罪武后，死於高宗朝。高祖、曾祖、祖父均為縣令等官，父柳鎮，以文章垂名於當世，累官至殿中侍御史，為人剛直，德宗貞元四年因平反冤獄，得罪宰相竇參，貶夔州司馬。代宗大曆八年（773）柳宗元生於長安，十一歲起隨父官

職遊歷湖北、湖南、江西等地開拓見聞。

　　經過安史之亂的混局後的唐朝經濟凋敝，政治腐敗，時局不寧。中唐德、順、憲宗都有變革的願望與措施，企圖振起安史之亂以來衰敗局面。柳宗元在德宗貞元九年二月時年二十一歲，登進士第，《新唐書》本傳：「宗元少精敏絕倫，為文章卓偉精緻，一時輩行推仰。」同榜有劉禹錫等人，同年父卒。

　　貞元十四年（798）柳宗元二十六歲，登博學宏辭科，授集賢殿正字，為朝廷校勘整理圖書，雖無施展政治抱負的機會，但亦可謂正式步入宦途。三年後，調任京兆藍田（今陝西）縣尉，貞元十九年（803）因御史中丞李汶之推薦，與韓愈、劉禹錫、韓泰等拜為監察御史，從此進入政治核心，柳宗元因此認識有革新政治之志的王叔文、韋執誼。韓愈〈柳子厚墓誌銘〉中言柳宗元個性、才學與當時受重的情形道：「雋傑廉悍，議論證據古今，出入經史百子，踔厲風發，率常屈其座人，名聲大振。一時皆慕與之交，諸公要人爭欲令出我門下，交口薦譽之。」貞元二十一年（805），柳宗元三十三歲，德宗崩殂，順宗即位。王叔文為翰林學士掌有大權，奇其才，擢柳宗元為禮部員外郎，正式參與國是。

　　年少得志的柳宗元正抱著鏟除時弊的願望和自覺的參政意識，為報受器重賞識之恩與救世濟民的理想，展開這一場以二王、劉、柳為核心，以政治、經濟、軍事為焦點，以除弊興利、利國利民為目標的「永貞改革」。其主要內容是：一、加強中央集權，抑制藩鎮割據勢力。二、罷宦官以賤價強買百姓之物，巧取豪奪的宮市和五坊小使，以打擊宦官勢力，謀奪其兵權。三、召回被貶逐的幹才陸贄和著名諫臣陽城等，貶斥大貪官京兆尹李實。四、除兩稅正稅外，罷「羨餘」、「月進」、

「進奉」等苛徵，下令免民間對官府的各種舊欠。五、放宮女三百人，將坊女樂六百人還家。

柳宗元參與此場非成即敗、非善即惡的政治改革，企圖在推翻陳舊的因循苟且的價值體系，反對宦官擅權，罷「宮市」、「進奉」，主張任人唯才唯賢，無奈王叔文計劃奪兵權不成，又丁憂奔喪。永貞元年八月四日，保守派迫使病重中風的順宗退位，擁太子李純即位，是為唐憲宗。大權又落入宦官之手，王叔文想利用宦官打倒宦官的計謀徹底失敗。

這針對時弊的改革，事實上只維持一百四十多天。憲宗即位後，王叔文立即被貶渝州司戶參軍（次年賜死），九月，子厚坐王叔文黨貶邵州刺史，未至，十一月道貶永州司馬。劉禹錫等同遭貶謫，史稱為「八司馬」。司馬一職既無職責亦無官舍，柳宗元既遭竄斥，湖南零陵地又荒癘，加之以朝廷論罪強調「縱逢恩赦，不在量移之限」，以致「廢為孤臣，日號而望者十四年」。（〈上李簡相公書〉）

二、貶永州的心境與處境

貶為永州司馬的柳宗元，風霜僕僕地與母親、從弟至十二月方抵達榛莽荒癘的湖南。湘江、湘竹，屬於湘南的悲調，柳宗元還沒來之前就已渲染楚歌、〈離騷〉的鬱結愁苦。

奧國精神醫學家阿德勒言：「個人所以『力爭上游』是因為他自幼在成人權威下早期形成的『自卑情結』，為克服之自然努力追求並發展自己獨特點，終而形成個人獨特人格，因此，人格發展無異就是個人繼續不斷向自卑情結反應的歷程，

此種心理歷程可視為『補償作用』。」正緣於這基於補償作用自悲情結的突破，承繼振興家族期望與個人理想的柳宗元，一直汲汲於科考與察時政、研經史間。但一個盛氣心銳於仕進企圖以顯達重振家聲，一直把生命重心放在政治理想的他，忽然在顛峰頓跌，這樣迅疾的變化，任誰都無法自處，無法圓解。是世事無常嗎？還是才高被忌？或是天將降大任有意的折磨？是上帝開的玩笑？可能都是，也可能都不是。

生性倨傲的柳宗元初不願辯白，以為公道自在人心，一切久當自明。怎奈世態炎涼，「而嗔罵者尚不肯已，堅然相白者無數人」。（〈與裴壎書〉）所以他憤而作賦：「曩余志之脩騫兮，今何為此戾也？夫豈貪食而好名兮，不混同於世也！將願身以直遂兮，眾之所宜蔽也，不擇言以危肆兮，固群禍之際也！」（〈懲咎賦〉）眾謗相交，落井下石，讓原本熱情驕傲的柳宗元在「僇人」的身分下，被無情地鞭笞。含冤莫白的辛酸，化為一句「我不幸以謫死」的悲哀之中。

柳宗元也曾陳情請求除罪移官，然而憲宗甚惡王叔文、保守黨勢力強大，以致希望一再落空。除了精神上的挫折，湖廣瘴癘的暑溼之氣與語言習俗上的差異，都使他的處境困阨。在與友人書中，他一再陳述苦病憂身的憔悴煎熬，如〈與楊京兆憑書〉中云：「自遭責逐，繼以大故，荒亂耗竭，又常積憂恐，神志少矣，所讀書隨又遺，一二年來，痞氣尤甚，加以眾疾，動作不常，每聞人大言，則蹶氣震怖，撫心按膽，不能自止。」非但「行則膝顫，坐則髀痺」（〈與消翰林俛書〉），而且「殘骸餘魂，百病所集，痞結伏積，不實自飽。或時寒熱，水火互至，內消肌骨，非獨瘴癘為也。」「食不知辛鹹節適，洗沐盥漱，動逾歲時。」（〈與許京兆孟容書〉）難怪他「自傷為

萬里孤囚」，比為失去自由的囚犯，失去家鄉與幸福的孤魂。

柳宗元謫永州十年（憲宗元和元年至十年，806～815），其間經歷母卒妻女夭亡，摯友凌準、呂溫亡故，所往來者唯與韓愈談詩論文，與巽上人等僧徒研佛理，讀史遊山水。韓愈〈柳子厚墓誌銘〉道：「居閒，益自刻苦，務記覽，為詞章，泛濫停蓄，為深博無涯涘，而自肆於山水間。」在永州身心疲憊寂寥卑微的日子裡，柳宗元以屈原自比，仿〈離騷〉賦詩明志。

就作品精神內質看，居永州時期柳宗元詩文中，山水意識和遷謫意識常融在一起：「投跡山水地，放情詠〈離騷〉。」（〈遊南亭夜還敘志七十韻〉）或如〈南澗中題〉言：「秋氣及南澗，獨遊亭午時。迴風一蕭瑟，林影久參差。始至若有得，稍深遂忘疲。羈禽響幽谷，寒藻舞淪漪。去國魂已遊，懷人淚空垂。孤生易為感，失路少所宜。所窴竟何事？徘徊只自知。誰為後來者，當與此心期。」或有意仿謝靈運的精深典奧：「密林互對聳，絕壁儼雙敞，塹峭出蒙籠，墟險臨滉漾，疑地脈斷之，悠若天梯往，結構罩群崖，迴環驅萬象。」（〈法華寺石門精室三十韻〉）以唐詩之風韻兼謝靈運式蒼深，但詩心最深處是〈離騷〉之幽怨。

〈永州八記〉為這一段抑鬱糾結的心靈留下註腳。沈德潛評柳愚溪諸詠：「處連蹇困厄之境，發清夷淡泊之音。不怨而怨，怨而不怨，行間言外，時或遇之。」（《唐詩別裁》）但清夷淡泊之音只是其一部分，內在旨意卻是深厚鬱憤。正如自言：「庸詎知吾之浩浩，非戚戚之尤者乎？」（〈對賀者〉）另如〈江雪〉篇幅短，卻藉氣氛烘托突出孤憤哀怨、清高孤傲的形象，語意和音韻都顯得峭拔。

三、寫作動機
——相知相惜的移情與轉化

在變法失敗後，柳宗元失去了政治前途，也失去了人生方向，尤其是失去自信，而把自己鎖在陰影中，以致「怡曠氣少，沉至語多。」(《峴傭詩話》)「獨愴愴……竊自悼。」(〈與李翰林建書〉)儘管他不斷藉由山水尋找新的生活方式，新的精神面相，卻因為沒有勇氣觸碰那深層的創痕而失敗。

然而柳宗元同時也是對現實充滿熱情，對自我充滿期望與理想的人，這使他筆下的遊記在冷峻孤寂中，跳躍著生之掙扎與表現自我的意志。「夫美不自美，因人而彰，蘭亭也不遭右軍，則清湍修竹，蕪沒於空山矣」。可見柳宗元寫八記實有意效法王羲之，以大自然知己自居，以彰顯永州山水。柳宗元在期望山水以人而靈的同時，也表達人因與山水「同病相憐」，寄望能有如山水得以被世人賞識。在投射心理與移情作用下，柳宗元與永州山水於遊記中結合，永州山水藉柳宗元之筆而不再埋沒，柳宗元淪落天涯之情、憤世嫉俗之怨也得以在遊山覽流間暫釋，在「賢者不得志於今，必取貴於後，古之著書者皆是也」(〈寄許京兆孟容書〉)，為文以遺後世的期待中實現「遇」的知惜，永恆的肯定。

柳宗元在〈對賀者〉中說道其所以有「過乎慟哭」的「長歌之哀」是「以罪貶永州」、「上不得自列於聖朝，下無以奉宗祀，近丘墓」。在〈婁二十四秀才下對酒唱和詩序〉則言：「君子遭世之理，則呻呼踴躍以求知於世，而遯隱之志息焉。」於

是感激憤悱，思奮其志略，以效於當世。故形於文字，伸於歌詠，是有其具有未得行其道者之為之也。因此，在寫遊記的時候，是藉以宣洩「感激憤悱」之情，也是想「呻呼踴躍以求知於世」。柳宗元心裡想的當不只是眼前的風景，藉山水遣愁抒情，也還有渴望知音憐惜的心思吧！就像他以如此知憐的心情去挖掘，記錄那名不見經傳的尋常山水。當我們依句逐字閱讀八記時，將不只為他筆下呈顯的美好風光所吸引，而是那顆一生等待知音，卻落於失望痛苦的靈魂。

四、〈永州八記〉寫作特色

柳文特色在峻潔精嚴，雄深雅健，但這是表現於議論上的雄放，那是理想中的柳宗元，是屬於現實剛性的儒者，滔滔不絕的暢言政治理念。在遊記裡的柳宗元卻多是委婉傷心，深沉幽怨的，隱藏著一顆孤獨的不安的靈魂，無奈不平的怨氣。

言語清麗，色彩鮮明的八記中，以散句中穿插運用對偶、排比的句式，通過或散或整的結合句構錯綜變化，達節奏勻稱之美，成詩境之趣。描寫風景時由空間至時間，除粗略粗筆勾勒山水地理位置、風景形態，繼而以白描手法，精細地把各種山川景物的細微處，使蒼勁秀麗之風物盡現筆端。一則陳述遊之具體過程，另則不斷換角度，或平視眺望、或俯視鳥瞰，疏密虛實之間勾勒身臨其境的立體感，同時以正側虛實之筆多方面渲染，脈絡清晰，構畫分明，體現作品形散而神聚的特點。如〈小石潭記〉中，不正面寫水之清，而是通過對石、樹、魚具體描繪和渲染，使潭水形成一種無墨之墨，無筆之筆，動靜

之間，其「清」之境令人玩味。其中以「隔篁竹聞水聲，如鳴珮環，心樂之」反襯「其境過清」，後以「水尤清冽」正面寫「境清」，然後以「潭中魚可百許頭，皆若空游無所依」，實筆虛寫「境清」，最後寫四周「竹樹環合，寂寥無人，淒神寒骨，悄愴幽邃」，兼用實虛筆墨點出「其境過清，不可久居」。而「淒神寒骨悄愴幽邃」為點睛之筆，使全篇由客觀寫景，一躍為有濃烈感情色彩的抒情之文。

寄情山水以遣孤寂的八記各自成篇，而文遊蹤連貫，連綴起不同景點，藉山水吐不平。作者既是遊者又是導覽者，每篇只寫一山一丘，或一澗一潭，各把握景物特徵有所側重，如〈始得西山宴遊記〉著重寫山水之怪特、〈鈷鉧潭記〉著重寫石與小溪、〈至小丘西小石潭記〉著重寫潭水游魚、〈袁家渴記〉細寫水上風光、〈石渠記〉寫泉水的細微、〈石澗記〉寫澗中石與佳樹、〈小石城山記〉描繪天然構成的小石城，這些圍繞西山，名不見經傳，甚至「永之人未嘗遊焉」的〈袁家渴記〉亦見水石容態之外的草木之姿。在不為當地人所知的尋常地方，在柳宗元的「發現」與「不意得之」下，永州之記各具特色。

感情渲染、自我個性滲透是柳宗元遊記的主軸。在八記中，柳宗元除詳記地點、遊程、見聞及觀察點，更記遊歷時間、相隨之人、作記之由，藉此寫下自己的生活日記，如〈始得西山宴遊記〉中特別記載「今年九月二十八日」始見西山而異之，並因遊於是乎始「故為之為以誌，是歲，元和四年也」。在〈鈷鉧潭西小丘記〉中則記「得西山後八日」、「李深源、元克己時同遊」、「獨喜得之……書於石，所以賀茲丘之遭也」。〈小石潭記〉也有意地提及：「同遊者……隸而從者……。」〈石渠記〉歷敘遊觀過程時，對於時間也一一標

誌:「元和七年正月八日,蠲渠至大石。十月十九日,逾石得石泓小潭。」凡此均見柳宗元有意以八記寄託個人生命境遇、觀照思維以及胸襟氣度,使山水景物中有自然的面目,也有作者的影子。因此與其說他寫永州的山水,不如說他寫他心中山水,山山水水裡都有柳宗元的精神與感情,有他的理想與困惑。

五、受難／掙扎／救贖／超越中的影像

在神話中,愛斯基摩巫師認為:生命遠非人智所及,它由偉大的孤寂中誕生,而只有從苦難中才能觸及困厄與苦難,才能使心眼打開,看到那不為人知的一切;能揭露不完善,學習不完美,方是生命全相。走入〈永州八記〉,就像希臘悲劇英雄挑戰命運的歷程,我們看到人的軟弱,同時也見人嚴肅的堅持,儘管其間有恐懼自憐、自卑逃避,卻也有對人生宇宙的大徹大悟。同時在記之間,可見柳宗元在逆境與挫折介入生命之際,心理衝突和意識分裂的各種情緒反應,亦見他以理性、客觀看待困境,在迷思中覺醒,由逃避的恐懼中掙脫,寬容看生命中必然的苦難,生命的不完美,進而於山水間建立自我的價值與定位,然而,柳宗元是否超脫凡俗的體系?抑或終究在這輪迴中徘徊?這正是本文想探討的重點。

(一)憂讒／傷謫的自我壓抑

當人意識到現實困境無法改變時,內射則自責自貶,外射則尋求解脫之道,在柳宗元被貶永州的詩文中可以清楚地見到

這樣的心路歷程。他靜處以思，獨行以求天道之恩，思索自我失敗的原因，言「年少銳進，不識幾微，不知當否，但欲一心直逐，果陷刑法。」(〈寄許京兆孟容書〉)「性又偏野，不能摧折，以故名益惡，勢益險。」(〈與裴塤書〉)語中卑微地譴責自己、辱罵自己、貶低自己、批判自我。同時因政敵欲落井下石，造謠中傷，以致故舊不敢與之交：「伏念得罪來五年，未嘗有故舊大臣肯以書見及者。」(〈寄許京兆孟容書〉)憤憤不平而又孤立無援的他「壯心瓦解空縲囚」，終日「與囚徒為朋，行則若帶纏索，處則若關桎梏。」(〈答周君巢餌藥久壽書〉)以是「恬死百憂盡，苟生萬慮滋。」(〈哭連州凌員外司馬〉)因此徐增云：「人孤則易為感傷，失路則百無一宜。」

八記雖狀似客觀記山水形貌，卻在冷峭反語中，處處見故作歡愉以壓抑悲慨幽思的語句，如「孰使予樂居夷而忘故土者，非茲潭也歟？」(〈鈷鉧潭記〉)「列是夷狄，更千百年不得一售其技，是故勞而無用。」(〈小石城山記〉)所暗示的居夷處境、僇人身分，而「忘」字更彰顯「不忘」、「壓抑不了」的落漠與無奈，「不得」售才的冤恨。

在永州的日子，心情何止是「恆惴慄」所能道盡？更是充滿「嘻笑之怒，甚乎裂眥；長歌之哀，過乎慟哭。」(〈對賀者〉)的沉痛。柳宗元在〈始得西山宴遊記〉中以自剖的坦白敘述自己為逃避痛苦，而不斷地出走：「日與其徒上高山，入深林，窮迴溪」，尋找的目標是有「異態」之山水，舉止是「施施而行，漫漫而遊」的漫無目的，這不獨是日日行履的腳步，也是人生困境間手足無措的倉徨不定。奔波不停的遊，其實是惶惶的逃避，是汲汲的尋找出口，也是為壓抑、為自我化解悲劇所造成的痛苦。「披草而坐」、「傾壺而醉」、「相枕以

臥」、「夢亦同趣」、「覺而起,起而歸」。以頂真所聯繫緊湊、速度、流動感的一連串動作,麻木、無意識的出遊、就像走不出的迷宮,而如此頻頻行遊的結果不是忘縈繞心頭的話「惴慄」,而是「以為凡是州之山水有異態者,皆我有也」的自我欺騙。自我的位置、不得意的解答、安心安意安志安身之道就像謎;司馬閒職、貶謫罪身、行同廢位⋯⋯在現實中無一是「我有」者,無一可自豪者,除卻這為打發時間、為逃避痛苦、為驅遣恐懼所不斷踏出的出走。

然而在不斷夢與醒、醉與覺的歷程裡,在獨喜得棄地之遭間,在坐潭上聽水觀魚水時,反而落入更深的夢魘、更悲的憤慨中,以至於「悽神寒骨,悄愴幽邃」匆匆逃離。原來,生命只是一場又一場驅使著理想與困境,在反掌間交替,在追尋間糾纏,每任這無形的摧殘成惶惶不可終日的螻蟻。真正的遊,真正的釋放與自我從來沒有找到。

(二)期待／失落間的掙扎

佛洛伊德認為:「藝術家因無法與本能滿足的受阻取得協議,於是轉而進入幻想世界,讓野心得以馳騁,但也發現一條由其幻想世界返回現實世界的道路——藉由特殊稟賦將幻想塑成另一個「新現實」,而使人們認幻想產物乃是現實生活有意義的反映,因此他利用這種捷徑實際變成他渴望成為的英雄。」柳宗元於八記中以發現者角色出現,並在劈荊斬棘的拓荒歷程中,創造廢地僻境的另一番勝景,正符合佛氏「受挫慾望的替代性滿足」的論說。

因此,在文章中的柳宗元是自負的,當他登上西山時,「則凡數州之土壤,皆在袵席之下。⋯⋯尺寸千里,攢蹙累

積，莫得遁隱」。(〈始得西山宴遊記〉)俯視天下的自得以及溢於文字之間期待得賞識者之心與自期，如〈鈷鉧潭記〉樂購地以緩鄉人之禍、〈鈷鉧潭西小丘記〉喜得棄地、〈石渠記〉：「累記其所屬，遺之其人，書之其陽，俾後好事者求之得以易。」〈石澗記〉：「後之來者，有能追予之踐履耶？」在這些隱含個人情志的話語中，與其說柳宗元是「惜」石渠之不傳而記之，毋寧說是惜個人懷才不遇，企圖以文學時間的持久，來打敗生存空間的限制。憑藉向時間求取正義的書寫信仰，作為來驅散生存陰影的一種策略，寄盼作品因知音者能識其才，得以傳之後人，遺之千古，那麼現世輸或許成就千古的贏，一時不得意又何足計較？

　　然而「與時推移」的世態一如〈袁家渴記〉裡「振動大木，掩苒眾草……搖颺葳蕤」的大風，內心深層被壓抑無以宣洩的情感，遂化為〈小石城山記〉借景奇特對上天發出疑問。但不放棄自我的柳宗元一方面藉「清冷之狀與目謀」曠逸高遠的「寂寥」相對，一方面藉石之瑰偉抒胸中之氣：「其石之突怒偃蹇負土而出爭為奇狀者，殆不可數。」「其衝然角列而上者，若熊羆之登於山。」(〈鈷鉧潭西小丘記〉)無奈不甘屈服於逆境之「爭」以及「衝」所顯現的激勵奮發，與〈鈷鉧潭西小邱記〉悼己謫傷放逐，或藉對於名不見經傳的小石潭、小水溪，沾沾自喜身為發現者的得意，反映其對現實環境的期待，並以所發現的山水來表現自我的精神氣質，投射內心以嘲諷、轉化的方式來宣洩不平與憤慨，深沉執著的情感，並在懼怕「千百年不得一售其伎」、「勞而無用」(〈小石城山記〉)中道出內心的渴望。

　　就在這期待與失望的矛盾衝突中，往復循環的靈印痕間，

柳宗元強烈流露尋找自我、探索自我的心念。它彷彿是一場按圖索驥的遊戲，又好像向神秘的黑暗一步步跨越，那原本屬於自己的一切卻看來如此陌生，受傷的自己、哭泣的自己、虛弱無助的自己，那一直包裝得緊緊地，一個自己不知道也一直企圖壓抑逃避的自己，以及被人尊崇的榮耀、個人自尊自覺盡在這問天、記石、寫潭之中，被深深植下。

(三)蛻變／突破中的自我救贖

人的再生性來自自我改革，向自我挑戰，柳宗元強烈的生命意識，企盼超越現實生命，追求解放的心態，使所有倒影往往成為對象的明鏡。八記中時見藉整治荒地築構的過程，這不僅涵蘊著柳宗元對時政政的思維，如以刈「穢草」、「惡木」暗寓除宦官弄權、斬朝中敗類，「焚」字，所顯示嫉惡如仇的心態，以及顯「嘉木」、「奇石」對君子能得道的寄望。在去穢除惡的歷程中，挖除盤根錯節的恐懼憤懣，經營改變與重建的動作則意味著整理自我，整理自己再出發的勇氣與方向。因此無論是敘州牧整地的經過如「攬去翳朽，決疏土石，既崇而焚，既釃而盈。」（〈石渠記〉）或是命僕人「斫榛莽，焚茅茷」以得登山之趣；或柳宗元自述「折竹箭，掃陳葉，排腐木」，從此「交絡之流，觸激之音」於其下，「翠羽之木，龍鱗之石」（〈石澗記〉）於其上的得意；或是「鏟刈穢草，伐去惡木，烈火而焚之」，其結果是「嘉木立，美竹露，奇石顯」，使柳宗元既得意於望「山之高，雲之浮，溪之流，鳥獸之遨遊」，又在耳目之謀間「悠然而虛者與神謀，淵然而靜者與心謀」（〈鈷鉧潭西小丘記〉）……凡此均見藉「發現」與「再造」，在再建構的過程中，配合現實／夢想、潛意識／意識、蛻變／突破，展

開另一種生命的新境與美景。

佛洛伊德言悲傷的功用在於：「宣佈對象死亡，並向自我曉以繼續生存之利，迫使自我放棄對象。於是矛盾情緒的每一個單獨衝突，透過貶損、詆毀對象，而鬆弛本能對他的固戀。」同時在人心理防衛機轉中，提高自尊是在挫折中避焦慮侵害的方式之一，而其內射作用更使當事人將外在對象現實性帶入自己人格，同化或自己的一部分。見諸於柳宗元在〈始得西山宴遊記〉中悟人間坵穴不平，以及「然後知是山之特立，不與培塿為類」，投射於山的自我，與培塿所指涉的小人。於是，自視不凡的比襯、不群不屑之類的自負成為其精神寄託的場域，並以此化解其苦，為自己找一個平衡失敗的理由，一個足以解釋現象的道理。

㈣孤獨／冥合時的超越

登望，本身便是一種行為語言，使面臨與原來世界狹隘格局不同的開闊情境。柳宗元亦以登西山作為面對挫折、尋求心靈慰藉與超脫的方式，在「始指異之」所發現的奇特中，踏上那可能的出口。

在山水中，人的孤寂不但是一種追尋的結果，而且本身即是目的。在追尋中，「攀援而登」的孤獨是絕對的自我，「攀」所躍升的動作與心情，更說明這是面對自我、尋找自我之路，是追求不斷轉化、超越的行動。「縈青繚白，外與天際，四望如一」的無邊無際，遠離紅塵，提供了一個如世外桃源，足以忘我的境地；一個與現實社會隔離的情境，逼自己摒除日與徒怕孤獨的群性，奔波於醉臥逃避式的匆忙；一個隱秘的空間讓過去的記憶、不平衡的憤慨與懸疑焦慮擺脫的空間。佛洛伊德

的弟子愛恩斯特‧瓊斯曾說:「只有遭受壓抑的才會被象徵化,也才需要象徵。」在「莫得遁隱」的視野下,柳宗元被逼得赤裸裸的面對自我的惴慄,以自己的力量去解決困境,釐清一個解釋現狀、歸納生存的理由,於是筆下的象徵用語深藏著心靈的獨白與渴望。

「縈青繚白」所指陳的青山白雲,除卻遠離現實紛爭責難之外,「青」、「白」所象徵的高潔明亮無垢心志,以及青所煥發的生命生機、白所代表和諧的顏色、內心處潔淨自由的情境,也為後句的物我相契做為背景。

透過「莫得其涯」、「不知其所窮」的悠悠天地,進入時間的永恆,空間、時間在天人合的自足自得之中退隱,屬於塵世的譏諷毀辱隱退了,消釋了。同時在「悠然而虛者與神謀,淵然而靜者與心謀。」(〈鈷鉧潭西小丘記〉)孤寂的覺醒中,體悟生存真切的生命意識,發現生命各依本性本能的存在,在時空中自然的演化、活動、延續、消逝,運行不息不止,不因為任何理由放棄其原有的軌道與堅持。柳宗元追求「悠悠乎」不知其所始與「洋洋乎」不知其所終,是時/空/心境上的無拘無束,隨心所欲,更是所向無敵,無阻無礙的理想實現空間。當以更高的角度俯視在情緒迷宮裡被困惑被牽制的自己時,乍然間發現天地中的西山,天地之一的自性,擺脫情欲的羈絆世俗的毀辱。這樣的心境轉折,使那原以為最弱的部分、最不忍檢視的惴慄,在登山頂望白雲之際,全都被山風吹去,被西山沉穩亙古的存在氣勢所取代。比襯之下,個人生命短暫,名利權位渺小,那自以為縈迴心際掃之不去的不安恐懼,突然間變得什麼都不是。

「心凝神釋,與萬化冥合」遂成為生命情調,而非玩賞觀

照的態度，就像「潭中魚可百許頭，皆若空游無所依……怡然不動」（〈小石潭記〉），在無所依的形體、無所執的罣礙桎梏、無所動的嗔憤貪癡間全然放下，由毀滅、再生、達到自由，方得真正宴遊之趣。

弗洛姆說：「人在與自然相處於和諧狀態下，可以脫離時間的鍊環而獲得絕對自由。」柳宗元將自己投入自然中，尋求可以平息恐懼、放下怨懟、原諒自己的管道；以超越、接受的態度去審視，這曾經被別人傷害被自己作繭自縛的傷口，並以另一種寬闊的心情再回頭看過去的悲憤。

六、結語

中國式命運情感不是源於西方與命運的衝突而是來自對照：一個來自傳統社會家族的期許，是一功名利祿來安排好的人生之路，讓人看起來自主卻實不得已。做為被放逐到荒遠山林間的政治改革失敗者，以作品為另一種形式的傳記，其間有在焦慮惶恐、逃避自殘間的掙扎，也有發現自我的自負自覺。柳宗元「時到幽樹好石，暫得一笑，已復不樂」（〈與李翰林建書〉），因而無論山水詩或文都不免「其境過清，不可久居」。

榮格認為：「人格的發展並非決定於本能性的衝動，而是由於完成自我以達成自我實現的內在潛力所引導。」柳宗元既是逃避與壓抑地將自我幽禁於寂寞中，又盼望知音的賞識與疼惜，在自我防衛地孤峭鬱悶，隱忍生命荒謬層面的煎熬。職是之故，其作品中透露出來的氣質永遠不是東坡式的妙悟，或李白相看兩不厭的閒適瀟灑；不是陶淵明飛鳥相與還的悠然，更

王維非返景入山林的空，澄明純淨存而不論的自在，或如李商隱「深知身在情長在，悵望江頭江水聲」，一任心靈沉於殘缺破敗的命運之中。因此寫於元和四年至七年的〈永州八記〉中，只見柳宗元對人生命運的困惑，對人世的幽怨與不平，以赤裸裸的個人孤獨面對著無窮的大宇宙，以純粹完全的悲情在永州隨處行腳的潭水山石間長吟哀歌。

　　元和六年，柳宗元再度修書報楊誨之，感慨「至永州七年矣，蚤起惶惶，追思咎過……益知出於世者之難自任也」。不得內召的殘酷事實，打碎柳宗元一生追求自我實現的理想，明道致用的夢想，於是他又落於憫悼悔念的意咎之中，不僅以騷筆為賦幸皇鑒明宥，更嚴厲卑微地懼罪自懲自儆。次年於冉溪寫〈愚溪詩序〉將主觀憾恨投射於山水：「余以愚觸罪，謫瀟水上。愛是溪。……故更之為愚溪。」由溪以至丘、泉、溝、池、堂、亭、島計八愚，「皆山水之奇者，以余故，咸以愚辱焉。」不能自得而無法超然物外的柳宗元，儘管曾短暫地「心凝神釋，與萬化冥合」，但八記末篇〈小石城山記〉仍以「賢而辱於此者」、「其氣之靈不為偉人」的嘲諷怨詞為終，可見柳宗元以八記銘刻尋找自我的路線，卻始終未能跳脫矛盾痛苦與悲憤自卑的泥淖。其一生未能參破紅塵世事，始終沒有將生命價值關懷從政治倫理系統中解脫出來。十四年，卒於柳州，病革，留書劉禹錫：「我不幸卒以謫死」的呼聲更道盡柳宗元「朱絃一拂遺音在，卻是當年寂寞心」（元好問《論詩絕句》）的悲劇。

　　　　——原刊於《國文天地》第 20 卷第 7 期（2004 年 12 月）。

怡　情

讀〈記承天寺夜遊〉裡的閒

《東坡志林》:「元豐六年十月十二日,夜,解衣入睡,月色入戶,欣然起行,念無與樂者,遂至承天寺尋張懷民,懷民亦未寢,相與步于中庭。庭下如積水空明,水中藻荇交橫,蓋竹柏影也。何夜無月?何處無竹柏?但少閒人如吾兩人耳。」

根據《東坡紀年錄》可知這篇短文的寫作背景是:「(元豐三年,1080)二月一日到黃州,寓定惠院之東,作〈初到黃州〉、〈月夜偶出〉又名為〈定惠院月夜偶出〉。」烏臺詩案中「夢繞雲山心似鹿,魂驚湯火如雞」的惴慄驚愕使到黃州後的蘇東坡以深居簡出的方式面對內心惶惑不安,詩道:「幽人無事不出門」,「幽」字既寫避世蕭索的心境,亦寫在不得已出門的行事,內心恐懼與驚嚇不言而喻。眼前所觸之景,也在「驚」、「弱」字裡揭穿心情:「江雲有態清自媚,竹露無聲浩如瀉,已驚弱柳萬絲垂,尚有殘梅一枝亞椏。」而處於其中的東坡生活構景是:「清詩獨吟還自如,白酒已盡誰能借?不辭青春忽忽過,但恐歡意年年謝。」

回首烏臺詩案以來的種種禍端,「白髮紛紛寧少錯,竟無五畝繼沮溺。空有千篇浚謝鮑,至今歸計負靈山」,然而想歸隱卻乏薄田,空負才思卻無以為計。面對蒼老情態,「寧少錯」成了四十五歲的東坡唯一能求,也是最卑微的渴望。為了

避口舌之災，東坡採取的生活方式是「但當謝客對妻子，倒冠落佩從嘲罵」。在〈答李端叔書〉中更詳道自己不僅與人群避，亦與親友疏，然即使放浪形骸猶不免於推罵之辱，而最大的歡喜竟是「不為人識」：熱情的他面對親友書信竟以不答作為沉默的退避。

「幽獨」是東坡處黃州內心深處的蒼涼，是其一生割捨不去的牽繫。幽為因，獨為果，品格幽潔無人解，強烈的幽獨情懷形之於文辭，形成以內在相映為表裡的清峻。這使得東坡縱有「偶拈詩筆已如神」（〈十二月二十八日蒙恩則檢校水部員外郎黃州團練副使，復用前韻二首〉）的豪情，但也有了「多難畏人，此詩慎勿示人」（〈答范純夫十一首之十一〉）的警惕，因此黃州後的作品，每每詞旨隱約，寄託深遠。在內容上有關家國之憂、朝政之諷、慨言志氣者於詞中幾乎不見，大多是生活瑣事或身世之感，並轉用以情隱詞，意寓言外的方式，寄託個人內在的情懷思感。

以此觀察角度來讀〈記承天寺夜遊〉，可見真實人生下的特殊時空與心境交互滲透，所形成的思維轉變。四年的黃州經驗讓東坡看盡世態風雨，並在深沉反思中，對自己存在的價值與原則有更清醒的認識，因此在這短短記事裡，表現出東坡自適自得的生活步調與恬淡的生命觀照。如月般澄明的心志與如詩樣景緻的趣味中，因為有與樂者的知己為伴，使得夜遊裡充滿悠閒的雅致與心靈相契的歡然。同貶黃州的東坡與張夢得有著相同的謫遷際遇、感同身受的淪落心傷；同是夜未眠、同是閒人，但字裡行間卻不見不得意的哀怨，不見在政治漩渦下牢獄之憂懼，反而以「但少閒人如吾兩人耳」，來表現那份獨享的自適之樂，其中除顯現東坡道釋清淨虛空之閒的思想，隨遇

而安的生活態度，更見心中自得而足以快哉的豁達。

月色入戶，所產生的不是舉頭望明月的故鄉之思，不是「望美人兮天一方」之怨，而是欣然起行。欣然之間，見東坡對穿林打葉聲所網下的挫辱，在「誰怕？」的宣示憤慨中，已進入「也無風雨也無晴」的平靜，更轉以欣然的心情來迎接人生種種風景。榮辱不動心，所以能在悠閒中與水月陶然共忘機。這樣的和諧心境與外物相融的契合是內裡滿足的韻律，以如此閒所產生的靜淨情想來遊夜，夜將是怎樣的光景？

庭中積水儼然如湖，水清水淺可以直觀藻荇交錯所畫出的和諧與趣味，然而湊近一看方知是竹柏之影。在實虛之間將水中之景、水邊之物與月色之光華交展而出。以為是藻荇，其實是竹柏，這是否也顯見景非單一不變的固象，而是心裡的想像？

實體與倒影間的關係，一如景物與心靈的投射。個人情致所蘊生的觀照賦予實際事物更豐富的變化與生命，而這一切都緣於「閒」。閒，所以能消除個人欲望與現實成見，以空明的心溶解主客觀分化的物我，看到虛妄後的真實。閒，所以能空、靜。靜以「了群動」，空以「納萬境」。以老莊虛空的閒靜為手段做純粹的思考，東坡不僅透視人生苦難如水中的浮影是虛幻的倒影，理解人世間的得失，並藉現象界真實的柏竹來象徵其精神世界而達超然。

閒，所以「萬物靜觀皆自得，四時佳興與人同。」（程顥〈秋日偶成〉）閒，所以能獨享夜色的幽靜而有會心的感受，能與自然對話中化解執著罣礙，放下羈絆。閒，也才能在盲亂的腳步中，在慌雜的心緒中暫時抽離，來省思自己，聽見心裡的聲音。「心困萬緣空，身安一床足。豈惟忘淨穢？兼以洗榮

辱。」（〈安國寺浴〉）以閒洗身洗心，所以能「紅波翻屋春風
起，先生默坐春風裡。浮空眼纈散雲霞，無數心花發桃李。」
（〈圓覺經序〉）能在這夜化解被貶謫套上的枷鎖，看見空明自
由的心靈。

如果詩文是作者內心的顯相，那麼，透過夜遊所見竹柏水
月則展現東坡心境與情志。水的潔淨可以照見本貌，也是自我
洗滌的媒介；月的明亮光華一如高貴不屈的人格；松柏是亂世
中的君子，是治世裡的棟樑。懷著這樣的期許，東坡活出他悠
然閒澹俯仰自得的生命情調。

相較於「人閒桂花落，夜靜春山空。月出驚山鳥，時鳴春
澗中」（王維〈鳥鳴澗〉）中的夜，以桂花落、鳥鳴澗來襯月之
靜。這篇文章裡不聞聲響，但見影所呈現的月光夜靜。以空靈
幽靜的竹柏疏影的靜態環境，客體的靜極來招引牽動主體的澎
湃思潮，這樣的靜視得心靈深處被觸動的感情起伏的筆法尤是
高妙。「但少閒人如吾兩人耳」、「人閒桂花落」，一樣的是因為
閒而發現生活中無所不在的美，因為閒而有美的心情，才能賦
予平凡景物無限美況，能與自然脈搏相應，聆聽大化的跫音。

有一位音樂家曾話說：「許多音符我處理得並沒有其他鋼
琴家精彩，但音符之間的停頓——呀！那才是藝術所在。」
「和諧是內裡滿足的韻律，意謂我們彈出了漂亮的和弦。」《莊
子》云：「既白以當黑。」留白是空，空有許多面相，其中有
一種便是留白。閒是時間上的停頓，是心情上的空；也是空間
感裡的留白。這樣平靜和諧的氛圍中，安安靜靜地讓過去沉
澱，讓不幸的傷悲、惡性的情緒、錯誤的想法流出去。這樣的
空白將使新的東西流進來，讓自己誠實地面對自己，讓空白所
反映如鏡的明白清楚地照見過去。在整理自己中把舊的、陳腐

的痕跡抹去，把灰塵掃除，如此，陽光才能顯現出它的溫暖、乾淨明朗；如此，歲月老去，但內心在不斷更新中重生。有道是：「左布袋，右布袋，放下布袋，何等自在！」生活中澱積的東西讓人滿佈風霜，那層層塵紋皺眉，都是生命累積的東西，因為一直帶著它而未放下，以致無限滄桑全都寫在臉上。但無聲的閒，讓思維凝滯，在停格中思索方向。正如無聲是情感多得不是任何音符所能承載，是凝結到最飽滿處的迴盪，閒也是。

閒中日月長，閒在生活中的留白像水墨畫裡的留白，是海、是山、也可能是天……這樣的白，不是貧乏，更不是一無所有，反而是豐富的無窮。這樣的閒讓我們虔誠的，專心的，安靜的獨自活著，讓我們在人生行旅中與自然交感，與友人相親而創造絕境。「江山風月，本無常主，閒著便是主人。」（《東坡志林‧臨皋閒題》）「何夜無月？何處無竹柏？」夜夜有月，處處有竹柏，但唯有閒，才能成為清風明月之主。這一夜，承天寺如水的月光觸動東坡寂寞的心，被閒置的哀怨，於如水光流瀉而出。這一夜，月下的承天寺顯得異乎尋常的幽美空寂，襯托東坡與夢得謫居落寞的境遇。閒裡有深沉的慨嘆，二人閒得瀟灑，也閒得鬱悶失意。閒本身便是無形的枷鎖，不時牽動身心，提醒他們是「員外置」的待罪之身；但閒也是情緒結構上的縮合者，將人性融入物色之中，於閒賞自然中尋找精神的慰藉，在同是淪落人卻堅持理想的知己的彼此中，看見揀盡寒枝不肯棲的縹緲孤鴻影，在竹柏交錯的空明處照知心志。

「神以靜舍，心以靜充，志以靜寧，虛以靜明。」（《蘇軾文集‧江子靜字序》）閒正是虛靜以明的空，使東坡在獨與天

地精神相往來中，進入明月水色間的靜淨平定，以閒洗滌自我，找尋在現實生活中失去的心靈世界。閒，讓生命就在此自足中圓融，於此自在中喜悅。同時如禪境的閒，讓東坡身如不繫之舟，明心見性如水月，以光圓透徹，無所不了的禪意，幽賞這人間常有世人卻不能享不知享的月夜。

烏臺詩案於東坡是人生前所未有的逆境困局，但在文窮後工之中，反使黃州作品因為含蘊著生命境界的轉變與理想的堅持，銘刻遭受仕途滄桑、人世糾葛的磨折的恐懼，而呈現真實的感情與省思。同時在儒道釋探索中的融合，與仕隱掙扎中的體悟，使他由原本意氣風發地以為「有筆頭千字，胸中萬卷，致君堯舜，此事何難？」（〈赴密州早行馬上寄子由〉）、到「禍福苦樂，念念遷逝，無足留胸中者」（〈與孫志康書〉）「誰怕？一簑煙雨任平生」（〈定風波〉）的瀟灑，其中所留下自我尋覓、自我完成的足跡與情思，都在其或豪邁豁達，或清俊飄逸的流風詞韻中，與清淡疏雅的散文中展現。

由元豐三年到任，至七年離黃州，五年黃州的歲月，潛藏性格深處的老莊思想，逐漸浮現成為蘇軾人生態的主導。寫於元豐六年的這篇〈記承天寺夜遊〉，與同年為張偓佺於黃岡江邊築亭命名為「快哉亭」，六月所作〈水調歌頭·黃州快哉亭贈張偓佺〉並觀，將更清楚地看見東坡藝術氣質所顯呈的超曠襟懷，以及善於自我解嘲、超於物外的思想。因此在這屬於東坡與張夢得這一夜的閒裡，寥寥數筆記事中有水月之景趣，有泰然自若的禪境佛意，還有虛靜空明的老莊味。

——原刊於《翰林文苑天地》高職版（2003年11月）。

淺酌低唱詞之情韻

以「情」動人是文學藝術的本質屬性，特別是「言志」的詩歌，重視的是「應物斯感」「感物吟志」心靈的感發。倚聲而歌的詞因為負載著「婉變近情」的感情形式，更鮮明地表現出「極情盡態」的細膩刻劃與嫵媚之姿。

一、詞的起源

詩歌發展到唐末，無論古體律絕都臻極成熟，在窮則變的自然規律下，新的體裁應之而起。關於詞的起源歷來眾說紛紜，以此二說最盛：

（1）詞出於樂府：王應麟《困學紀聞》：「古樂府者，詩之旁行也。詞曲者，古樂府之末造也。」王灼《碧雞漫志》：「古詩變為古樂府，古樂府變而為今曲子，其本一也。」

（2）詞出於唐近體詩：宋翔鳳《樂府餘論》：「以詞起於唐人絕句，如李白之〈清平調〉，即以被之樂府。旗亭畫壁諸唱皆七言絕句，後至十國詩，遂競為長短句。自一字兩字至七字，以抑揚高下其聲，而樂府之體一變，則詞實詩之餘，遂名詩餘。」由此二說可知詞是承漢魏樂府的遺風，接受唐人新樂府的影響，改變唐詩的面貌而成。

二、詞與音樂的關係

詞的性質是詩，詞的功能是音樂。就廣義而言，詞就是詩，但比起詩，詞與音樂的關係更密切，因此歐陽炯稱其為「曲子詞」。詞的興起與音樂有密切關係，尤其是胡夷里巷的曲子。五胡亂華後，外族音樂傳入，如龜茲、西涼、疏勒及琵琶、箜篌等樂器，在南北朝時已由戰爭、宗教或通商、通婚大量輸入。到隋煬帝時不但奏之於廟堂之上，而且流行於民間。中國固有的古音、雅樂漸淪亡，胡樂、新聲遂大行其道。由於新樂曲具有新奇之美，樂工便自作歌詞以配合之，然而新樂曲聲音多繁變，律絕字句有定限，為求節奏上抑揚頓挫的變化，不得不於字句間加入散聲和聲，後來文人學士創作句法參差的歌辭，填詞之事從此興起，這就是詞體醞釀的由來。

詞其實就是歌詞，在初期，詞與樂府一樣都是音樂的附庸，但在樂府多為徒歌，後由諳音律者譜曲入樂；而詞以曲譜為主，是先有聲，然後再有辭。胡適在《詞的起源》中說：「唐代的樂府歌詞先是和樂曲分離的，詩人自作律絕詩，而樂工伶人譜為樂歌，中唐以後，歌詞與樂曲漸漸接近，詩人取現成的樂曲，依其曲拍，作為歌詞，遂成長短句。」所以後人把作詞謂為「填詞」，又叫「依聲」。

三、詞的演變過程

　　詞是通俗文學直接淪啟下的產物,在初期階段以曲譜為主,先有聲而後有辭的詞只是詩的附庸、娛眾佳音。清光緒三十三年敦煌石窟所發現的《雲謠集》,據考證為唐人所作,形式無所不包,多為民間作品,這說明詞式於初唐即面世,成立於中唐。至於文人中,最早的詞人當推唐肅宗時張志和的〈漁父詞〉:「西塞山前白鷺飛」,白居易〈憶江南〉:「日出江花紅勝火,春來江水綠如藍,能不憶江南?」嘗試不斷把通俗曲化為文人詞,到第一位專業詞家溫庭筠,詞方在形式、數量以及內容上形成正式文學體製,使詞無論在形式上、風格上都顯然與詩有明確的界限,於是詞取代詩,成為獨立新興的韻文新體材。

四、詞的體製與詞調

　　詞一首稱一闋,一闋詞有不分片的稱「單調」,如〈何滿子〉;分上下二片的稱「雙調」,如〈相見歡〉。其結構有單調疊為雙調的,如連用兩闋〈憶江南〉,則稱〈雙調憶江南〉,其他還有分三段的「三疊調」,如〈瑞龍吟〉,分四段的「四疊調」,如〈鶯啼序〉等。

　　詞的發展是由篇幅小的單調演進成篇幅長的雙調,由句法整齊演變為長短不齊,由字數少而逐漸增多。南宋《草堂詩

餘》始分詞為三，清毛先舒則加上字數為區分標準：五十八字以內為「小令」、五十九至九十為「中調」又稱「引」或「近」、九十一字以上是「長調」也稱「慢」。溫庭筠的詞僅有小令，五代作家發展為中調，到北宋張先出始有慢詞出，開後來長調之先。

詞調的名稱有的取自地名如〈武陵春〉，或取自人名如〈昭君怨〉，或以動植物為名如〈鷓鴣天〉、〈荷葉杯〉，有的則以事、以情、以詩文或依體製為名如〈好事近〉、〈訴衷情〉、〈蝶戀花〉、〈百字令〉等。

詞的特殊體調常見的有：（1）攤破：就原調增加若干字稱為「攤」，然後破一句為二為「破」，如南唐種李璟〈攤破浣溪沙〉。（2）減字：就原調減去若干字，以改變原來的句型，如歐陽修〈減字木蘭花〉。（3）換頭，不換頭：凡雙調，上下片的首句、字數、平仄不同，謂之「換頭」，否則謂之「不換頭」，如李煜〈相見歡〉。

形成固定體製的詞調又稱「詞牌」，也就是樂譜，具有三項特點：（1）全篇一定之字數。（2）長短之句數。（3）律化之平仄。北宋詞於平仄外須辨四聲，有時尚辨陰陽，每個調子中都有若干字的四聲是固定的，該用平聲或上或去或入，不能移易，名篇佳作莫不如此，使詞的格律比詩嚴格許多。

五、詞的格律

詞是為唱而作，因此特別重視格律。詞譜即今之歌譜，格律變四聲的限制及韻腳的運用。每個詞牌有一定的格式，除詞

譜註明可平或可仄的字外，其餘都要依詞譜填詞，包含押韻的位置、該押平聲韻或仄韻，都必須嚴格遵照詞牌，不可任意更改。如〈清平調〉，雙調，四十六字。前段四句，四仄韻，後段四句，三平韻。詞譜如下：

十一十｜（仄韻）十｜一一｜（叶仄）十｜十一十十｜（叶仄）十｜十一十｜（叶仄）

十十十｜一一（平韻）十一十｜一一（叶平）十｜十一十｜（句）十一十｜一一（叶平）

（「一」表平聲，「｜」表仄聲，「十」表可平可仄。）

別來春半，觸目愁腸斷。砌下落梅如雪亂，亂拂了一身還滿。

雁來音信無憑，路遙歸夢難成。離恨恰如春草，更行更遠還還。（李煜〈清平樂〉）

上片中「半、斷、亂、滿」都是仄韻，下片「憑、成、生」為平韻，押韻的位置與每個字的平仄完全依譜而填。

六、詞的異稱

清方成培《詞品》中言：「詞者，所以濟近體之窮，而上承樂府之變也。」由詞之興成樂府遺風，變唐詩形貌，因此詞又稱為「詩餘」、「樂府」如《草堂詩餘》、《東坡樂府》，其句法參差，作詞時倚聲因調而填，故也叫「長短句」，如《稼軒長短句》。

七、詞與詩的同異

　　詩詞同為韻文，都是以最精煉的文字刻劃深刻的情思；以最和諧的音韻來傳達典雅的境界。但詩詞因為「依律吟詠」與「倚聲填詞」的結果，造成「詩莊詞媚」、「詩境闊，詞境狹」。魏塘曹學士云：「詞之體如美人，而詩則壯士也。如春華，而詩則秋實也。如天桃繁杏，而詩則勁松貞柏也。」詩詞情韻之異除取材內容有別外，詞在形式上「淡化紀實」、「比興多於賦」的藝術表現手法也凸顯了二者差異，特別是「詩直詞婉」的表現手法形成二者在風格上、氣象上「詩之境闊，詞之言長」的分別。為達「婉孌近情」的效果，詞在寫作上著重於從不同角度、不同層次縱向式地展現心思，委婉曲折的描繪生活情趣與人生歡怨，在深幽的靈魂中突出個體，比興中有感而發，在博大橫向場景中反映人生，或莊重寫就，思理深刻的詩，要更深情、誠摯。茲將二者之不同列表如下：

	詩	詞
用字	古樸典重	輕靈曼妙
表現方式	直言多於比興	含蓄曲折
風格	體如壯士之莊嚴厚重	如美人之陰柔嫵媚
取材	狀景懷古言志寫意說理無不可入詩	抒情為主不適敘事或說理
形式	句法整齊	長短參差
境界	開闊	窄小

　　整體而言，凝重有力，詞不如詩；搖曳生姿，詩不如詞，

故王國維言：「詞之為體，要眇要修，能言詩之所不能言，而不能盡言詩之所能言；詩之境闊，詞之言長。」

八、側豔綺麗的花間詞風

　　第一本詞的總集是趙崇祚選錄晚唐、五代文人五百首詞的《花間集》，也是我們現存最古、最完整詞集。《花間集》的命名正體現了其以錦城為選詞主要範圍的地域特徵；以女性為描寫心的內容特徵以及辭藻工麗、篇章精美的風格特徵[1]。在這樣文學形式的興替下，造成「詩詞分流、詞為豔科」的基調。

　　在整個文學脈絡中，《花間集》是漢、魏樂府的蛻變和唐詩的流派的發展，直接成為宋詞的先導。所收錄的作家計十八人，除晚唐二家（溫庭筠、皇甫松）、後晉一家（和凝）以及荊南一家（孫光憲）外，均為西蜀詞人。「西蜀詞人群」是以帝王（王衍、孟昶）為核心的君臣貴族詞人，因此在「上有所好，下必甚焉」的情形下，助長詞因應蓬勃之氣。

　　歐陽炯〈花間集序〉道：「鏤玉雕瓊，擬化工而迴巧；裁花剪葉，奪春豔以爭鮮。……名高〈白雪〉，聲聲而自合鸞歌；響遏〈青雲〉，字字而偏諧鳳律。」說明《花間集》作家們在追求精工求美的表現中，語言精緻、音韻諧律，創作出婉轉巧妙天然無斧鑿之跡的佳品。再者，由序中所說：「則有綺筵公子，繡幌佳人，遞葉葉之花牋，文抽麗錦；舉纖纖之玉指，拍按相檀，不無清絕之辭，用助嬌饒之態。」可見詞之初

---

[1] 蕭鵬：《群體的選擇——唐宋人選詞與詞選通論》（臺北：文津出版社，1992年），頁 78～80。

盛是作為朱門豪富享樂生活的佐料，酒筵上供佳人歌唱助其「嬌饒之態」，以資宴飲之歡的，因而主體內容為色調穠麗的豔詞，流行於青樓舞榭、北里教坊之間。詞在晚唐五代這樣的社會背景和人文環境下，形成詞家著力追求唯美，題材上則多是豔情相思，遣詞則「側豔綺靡，柔婉纖麗」。其中以晚唐溫庭筠、西蜀韋莊、李珣為代表。

《新唐書》著錄溫庭筠作品有《握蘭集》三卷、《金荃集》十卷，至此才有真正的詞家。因為他的專心填詞與在修辭和意境上形成與詩絕異的風格，結束唐詩，下開五代兩宋以詞為創作主體的局面。王國維《人間詞話》對花間派鼻祖溫庭筠詞的評見是：「畫屏金鷓鴣，飛卿語也，其詞品似之。」正見其詞風精麗穠纖如「小山重疊金明滅，鬢雲欲度香腮雪」（〈菩薩蠻〉），色彩流麗具倩盼之姿。溫庭筠詞近李商隱，繼承南朝宮體詩的傳統，為晚唐冷豔綺靡詩風的主流之一，由下闋詞可明顯見其風格：「玉爐香，紅蠟淚，偏照畫堂秋思。眉翠薄，鬢雲殘，夜長衾枕寒。梧桐樹，三更雨，不道離情正苦。一葉葉，一聲聲，空階滴到明。」（〈更漏子〉）由室內爐香繚繞、殘燭的垂淚，呈現冷清閒寂的生活情調。繼而透過眉黛的淡退、鬢髮的零亂，刻劃出伊人孤寂難眠的形象。下片藉梧桐樹、三更雨外在景物造成「秋雨滴梧桐」的寥落情境，加深女子內心的淒苦，在情感的表現上，予人一種嫻靜、溫婉、深美的感覺。

西蜀花間詞雖不脫「言情說愛」，但在作風上，卻能轉溫庭筠「濃妝豔抹」的習氣，以清疏的辭句、白描的筆法，刻劃纏綿婉轉的深情，使作品風格呈現「清秀雅麗」的氣質，繼中唐新樂府精神，風格近白居易，而成為西蜀詞壇異葩，是有

「洛陽才子」與「秦婦吟秀才」之稱的韋莊。其作品如：「四月十七日，正是去年今日。別君時，忍淚佯低面，含羞半斂眉。不知魂已斷，空有夢相隨。除卻天邊月，沒人知。」（〈女冠子〉）「人人都說江南好，遊人只合江南老。春水碧於天，畫船聽雨眠。墟邊人似月，皓腕凝霜雪。未老莫還鄉，還鄉須斷腸。」（〈菩薩蠻〉）前者雖寫兒女情思卻因兼有身世之感，而充滿自然的實感，後者為韋莊晚年追憶江南遊而作，寫情不假雕飾，故人謂「韋詞情直，溫詞情隱」。王國維則以「絃上黃鶯語」象徵其詞品。韋莊以鮮明真切、極具個性風格使詞不僅是徒供歌唱的豔曲而已，而是確實可能抒情的個人創作。

九、承先啓後的南唐詞

地處中原的五代雖稱正統，但因開國之君全是武人出身，不懂文學。十國之中，西蜀和南唐的君主，特別愛好文學；尤其對於新興的詞體，看得很重。長江上游，以蜀為中心；長江下游，以南唐為中心。因為《花間集》編集之時，南唐建國方四年，作品未及收錄故保留者甚少，但「二帝一相」——馮延巳、李璟、李煜個個都是大家，在詞史承繼與超越花間詞派，並開啟與影響北宋詞風。

南唐詞派的風格，可歸納為以下三方面：一、主題內容：分成男女情愛（承繼花間遺風）與憂傷愁緒（包含人生體驗、生命意識等）。二、藝術技巧：淡泊明朗與自然生動。有別於花間詞的華麗艷情，南唐詞人的表現手法多為主觀抒情，且思致深婉，意境哀美。三、感情境界：深婉閎約與真摯純美。極

具感發之力量，故能引起讀者的共鳴。

王國維在《人間詞話》中用「和淚試嚴妝」五字說明正中詞的風格特色。其意思是形容馮延巳詞很像一位身著盛妝、心懷哀淒的美貌女性，它不同於溫庭筠詞中的「美人如仕女圖」與「畫屏金鷓鴣」的特色；也不同於韋莊詞中那清麗宛轉單純的「絃上黃鸝語」。它既有鄭重、端莊、美麗的外貌，又有豐富、哀婉的內心世界，這便是馮延巳詞的風格特色。如：「馬嘶人語春風岸，芳草綿綿，楊柳橋邊，日落高樓酒旆懸。舊愁新恨知多少。目斷遙天，獨立花前，更聽笙歌滿畫船。」（〈采桑子〉）

李煜的詞，可以他三十九歲亡國被俘作為界限，分為前後兩期。前期作品主要是描敘奢靡浪漫的宮廷生活，頗多香豔之作，以清雋婉約見稱，如：「晚妝初了明肌雪，春殿嬪娥魚貫列。風簫吹斷水雲間，重按霓裳歌遍徹。臨春誰更飄香屑，醉拍闌干情味切。歸時休放燭花紅，待踏馬蹄清夜月。」後期的詞，由於國亡家辱，頗多感懷身世，轉為悲壯淒厲，流露沉痛與哀傷。在他的詞裡，充溢著一股深沉的憂患意識，對此，王國維才會以「血書」形容之。如〈子夜歌〉中「人生愁恨何能免？銷魂獨我情何限。」〈虞美人〉：「春花秋月何時了，往事知多少。小樓昨夜又東風，故國不堪回首月明中。雕欄玉砌應猶在，只是朱顏改，問君能有幾多愁？恰似一江水向東流。」其中便凝聚著他無窮的人生憂患，幾可視作他對整個人生以及自身不幸命運的一個總結。

西蜀南唐的文人代表作家

	風　格	成　就	地　位	王國維評語	詞　集
溫庭筠	濃豔富貴如嚴妝美女	使詞形成正式文學體裁，有獨特的面貌。	花間鼻祖	*畫屏金鷓鴣，飛卿語也，其詞品似之。 *句秀。	《握蘭集》三卷、《金荃集》十卷
韋莊	情深語秀，具有鮮明個性	詞由徒歌轉而為抒寫自我的創作。		*絃上黃鶯語，端己語也，其詞品似之。 *骨秀。	
馮延巳	深美閎約色調清冷意境淒迷	不為現實所局限，表現為一種經過綜合醞釀提煉後的「深美閎約」的感情境界。		*正中詞品若欲於其詞句求之，則「和淚試嚴妝」殆近之歟。 *馮正中詞，雖不失五代風格，而堂廡特大，開北宋一代風氣。	《陽春集》
李煜	前期浪漫詩意後期哀怨淒絕	創造了抒情詞的典範，擴大了詞的境界。	詞中之帝	*閱事越淺，則性情越真，李後主是也。 *後主之詞，真所謂以血書者也。 *詞至李後主而眼界始大，感慨遂深，變伶工之詞而為士大夫之詞。 *神秀。	

南唐二主詞的比較

	內涵	描寫	情感	修辭	意境	用詞	結筆	影響
李璟	高潔新奇，	自然不雕琢	迴旋沉鬱	善用比興	曠逸深婉	典雅	善用短句	較小
李煜	想像豐富		直瀉超放	多用賦體	宏大悲壯	俗中帶雅	善用長句	較大

花間詞與南唐詞的比較整理

	詞人身分	詞人修養	文化氛圍	主旨	內涵	意識	色調	技巧	層次	意境
花間詞派	地位不一	參差不齊	叫囂疏狂	言情	伶人之歡	歡愛	炎熱	感官細描	感情事件	淺俗
南唐詞派	二帝一相	多才多藝	含蓄清雅	達意	士大夫之悲	憂患	清冷	情景交融	感情境界	高妙

十、北宋詞

宋是詞的黃金時代，詞體的應用範圍與價值逐漸擴大，以北宋詞而言，其變遷有四期，各有其特色：

第一期是小詞的時期，以晏殊、歐陽修、晏幾道為主幹。

第二期是慢詞的時期，以柳永、張先、秦觀諸人為代表。

第三期是詞的詩化時期，以蘇軾、黃庭堅為主。

第四期是樂府詞的時期，以周邦彥、李清照為主幹。

（一）承晚唐五代小詞的宋初詞壇

北宋初時，詞在承晚唐五代小詞形體外，也保留其清切婉麗的詞風如晏殊詞贍麗而具有富貴氣，由其作「昨夜西風凋碧樹，獨上高樓，望盡天涯路，欲寄彩箋無尺素，山長水闊知何處。」（〈蝶戀花〉）可見無論風格或形式都受馮延巳影響。歐陽修詞意境沉著，情致纏綿，以生動的形象和貼切的比喻呈現深刻的情思，如「侯館梅殘，溪橋柳細，草薰風暖搖征轡，離愁漸遠漸無窮。迢迢不斷如春水，寸寸柔腸，盈盈粉淚，樓高莫近危欄倚，平蕪盡處是春山，行人更在春山外。」（〈踏莎

行〉)在客觀寫景中,因為以「春水」比「離愁」的巧妙聯想,以「行人更在春山外」作結的含蓄手法,創造出新穎別緻的感覺。晏幾道,號小山,是晏殊之子。《江西通誌》稱他:「能文章,善持論,尤工樂府。其小山詞清壯頓挫,見者擊節。」是南唐詞風最高表現者,也是這一派詞風的結束者。所作二百餘首作品中除三調外都是小令,由盛富而衰貧的家道使其詞近後主,充滿淒楚哀怨的情調,如「醉別西樓醒不記,春夢秋雲,聚散真容易。斜月半窗還少睡,畫屏間展吳山翠。衣上酒痕詩裡字,點點行行,總是淒涼意。紅燭自憐無好計,夜寒空替人垂淚。」(晏幾道〈蝶戀花〉)回憶往事和窮愁落魄的滄桑,使詞飄著春夢秋雲一般恍惚的落寞,以及舊影餘香的嘆息。

(二)寫實鋪敘的長調時期

以「桃李嫁春風郎中」、「雲破月來花弄影」、「柳徑無人,墜輕絮無影」、「嬌柔懶起,簾押捲花影」為「張三影」的張先「多為官妓作詞」(〈后山詩話〉),漸離小詞境界,而入誇張與工麗的趨勢。秦觀以「可堪孤館閉春寒,杜鵑聲裡斜陽暮」淒惋詞境與清麗和婉的風格繼之,如「自在飛花輕似夢,無邊絲雨細如愁,寶簾閒掛小銀鉤」(〈浣溪沙〉),於是詞體形式上、技術上臻於極境,至柳永更富誇張與鋪敘。慢詞至柳永而大盛,土語方言無所不用,使詞體恢張有馳騁才情的空間。因為寫了一句「忍把浮名換了淺酌低唱」的柳永,為此「黃金榜上,偶失龍頭望」,於是自嘲是「奉旨填詞」,「才子佳人,自是白衣卿相」。精通音律,有深厚的文藝修養的他從此流連於花街柳巷,致力於民間通俗文藝的創作。其詞通俗易懂,優美

動聽，不見稱於士大夫，卻深受一般百姓的喜愛，以致凡有井水處即能聞柳詞。他貼近娼樓酒肆那些歌妓，用欣賞和同情的筆調描繪她們的容貌和悲喜，真切地反映浪子落拓不羈的情欲，也呈現時代的寫實、社會的色彩；另一方面他在抒寫未遂風雲的才子浪跡天涯的處境，則以高遠的意象表現貧士失職志不平的悲秋情懷，寄悠悠身世的感慨。柳永最盛名之作當推〈雨霖鈴〉：

> 寒蟬淒切。對長亭晚，驟雨初歇。都門帳飲無緒，留戀處、蘭舟催發。執手相看淚眼，竟無語凝噎。念去去、千里煙波，暮靄沉沉楚天闊。　多情自古傷離別。更那堪、冷落清秋節。今宵酒醒何處，楊柳岸、曉風殘月。此去經年，應是良辰、好景虛設。便縱有、千種風情，更與何人說。

這首詞以冷落蕭索的秋景作襯托，由眼前實寫到別後虛筆，不但寫出作者和戀人難分難捨的別情，還兼有自憐身世漂泊之感。在深情中襯托一個天涯流落的影子與心境，由於出自性，因此比起只塗寫生活外層的豔詞別具感人力量。

秦觀詞被張炎稱為婉約詞代表：「體製淡雅，氣骨不衰，清麗中不斷意脈，咀嚼無滓，久而知味。」（《詞源》）如「山抹微雲，天連衰草，畫角聲斷譙門。暫停征棹，聊共引離尊。多少蓬萊舊事，空回首，煙靄紛紛。斜陽外，寒鴉數點，流水繞孤村。」（〈滿庭芳〉）寫別時觸景生悲，外在場景淒迷，渾融著淡淡的感傷情調，足可謂「辭情相稱」。

（三）詞的詩化時期

「婉孌近情」與「倚聲填詞」的結果限制了詞以花間式的豔科伶唱的風格，東坡別開蹊徑，遠承「詩言志」與古詩「應物斯感」、「感物吟志」，「豪邁奔放」的盛唐氣象，宋詩重理的脈流，以詩為詞。其目的在「一洗綺羅香澤之態也」，改變詞的氣質，擴大詞境與詞格，以詞「厚人倫、美教化」，創造「豪邁奮發」、「個性分明」的氣魄。由其慢詞中，處處可見他以「鋪陳紀事」的手法為詞，化詩文為詞與將宋詩說理的特色滲透於詞，融會各種文體的藝術特色的用心。同時因其個人獨特的才情和曠達豪放的個性，在以詩之言志，以詩之寫事入詞的實驗中，不僅擴大詞的境界，也充實詞的內容；如〈卜算子‧黃州定慧院寓居作〉一詞：

> 缺月挂疏桐，漏斷人初靜，時見幽人獨往來，縹緲孤鴻
> 影。　　驚起卻回頭，有恨無人省，揀盡寒枝不肯棲，寂
> 寞沙洲冷。

詞以先賓後主的形式寫成，全篇流露「冷」意。起筆先就視覺寫月缺桐疏之景，再就聽覺寫漏斷人靜之景，這種極其寂寞的背景，正好襯托出作者此刻身無所寄的心境，而且也為下段「孤鴻」的出現鋪陳氣氛。由幽人之獨被缺月所投射的孤鴻，其縹緲之影，轉寫其孤之因，其中有有恨無人省的憤慨，也有揀盡寒枝不肯棲的傲氣。

除了詞的詩化外，蘇軾將詞與音樂分離，從此詞不再只是為歌唱而作，更為文學而作。東坡詞境的擴大也使詞的內容從

寫兒女之情、離別之感到無所不可入，以豪放飄逸之風代替婉約綺靡的創新，更進一步提高詞的意境，如〈念奴嬌・赤壁懷古〉「大江東去，浪淘盡，千古風流人物」的磅礡氣勢與〈水調歌頭〉「明月幾時有？把酒問青天。人有悲歡離合，月有陰晴圓缺，此事古難全。但願人長久，千里共嬋娟。」完全是個性、學問與人生觀的體現。總之，蘇軾是詞壇的革命者，是詩人詞的代表，為詞開闢新局面。

（四）樂府詞的時期

　　詞風的正體運動由秦觀、賀鑄開始建立詞格律派，到周邦彥集大成，李清照作結束。周邦彥和柳永一樣喜用長調，精於音律，長於鋪敘，好寫豔情，但在風格上柳詞浪漫通俗，周詞古典唯美。周邦彥重視詞的形式，不但整理詞調更自度新調。在藝術表現上，周邦彥不注重意象與神韻，而傾力於刻劃和寫真，不以用事增加典雅，以化用前人舊句來增加字句的鍛鍊之美，使其詞就像一幅工筆畫，在內容上多非抒性言思之作，而是表現藝術技巧的詠物、寫景詞，如「柳陰直，煙縷絲絲弄碧。隋堤上，曾見幾番，拂水飄綿送行色。登臨望故國，誰識京華倦客。長亭路，年去歲來，應折柔條過千尺。」（〈蘭陵王〉）周邦彥以宮廷詞的地位結束浪漫自由的作風，而成為格律派古典詞的代表。吳梅《詞學通論》：「詞至美成，乃有大宗，前收蘇秦之終，後開姜史之始。」正說明其影響。

　　李清照生命前期歡樂到後期悲苦，一生經歷與李後主相似，其詞在內容上承李後主、南唐詞風，寫景抒情或敘事自然直率，以白描之筆生動鮮明地呈現景象，以比興手法寫輕愁，如「唯有樓前流水，應念我終日凝眸。凝眸處，從今又添，一

斷新愁。」（〈鳳臺上憶吹簫〉）不直說癡情盼夫歸，也不說家
居寂寞，而把樓前水擬人化，說唯有它憐己念己，曲折幽深，
富言外之意。李清照詞句句情發於衷，出於血淚，寫生活實
景，因此感染力強，尤其夫死國亂後之作，充滿傷離哀苦的情
調。「風住塵香花已盡，日晚倦梳頭頭。物是人非事事休，欲
語淚先流。聞說雙溪春尚好，也擬泛輕舟，只恐雙溪舴艋舟，
載不動許多愁。」（〈武陵春〉）

北宋詞家作品集

作　者	風　格	作　品　集
晏殊	深思婉出，風韻絕佳	珠玉詞
歐陽修	婉約清麗，情韻無窮	六一詞
晏幾道	哀怨淒楚	小山集
張先	鋪陳精工	
秦觀	清麗婉約，淒惋動人	淮海居士長短句
柳永	通俗曲盡，音律諧婉	樂章集
蘇軾	清峻豪放，超曠深遠	東坡樂府
周邦彥	渾厚雅麗	清真詞
李清照	前期纏綿婉轉， 後期憂鬱淒苦	漱玉詞

十一、南宋詞

　　詞到南宋蓬勃不已，有專集流傳者至少有一百五十家以
上，不過「詞至南宋而繁，亦至南宋而弊。」（〈宋徵璧語〉）

除了少數有成就者，多為因襲模擬之作。大抵而言，南宋詞前期為白話詞派發展時期，代表作家有朱敦儒、辛棄疾、陸游、劉克莊等；後期是樂府詞派盛行時，以吳文英、姜夔、張炎為主。

　　隨著北宋之亡，南渡詞人悲憤溢於詞中，多直抒胸懷，無暇及音律，詞自然擺脫了樂府的束縛，表現真性真情，因而提升詞的文學價值。被譽為「詞中逸品」有「神仙風致」的朱敦儒是高蹈派詞人代表，在〈鷓鴣天〉中道：「我是清都山水郎，天教懶慢帶疏狂。曾批給露支風敕，累奏留雲借月章。詩萬首，酒千觴，幾曾著眼看侯王。玉樓金闕慵懶去，且插梅花醉洛陽。」見其逍遙的自適的人生觀與高蹈隱逸的生活趣味。

　　相對於朱敦儒的出塵曠達，辛棄疾熱烈積極的人生觀形之於詞的面貌有慷慨激昂的呼聲，有民族憂患意識、渴望驅敵殺虜、廓清中原的使命感：「醉裡挑燈看劍，夢回吹角連營。八百里分麾下炙，五十絃翻塞外聲，沙場秋點兵。」（〈破陣子〉）和「憑誰問，廉頗老矣，尚能飯否？」（〈鷓鴣天〉）「倩何人，喚取紅巾翠袖，搵英雄淚。」（〈水龍吟〉）壯志難伸的悲憤，「明月別枝驚鵲，清風半夜鳴蟬，稻花香裡說豐年，聽取蛙聲一片。」（〈西江月〉）與自然契合為一的清靜安適。詞到辛棄疾在形式上與詩散文合流，題材上更廣泛，風格雄奇高潔，與蘇軾同為豪放派代表，並稱為「蘇辛」，在抒豪情壯志的同時，不失詞體言美情長的特質。

　　有「愛國詩人」之稱的陸游與辛棄疾風格相近，作品充滿愛國激情。壯志未酬，只得託夢詠懷：

　　　雪曉清笳亂起，夢游處不知何地，鐵騎無聲望似水。想

關河，雁門西，青海際。　睡覺寒燈裡，漏聲斷，月斜窗紙。自許封侯在萬里，有誰知，鬢雖殘，心未死。（〈夜游宮〉）

開頭三句分別寫夢中所聞、所見，「鐵騎無聲望似水」以形象化寫軍容軍紀，下片「寒燈」、「漏斷」和「月斜窗紙」襯失望之情，「有誰知」之問既是頓挫作勢，也寫雄心未死鬱鬱不平之氣。

　　姜夔取婉約派的含蓄、精巧與豪放派的疏淡、剛健，加上江西詩人作詩之法，形成「清空騷雅」的風格，開啟胡適所謂「詞匠的詞」（《詞選・序》）的時代。詞作如「燕雁無心，太湖西畔隨雲去。數峰清苦，商略黃昏雨。第四橋邊，擬共天隨住。今何許？憑欄懷古，殘柳參差舞。」（〈點絳脣〉）通首寫眼前景物，至結語三句，感時傷事，無窮哀戚都在虛筆。姜夔詞善於營造優美意象，極盡錘鍊之工，而不流於堆砌繁複，繼周邦彥自度新腔、審音創調與鍛鍊字句的精神，成為南宋格律古典派的再建者。

　　吳文英在協律、醇雅、深長與柔婉的主張下，把格律古典詞發展到了極點。張炎是從晚唐到宋末歌詞的結束者，形式由小令而到長調，風格由浪漫自由而入格律古典，表現方式由意象與白描，而走到深密的刻劃和字句的雕琢。詞從通俗的民眾性變為雅正的貴族性，從隨意抒寫到嚴格規範在張炎作品中都走到極致。

南宋詞家作品集

作　者	風　　格	詞　　集
朱敦儒	沖淡清遠	樵歌
辛棄疾	雄放沉鬱	稼軒長短句
陸游	雅潔嚴謹	放翁詞
吳文英	幽邃綿渺	夢窗詞
姜夔	雅正清空	白石詞
張炎	醇厚含蓄	山中白雲詞

十二、結語

　　文學作品中往往呈現時代特徵的藝術精神，如「建安風骨」、「盛唐氣象」，宋詞雖以婉約為正宗，以豪放為別派，但異中有同，同處反映某些一致性的時代精神，構成宋詞的基調，如生活的起伏、情愛之得失、人生的反顧，形成詞情感傷的悲調；北宋黨派之爭與南宋外患烽火讓懷才不遇的失志落魄感，感時傷國的頓挫悲壯之氣，使「逸懷浩氣，舉首高歌」的嗟嘆中充滿悲涼。

　　不過在這基調之上，每位詞家展現「各極其妙」的創作風格，或「意致纏綿」，或「豪曠飄逸」使詞在變中生趣，在情中有韻，讓人在一唱三嘆中感受那深遠的藝術境界。

　　——原刊於《龍騰國文教學通訊》（2001 年 11 月）。

幽賞蘭亭　暢敘情懷
——記一場文人聚會

緣　由：修禊事。

時　間：東晉穆帝永和九年（西元 353 年），暮春三月上旬巳日。

地　點：浙江省會稽山陰之蘭亭。

參加者：群賢畢至，少長咸集。如書法家王羲之及王凝之、王徽之、王元之、王獻之、謝安、孫綽、魏滂等四十一人。

天　氣：天朗氣清，惠風和暢，約攝氏二十五度。

場　景：崇山峻嶺，茂竹修林，清流激湍，映帶左右。

活　動：流觴曲水，一觴一詠，暢敘幽情。

道　具：酒、觴、紙墨筆硯文房四寶。

記錄者：王羲之以蠶繭紙、鼠鬚筆寫成序。

　　存在主義由海德格以降，不斷談人存在於世上不只是存在，更是存在於具體情境中，認為要以適當的眼光了解生命的存在，亦即以特殊視野來觀照生命的存在。但中國由老莊到六朝，逐漸具體化地相信人真正被投植的存在情境，不是歷史而是宇宙，追求的是如自然宇宙般的永恆存在。

　　道是自然，面對宇宙，人類的歷史只是一小部分。由宇宙觀點看人類歷史，任何人只活在同一宇宙的某個時刻，只活在

某地，只和某些人交集，也就是我們只能與某些時地人發生交感互動，活在同時空下的人才有共同的生命經驗，他們創造彼此相交集而形成的故事。以這個角度觀王羲之等的一場文人聚會，藉著〈蘭亭集序〉的報導，或可在閱讀間再現其情境並探索其感懷。

一、天開地闊盡耳目之樂

祓禊是古代一種清除污穢，排除邪惡不祥的祭祀。

在春天或秋天的良辰美景，選擇水邊祭神浴身，據說可以排除邪穢。《周禮·春官》記載：「女巫掌歲時，祓除釁浴。」漢儒鄭玄注解說：「歲時祓除，如今三月上巳，如水上之類。釁浴謂以香薰草藥沐浴。」後加入唱歌宴會作詩等節目。《晉書·束皙傳》說：「昔周公城洛邑，因流水以泛酒，故逸詩云，羽觴隨波。又秦昭王以三日置酒河曲，見金人奉水心之劍曰，令君制有西夏，乃霸諸侯，因此立為曲水。兩漢相緣，皆為盛集。」可見祓禊由來已久。至漢「官民皆禊於東流水上，洗濯祓除去宿垢」（〈漢儀記〉）。《後漢書·禮儀志》說明去宿垢的目的在大潔，蓋「潔者，陽氣布暢，萬物訖出，始潔之矣。」

王羲之等為修禊事而聚蘭亭，曲水流觴暢敘幽情，快然自足，興懷為文之境，實承襲這種流風。然此時修禊重在賞玩景物，飲酒作詩，非但成為東晉人永恆的夢園，也為後世文人聚會之雅事。不惟南朝《荊楚歲時記》載：「三月三日，四民並出水渚，為流觴曲水之飲。」劉篤〈上巳日〉詩：「上巳曲江

濱，喧於市朝路，相尋不見者，此地皆相遇。」杜甫〈麗人行〉詩：「二月三日天氣新，長安水邊多麗人。」寫唐修禊之風。故宮至善園有曲水流觴之景，京都每年都舉行曲水宴，顯現群賢畢至，游目騁懷之美為人神往。

　　東晉永和九年上巳這天，王羲之與親朋好友愜意出遊，「是日也，天朗氣清，惠風和暢。」見暮春之天開地闊，非但已遠離料峭之寒，也見陽光明媚。有人說春天是大自然開門的時候，應之於當時，正是開放開朗的場景，視野無盡寬廣。在這樣的前提下，方可以「仰觀宇宙之大，俯察品類之盛，所以游目騁懷，足以極視聽之娛。」筆法由天際之遠而漸近於拂面之風，由仰角觀宇宙轉而俯視，從游目的視覺觀賞到騁懷的心靈感受，與萬化冥合，呈現立體世界多樣豐富的面貌，同時也凸顯出天人合一的完美。王羲之在〈蘭亭詩〉中也表達了這樣的情懷：「代謝鱗次，忽焉以周。欣此暮春，和氣載柔。詠彼舞雩，異此同流。乃攜齊契，散懷一丘。」「仰眺碧天際，俯瞰綠水濱。寥朗無涯觀，寓目理自陳。大矣造化功，萬殊靡不均。群籟雖參差，適我無非親。」

　　美麗廣大的宇宙創造萬物供人欣賞，這個意念與〈李白春夜宴桃李園序〉中：「況陽春召我以煙景，大塊假我以文章。」同見中國人對自然的信仰，與萬物靜觀皆自得的態度。「游」、「騁」二字見其心神之自在，耳目之縱樂，景物之宜人。在主體的宇宙與客體的人之間，藉著眼、耳的彼此相交到心、神的精神對話，極盡耳目之觀。不過，在耳得之而成風，目遇之而成色之外，是否能達到欣然而樂的精神境界，則基於深層的人生態度與處世哲學，否則也只不過隨境而遷以物而喜者，不能產生深刻的美感經驗與體察領悟。

二、遇之欣然與生之悲嘆

　　第三段焦點在「遇」一字。「遇」，讓人的生命有了意想不到的變化，也使生活因此平添色彩。無論是與花木相遇，或是與人結緣、與事相交，這份際遇讓英雄與時運轉而創造新時代，讓賢士因風雲逆轉而落魄一生。遭遇造成許多錯過的遺憾也流轉出契機的驚喜，遭時逢運的因緣形成莫可預測的變數，這使每一次相遇都成了唯一，甚至成為人生的轉捩點。尤其在經歷浮萍聚散不定後，更能深刻體會到「夫人之相與，俯仰一世」、「今夕是何夕，共此燈燭光」的難得。

　　「或取諸懷抱，晤言一室之內；或因寄所託，放浪形骸之外。雖趣舍萬殊，靜躁不同」，特別是逢知己於一室之內晤言談心，暢說理想抱負，或者如六朝清談之士憑藉寄託情志的種種媒介，掙脫人世的規範約束，放浪形骸，放縱心懷。然而，無論以何種方式對待人生，「其欣然於所遇，暫得於己，快然自足，不知老之將至」。當遇緣而結合雙方都滿意時，由自己的角度是得，來自對象所提供的快然。雖其狀態只是暫時的，但心靈上所感受的滿足，欣然讓時間停止了，讓剎那成為生命中的永恆。當體驗到什麼是幸福的時候，那滋味足以叫人快然自足得不知老之將至。

　　「及其所之既倦，情隨事變，感慨係之矣。向之所欣，俯仰之間，已為陳跡。」但在人的心裡同樣存在著另一種矛盾，那便是喜新厭舊的倦。再美麗的事物當長期擁有後，便不再像昔日那麼眷戀，這也殘酷的說明幸福經驗的不可重複性。情隨

境遷是人的內在本性，當外界事物與我相遇時，因為時間、因為觀點、因為需求，心情悸動改變，這樣的現象令人感慨。但王羲之在整體觀照人生，洞悉向之所欣，俯仰之間，已為陳跡，進而思索當時欣然所遇，快然自足的樂，是真的感動。此時事遷的倦也是真實的感覺，原本喜愛的東西，今天成為往事。或因物消失或是物不變，感覺卻沒有了，所以人可以體驗暫得於己的永恆性，但本身不是永恆。於此，王羲之已經跳出了情緒上的感慨，而轉向哲理性的思考，顯現生命必然的存在現象。

於是下段由情緒上的感發轉至人生事實：「況修短隨化，終期於盡？古人云：死生大矣，豈不痛哉！」存在，是走向死亡之路，所謂「人生天地間，壽無金石固」，說明死亡之必然性、絕對性，因此不可抗拒的死亡所帶來的焦慮恐懼，就這樣在生的每一刻籠罩。這樣的浩歎是亙古以來的無奈，由漢以來〈古詩十九首〉中：「然生天地間，忽如遠行客。」「生年不滿百，常懷千歲憂。」乃至陳子昂〈登幽州臺歌〉：「前不見古人，後不見來者；念天地之悠悠，獨愴然而涕下。」李白〈春夜宴從弟桃花園序〉中：「夫天地者，萬物之逆旅也；光陰者，百代之過客也。而浮生若夢，為歡幾何？」天地萬物的永恆與個人的渺小短暫，對比之中，面對生命可能消失的焦慮惶恐，有人選擇走向成仙為佛的出世修行，有的則堅持留取丹心照汗青，有人則以及時行樂、放浪形骸度此生。

時間帶來的最大威脅是變，它使英雄不到暮年，紅顏不到白髮。由變所帶來的死亡更在人的心裡造成莫大的恐慌，所以蘇軾在〈赤壁賦〉裡：「哀吾生之須臾，羨長江之無窮。」因此，我們總在愛情中在生命裡想尋找永遠不變的情境，想以立

德立功立言各種方式來證實自己永恆的存在，或活在當下及時行樂。

在這一段裡，情緒由觀宇宙品類之盛耳目之樂，欣於所遇之自足，轉而到人情中感隨事遷的變化，悲調慨嘆，繼而念天地之悠悠，生命卻倏忽即逝。心情從樂而感，由悲而痛，以層遞方式，展現人生各階段情調。從「所之既倦，隨情事遷，和向之欣欣，俯仰之間，已為陳跡」中，呈顯天道綿綿而人生匆匆的無常的事實，體現對生命深沉的思索與疏曠胸懷。李扶九《古文筆法百篇》論全文章法曰：「玩此文中段，因樂極生悲，感生死事大，見不可隨時行樂之意，乃曠達一派。」又云：「夫隨時行樂，正是看破生死者也。樂極生悲，正見此會不可多得，乃文章反襯之法。」至於林雲銘《古文析義》中所評則就文章風格而論敘：「其筆意疏曠淡宕，如雲氣空濛，往來紙上。後來惟陶靖節文，庶幾近之，餘遠不及也。」

三、文章者不朽之盛事

人的力量是有限的，但人的能力同時也是無限的。做為人，可以體驗存在中萬般情牽事擾，可以有制伏七情六慾或沉淪其間的經驗，也能在際遇因緣的交織中經歷明心見性的修為。這些都讓人有深層的感受與自覺，清楚自己活著的種種磨折與征服的突破。當我們體會生命存在的「暫」時，不甘心於朝生暮死，一死生為虛空變化的意念頓然而生，於是哲學家柏拉圖想出一個沒有變化的永恆世界，來逃避人短暫的情境。《金剛經》裡創造色即是空，空即是色，不生不滅，無恐怖的

安和境界。然而空不能改變感覺性真實的存在，老莊死生虛妄的觀點與論玄說無的清談也不能解釋生命實相，因此王羲之一語駁其「為虛誕，為妄作」。

清余誠〈重訂古文釋義新編評論〉一文指出此文在遊宴之餘，含有對於當時清談論點駁斥之寓託：「因遊宴之樂，寫人生死之可悲。則蘭亭一會，固未可等諸尋常小集。而排斥當日競尚清談，傾惑朝廷之意，亦寓言下。」

吳楚材亦認為王羲之作此序文是針對時士大夫空談而發，並解讀作者心境與性格：「通篇著在生死二字，只為當士大夫務清談，鮮實效，一死生，而齊彭殤，無經濟大略；故觸景興懷，俯仰若有餘痛。但逸少曠達人，故雖蒼涼感嘆之中，自有無窮逸趣。」

林雲銘《古文析義》評：「晉尚清談，當時士大夫，無不從風而靡，剿竊老莊唾餘，漠然無情，外其形骸，以仁義為土梗，名教為桎梏，遂致風俗頹敝，國步改移。右軍有心人，雖欲力肆觭排，而狂瀾難挽，不得不於勝會之時，忽然以死生之痛，感慨傷懷，而長歌當哭，以為感動。其曰一死生為虛誕，齊彭殤為妄作，明明力肆觭排，則砥柱中流，主持世教之意，尤為大著。古人遊覽之文，亦不苟作如此。」足見王羲之在觀知古今人情無不同興感生死之際，在痛斥當時其死生彭殤之謬的背後，有多麼沉痛的心憂與感慨。

「每覽昔人興感之由，若合一契，未嘗不臨文嗟悼，不能喻之於懷。」儘管修短隨化，情隨事遷，但文學家則掌握「契」，它是人類所有存在的本質性，什麼樣的處境會產生什麼樣的心感互動。人同此心，心同此理。藉著文章詩歌，我們尚友古人，也在某種生命情境相似中彼此交流。有道是：「相逢

何必曾相識，同是天涯淪落人。」「同」一字，我們在文學中找到救贖，看見窗口。「契」一語使我們在時空中相會，在文字裡尋到知音，撫慰孤獨漂泊的靈魂。

王羲之明白文學的永恆性建立於「後之視今，亦猶今之視昔」。共通性的情思意念聯繫起藝術文學。人的命運不同，取捨萬殊，但共同的心靈結構、情性反應，使我們能進入作者的內心世界，產生相同的感動。因此，「雖世殊事異，所以興懷，其致一也。後之覽者，亦將有感斯文」。這使文學有分享的美麗，也在無數讀者的詮釋中醞釀不盡的生命。

因此亞里斯多德認為詩歌比歷史更重要，王羲之也體悟到儘管修短隨化，而「悲夫！」但今日欣然所遇，暢敘幽情，極視聽之娛是人生得意時，除盡歡怎可不佳作？「故列敘時人，錄其所述。」留下作品作為「曾經」的見證。透過幽談所歌的詩文，酒酣意興所揮就的華采，展示的不僅是書藝翰墨，更在於生命自在清高，這是在混濁亂世中生命的堅持，留下的是生命的隨意，是人存在的尊貴之美。

四、結語

魏晉人追求老莊之玄理，肯定自然生命之情，秉其對生命氣稟的珍愛，飛揚熾熱的情感，充分表現生命的風姿與光熱。情性與玄理的結合，講究情意性分自足自得的觀念，游心玄冥之境，寄跡萬物之上，這種游心任物的生活態度，別出老莊精神，而開出魏晉人物的美感與風采。

落實到文學作品之中，便由漢以前中人與社會關係的焦

點，轉而為人與自然，並以其與景物之交感相映，對生命的反省而自抒懷抱，求適性自足，這造成山水詩之盛，緣情暢心神的同時神理流乎其間。

　　這一篇記錄東晉偏安時期貴族蘭亭雅聚的序文，由景入情，因情說理。將人事相遇契合之快然與修禊萬物再生的春景結合，營造出人與自然和諧之美。雖然時空已異，但千百年後，讀其文，除見當心靈進入無罣礙無牽擾的境界時，人與人間能進入深層的相通，回到人類情感經驗的共同世界，分享惠風般和暢的生之樂。並藉文學感物吟志，彼此在美感經驗裡互通天盡人之懷，使生命得以擴大，獲得從局限中超脫的自由，從有限生命中望見永恆的可能。

　　——原刊於《國文天地》第 19 卷第 11 期（2004 年 4 月）。

由居室看文人的生活情韻
——以〈黃州新建小竹樓記〉、〈廬山草堂〉為例

　　文人在建構亭臺樓閣屋室園林時，除了經營一方世界為心靈城堡，以享別有天地非人間的自在自得外，也在回家地同時找到生命安頓性靈歸屬的依託。

　　因此由其格局佈置可以窺見個人心靈的反映；由其建構環境可以了解其對自然的觀照和生活巧思情趣，如魏晉詩人寄託悠然的真意在「山氣日夕佳，飛鳥相與還」（陶淵明〈飲酒第五〉）的田園之間；唐人托意於「眾鳥高飛盡，孤雲獨去閒，相看兩不厭，只有敬亭山。」（李白〈敬亭山〉）人與自然的相親相和；明末文人則將獨特的生活美學表現於：「藝花可以邀蝶，累石可以邀雲：栽松可以邀風，貯水可是邀萍，築臺可以邀月，種蕉可以邀雨，植柳可以邀蟬。」（張潮《幽夢影》）其中既見天真自得的邀，也見悠然自適的藝。

　　遠離人群，親近自然的空間意象使人心境清幽空靈，而這深林靜遠的世外之境蘊含個人的理想，也讓文人於生活中化意為禪，進入無入不自得的逍遙。如「湖上一境迴首，山青卷白雲。」（王維〈敧湖〉）以景相契，以心相融的自由無礙裡，處處是隱的趣味，也見清妙的心境，對生活的品味與自我寫照。劉禹錫〈陋室銘〉裡則有「山不在高，有仙則名。水不在深，有龍則靈。斯是陋室，惟吾德馨……南陽諸葛廬，西蜀子雲亭。孔子云：『何陋之有？』」的得意自期。這或許是為什麼中

國人總在風景絕勝處闢建心靈的桃花源，或以「畫幅當山水，以盆景當苑囿」（張潮《幽夢影》），或在窗櫺上繪上梅蘭竹菊的花影，樑柱間處處有風月弄情，讓身處其中的自己在動靜之中與自然交會，因此，陶淵明對於五柳草廬有「眾鳥欣有託，吾亦愛吾廬」的寄託之懷。以白居易〈廬山草堂〉、王禹偁〈黃州新建小竹樓〉為焦點來觀之，正可證見擇建居室環境時呈現文人返回自我的隱逸基調。由其記居之樂，居之情事中，尤見文人生活情韻與以順處逆的豁達胸襟。

在〈黃州新建小竹樓記〉及〈與元微之書〉中，王禹偁及白居易只就其建築素材命名為「竹樓」、「草堂」，並未刻意命名，同時，在敘寫上也只以建造緣起巧寫個人際遇，而未對建築內部結構說明。觀其建築素材無論是竹、是草，二者都是就地取材、平凡易得的物質，這一方面與其謫居簡樸韜光養晦的背景相契，另則見在平凡中所傲然自得的不凡。此外，以「草」為名，寓有與自然相親無隔之意，觀諸白居易十七歲所作詩：「離離原上草，一歲一枯榮，野火燒不盡，春風吹又生。」草堅韌的生命，或許也正是其對抗人生挫折的能源，同樣的，以「竹」清高不屈，可看出王禹偁對自我期許及人格的標舉。

這一堂一樓之建都出於偶然，隱然與其謫遷後的隨緣之悟有關。竹樓是「子城西北隅，雉堞圮毀，蓁莽荒穢，因而作小樓二間」。草堂則因「見香爐峰下，雲水泉石，勝絕第一，愛不能捨」。所建二者都在山水之間，除了因為「山水有清音」，也在廣闊的視野中，寄以遊心寓意的生活美學；在與天地泯然合一的境界中，撫慰心靈呈現物我感動的思維。身處竹樓所見者為：「遠吞山光，平挹江瀨」，呈現「幽闃遼敻」的情境；而

草堂以「前有喬松十餘株，修竹千餘竿，青蘿為牆垣，白石為橋道」，建造出一方自然天地。

俯拾皆是的景雖是竹樓之所助，草堂之所處，但若無獨特的審美觀照，豈能體會其中之樂？沈蔚〈天仙子〉云：「景物因人成勝概，滿目更無塵可礙。等閒簾幕小欄杆，衣未解，心先快，明月清風如有待。誰信門前車馬隘，別是人間閒世界。坐中無物不清涼，山一帶，水一派，流水白雲長自在。」朱光潛也說：「宇宙人情化」，亦即將宇宙一切現象化成個人的靈映象，將內心情思寄託或投射於外物，將美感所引發的感動移為生活情趣，「苔痕上階綠，草色入簾青」的生活況味正基於文人獨特的情思而生。

草堂生活中，聽覺、視覺的美感集於羅生池砌的紅榴白蓮，周於舍下的流水，落於簷間的飛泉。四季景致變化各有其妙，在白居易詩篇中是這樣描繪的：「春有錦繡古花，夏有石門澗雲，秋有虎溪月，冬有爐峰雪，昏且含吐，千變萬化，不可殫記。」「五架三間新草堂，石階桂柱竹編牆，南檐納日冬天暖，北戶營風夏月涼，灑砌飛泉纔有點，拂窗斜竹不成行。」（〈香爐峰下·新卜山居草堂初成偶題東壁〉）見草堂中充滿自然天趣，春花所織成的錦繡，雲水濺石所激越的清韻，秋月暈染出的柔媚，冬雪在廬山與香爐峰所鋪就的畫境，在千變萬化中吐露的天地靈氣，在不能殫記的旨趣中時時有佳美，這是白居易「平生所好」。由「林泉風月是家資」（〈吾廬〉）之語觀之，更見在草堂所享之情趣是白居易頗引以自豪自富者。而青蘿、白石、紅榴、白蓮豐富的色彩實緣於內心的自得與超然，喬松、修竹的挺拔桀傲，石的堅強、蓮的清絕，其中更有白居易心志的影子。

在黃州竹樓中，王禹偁以「夏宜急雨，有瀑布聲，冬宜密雪，有碎玉聲」來展現居室中的雅趣情味。四季自然韻律則在綿密的雨敲竹屋之間奏成流動的生機，在溫潤細碎的落雪裡飄下冰清玉潔的雪舞，這是以建築之外所成的聲音來呈現居處之雅趣。至於竹樓內進行的琴棋詩酒件件雅事，則以感覺性的「和暢」、「清絕」來狀寫琴調詩韻，琴調和暢緣生於心之和樂，詩韻清絕生於情志之清絕，顯見心聲交會所產生的審美觀感。和、暢、清、絕中有孤高自賞的自信自持，也有心靈舒放平靜的自如自得。同樣的，前者以雨雪寫夏冬，其弦外之音不正是人生風雨？而玉之美德涵養，瀑布爆發旺盛生命力是川流不息的活泉，足以在風雨中屹立不搖，而且能自在的在賞玩中逍遙度過，其間所流露對生命激越的追尋與心靈的滿足更如水之奔、玉之潤。

因為有「心遠地自偏」的自我觀照，故能不拘於現象價值觀的評議，不制約於一時不得意的困窘。所謂「清風明月本無主，閒著自為主人」。公退之暇便是閒，「披鶴氅衣，戴華陽巾，手執《周易》一卷，焚香默坐，消遣世慮」。由特寫境頭中呈現的穿戴動作，除了表現出道家式的思維行事，也見在焚香閱讀中洗淨世俗塵念，在默坐沉思中與萬化冥合。著墨於外在的換裝，其實意味心境上的改變，或許也可以視為在儒家入世之外的另一種選擇。再者，這明顯的衣巾書香所經營出的氛圍，讓他在現實生活外創造完全屬於自我的幽境，在謫居生活中形成富有雅趣的心靈空間，如此純然精神活動的讀書焚香默坐，所展開的清淡韻味正是人間桃源。

「會心處不必在遠，翳然林木，便自有濠濮間想也。」（《世說新語‧言語》）當下的感動情生於會心。「一切景語皆情

語」是因為景是用以興情，也是藉以寄情，是引發志想，也是反應心靈的版圖。當景物與心緒相照應時，不僅有物我合一的相知相忘，原本獨立的景因為召喚人的情思而變得有情有思。輞川別墅裡有「人閒桂花落，夜靜春山空，月出驚山鳥，時鳴春澗中。」（王維〈鳥鳴澗〉）的禪境，或產生「慮澹物自輕，意愜理無違」的體悟。另一方面而言，個人情感投注在景中時，高曠的風格，坦蕩的情懷也在景觀中找到依託而具體化呈現，如「明月時至，清風自來」的自在，所以居竹樓所攝入的鏡頭是：「江山之外，第見風帆沙鳥，煙雲竹樹而已。」事實上，這非但是舉目所望之景，更是心之取景。靜中的帆因風而動，動中的鳥因洲而靜，作者即江寫船鳥，就山狀雲樹，是眼前之景，也是心中之意。若不是具一段閒情、一雙慧眼，過目之物豈盡是畫？煙雲的曼妙飄飛與竹樹的堅實高聳，在實虛柔剛之間除了涉景成趣，並巧妙地安排以竹貫穿的主題，展現個人志節。至於「送夕陽，迎素月」這固是竹樓之趣，謫居之勝概，在送迎之間不捨的情意尤見心靈所塑造的閒情，天機盎然的妙意，若非忘懷世慮得失，能自在自得者，焉能入此化境？

悠遊草堂間的白居易曾謂：「何以洗我耳？屋頭落飛泉，何以淨我眼？砌下生白蓮，左手攜一壺，右手挈五弦，傲然意自足，箕踞于其間。」（〈香爐峰下新置草堂，即事詠懷，題于其上〉）在〈廬山草堂記〉中，更清楚地描繪：「流水於舍下，飛泉落於簷間」的巧景道：「堂東有瀑布，水懸三尺，瀉階隅，落石渠，昏曉如練色，夜中如環佩琴筑聲。堂西倚北崖右趾，以剖竹架空，引崖上泉，脈分線懸，自簷注砌，纍纍如貫珠，霏微如雨露，滴瀝飄灑，隨風遠去。」由此不僅看到文人

對於居住空間的設計上如何捕捉自然，與以自我心靈投影於以水造聲，因勢成層，變化出水的聲色畫面，譜就美感的用心，也見到他在賞晨昏水光之影像。珠落露滴所引發的節奏之外，更以清澈響珮的懸泉洗耳淨眼以滌心，飛弄而下的泉水甘甜豐沛正如卓然的才情蓬勃的生命力，砌下自在的白蓮則象徵其高潔的節操。酒一壺、琴一張，瀑布的天籟與吟心訴志的琴調相和，白蓮的風姿與醉酒的酣暢組成瀟灑的旋律。傲然的是不妥協於世的風骨，自足的是視富貴如浮雲的澹泊，是此中有真意的適然：「自為江上客，半在山中住，有時新詩成，獨上東巖路。身倚白石崖，手攀青桂樹，狂吟驚林壑，猿鳥皆窺覷。」（〈山中獨吟〉）一派天真自得盡在其中。而「舉頭但見山僧一二人，或坐或臥」的自在，或許正是白居易居於盧山草堂的生活寫照，無怪乎「一宿體寧，再宿心怡，三宿後頹然嗒然，不知其然而然」。

白居易在「盧山草堂」中展現文人對自然的慕求，王禹偁則於「黃州竹樓」裡呈顯會心之處不在遠的心居。他們就謫居的江州黃州築樓建舍，除了紀念生命中重要的情境，一份偶然的因緣，同時藉此建構心靈的安頓處。在為建築而寫的詩文中，往往呈現內心面對人生困境所了悟的感懷，並藉以自我期許，因而在以松竹為志的積極入世，和與自然合一的超脫拔俗，這樣的自負自期使他們因而不取齊雲、落星之高；不羨井榦、麗譙之華，也無懼竹樓之易朽。在居室中風雅情事更見其如何在困窘中，以美感觀想生活，從而獲得生命的安頓與自適，所以草堂「不惟忘歸，可以終老」，同時在與自然相親中，救贖自己被現實所扭曲壓迫的心情，繼而在與景物觸發與感通間找到重生的契機，由山窮水盡疑無路的困境，靠自己的

心念轉出柳暗花明又一村的新境。

——原刊於《國文天地》第 18 卷第 5 期（2002 年 10 月）。

閱讀〈山中與裴迪書〉裡的畫趣

　　書信，展示人際網絡的交錯，同時也是私密情思的告白，生活軌跡的刻痕。白居易〈與元微之書〉裡吐露隱藏在三泰之後「籠鳥檻猿」、「相見是何年」的無奈，使得「飛泉落於簷間」、「紅榴白蓮，羅生池砌」的美景也染上一層無常的落寞。但在王維〈山中與裴迪書〉中，卻因為同是天機清妙、深得山水之趣者，而使春日邀約同遊之想成為期待的欣喜，讓當下的冬夜儘管寒寂，卻因此有溫暖的色彩。

　　在這一篇以寫景抒情的文章中，王維以畫家獨有的取景思維，通過視點的轉換、景物的剪接，將多向視野羅列於一個畫面裡，把時間過程隱藏在空間轉換之中，使詩畫渾然不覺地結合起來。本文擬藉〈山中與裴迪書〉探討王維在攝取景物、構圖和佈局、處理景物主從大小遠近從屬地位，如何以其畫論結合詩趣在散文中縱橫映襯，形成有機畫面。

一、輞川詩畫

　　輞川近京，位藍田縣西南，在京畿範圍之內，流經終南山北，山谷綿延約二十里，海拔六百至九百米高。輞谷即輞川之口，在藍田縣南嶢山之口，由於地形關係，諸多小溪注入敧

湖，狀似輪輞而得名。《陝西通志》：「輞川在藍田縣南嶢山之口，去縣八里，川口為兩山之峽，隨山鑿石，計五里許，路甚險狹，過此豁然開朗，村野相望，蔚然桑麻肥饒之地。四顧山巒掩映，似若無路。環轉而南，凡十三里，其美愈奇，王摩詰別業在焉。」初唐宋之問於此營別墅，後轉讓王維，四十三歲左右整頓為二十景點的別墅，天寶九年，王維五十母逝，將別業施僧寺。

關於輞川別墅的描繪如〈雲仙雜記〉強調地如其人不染塵污，既言居住者個性，也盛贊其地之幽：「王維居輞川，宅宇既廣，山林亦遠，而性好溫潔，地不容浮塵。」《舊唐書》敘述王維購建整修藍田的景致與生活情況，並提及所結集的作品：「得宋之問藍田別墅，在輞口。輞水周于舍下，別漲竹洲、花塢，與道友裴迪浮舟往來，彈琴賦詩，嘯詠終日。嘗聚其田園所為詩，號《輞川集》。」事實上，《輞川集》是王維、裴迪各寫二十首而成的一組山水詩，王維不僅以詩詠景，更經種種景色形之於「輞川圖」。黃庭堅曾對此圖贊道：「王摩詰自作輞川圖，筆墨可謂造微入妙，臨摹得人，猶可見其得意林泉之髣髴。」（見《黃山谷集》）

居第府宅是一個人心志的延伸，劉禹錫〈陋室銘〉、王禹偁〈黃岡竹樓記〉、歸有光〈項脊軒志〉……莫不以軒室宣告自我，王維以詩集為《輞川集》，並於小序中仔細地記錄其在這別墅中的行腳步履：「余別業在輞川山谷，其遊止有孟城坳、華子岡、文杏館、斤竹嶺、鹿柴、木蘭柴、茱萸沜、宮槐陌、臨湖亭、南垞、敧湖、柳浪、欒家瀨、金屑泉、白石灘、竹里館、辛夷塢、漆園、椒園等，與裴迪閒暇，各賦絕句云爾。」如在〈敧湖〉之詠中，王維詩云：「吹簫凌極浦，日暮

送夫君，湖上一回首，山青卷白雲。」裴迪和詩道：「空闊湖水廣，青熒天色同，艤舟一長嘯，四面來清風。」其他相和之作，如頗富盛名的〈竹里館〉詩：「獨坐幽篁裡，彈琴復長嘯，深林人不知，明月來相照。」裴迪和詩曰：「來過竹里館，日與道相親，出入惟山鳥，幽深無世人。」對於王維〈辛夷塢〉，裴迪也有詩道：「綠堤春草合，王孫自留玩，況有辛夷花，色與芙蓉亂。」見輞川之中處處有二人同詠的詩作，每個景點有二人描繪的情味。

由裴詩知宮槐陌在莊口南，是一條通向敧湖的仄徑，仄徑有宮槐濃蔭。王維詩曰：「仄徑蔭宮槐，幽陰多綠苔，應門但迎掃，畏有山僧來。」裴迪詩：「門南宮槐陌，是向敧湖道，秋來山雨多，落葉無人掃。」與〈山中與裴迪書〉中：「多思曩昔攜手賦詩，步仄徑，臨清流也。」頗有相應之處，若能按詩文勾勒二人行跡與輞川勝景，將更能進入其心情圖景。

二、王維與裴迪之交

《新唐書‧王維傳》載：「兄弟皆篤志奉佛，食不葷，衣不文綵。別墅在輞川，地奇勝，有華子岡、敧湖、竹里館、柳浪、茱萸沜、辛夷塢，與裴迪游其中，賦詩相酬為樂。」同隱終南山的裴迪比王維小二十歲，二人是忘年之交，不僅時相唱和，裴迪於安史之亂時曾冒險探王維。王維集中有九首詩和一封信贈之，裴迪有二十九首詩與王維有關，兩人詠詩唱和成莫逆之交，如王維〈輞川閑居贈裴秀才迪〉以五柳自比，而將裴迪比為狂歌的接輿，足見彼此是心志相投：「寒山轉蒼翠，秋

水日潺湲，椅杖柴門外，臨風聽暮蟬。渡頭餘落日，墟里上孤煙，復值接輿醉，狂歌五柳前。」又如〈贈裴迪〉直言相憶、相思乃出於「同心」：「不相見，不相見來久，日日泉水頭，攜手本同心，後探忽分衿，相憶今如此，相思深不深。」另一首〈贈裴十迪〉說道：「風景日夕佳，與君賦新詩。」〈答裴迪〉：「淼淼寒流廣，蒼蒼秋雨晦，問君終南山，心知白雲外。」〈酌酒與裴迪詩〉：「酌酒與君君自寬，人情翻覆似波瀾，白首相知猶按劍，朱門先達笑彈冠。草色全輕細雨溼，花枝欲動春風寒，世事浮雲何足問，不如高臥且加餐。」〈登裴迪秀才小台作〉道：「端居不出戶，滿目望雲山，落日鳥邊下，秋原人外閒。遙知遠林際，不見此簷間，好客多乘月，應門莫上關」無論是酒逢知己千杯少的詩贈，或是「好客多乘月，應門莫上關」的月夜美景之邀，正如〈山中與裴迪書〉中所言：「非子之天機清妙，豈能以不急之務相約？」這其間有款款深情、亦有相知相惜的珍念。

在裴迪詩裡，也見時時念及的思情，如到王輞川別業因遇雨回憶終南故居有詩曰：「積雨晦空曲，平沙滅浮彩，輞水去悠悠，南山復何在？」二人除相互造訪外，也一同尋佛訪道。《輞川集》中有〈青雀歌〉、〈過感化寺曇興上人山院〉、〈夏日過青龍寺謁操禪師〉、〈青龍寺曇壁上人兄院集〉……等裴迪都有同詠詩，描述他們平日往來情形與思想，圖繪輞川別業形勝美景。

三、王維的畫論

　　被晚明董其昌推尊為南派畫宗的王維是文人畫派開創者，他提出「水墨為上」的主張與實踐，一改北派李思訓的金碧山水，而以「寫意」寫主觀所契合的大自然的靈魂，不再拘泥色彩形似，形成以渲染暈墨的文人畫。朱景玄《唐朝名畫錄》云：「復函輞川圖，山谷鬱鬱盤盤，雲水飛動，意出塵外，怪生筆端。」蘇東坡〈跋宋漢傑畫山〉對於王維的畫極端推崇，視為唐人繪畫之典範：「唐人王摩詰李思訓之流，畫山川平陸，自成變態，雖蕭然有出塵之姿，然頗以雲物間之，作浮雲杳靄與孤鴻落照，滅沒於江天之外，舉世宗之，而唐人之典型盡矣。」《新唐書·王維傳》中則言王維的畫「畫思入神」：「維工草隸，善畫，名盛於開元、天寶間，豪英貴人虛左以迎，寧、薛諸王待若師友，畫思入神，至山水平遠，雲勢石色，繪工以為天機所到，學者不及也。」足見王維畫與詩同呈現「天機」之趣，這固出於心性修為，也源於其對畫與詩論的顯示。

　　王維於〈為畫人謝賜表〉中提出「傳神寫照」的觀點，〈山水論〉中言：「凡畫山水，意在筆先。」此不僅是王維的畫論，也是他創作詩文的態度。張彥遠〈歷代名畫記〉詮釋「意存筆先」的「意」是「守其神，專其一，合造化之功」。王維對畫的觀點不但整合晉顧愷之「以形寫神」的論點，還進一步追求「形神兼備」，努力使「情與景會，意與象通」，達到「化景物為情思」。

「景物」是實的客觀存在,「情思」是虛的主觀創設。「以虛帶實,達意暢神」是歷代中國畫家企圖突出自己締造的藝術意境。畫中「形」的生命關鍵在精神生氣,即謝赫「六法」所揭示的「氣韻生動」,以主體觀照,涵攝客體,神形合一,也就是作者「胸中原自有丘壑」中流露出來一種「象外」的感受。所謂「外師造化,中得心源。」(唐張璪)畫中的寫意,不僅烘托意境,更是要表現作者的情感與人格。藉意境來傳達或抒發作者文學修養、思想情感,是文人畫的主流,也就是以藝術家的心靈表現主觀的生命情調和客觀的自然景象交融滲透,構成藝術之所以為藝術的意境。宗白華謂王維創造意境的手法是「廣攝四旁,圜中自顧」、「使在遠者近,搏虛成實」(王船山〈詩繹〉)代表中國人於空虛中創現生命底流行的氣韻,亦即遊心空際及寫意象外,這是中國詩、畫、書共同特色,意在創造一種「心境」。正如唐朱景玄〈唐朝名畫錄序〉之言:「揮纖毫之筆,則萬類由心展方寸之能,而千里在掌。」王微〈敘畫〉:「本乎形者融靈,而動變者心也。神靈,心境與畫境之通融。」

四、王維詩文的特色
——詩中有畫、詩中有我

詩與畫,一重在聲,講求音樂性;一重於形,講求圖像性,但同為藝術的表現。在表意的符碼上儘管有所限制,語言文字轉成圖畫、音節和符號轉化為形象的相通交融在主體意識滲透中成為可能。宋張舜民《畫墁集·跋百之詩畫》云:「詩

是無形畫，畫是有形詩。」黃山谷〈題蘇東坡李龍眠合作憩寂圖〉云：「淡墨寫出無聲詩。」都以為詩畫相通。

　　一語道破王維詩畫間緊密綰合的關係要屬蘇軾〈題王維藍關煙雨圖〉之言：「味摩詰之詩，詩中有畫；觀摩詰之畫，畫中有詩。」及〈王右丞集箋註序〉云：「昔人稱詩為有聲畫；畫為無聲詩，二者罕能並臻其妙。右丞擅詩名於開元天寶間，得唐音之盛，繪事獨絕千古。所謂無聲之詩，有聲之畫，右丞蓋兼而得之。」王維詩中處處可見畫意，狀難寫之景如在目前，詩情有濃有淡、畫意有隱有顯，如「山中一夜雨，樹杪百重泉」（〈送梓州李使君〉）、「渡頭餘落日，墟里上孤煙」（〈輞川閒居贈裴秀才迪〉）、「湖上一回首，山青卷白雲」（〈欹湖〉）。他如「木末芙蓉花」、「人閒桂花落」都在淡墨輕染中呈現畫一般的空間藝術，以線條透視出遠近大小的對比烘托。

　　王維「詩中有畫，畫中有詩」的特殊性在於他運用繪畫藝術獨有的表現形式融會入詩，詩與畫在境的創造、情意的表達以及風格上的一致性。其詩的繪畫性主要透過意象具現，意象浮現空間性的視覺效果，如「王右丞詩云：『江流天地外，山色有無中』是詩家極峻語，卻入畫三昧。」（王世貞《弇州山人稾》）身為畫家的王維一方面是吸取畫境於詩中，以色彩、光影的變化在表現客觀物象美，以繪畫講究經營位置或布局的空間觀念使詩歌具有構圖美，從而展現線條距離與色澤的美感；另方面則是以情和形，動與靜的相互滲透，呈顯詩情畫意，狀難寫之景於目前，使虛中有實、實中有虛，情景互補，詩畫感通，化心境為物境，情景合一，因此蘇軾〈題王維吳道子畫〉言：「摩詰得之於象外」。

　　文人畫的特徵在不求形似，而重表現作者思想、人格、學

問、才情的意境，有機的將繪畫與文學聯繫，擴大並豐富山水畫精神內容。王維以山水渲染法，傳達出詩意境界，由外之形推及內之神，落墨揮灑，不再以客觀搏取形式，而以主觀捕捉神韻，景中有我的思想感情，如「雨中山果落，燈下草蟲鳴」以秋夜靜寂之景烘托寂寞悲涼的心情。「明月松間照，清泉石上流，竹喧歸浣女，蓮動下漁舟」，在純寫景中傳達出陶醉自然美景中的恬適，因而王夫之《唐詩評選》卷三說：「右丞工於用意，尤工於達意，景亦意，事亦意。」指出他的寫景之作無論用畫法或以詩法，幾乎都與主觀情意聯繫，在「行到水窮處，坐看雲起時」中觀照自然，物我相融相契。

五、鏡頭作用

繪畫是空間藝術，以圖形符號的視覺語言顯現；詩歌則以觀念化的文字圖像表達內心世界。繪畫依賴色彩、線條、構圖表現布局，講究經營位置或布局，王維以畫之筆作詩，在透過文字圖繪式的暗示或隱喻勾勒心靈圖像，及文人美感的理想內涵之外外，在物象與物象之間形成一種共存迸發的空間張力，使時間空間化，空間時間化，並在獨立意象交互投射中，產生點、線、面的配置密切，使景物主客分明，疏密得體，再加上善藉色彩抒情的光影變化、明暗對比形成遠近層次，或如「大漠孤煙直，長河落日圓。」（〈使至塞上〉）線條強烈對比，達到圖畫詩、視覺詩的繪畫效果。

葉維廉認為王維以「多重透視」或「迴環透視」方式呈現經驗，並於〈唐詩中的傳釋活動〉一文中言：「利用了物象羅

列（蒙太奇）並置及活動視點，中國詩強化了物象的演出，任其共存於萬象，湧現自萬象的存在和活動來解釋它們自己，任其空間的延展及張力來反映情境和狀態。」以此觀點檢視〈山中與裴迪書〉，王維像一位導演，每一個意象就像電影鏡頭，以開放、無為的觀物方式，將由心觀照，由意顯影的畫幅展示於世人之前。

由「北涉玄灞、清月映郭」所呈現的空間美感中，隨著「夜登華子崗」，站在高點把握全局的鏡頭，或見「輞水淪漣，與月上下」，或望「寒山遠火，明滅林外」。空間表現手法顯然受古代畫法影響，明董其昌〈畫旨〉言：「遠山一起一伏則有勢，疏林或高或低則有情，此畫之訣也。」王維以畫家眼光營造詩境，濃墨勾勒線條，整個畫面由近而遠鋪展，留下空間形式、靈氣往來、生命流動之勢，並由明至幽的光影變化呈現在視點選擇上的多種變化，即使只聚焦於一二鏡頭，在視點和取景角度上也有動靜的。如果是大景、中景或全景，往往用的不是一個視點、一個立足點、一定空間的單向透視，而是集合了數層與多方位的視點，如「上下」、「明滅」。視點上下移動，所造成的視覺連貫效果，既打破時空限制，顯現萬籟俱寂中時有自由美妙動感，同時又將分散的景物，經安排而成為和諧完整的畫面。

「深巷寒犬」、「村墟夜舂」、「疏鐘相間」由聲音所指示景物方位及表現的距離感，增加畫面層次感、動靜感。「清月映郭」、「輞水淪漣，與月上下」、「寒山遠火，明滅林外」的視覺效應綰合「吠聲如豹」、「村墟夜舂」、「疏鐘相間」的聽覺效應，呼應出「夜登華子崗」的時間性與空間性，同時藉微小景物構成空間形式，如「清月映郭」的大空間與「深巷寒犬」小

空間相互襯照，彼此牽連，刻繪作者心中細微的心理活動變化，並使整篇文章構成一幅天上地下的立體畫面。

再如寫春景時，王維先以「草木蔓發，春山可望。」粗筆簡潔的勾勒出大空間，再以小筆細緻、生動地描繪出「青皋」、「麥隴」等小空間，然後以「輕」、「白鷗」、「朝雊」點黢抹染，以「露溼」水氣的淡彩烘托，暈就成這一幅大小空間的揉合、相映，作為情調的渲染。如此，既有大空間所呈現的廣闊，同時有小空間細部的著墨，青山以「望」表距離，在逐漸拉下的鏡頭中，出現的是跳水而出的魚兒，特別是「出水」、「矯翼」所構成的空間跳躍，「輕」字所展現的輕鬆、輕快、敏捷、活潑直承春所帶來的生機，整個畫面因而鮮活亮麗起來。一如音樂中的長短節拍，產生節奏曲調上的變化，旋律所舞動的波折起伏，即使是緩慢的、柔和的、軟性的、安靜的，在其底層也有其複雜豐富的變化，遠近間層次頗能反映出作者內在的細緻意緒，獲得「近而不浮，遠而盡」的審美感受。

無論是實寫冬夜登華子崗或虛寫對春天邀約之想，鏡頭對景物進行選擇和攝影，形成俯仰上下和不拘前後左右的流動觀照。王維精細地抓住一瞬間印象的聲、光、色、態，由遠而近，動靜交錯，空間與實體互補，讓景物自然淡泊地形成持續性的動作，在純粹、簡單中表現物我合一時的直覺狀態，像一幅興會神到的印象畫。整個運鏡與取景一如《浮生六記》所言：「大中見小，小中見大；虛中有實，實中有虛；或藏或露，或淺穫深，不僅在周迴曲折四字也。」隨著鏡頭富繪畫性的移位與多重視軸，活動性的旋轉，讓我們得以透過其所標示的符碼，讓想像的眼睛重新排演，抽離，透視輞川山水與人情的美麗。

六、情中景，景中情

　　王夫之《薑齋詩話》言：「巧者則有情中景，景中情。」說明詩之巧者即景生情，因情生景。寓情於景則虛中帶實，將主觀的情思藉由客觀的事物去呈現；景中含情則實中帶虛，以客觀寫景寄託情興，因此好詩是情趣與意象的結合。唐人論詩強調意境美，劉禹錫謂「境生象外」，晚唐司空圖提出「象外之象，景外之景。」以實帶虛，虛實相生，化實為虛，如「泉聲『咽』危石，日色『冷』青松」。(〈香積寺〉)形象是實，想法是虛，由形象產生的意象境界是虛實的結合，把客觀真實化為主觀表現，故清畫家方士庶：「山川草木，造化自然，此實境也。畫家因心造境，以手運心，此虛境也。虛而為實，在筆墨有無間。」

　　取景角度不同，表現出不同心理效果，黃永武在《中國詩學設計篇》中言：「垂直方向有嚴肅莊重感，水平方向有平和寂靜的氣氛，斜線有躍動與不安定的感覺，……平視有家居日常的親切感，仰視有期盼嚮往的感覺，俯瞰有超出塵俗的感覺，近景有逼真的感覺，遠景有淒冷出塵感。」以此觀照〈山中與裴迪書〉頗能見取景角度與情思之間的關係，如「清月映郭」是由「北涉玄灞」途中的仰視遠看，「輞水淪漣」則由「夜登華子岡」上高處俯瞰，「與月上下」一則補充描繪輞水淪漣的動感與光影色澤，非但呈現瞬間的捕捉的焦點，更另與上句「清月映郭」承視覺上下的交互對應。就在這一片出塵孤寂之中，「明滅林外」的「寒山遠火」光區與幽暗周邊的對照，

突出山林之深晦，點染若隱若現的溫暖。寒所瀰漫的氣息，藉實虛相生、明暗對比的筆觸，交疊出天氣所帶來的觸覺性寒冷、心裡的底層湧動，宛如詩人與外界的某種互相的滲透與交流。繼之而來的是如豹的「寒犬」聲、村墟「夜舂」聲及遠處曾憩息的感配寺「疏鐘」聲……來處理景物之間各種關係以突出空間與心境。

東坡言：「欲令詩語妙，無厭空且靜。靜故了群動，空故納萬境。」在〈山中與裴迪書〉中，大小空間以靜寂、安寧為底色，在這種有節奏感的空間，思緒可以延伸到更遠，時間可以更沒有距離限制。正因為以靜為基調，乾淨簡單的顏色為背景，反而可以由中窺見許多細微的「動」，這些富有特徵性的「動」使整個空間在靜幽沉默中與心靈對話，與自然交流，感受到天地的脈動。王維以環境中動態顯現心情虛照，故能在幽靜中透發熱鬧的氣氛，賦與萬物人格與生命，於是有「松風吹解帶，山月照彈琴」（〈酬張少府〉）的自在與自得，也在敏銳地把握一剎那間的感動中呈現如「颯颯秋雨中，淺淺石溜瀉，跳波自相濺，白鷺驚復下」（〈欒家瀨〉），讓自然演出無我直觀的意趣，形成一個與自然契合圓滿自足的世界，也是充滿人情物態情趣的天地。因此，表面看〈山中與裴迪書〉多為寫景之詞，其內蘊卻藏含深遠的情思與生活趣味。融情於景中，見王維引退後的心境與情性，寫景空靈清越，習慣於孤獨、享受孤獨、欣賞孤獨、在靜寂中領會人生真味的禪意更見深遠。

這一切超脫空間都通過月折射，由作者、月、川、村形式立體空間的角度融成一體的大空間空間中有物、有人、有月、有川、有光。月色蒼幽，超脫的空間背景烘托思人的環境，加強作品中孤獨的情緒，隨作者筆觸浮想翩躚，獨坐中的冥思使

過去、現在同時存在於舞臺，呈現所潛孕的張力，而時間人事盡在不言中。藉「多思曩昔攜手賦詩」、「步仄徑」、「臨清流」的雅趣，時空頓然在交會中轉向未來的期待，使得雖時值寒冬，在形象及字面上卻描寫春來的預想、約見的期待，於是筆下境界為之一變。虛寫來年春景所呈現生活美的折光，不再是獨坐的幽靜而是取材平常生活，新春欣欣向榮的景象等時間意識強烈的字眼。遠近間層次分明，青山以「望」表距離逐漸拉下的鏡頭中出現的是跳水而出的魚兒，「輕」字所展現的輕鬆、輕快、敏捷、活潑直承春所帶來的生機，整個畫面因而鮮活亮麗起來。詩人主觀心境情意緊扣「天機」，所取用的意象如鷗鳥象徵去心機後自由自在的生命，出水魚樂惟有忘我如莊子者得之，「麥隴朝雊」桃花源式的生機與自足。

七、色彩的美學

人的眼睛往往也是心靈的窗口，黑格爾《美學》中言：「藝術也可以說是要把每一個形象、看得見的外表上的每一點，都化成眼睛或靈魂的住所。」「人們從這眼睛就可以認識到內在的自由心靈。」說明客觀物象的藝術表現，根據主觀情緒變化，建構起結構空間形式，物象負載「性靈」，以隱喻化符號蘊意，而附著於物象的色彩往往最能透露情緒。王維的詩早年色彩鮮麗，晚則疏淡如「青菰臨水映，白鳥向山翻」，（〈輞川閒居〉）「白雲迴望合，青靄入看無」丹青之妙出於胸臆，以青、白冷色調表現靜意，使詩似靜謐安閒的圖畫，畫面清淡，情趣高遠。以〈山中與裴迪書〉而言，絲毫不見濃郁的

色調，夜裡黑色的滲透暈染，景物彼此朦朧相接，沒有鮮明清晰線界，而以月為媒介寫微妙入勝的光線和色彩。由「玄」壩、「寒」山、「寒」犬、遠「火」「明滅」、「麥」隴含藏的顏色，與「白」鷗、「青」臯、「黃」蘗直接塗抹的色澤都屬於明淨空靈的寒色色系。除了以入畫的姿態進入視境，色彩在王維詩文中不僅是視覺的，更是觸覺、溫溼的，如「山路元無雨，空翠溼人衣。」（〈山中〉）「坐看蒼苔色，欲上人衣來。」（〈書事〉）及「露濕青臯，麥隴朝雊。」先意識顏色的生動，然後再以繪畫性意象感受色彩所代表物體的輪廓。

山在春來的光影分譜當中顯另一番風貌，「可愛」二字，透露出我見青山多嫵媚的知惜。所處位置，折射青山黛樣的廣角鏡，隨物賦形。由「朝」點時間、「臯」呈現原野空間，視覺的臯之「青」、鷗之「白」、麥所隱現的「黃」著墨淡雅，卻在淡筆中有色澤的點染，使景象不因色冷而枯寂，相反的在「蔓發」、「出水」的動感生機與觸覺性的「溼」、「露」顯現平淡中蘊藏的豐富飽滿，進而與春日「青」的瀰漫、浸潤、放射、擴展，友情與自由深趣亦盡在不言中。

八、結語

王維精通繪畫、音樂、書法使其詩文體現豐富蘊含，在〈山中與裴迪書〉中，他從容地以畫家的眼光營造詩境、氣氛，以烘托點染的筆法，一層層的構圖使讀者先見畫，後意會；以小景傳大景之神、視覺聽覺意象群的方式，安排遠近層次的變化穿插使文中有畫的空間感、有音樂流動的時間性。藉

精鍊的語言、勻稱的色彩、優美的韻律描繪出山林靜態之美，同時又在靜中有動，富有生機和意趣，鏡頭運用之妙，一字一句皆出於常境，卻句句入禪入畫，其中有空山無人，清月遠火與自然合一的靜默，也有「白鷗朝雊」對宇宙生命的觀照、虛實情境的穿移流轉。它不是往來酬答唱和的對話，而是孤獨中對山水的觀照，是彼此間忘機的默契。

——原刊於《龍騰國文教學通訊》第 17 期（2002 年 3 月）。

玩　月

無邊水月在赤壁

　　神宗元豐三年二月（西元 1080），蘇軾因烏臺詩案被貶黃州團練副使，本州安置，不得簽署公事，換言之，此乃虛授，無實權之職。行動受限制的東坡形同流放罪人，謫居在困頓之中，儘管有如明月般皎潔的心志，水一般無私的胸襟，仍舊逃不過群小的污衊，這一場牢獄之災讓東坡縱有偶拈詩筆已如神的豪情，也不得不在「多難畏人」的警惕下沉默。初至黃州，蘇軾曾寫道：「得罪以來，深自閉塞，扁舟草履，放浪山水間，與樵漁雜處，往往為醉人所推罵，輒自喜漸不識，平生親友無一字見及，有書與之亦不答。」（《蘇軾文集・答李端叔書》）足見世態炎涼，貶謫之辱所造成的打擊、震撼於心的惴惴不安，直教人想「小舟從此逝，江海寄餘生」。在黃州整整四年中，東坡藉著在自然放逐的生活，轉向學道求仙的實踐自我肯定，逐漸由現實與理想之際，學到自我調適的方法，進而體悟自我肯定而使創作、思想都更深入成熟。

　　元豐四年，蘇軾與友人同遊赤壁泛舟江上，面對高遠景象，取記遊的方式，以水月為主調，即景即心引動意興，書寫超凡入勝如夢如幻的感覺，結合景事情物抒發內心襟懷，表現具有哲理意味的曠放與妙悟。其中寓託的思想有儒家有所為的立身用世，與道家超曠，在不能有所為時的慰藉。文藉水月變與不變的現象，反駁客對人生的悲調，融合水月的永恆存在，將景色、心理、哲理在契合中達到精神上的超脫自由。

一、水月醞釀羽化登仙的幻夢

七月十六日的明月皎潔如霜，白露橫江的漫漫江河，提供一個廣闊而悠遠，與世隔絕的空間。清風徐來，秋水之盛、秋天之清、秋月之明，這無限清景讓人在恍恍惚惚之間，忘懷現實種種紛擾，縈迴心際的消沉，也隨著搖晃的船身隨水而逝。凌駕萬頃的得意，放縱的無拘，讓詩人一時間像仙，乘著風在無際的天地中自由自在，在心靈的如意中獲得圓滿。這樣的美景，這樣的幸運感是每個人都想永遠緊緊抓住的夢。

此處的水在與月光天光結合成一個安全理想寧靜的世界，以一葦代船，茫然代水，把握主觀實感的描繪，勾勒出與世隔絕，人間寵辱皆忘的畫境，怎能不飲酒樂甚？

二、水月是流動的空影

但一如現實永遠是殘酷的，當羽化成仙的飛揚，一旦落入眼前事實，這樣的完美就像桂棹擊碎的水中月，儘管明亮卻是空，而流動的光更是追不到抓不著的夢，正如在天一方的美人似月一般可望不可即。與「明月幾時有，把酒問青天，不知天上宮闕，今夕是何年，瓊樓玉宇，高處不勝寒……」，同以隱然表現內心出世入世之間矛盾的悲慨，這其中有以「桂」棹、「蘭」槳象徵的才志情操，有藉「棹」、「槳」所暗示「欲濟無舟楫」的落寞。現實的不得意正如所擊的是一場「空」，儘管

奮力與命運相搏，但「泝」水而上所見仍是那漂蕩不定的流光，君王的眼神永在天一方。

月，頓時由溫柔的慰藉者，轉而為遙遠的夢；水也由豐沛的浪漫，成為漂蕩不定的身世。無常多變的際遇，讓在座的騷人遷客清楚的意識到自己即使擁有如桂如蘭的涵養心志，也是枉然；即使以天下為己任的用世之志意堅定不移，不為外物得失榮辱所累的超然襟懷是明月可鑑的，但「月明多被雲妨」，以致「致君堯舜上，再使風俗淳」的懷想終究如嗚嗚然吹奏的簫，在靜夜裡低迴縷縷不絕的哀怨。敲在舷邊的歌聲裡，訴不盡的無奈盤踞在謫遷的傷情中，讓同是淪落的嫠婦，同是臥龍的潛蛟為之泣然。

餘音嫋嫋的歌聲裡，月是慕的焦點，是訴的對象，也是傷悲的源頭，而水所流逝的歲月，激盪起早生華髮的徨恐焦急，水擺渡的是在紅塵挫敗沉重的無奈。

三、水月是英雄的舞臺

藉問答的賦體，東坡巧妙地把心中屬於儒家「以天下為己任」的入世和道家「出世成仙」的出世兩個立場的矛盾爭執，以及自然永恆與生命短暫的激盪，透過「何為其然」的提問，於對話中假托客之口顯現。既而在水月所見證的歷史中，先是寄託對一世之雄叱吒風雲的羨慕，接著在曾照過三國的水月下，對「而今安在？」生命有限性，人生盛衰無常提出質問，最後在羨水月無窮的心緒中，引發人生如寄，事不得志的哀思與慨嘆。

東坡即景寫故壘赤壁的英雄時，一方面承接上一段載著夢想寄望的月，聯結上〈短歌行〉裡烏鵲南飛的月，將空間時間集中於橫槊賦詩擁有文才武略的曹操身上，並從不同角度，訴諸不同感覺的濃墨健筆來寫英雄：由遠而近的山川蒼蒼是馳騁的戰場，東流而下一路破敵奔騰鋪陳出英雄卓犖氣慨，橫江而至的千里舳艫，旌旗蔽空、不可一世的氣勢，更進一步刻劃威風凜凜的豪壯。然而，死亡是公平的，即使是英雄，依舊逃不過絕滅。「大江東去，浪淘盡千古風流人物。」（〈念奴嬌‧赤壁懷古〉）此刻不盡的江水流動永恆的宿命，月下那以周公自許廣攬賢才，汲汲有為的英雄已逝，對於最大的死生變化，世事無常的遷幻，除了質問「而今安在？」我們全然無可奈何。

四、水月映照宿命的有限

即使是英雄，依舊逃不過絕滅，何況吾與子？

因此，當下江上一葉扁舟承載的是不為世用的漁樵，而非軍容盛壯的得意；月下舉匏樽相屬所吞飲的是流離淪落的蕭然，而非橫槊賦詩的豪情。時間的無情與空間上「明月如霜，好風如水，清景無限」（〈永遇樂〉）所呈露宇宙的無窮廣大，與人類個我「寄蜉蝣於天地，渺滄海之一粟」所存在的孤絕渺小迥然對立，使得臨江懷古憑弔之際，神遊赤壁戰場英雄的雄姿煥發，對照個人貶謫遭遇的飄忽孤寂，有志難伸的現實困境，與生命有限的共同悲劇，興發的往往正是一種千古同然的悲情。

生死的來臨與消失，連創造時代的英雄都無法過問，何況

平凡人生無補於世，死亦無傷於世，這樣的惆悵與不甘心，是人類永恆的憾恨與哀痛。面對全然無法掌握的命運，對於如何「活」竟找不到著力點時，頓覺「萬事到頭都是夢，休休！」（〈南鄉子〉）當明白所有榮華權力盡成空，剩下的只是自然與時間的浩浩長流，然而「挾飛仙以遨遊，抱明月而長終」的羨慕與渴望，在現實裡終是「不可乎驟得」。永存之不可能，富貴之不長在，人生盛衰無常，際遇坎坷無定……當意識及這樣的生命悲劇時，心中澎湃的情意，興盡悲來的感慨，讓水面揚起的蕭聲轉悲，月下流盪的音符傾訴不盡的哀思。

五、水月是變與不變的鏡子

然而生命果真如此虛空不實嗎？如此悲嘆哀絕嗎？

客所見的是「逝者如斯」的水，是「盈虛如彼」的月；客未知的則是「未嘗往」的水，是「卒莫消長」的月；客見到的只是「以一瞬間」變的水月天地，而未見「物與我皆無盡」的水月宇宙。

水月在東坡的思維中，由清麗之景、飄逸情懷，到寄思古幽想託由衷感慨，轉而為闡釋變不變的焦點。「變」是宇宙的根本規律，如果心念集中於自然界倏忽變化的敏感中，必定落入因物象不停的變動中而倉皇不安。就像由虛而盈，由盈而虛的月，像舟邊流動不斷的江水，似逝而在，似在而逝。「自其異者視之，肝膽楚越也。自其同者視之，萬物皆一也。」（《莊子‧德充符》）要陷溺於變的虛，變的逝，或是站在盈的存在與無盡，全在乎個人如何解釋。處於「變」的角度思考，則人

生悲歡離合正如月有陰晴圓缺，是不可改變的事實，如此萬物與我同樣修短隨化，終期於盡，又何羨？

其實轉為「不變」的角度觀想，則儘管「鴻飛那復計東西」，泥上也必然偶然留指爪。正如千百年後蘇子與客赤壁遙想，英雄雖不在舳艫雖不見，但其破荊州下江陵的雄風依在。「漁樵於江渚之上，侶魚蝦友麋鹿」的自在已成生活中絕對的美麗，至於「浩浩乎如馮虛御風，而不知其所止；飄飄乎如遺世獨立，羽化而登仙」的自由更是生命的永遠的記憶。

現象會受時空限制或人為因素而改變，以超越眼光，長遠角度來看萬物的生死、人的壽夭、事之是非得失，如此，則觀照的將不是眼前的有限有形，而能跳出世俗框架、主觀價值。追溯天地創生之始，人與萬物形貌殊，卻同一體，在生命本質上無高下之分、無大小之別。如此想來，「天地與我並生，萬物與我為一。」（《莊子·齊物論》）人生與宇宙不都是永遠的存在？

再者，雖然萬物形體不停地往返變化、遷移、轉換，但在某種形勢上，這生生不息的現象卻是無盡無窮，正如月有盈虛，其本體卻無消長，這樣的恆常也是一種無窮無盡。延續《莊子·秋水篇》：「物之生也，若驟若馳，無動而不變，無時而不移。」的說法，在《東坡易傳》卷四有「物未有窮而不變者，故恆非能執一而不變，能及其未窮而爾」的發揮。所謂「變」與「不變」猶如晝夜、寒暑、四季是隨時循環變化，而其中的運行規律卻是持續不變的。同樣的，水的流逝與月的盈虛所呈露萬物消長的現象，說明了永恆的宿命，物我皆有盡，相對的也是無窮。當東坡頓覺打破知識的相對立場，而取齊物的觀點來省視天下事時，人與自然是整體不分同以存在為恆

久，貴賤、寵辱、得失也只是在世俗某一種固定的價值觀下的認定。有道是：「境變身後，誰毀其名？」以拉長的時空歷史角度來看，英雄與凡夫同是不朽，成敗也非一時可以判決。

六、水月本無主閒著便是主人

既然「天地者萬物之逆旅」，那麼英雄也罷，漁樵也罷，終是過客，所有的擁有都是有限，也是有盡時。生也有涯，欲也無涯，何需強求吾之所無？再者，宇宙萬事萬物皆有定數，人有定命。「天地之間，物各有主」，一切煩惱哀傷皆由得失起，由欲念來。「苟非吾之所有，雖一毫而莫取。」唯有認清人生的「有限性」與「命定性」這事實，超脫於世俗侷限，行事不忮不求，處世無為無待，才能獲得心靈真正的解放與自在。

東坡以堅毅之持守，超曠之襟懷觀照生命，以美感的態度，尋求掌握一己主體的精神自由，因而以遊觀風月山水的生活方式，遊於物而不役於物的立場看待生命中種種有限，而由造物者所提供的無盡藏裡，在「取之無盡，用之不竭」的「江上之清風，與山間之明月」間獲得樂、趣、快、適，這「吾與子之所共適」的境界，便足以成就生命中的永恆。

客喜而笑，一切怨、慕、悲、哀都煙消雲散。洗盞更酌，才不辜負眼前的清風明月，江水山林。客與東坡在接受分定各有其主的有限，對漂泊天涯空虛釋懷之後，於水月環繞的舟上，彼此看見自己如月澄清貞正光明之性，也見到似水無拘無束的自在，此樂不但讓人不知老之將至，也不知東方之既白。

七、結語

　　圍繞江水的風月是全文張本，水月所營造出來祥和清明的氛圍，讓歷盡宦海，九死一生的東坡感到種精神上解脫的輕鬆，享受羽化成仙之樂。然而泝水行舟，波動的月仍是眷念不忘忠君愛國，尊主利民，奮勵的當世之志。仰望赤壁曾照映的英雄，頗覺「宇宙之無窮」與「勢盈虛之有數」，相與對比中，油然而生「生命的悲劇意識」。人的一生渺小短促，侶魚蝦友麋鹿隱居山林的念頭，與抱明月求仙的想法成為企圖化解生命悲劇的必然，但這終歸只是更不可能的遙想。

　　水月在動靜之間的永遠存在，讓歷經「世事一場大夢，人生幾度新涼」的東坡目睹自己無法掌握命運的同時，也看見以有限的自己融入自然無限中的可能。顧盼眼前江上景致：江上清風，山間明月，心與景會，神與物遊，新的人生在無盡的水之聲、無邊的月之色中繪出不竭的樂趣。因此，在這篇文章裡，東坡除了描繪在充滿歷史回憶英雄影像的赤壁，與友朋飲酒同樂的種種情事之外，最重要的是他個人一段心歷路程。藉著水月照見內心想掙脫糾結為仙的嚮往、對人間責任與自我期許的難捨，以及對生命的省察；同時也在水月變與不變的現象中，重新發現與定位，轉出世俗之困境，而以真性情活出生命的理想，以超脫世俗的自得追求精神上的快足。

　　由無邊水月所投射的情思意念，在由喜而悲、由悲至喜的感情跌宕，心理層層轉折變換中，展現理想與實際尖銳衝突後，幽微深刻反省沉思人類生命本質與其命運的覺知與觀照。

同時於生存在宇宙無窮的覺識中，體認生命短暫以及命運起伏
的必然性，發現所有的生命省察，正都在「有生之樂」與「虛
生之憂」之間所做的辨識與決斷。東坡以自然「變」的觀念追
究人生界各種事物現象，了解此二者自整平衡的原理，體悟
「死生存亡」、「窮達貧富」、「賢」與「不肖」、「毀譽」、「饑渴
寒暑」，是事之變、命之行。而平靜的接受現實的種種困頓。
另一方面，東坡由「變」的絕對性，推出在「變」的同時保持
基本恆定的「不變」，藉以肯定對理想所做的實踐與堅持。靠
著這番清明，東坡走過「穿林打葉聲」的打擊憤懣，到「回首
向來蕭瑟處，也無風雨也無晴。」（〈定風波〉）乃至「誰似東
波老，白首忘機」（〈八聲甘州‧寄參寥子〉）的瀟灑，見其超
然襟懷與心志的融合。

　　正如吳楚材等評註《古文觀止》所言：「欲寫受用縣前無
邊風月，卻借吹洞簫者發出一段悲感，然後痛陳其胸前一片空
闊，了悟風月不死，先生不亡也。」清張伯行《唐宋八大家文
鈔》卷八評云：「憑弔江山，恨人生如寄，流連風月，喜造物
者之無私，一難一解，悠然曠然。」在〈赤壁賦〉裡，水月不
僅提供了當下即足的美感之樂，而且提供了生命思索的環境與
解決之道。蘇軾藉著水與月投射出他豁達超然的價值取向與人
生態度，也在水月「變」與「不變」中反思事物的本質，在精
神上得到解脫，讓千百年後讀〈赤壁賦〉的我輩也能因其文，
藉耳得目遇的水月風景來自解自慰，享受忘我沉醉之樂，並以
超脫的角度遊觀人生風景，此一快也。

　　——原刊於《龍騰教學通訊》第 10 期（2001 年 2 月）及第
　　4 冊教師手冊中。

李白撈的是什麼樣的月？

　　死亡是生命必然的終點，但中國人一向對超凡的偉人賦予傳奇的聯想，或生時有祥雲如文天祥；或不忍見其死於異族，而謂著青衣烏帽出江寧門如史可法。對於李白這樣一位天縱英才的謫仙，當然會衍生更不凡的故事。所以雖然《唐書》本傳中道：「白以飲酒過度，死於宣城。」劉全白在〈唐故翰林學士李君鶡記〉說：「偶遊至此，遂以疾終，因葬於此。」《新唐書‧李白傳》言：「白晚好黃老，度牛渚磯至姑孰，悅謝家青山，欲終焉。及卒，葬東麓。」但人們怎相信豪情不羈的李白是如此平凡的死法？於是從五代王定保擔言：「李白著宮錦袍，遊采石江中，傲然自得，旁若無人，因醉入水中捉月而死。」宋洪邁《容齋五筆》附和此說：「世俗言，李白在當塗采石，因醉，泛舟於江見月影，俯而取之，遂溺死。」其後，人們多以這樣浪漫的想像吟詠其事，如宋梅聖俞詩曰：「采石月下逢謫仙，夜披錦袍坐釣船，此醉中愛月江底懸，以手弄月身翻然，不兵暴落飢蛟涎，便當騎鯨上青天。」甚至有好事者築捉月臺，繪捉月圖，小說裡也就此著墨。這些浪漫傳言的確對於一心想上青天攬明月，飄逸往來天地之間的李白；對於一向「莫使金樽空對月」，抱著「唯有飲者留其名」的李白，「因醉入水中捉月而死」，誠然是再貼切不過的結束，也是最美麗的神話。但你可知李白醉而撈的是什麼樣的月？月在李白心中扮演什麼樣的角色？且讓我們由他的詩來尋找答案吧！

一、月是使者

> 楊花落盡子歸啼，聞道龍標過五溪，我寄愁心與明月，
> 隨風直到夜郎西。(〈聞王昌齡左遷龍標遙有此寄〉)

首句寫時亦繪景，折柳送別，楊花漂泊無定，子規聲聲不如歸去，此番景語正句句是情語。「聞」字見心中對王昌齡被貶龍標的意外驚愕與難以置信的惜恨，不著一字悲卻字字均含悲。藉鳴聲淒厲，最能引動旅人歸思的子規聲淒表現對王昌齡的思念之深情，於是將藉月寄心中之愁，願山川阻隔不了的月，無遠弗屆的風，將滿懷情思傳到故貶謫的故人，讓他知道好友在精神上與之同在。

「願為南流景，馳光見我君。」(曹操〈雜詩〉)「此時相望不相聞，願逐月華流照君。」(張若虛〈春江花月夜〉)「又聞子規啼夜月，愁空山。」(李白〈蜀道難〉)都是將自己感情交付客觀事物，以月寫離別淒清氣氛。李白在這樣文化共有的想像與移情外，將月化為交付情思的信差。月不僅是李白傾訴無人可知之情，無人能解之思的對象，也是可以讓現象中無法圓的願都能實現的神，可以信任的唯一。天寶三年的李白在「還山」與「戀闕」間矛盾掙扎，朝中所受的讒擯與失望，使他對王昌齡的際遇格外感同身受。於是，月除了是千里共嬋娟共思彼此，慰藉雙方的媒介；也是傳遞李白對好友懷念同情之情的使者，將這愁心帶到夜郎西，交給那「一片冰心在玉壺」卻遭貶謫的不幸者。

二、月是知己

花間一壺酒，獨酌無相親，舉杯邀明月，對影成三人。
月既不解飲，影徒隨我旁，暫伴月將影，行樂須及春。
我歌月徘徊，我舞影零亂，醒時同交歡，醉後各自散，
永結無情游，相期邀雲漢。（〈月下獨酌〉四首其一）

這首詩所張開的畫面是豐富的也是淒清的，是熱鬧的也是孤獨的。這只有花叢為飾天邊月為背景的舞臺，單調得讓人想到「等待果陀」，只不過果陀癡心的傻等，終究在寂寞失望中徘徊，面對這人類共有的生命情調，李白卻有不一樣的選擇。他絕不會固守著孤獨低迴，不會咀嚼悲情而自陷困愁。雖然登場的角色只有他一個人，但古來聖賢多寂寞，何止我一人？何況我有影為伴，有月來陪，有酒交歡。儘管月不解飲，影不能自主是無情事實，但月影與自己了無隔隙，各任天機，最能相親。

陶淵明「顧影獨盡，忽焉復醉」（〈飲酒詩序〉）是靜態的獨處獨飲，影子忠實地相隨。但李白既然是謫仙，當然不甘於安靜的在月下，一杯一杯復一杯地喝悶酒。他大發奇想地舞自己的身影，與地上的月影共舞。如此，不但月、影、己三人飲，也三人成舞。舉杯共酌，對月成影，場面頓時在虛擬實境的創意中充滿歡樂。

在詩裡處處見李白慷慨高歌歡則舞之，任真自得的表現：「空歌望雲月，曲盡長松聲。」（〈遊南陽〉）「高歌取醉欲自

慰，起舞落日爭光輝。」（〈南陵別兒童入京〉）「窮愁千萬
端，美酒三百杯，愁多酒雖少，酒傾愁不來。」（〈月下獨酌
四〉）。

徐志摩在〈翡冷翠山居閒〉中舞弄自己的影子，李白亦
然。大概只有天真浪漫的人才會放懷縱身，以遊戲的心情看待
人世，以虛擬想像創造奇境來享受自如自在與自得之趣，因而
能打破孤獨的陰霾，享受孤獨，縱情於自我的空間，與自己共
舞共醉的世界。這樣自得而泰然的思維，頓時轉化了整體孤寂
的情境，進入一種深遠的天地有情的宇宙意識，幾乎可以視為
近乎宗教上孤獨對上帝的深觀諦視，對話與交流。

在這完完全全屬於自己的小天地裡，世間名利無法束縛，
人間炎涼無所罣礙，李白恢復真性情。他不再是為現實黑暗而
憤慨的儒生，不是被賜金放還的落魄失意人，堅持奉獻卻屢遭
挫折的他領悟追求功名總是空，更何況「咸陽市中嘆黃犬，何
如月下傾金罍？」（〈襄陽歌〉）此刻李白洋洋得意於月下縱
酒，這看似平常之樂卻是李斯死前不可得，這縱情的灑脫又豈
是王侯所能比？

然而，月與影雖在幻化中為人，卻畢竟非實。「月既不解
飲，影徒隨我身」是情的事實，因此「暫伴月將影」便成了無
可奈何的事。不過，瀟灑的李白在此絕境又生新意「行樂須及
春」，這是他對生命的體認，讓李白的一生雖然挫折困頓，卻
只如沾衣的晨露，在飛越的飄逸中不留痕跡。於是，「我歌且
徘徊，我舞影零亂」，月影與我三人相伴相隨，各自逍遙自
在。「醒時同交歡，醉後各分散」，賓主之間各任天機了無嫌
猜，正是物我相融又相忘的境界，心靈上絕對自由，了無牽掛
的得意暢快。月雖在天邊，實在身旁當眾人都離去時，唯有月

依依，含情脈脈地化影隨我共。這份知己與體貼讓李白情不自禁地與月定下約會——「永結無情遊，相期邈雲漢」。

月是有情人，其實緣於詩人有情：「彼物皆有託，無生獨無依，對此石上月，長歌醉芳菲。」（〈春日獨酌〉）此處李白不寫自己幸得月為伴，而寫月對自己一往情深，在我舞我歌時徘徊交歡。

綜觀全詩實寫眼前景事，虛道情思。從靜獨酌，到舉杯邀月，「邀」字讓李白跳出「獨」，轉開另一個不再孤獨的場景。因為有月伴，因為有影隨，李白開心地手之舞之，足之蹈之，載歌載舞，興味未已，相邀來年歲月裡永遠結遊。

難道因為李白本是天上仙，所以註定在人間找不到知己？正如那奔月的嫦娥，註定淒清自守孤寂。全詩透過虛擬實境，通過想像創造另一個看似豁達自樂，然而在獨酌自得其樂的背後其實有深深的淒涼，孤獨的身影舞弄的是月也是懷才不遇的無奈。天才的孤寂無奈，濃郁悲涼，大概也只有月能解吧！於是詩人遂與月定下承諾，相期忘世俗情之交遊。

月，一直是李白的知己，「對酒不覺瞑，落花盈我衣，醉起步溪月，鳥還人亦稀。」（〈自遣〉）不管是不覺的忘我，或覺得有我；不論是飛揚跋扈，傲視群倫的狂態，或落寞蒼涼，悽愴悲痛的孤獨時，月總是默默傾聽，如影隨形般灑下光華，撫慰孤獨受傷的靈魂。而與月的心靈交流，常使失意的他在面對月時，進入一種與月融合為一的境界。得意順遂時他更不辜負月的珍賜，無論是「漁歌月裡閒」（〈過崔八丈水亭〉），「高松來好月」（〈尋高風石門山中原丹丘〉），或是「五峰轉月色」（〈送王屋山人魏萬還王屋〉），「水白虎溪月」（〈廬山東連寺夜懷〉），對詩人而言，月都是解懷添歡的觸媒。

　　明月出現在李白飲酒詩中，常被作為至純至美和無窮造化的象徵。在對明月的觀照中，李白仕途失意，路無知音的孤獨感，轉化為有限生命與永恆字自然兩極對比而形成的孤獨感。精彩處在對此孤獨感的化解，由月不解飲，影徒隨身轉而為暫伴影及春行樂。在**審美的世界**裡，有限與無限的界線消失了，「我歌且徘徊，**我舞影零亂**」。瞬間的超然感悟使其進入物我兩忘的沉醉境界。「人生得意須盡歡，莫使金樽空對月」。月是李白情於世落魄時的知音，**是任世人皆棄卻永不相離的伴隨**，也是得意盡歡時最在意，**最渴望**與其同樂的對象。

三、月是圓滿的象徵

　　玉階生白露，夜久侵羅襪，卻下水晶簾，玲瓏望秋月。（〈玉階怨〉）

　　由階之白，到露之透；由立階的雙足，鏡頭緩緩向上移動到浸濕的羅襪，然後場景從室外到室內。而靜駐的痴痴等待，卻下晶簾望月的動作，更將夜久寒夜中佇立的閨怨幽恨，內心如波滔的掙扎，寫得宛轉而絲絲入扣。「生白露」、「侵羅襪」原本動態的描述，卻以凝止不動的靜景呈現，逐次漸進中顯出心中無奈的淒怨有如波濤，所以雖然久立久等，卻不覺白露已生而羅襪已溼，心中持定專注的思念情深隱然流露。「玉階」和「水晶簾」暗示其閨房，「羅襪」暗示身體，「白露」暗示孤寂的時辰，「秋月」暗示遙不可及與盼望團圓的意想，這些具有象徵性的意象組合為多重意義。白露、羅襪由外內，水晶簾

與秋月是由向外，在內外對比之間還有人與自然的對比、遠近的對比，顯現外界的寒氣滲透入心，也見內心試圖由自然中的秋月尋得寄託。

無盡的等待中，月是主題貫穿的景象。明月成了對情人的寄託，月既玲瓏當聰慧解人心，傳情與遠方思念的人，望能如月有圓時，然而月圓人不圓。「卻下水晶簾，玲瓏望秋月」，以下簾望月的動作，進入一個奢華表象下，其實是空虛寂寞之命的深觀。無眠空等的淒楚，襯得夜夜空待無眠的幽怨，使在玉階上的生活，不過是怨婦之真相的明澈醒悟。「生」、「侵」、「下」、「望」等動作以不同方向的改變，展現許多層次不同的時間，而在這無意間內外移動的描寫，也表現出空間的深度。所有的觀照，都在月的對照與仰望中表達，以致此詩句句無人，人卻無句不在；無一字怨，卻字字皆有怨。女子的癡傻多情的執著，徘徊不捨之意在望月中流露無遺。

這首詩中的月意象與「月出皎兮，佼人僚兮，舒窈糾兮，勞心悄兮」（《詩經‧陳風‧月出》）同以月明亮柔和時間流動的光輝，衍生懷慕思念的情緒，迴環相映。崔國輔為一首題為〈古意〉的五絕說：「淨掃黃金，飛霜皎如雪，下簾彈箜篌，不忍見秋月。」與李白這首〈玉階怨〉在情致、手法、甚至具體意象上都大致相同。透過望月將相思中所格外感受的無依與淒涼貼切道出，使月是引發相思的觸媒，是心望圓滿的象徵。所謂「人間繫情事，何處不相思？」（張祜〈中秋夜〉）「所思在夢裡，相望在庭中。」（張九齡〈望月〉）「海上生明月，天涯共此時，情人怨遙夜，竟夕起相思。」（張九齡〈望月懷遠〉）月構築整體淒美的景象，同時也是時間流動，空間視景和心理轉折糾纏的情感的具體象徵。

　　李白另有詩道：「玉階一夜留明月，金殿三春滿落花。」儘管有「玉階」、「水晶簾」、「金殿」的富麗，一夜明月仍是最淒清的寂寞。皎好的月光興發眷戀懷人的愁思，它是遙寄相思的使者，也是可望不可及的圓滿。月亮的形狀、色澤和方位所代表時辰移動歲月轉變的意義，讓在深夜的無盡等待裡，寒的豈只是侵襪的白露，更是失望的心。然而，儘管月照見的玉階白露和濕透的羅襪，水晶簾訴說的都是冰冷寒涼的孤寂，在月所明鑑下的「望」與「久」，寸寸是幽怨，癡情女子在卸簾望月中，仍不悔的執著的讓希望在每一分鐘響起，因為她相信月有圓，人必定也有圓時。

四、月引愁思

　　天回北斗掛西樓，金屋無人螢火流，月光欲到長門殿，別作深宮一段愁。　　桂殿長愁不記春，黃金四屋起秋塵，夜懸明鏡青天上，獨照長門宮裡人。

　　（〈長門怨二首〉）

　　原本金屋為藏嬌，而今失寵，長門宮裡居。李白藉為漢武帝陳皇后所作的〈長門怨〉古樂府詩題泛寫宮人之愁，這讓人想起「寥落故行宮，宮花寂寞紅，白頭宮女在，閒坐說玄宗。」（元稹〈行宮〉）以寥落、寂寞、白頭、閒坐來襯宮女一生埋葬於深宮之苦，筆筆有宮人。但此詩雖不著一字道宮人，卻句句是宮人，只見涼秋午夜裡，寂寥深幽的行宮，金屋當笙歌飛舞，聲浪如囂，唯有如鬼火的螢光點點流動，對比之間渲

染出淒涼落漠的孤冷。

月光不忍，欲到長門，是想安慰失意的人？不料深宮似海，月光所照之處，遍地生愁。不是月華不美，而是美得令人想起昔日寵樂的繁盛也是在月下花前，而今月依舊，金屋亦在，卻無人留戀！「月明如素愁不眠」（〈長相憶〉），月的多情反引起更悲的愁。

另一首則直點愁，以不見春，秋塵寫深宮中的人沒有人生的春天，經年累月為塵所掩，明月卻獨照長門宮裡人，教人忍不住要問月：「不應有恨，何事長向別時圓？」寫月彷彿有意慰人，其實是傷心人別有懷抱。

李白常以詩的整體形象作比興象徵，寄寓別種含義，或為人生感慨，或是對時政的美刺，從表面看來〈長相思〉是一首熱烈的愛情詩，由深一層觀，則可見其深沉的政治抒情意涵。蕭士斌評：「此詩隱括漢武帝陳皇后事以比玄宗皇后，其意微而婉矣。」梅鼎祚則云：「或自況耳，宮怨詩大都自況。」如果依後者言，則明鏡獨照的深宮人，其實是詩人，憶金屋長門春意，則是對長安翰林供奉時，濟蒼生，安社稷的夢想，然而豈知自己竟落得侍從宴游？因此，寄興宮怨，實際上抒發辭闕心情。望君如明月知我心，只盼君臣遇合，但一如失寵的宮人，君門九重際會無緣這點滴在心頭的失意，也只有月光獨照獨曉。「題中偏不欲顯，象外偏令有餘。」（〈劍溪說詩〉）表面愈是把思婦的相思形象寫得熱烈、迫切，潛藏的政治熱情也就愈強烈。

這一切，都是月引起的，也是月照知的，心明如月，君如月，然而，空懸青天教人怎不長愁？

五、月是可望不可即的象徵

長相思，在長安，絡緯秋啼金井欄，微霜淒淒簟色寒。
孤燈不明思欲絕，捲帷望月空長嘆，美人如花隔雲端。
（〈長相思〉）

這首詩也是透過環境所形成寒涼的氛圍來渲染空寂思情。
月，是思念時望的焦點，然而一心所牽念的美人雖近實遠，如
花隔雲端，正似天邊的月，可以望見其形，可以感覺其光華，
可親卻不可近，可望而不可接，依舊孤獨，只能空長嘆。與謝
莊〈月賦〉：「美人邁兮音塵缺，隔千里兮共明月，臨風嘆兮今
焉歇，川路長兮不可越。」同以月寄長相思而不可期的遺憾。
　　陳沆云：「此篇托興至顯。」（《詩比興箋》）說明這首詩
在格調上雖擬樂府，詩意實祖《楚辭》。如果以這個角度閱讀
這首李白藉求女之情寫開元十八年初入長安，渴望君臣遇合心
切的詩，則長安為君之所在，美人喻君，相思之意便由思情轉
為反映現實的不得志的無奈。「空」字尤其漫漫前程的淒清，
孤燈照的不僅是徹夜不眠的愁容，捲簾長嘆的也不只是霜寒寂
寞，而是更深的人生悲鳴。

六、月是君的象徵

小時不識月，呼作白玉盤，又疑瑤臺鏡，飛在青雲端。

仙人垂兩足，桂樹何團團，白兔擣藥成，問言誰與餐？
蟾蜍蝕圓影，大明夜已殘，羿昔落九烏，天人安且清。
陰精此淪惑，去去不足觀，憂來其如何？淒愴摧心肝。
（〈古朗月行〉）

這一首以月為興的樂府詩，呈現豐富的想像與未泯的童心。李白一反常道地以兒童對月的天真想像寫不識月的疑與問，由呼作白玉盤，到疑是瑤臺鏡，見孩子眼裡月亮的明澈晶瑩與形狀，更見詩人心目中月一直是童年單純天真的記憶。

神話永遠是最迷人的故事，滿足了多少幻想的心靈，讓多少對宇宙的疑惑得到美麗的解答，所以李白也在傳說中找答案。相傳月亮初生時，先看到先人的兩隻腳，而後逐漸出現先人及桂樹的全貌。玉兔擣藥的可愛模樣更是每個孩子最感興趣的事，但李白更好奇，是誰餵白兔？讓它日日夜夜擣個不停？

傳說月蝕是因為蟾蜍吃了月，以致晦暗不明無可觀者。不過，順此說法之餘，詩的後句表面上寫月蝕，其實此處的月由童稚充滿神話傳奇的主體，一轉為寄託清明聖君，太平盛世的期望。

這一首詩寫於天寶十二年春，是年李白曾三入長安，眼見幽州叛亂跡象，感到禍在眉睫，意想向朝廷陳獻濟時之策，以其戢或亂於未發，從而一展生平之志。但所見玄宗迷貴妃，滿朝文武歌舞昇華，李白於是將報國無路，憂時傷事的心情寄於詩中。「憂來其如何？淒愴摧心肝。」裡有繫心君國深沉的浩歎！正如在〈登金陵鳳凰台〉中「總為浮雲能蔽日，長安不見使人愁。」中的日，是李白一心想輔佐的國君。此以月蝕影射玄宗為權臣宦官所蔽，以致「大明夜已殘」「陰精此淪惑」。李

白願有昔日后羿落九鳥的英姿，為民解災除難，為天下一清太平，然而時與願違，憂心仲仲。悽愴摧心肝深寫對家國之愛，對現實的無奈與痛心。以這個角度再回頭看這首詩，兒童對月明如鏡的比喻，不正是老百姓對國君明理如鏡，行事如鏡公平的期望，如此，人人如在瑤臺仙境。

七、月以相思

明月出天山，蒼茫雲海間，長風幾萬里，吹度玉門關。
漢下白登道，胡窺青海灣，由來征戰地，不見有人還。
戍客望邊邑，思婦多苦顏，高樓當此夜，歎息未應閒。
（〈關山月〉）

〈樂府古題要解〉云：「關山月，傷離別也。」蕭士贇云：「關山月，樂府鼓角橫吹十五曲之一也。」李白這首〈關山月〉在內容上繼承樂府舊題的範疇，在意境上卻「渾雄之中，多少閑雅。」（明胡應麟評）

詩以廣闊的空間和時間為背景，呈現沉靜深遠的畫面，把眼前思鄉離別之情黯然融入。起筆四句以月、山、雲、風、關，勾勒出邊塞無邊遼闊雄偉的圖景，並以隔絕的無際空間，顯現身在異地，而疏離陌生無情的自然，更無時不提醒著羈留時間的長久，為鬱積心底濃濃的思鄉之情烘就張力。匈奴謂天為祁連，離長安八千餘里的「天山」是西域，而西出陽關無故人的「玉門關」更是瀚海闌干百尺冰。以山、關地名點出征人所在位置，也道盡其離中原之遠，大漠孤煙直的荒涼和關山阻

斷的絕望。

詩以征人所在的天山之西為視野角度來觀想，回首東望，儼然見月出於天山之外。望月出，其實是望鄉，只是望得見月，望不著鄉。天山之高有月出，有蒼茫雲海，有萬里風，但春風不度玉門關，望得盡天上的雲月，但家鄉在萬里之外，總是關山離別情。長風能吹度中原而來，鄉情卻吹不過關山，特別是月的光華所鋪展穹蒼的開闊氣象裡，襯得戍守的征夫無限孤獨寂寞。

這種深切意識到自己投身異地的淒苦，生存於遼闊的空間中與人隔絕的孤寂是唐邊塞詩裡的基調，如李益〈從軍北征〉：「天山雪後海風寒，橫笛偏吹行路難，磧裡征人三十萬，一時回首月中看。」含蓄地雕畫出風雪寒中，心緒搖蕩的思鄉之情，而屬於旅人征夫的月永遠寫滿悽惻的鄉愁，如「迴樂峰前沙似雪，受降城下月如霜，不知何處吹蘆管，一夜征人盡望鄉！」（李益〈夜上降城聞笛〉）月隨著行旅走遍千山萬水，月也在行旅的眼眸裡呼喚故鄉的淚，「關月」森冷，笳動馬鳴，月光是掛在天上一塊凍僵了的鄉思。

「漢下白登道」寫的是漢高祖領兵征匈奴，被困在白登山七天之事。「胡窺青海灣」則是唐軍與吐蕃連年征伐之地，結合古今對邊陲之戰，寫的是歷史也是當下，訴說的是古來征戰幾人回？其實更是今人無法逃避的命運──「由來征戰地，不見有人還」。從前四句空間上廣邁的鏡頭，到這四句時間所流動的長河，自然存在的場景成為引發歷史意識的媒介，於是描繪的焦點由邊塞過渡到戰爭，再由戰爭過渡到征人，然而正如詩人們所揭示的事實：「秦時明月漢時關，萬里長征人未還。」（王昌齡〈出塞〉）「年年戰骨埋荒外。」（李頎〈古從軍行〉）

「醉臥沙場君莫笑，古來征戰幾人回？」（王翰〈涼州詞〉）山月不變，無休止的戰爭不變，不得生還故鄉的宿命也無可倖免。「烽火然不息，征戰無已時，野戰格鬥死，敗馬號鳴向天悲。鳥鳶啄人腸，銜飛上挂枯樹枝，士卒塗草莽，將軍空爾為。」（李白〈戰城南詩〉）揉合著歷史的悲劇性意識，戰爭關係的敵對與屠殺毀滅，關山地理環境上的切割所導致的孤獨荒涼，以及世世代代延續而一再重複的永久悲劇命運，讓東望故園的路漫漫無盡期，總是關山舊別情的遙望成為痛苦掙扎。

「戍客望邊邑，思婦多苦顏，高樓當此夜，嘆息未應閒。」場景由征夫爭戰的邊邑到婦所在的中原，以「嘆息」聲，將長風吹過玉門關，月照天山外，天地無限開闊的景氣，與「由來征戰地，不見有人還」的歷史悲劇意識聯繫，收筆於高樓當此夜相思的苦顏。不僅將景象與景象間互補相成，迴環呼應，形成由對比中在月色的苦顏裡，雙方在相思之間盼望的情意世界，同時也揭示出戰爭對征戍者與家人帶來的苦痛是無止無盡的。

這首詩寫的雖是傳統題材，然而歷史情緒記憶已與現實完全相融，時空的界線模糊了，從而表現出歷史悠遠的凝重感、蒼涼感。同時在廣闊的時空中，展示發人深省的主題，將由匈奴到戰吐番，在邊塞連綿多少年交戰的歷史現象，集中於高樓上戍征的聲聲哀號與閨怨望夫的絕滅，一代代為戰爭所付的代價就在這戍、望、思、苦、嘆息裡，在深夜裡流盪。

傳統上月常與種種懷思的聯想與意涵結合，除了〈關山月〉，他如「長安一片月，萬戶搗衣聲，秋風吹不盡，總是玉關情，何日平胡虜，良人罷遠征？」（李白〈子夜吳歌　秋歌〉）起筆先以長安一片，萬戶之大顯視角之廣，然後集中於

秋月光華之美，此起彼落的搗衣聲為焦點。這原本是人間最柔
情的秋月，該是最家常的搗衣聲，然而，月照的不是天倫相聚
的歡樂，搗衣聲響不為裁新年衫，而是為遠在玉關外的征人。
「玉戶簾中捲不去，搗衣砧上拂還來。」讓這月朗風清的秋夜
充滿思情的悲苦。皎潔如畫的月是長安婦人趕做征衣的幫手，
揚明輝送徐風的月也是撥弄長安家家戶戶思情的手。月照在玉
門關外遠征良人思鄉的寂寞心上，也照在急急敲起砧聲的棒槌
上，月下聲聲是懷念的深情。「撩亂邊愁彈不盡，高高秋月照
長城」，「更吹羌笛關山月，無那金閨萬里愁。」（王昌齡〈從
軍行〉）懷念的人與被思念的人在月下交會，只是遼闊的時
空，萬里絕隔，這樣的痛苦是無可救贖，也無法彈盡的。

　　沈德潛《說詩晬語》：「太白想落天外，局自變生，大江無
風，波浪自湧，白雲舒卷，從風變滅，此殆天授，非人力
也。」李白的月世界，寫的是天寬地闊雄邁蒼勁的狀景，是元
氣飽滿志氣遠大的豪情。其中有唐盛世的富潤，大時代脈搏的
激越，也有李白個人的灑脫，生命充盈的奔放，因此，即使寫
鄉愁思情也以「長安一片月」、「明月出天山」的氣魄開展出
「萬戶搗衣聲」、「長風幾萬里」的遼闊，與一般纖弱愁苦之
態，別有另番神氣，卻更顯玉關情之深切，高樓嘆息之悲。

八、月是思鄉的觸媒

　　床前明月光，疑是地上霜，舉頭望明月，低頭思故鄉。
　　（〈靜夜思〉）

　　視角由床前的明月光，到錯以為是地上霜，一則點秋時天寒，二則道月之皎潔明亮。接著由地往上尋光之源，素月掛窗證實床頭所見不是霜，而是月。見月思家，情悲盡在不言中，在一連串戲劇性的動作：「疑、舉頭、低頭」間，詩人內心的悸動與波動，都在月下浮現。在視域上也因「床前」、「地上」的室內景象和「舉頭望」之際，由明月暗示地無限空間轉換，使這首讀來一片天真自然的短詩中流盪著豐富的思鄉之情。李白以奔突的軌跡來構思，編織自己的作品，飽含真情實感，在起承轉合之間，在情與境自然遇契之中，正如明鍾伯敬《唐詩歸》云：「忽然妙境，目中口中，湊泊不得。」劉拜山道：「瞥然見之，疑其是霜，歲又天寒客久之感，旋雖明其是月，而鄉愁已動，仰望俯思，不能自已矣。捕捉詩心，傳神剎那，故為高唱。」全詩無一點雕飾渲染，卻渾然有天成地圍繞月，來抒發思家之懷。俞陛評：「床前明月光初以為地上霜，乃舉頭而見月，即低頭而思故鄉矣，此以見月之感人者深也。蓋欲言其感人之深但言如何相感，則雖深仍淺矣，以無情言情則情出，從無意言意而意真。」都見此詩在一派自然中，含蘊深情。

　　「仰頭看明月，寄情千里光。」（〈清商曲辭・子夜四時歌・秋歌〉）「俯視清水波，仰看明月光，……鬱鬱多悲思，綿綿思故鄉。」（曹丕〈雜詩其一〉）月既是引起思家的觸媒，月也是乘載家鄉天倫情樂的象徵。明月是貫穿整首靜夜詩的主題景象，不僅是起興的引子，而是「物色兼意興」的「了然境象」。在靜之中，由當下眼前之景而生情，從平面的近而遠，延展到立體空間，最後藉「思」的虛寫，把有限空間推展至無限，也巧妙地由月而及鄉。月照床前也照家，羈旅中的思鄉之情與月融成濃濃的愁苦，今夜，又將是無眠的夜！

九、月是永恆的象徵

青天有月來幾時？我今停杯一問之，人攀明月不可得，
月行卻與人相隨。

皎如飛鏡臨丹闕，綠煙滅盡清輝發，但見宵從海上來，
寧知曉向雲間沒？

白兔搗藥秋復春，嫦娥孤棲與誰鄰？今人不見古時月，
今月曾經照古人。

古人今人若流水，共看明月皆如此，唯願當歌對酒時，
月光長照金樽裡。（〈把酒問月〉）

月的恆久，月的隨形令人神往亦迷惑。由起筆二句停杯之
問見醉意情態，也見對月存在的羨慕。人攀月不可得，月可映
人亦隨人，兩相比較顯現人的有限性，人的無力。李白不僅將
月人格化、生命化，寓對月憧憬之情，更信筆點染出的背
景——靜態的丹闕，綠煙滅盡，讓皎潔如鏡的月在美麗的烘托
下飛然移轉中，出沒的神奇高懸的景象盡現無遺。「飛」字使
靜景中產生靈動之變，也顯現在李白心中對月飛升的嚮往。

月落月升，問傳說中的白兔秋去春來搗藥不已是為什麼？
夜夜獨處的嫦娥有誰為鄰？一聲聲問裡有對宇宙的探求，有對
嫦娥玉兔千秋萬歲無人相伴孤清的同情，更見李白孤苦中自問
如搗藥的白兔，終年碌碌辛勞有什麼結果？

人生短暫，唯有月長在。「明月歷千秋，關古人興衰」，月
不但照見古人，也照今人，就今人而言，以前的人是古人，就

後人而言，今人亦將成古人，人間沒有不朽之人，人如流水逝，閱盡人間變幻的，唯有天上的迷月。在月的恆久相照下，凸顯人事滄桑，生命的無奈，但李白並未落入「哀吾生之須臾，羨長江之無窮」的悲調中，反在由空間寫月的永恆，到時間寫生命無常慨嘆之中，轉而在金樽酒裡結合人與月，讓共看明月的永恆記憶使生命常歡，也讓月下對酒歌醉的自得化短暫為永恆。

把酒問月，問的是月何時來？問月相隨有情的若即若離，問月裡神秘的傳說，問月曾照過的古人，最後將這一連串借問，對人生的省思集中在長照金樽裡的及時行樂，如此，或千里共嬋娟，或天涯共此時，個人生命亦將如月之永恆。

在這首詩裡，李白將有限的生命納入無限的時空中去考察，在與明月晤談中，既真切感受人與宇宙的巨大反差，又將自己作為宇宙一份子，並感受到無窮造化的親切俯視。月使他境界大開，獲得對宇宙人生全新異感受；酒則使他意興倍增，獲得對生命的充分自信。在有限的個人生命與無窮的天地相遇中，李白通過明月江自己與歷史、未來巧妙結合，又將其濃縮在對酒當歌中，這不是人人都能接受並把握個體生命的絕妙方式嗎？既然古人今人都要面對生死的矛盾，這共同的矛盾便使世世代代的人彼此溝通，產生共鳴。李白藉問月，藉飲酒抒發人生若夢，及時行樂的想法，更重要的是在此背後對人生悲苦無奈的超越，是通過對永恆的短暫把握而實現對個體生命的充分肯定。

月是一種特殊的天體現象，由《詩經·邶風·日月》所謂：「日居月諸，照臨下土。」月便與超越性的永恆與普遍的存在息息相關。「江畔何人初見月，江月何年初照人？人生代

代無窮已，江月年年只相似。」（張若虛〈春江花月夜〉）相對
於不知何時有月，不知月何時將終的永久存在，人生命短暫的
宿命性更顯得無可奈何。李白心目中的月也同時具有如此糾結
的象喻，並寄託對一己生命最深刻的反思與觀照。

十、月是人間的留戀

> 南湖秋水夜無煙，耐可乘流直上天？且就洞庭賒月色，
> 將船買酒白雲邊。
> （〈陪族叔刑部侍郎曄及中書賈舍人至遊洞庭五首其二〉）

　　肅宗乾元二年秋刑部侍郎李曄貶官嶺南，中書賈至謫居岳
州，三人同遊洞庭卻無左降的鬱結愁緒，反而因為月色淨化了
的情境，而忘懷世間得失紅塵瑣事，激起欲上青天攬明月的成
仙之想，但月色太美，不如暫留。

　　「賒」一字用得出人意表，人間只聞向商家賒賬買酒，卻
從未聽說向洞庭湖賒借，李白卻一再為之：「暫就東山賒月
色，醋歌一夜送淵明。」（〈送韓侍御之廣德〉）他賒的不是
錢，不是人間物，而是明月這無價之寶，無邊之美，由此見洞
庭月景多麼令人留連。這首與「船下廣陵去，月明征虜亭，山
花如繡頰，江火似流螢。」（〈夜下征虜亭〉）同是以月為營造
朦朧夜景，浪漫情調的主角。在月的俯視下，李白將觀賞風景
的精神享受與飲酒狂歌的物質享受結合，遠離紅塵俗事的紛擾
牽絆，感受歡愉與心靈的自由平和。

　　如此想來，該說是月，把李白留在人間吧！

十一、月是理想的化身

棄我去者昨日之日不可留，亂我心者今日之日多煩憂。
長風萬里送秋雁，對此可以酣高樓。蓬萊文章建安骨，
中間小謝又清發。俱懷逸興壯思飛，欲上青天攬明月。
抽刀斷水水更流，舉杯銷愁愁更愁。人生在世不稱意，
明朝散髮弄扁舟。(〈宣州謝朓樓餞別校書叔雲〉)

　　天寶十二年初秋，李白眼見玄宗寵安祿山，無視其在幽州
叛亂的預謀，懷著憂傷痛苦的心情來到宣城。然而儘管有相看
兩不厭的敬亭山，但走到天涯海角，難忘依舊是國家命運。此
時，出使江南路過宣州的李華所帶來的消息，無非是楊氏兄妹
權傾天下，出兵南詔一敗塗地，這讓原本孤獨苦悶的李白，眼
見寄以無限希望的盛世即將殘敗，強烈地將心中積累多日的憂
國憂民之情，報國無路之恨，在登樓之際轉以一組長句滔滔如
江，不可遏抑的煩悶憂恨宣然而洩。昨日團聚的留戀，今日惜
別的傷感，昨日是豪縱快意的盛唐，今日是懷才不遇的窘困，
國家命運的危機……想留的昨日不可留，想去的煩憂亂我心，
強烈地顯現出現實與理想的衝突所造成的苦悶，尖銳的揭開日
月不居功業無成的憤懣不安。

　　就在這鬱憤不可解時，沒想到三四句卻突然展開壯觀萬里
的秋江圖，一掃前面積結心中不可遏抑的煩悶。實寫眼前長風
送秋雁的美景，也虛道李白心所嚮往可以縱情自由的天地，可
以揮灑豪邁壯志的空間，正是如上高樓所望見浩月當前，萬里

無涯明朗開闊的江空,這舒暢的自然風月不由得激起豪情逸氣酣飲暢歡。

分寫主客時,點題之場景。以蓬萊文章借比李雲之文,而以謝朓自言,見彼此風格才情,惺惺相惜,具懷雄心欲上青天攬明月,其中有同是赤子的天真,有酒酣興發的豪爽。而月,正是傲然自信的李白飛揚心志所奔向的目標,因為唯有如明月皎皎才能讓一切現實的黑暗污濁掃盡,如月光亮的清平盛世才是李白所期望的,而其心亦如月之高潔。

然而,萬里長風送走秋雁卻帶不走心中之愁,不盡的流水似愁,不息的風吹得愁更愁,人生在世不稱意的種種愁苦,深得連酒也解不了,醉不了。就在這憤然抽刀斷水,慨然痛飲醉酒時,明朝散髮弄扁舟,效孔子乘桴浮於海,也許是另一個可以真正擺脫世間不如意的出口。

詩由煩憂轉長風萬里興發,由攬明月的豪情落入苦悶,結筆再轉散髮的狂放,跌宕之間,情緒的起伏如濤,情節轉折變化倏忽,反映詩人心情波瀾,也呈現意到筆隨的功力。口語般的文字,引領人走入天馬行空無拘的想像,也讓人乘著載沉載浮的小舟,飛揚於一直是詩人嚮往神遊的清空月境。

對於李白,這碧海青天的明月,「眾星羅青天,明者獨有月」,代表孤高奇偉的品格,寫的正是自己懷著政治理想,卻不屈己,不干人,不向權貴俯首的傲骨。當詩人獨清不遇時,憤憤不平地喊出「含光混世貴無名,何用孤高比雲月!」(〈行路難其三〉)儘管,「棄我去者,昨日之日不可留;亂我心者,今日之日多煩憂」(〈宣州謝朓樓餞別校書叔雲〉)裡有深沉的幻滅和流落宣城的孤寂,但李白依然堅持「明月出海底,一朝開光耀。」以明月自期,依然「欲上青天攬明月」,以明

月為超越境界的憧憬與情志追求的歸屬。

十二、月是懷古的憑藉

> 牛渚西江夜，青天無片雲，登舟望秋月，空憶謝將軍。
> 余亦能高詠，斯人不可聞，明朝掛帆席，楓葉落紛紛。
> （〈夜泊牛渚懷古注此地即謝尚聞袁宏詠史處〉）

　　首二句呈現的是一片無雲無際，天闊江廣的畫面，水天相連空明浩渺，在這樣無邊的場景中使人望卻所有有形的限制，而與萬化冥合，甚至於忘了時空的存在，而心凝神釋，由今及古，跳躍時空的限定。「牛渚西江夜」點明題意，也標出時地，「青天無片雲」正為登舟望秋月預作伏筆，「空憶謝將軍」巧寫題意中懷古的人事。這四句道懷古之意，後段展現因懷古而興發的聯想與感觸。

　　月，是李白抽離出現實的媒介，也是當年鎮西將軍守西渚泛舟江上聞袁宏詠詩的見證人，月同時是此刻照在眼前之景的實體。只是李白多麼希望昔日曾見證謝尚無視貴賤，看重才情交契美事的月，也能見到李白有這份知遇。無奈斯人不可聞，想像自己明朝失望的離開時，紛紛飄落的楓葉或許就是為我送行的淚，傷悲我天生有才卻不遇知音的寂寞。月的永恆是人世歷史變遷的見證，因此月成了寄滄桑之感，引發思古幽情的媒介：「只今唯有西江月，曾照吳王宮裡人。」（〈蘇台覽古〉）此與「城郭為墟人代改但見西園明月在。」（〈張說都引〉）「謝公離別處，風景每生愁。客散青天月，山空碧水流。池花

春映日，窗竹夜鳴秋。今古一相接，長歌懷舊歌。」（〈謝公亭〉）二詩同樣以月為照古今懷舊的憑藉，長歌寄情落葉送悲中，唯有月常在，也藉月跨越時空與昔人相遇。

十三、結語

如果說積極追求安邦濟世建立功名，希望「身沒其不朽，榮名在麟閣」是李白生命的基調，那麼詩歌月酒將是李白生活中的主旋律，月所代表的恆久則是其強烈渴望的精神折光。李白眼裡的月有各種表情和面貌：「處世若大夢，胡為勞其生？所以終日醉，頹然臥前楹，感之欲嘆息，對酒還自傾，浩歌待明月，曲盡已忘情。」（〈春日醉起言志〉）「窮愁千萬端，美酒三百杯，愁多酒雖少，酒傾愁不來。」（〈月下獨酌四〉）「醉看風落帽，愛舞月留人。」「對酒不覺瞑，落花盈我衣，醉起步溪月，鳥還人亦稀。」（〈自遣〉）「月下飛天鏡，雲生結海樓。」（〈渡荊門送別〉）「峨眉山月半輪秋，影入平羌江水流。」（〈峨嵋山月歌〉）無論是水月與江流合，透過水月寫懷人，天倫間飛羽觴而醉月，或是獨自舉杯邀明月，或「暮從碧山下，山月隨人歸」的幽趣，月是李白生命中都是無可或缺的角色。它是春夜宴桃花園中歡聚的見證，它也是月下獨酌且舞且歌陪伴知己，同時照見陶然共忘機的天真。屬於李白的月由天山、峨眉……千方而起，浩浩萬里，翻滾出奔騰的律動。

月，在李白的詩中顯然是架構一個深具美感性質統整意象的憑藉，「滄江泝流歸，白璧見秋月，秋月照白璧，皓如山陰雪。」（〈自金陵泝流過白璧山翫月達天門寄句容王主簿〉）月

也成為詩的主題意象，與種種懷思結合。

　　李白在詩中更以月串聯起他的一生，月象徵他心中所繫，情之所鍾的美好事物；月也是表明高潔志趣的標誌，月同時是柔情的慰藉與依托。懷著丈夫必有四方之志，仗劍去國的李白在「月出蛾嵋照滄海，與人萬里長相隨」中（〈峨眉山月歌送蜀僧晏入中京〉）懷抱理想離開四川，這時的月是惜別的依戀，也是〈靜夜思〉裡故鄉一路相送的溫柔。

　　月，分享李白生命中的悲喜歡憂，月也照見李白內心的孤寂雀躍，行遍江海的足跡裡處處有月相隨。「天借一明月，飛來碧雲端」（〈游秋浦白笴陂二首〉），「落帽醉山月」（〈九日〉），「湖心泛月歸」（〈陪侍郎叔遊洞庭醉后〉）。但「何當凌雲霄，直上數千尺。」一心想一鳴驚人的李白，初入天子腳下的長安寓於玉真公主別館，實同幽禁，備受冷遇，此時〈長相思〉裡的空長嘆的月，寫的是托意屈賦中報國無門的徘徊。

　　天寶元年再入長安的李白，雖奉詔入朝，卻因讒謗日甚，君恩日疏，於是藉懷古之月諷今，藉宮怨以抒懷，〈長門怨〉、〈玉階怨〉裡的望月，實是他孤臣孽子之心。而〈月下獨酌〉舉杯邀月，〈把酒問月〉的空幻有情，〈聞王昌齡左遷龍標有寄〉中托月送君，月亮象徵知己與友誼。三度離京，秋入宣城，感時傷事，藉月蝕預言國之衰，而有〈古朗月行〉，以光明的圓月喻開元前朝政，以昏暗為蟾蜍所蝕的殘月比喻天寶後期的朝政，寫憂國的遺恨無窮（〈宣州謝朓樓餞別校書叔雲〉）的逸興壯思飛，欲攬月入懷。明月意象中有情思相契的鍾愛，有屬於儒家的憂國，遊仙的靈魂與道家式的逍遙。當他被流放夜郎遇赦而還，寫下「樓觀岳陽樓，川迴洞庭開，雁引愁心去，山銜好月來。」（〈與夏十二登岳陽樓〉）在精神上月是去

憂送好的知己,在生命中的起伏滄桑中,月更是李白比德傳情的依藉。由年少輕狂的月,到月是故鄉明的懷思;從我心皎如月的明志,到乘月醉高臺的淒清,感情化、生命化、人格化的月懂得李白的豪情才識,也見證其不悔的堅持。

對照於人生命短暫,月的超越永恆,是李白把酒問月的沉思。由「欲上青天攬明月」,到「白兔擣藥秋復春,姮娥孤棲與誰鄰?」的孤絕清寒,「月下沉吟久不歸,古來相接眼中稀」(〈金陵城西樓月下吟〉)的寂寞冷清是李白人生不如意,踽踽獨行孤淒命運的投射。如此見得,與其說李白醉酒撈月而墮江死,不如說他在歷經尋覓仕途,麻醉於酒,揮劍任俠,嘗試成仙之後,他是清清楚楚自己此生所要追求的,正是如月的永恆存在,也明明白白地知道古來聖賢多寂寞,知道本不屬於塵俗的他,註定一生在飄泊中依然無棲身安命之所,在慷慨高歌中還是只有月相伴月相知。

謫仙本應歸天上,李白撈的是月,是他的知己,也是最能寫出他生命情調的浪漫,他在月下忘塵絕俗,在月裡找到永恆的安適。或許李白正要以他浪漫而飄逸的生命情調,讓世人看見在酣暢醉飲後面對生命大美的追求,因此以月的清明省視自我心靈動態,以月的孤高來象徵他「黃金白璧買歌笑,一醉累月輕王侯」的本色和卓犖橫絕的氣度。因此,李白寫的是自然中的月,但在月的形象氣韻裡,處處都烙印李白的精神,在月的情境觀照間,時時蘊藏著一個李白,李白撈的是水裡的月,也是凝聚凡仙之思的焦點是其清空孤獨靈魂之所寄。

——原刊於《龍騰教學通訊》第 11、12 期(2001 年 3 月、5 月)。

東坡黃州月

　　烏臺詩案的衝擊，讓黃州時的東坡內心深處屬於道佛的興味，在沉寂中更進圓融。表現於詞作上的飄灑奔放，便如滔滔江水不可遏抑，因此，我們可以說黃州詞在東坡生命體悟與其人生情境的結合下，不僅流露其個人超俗絕困的智慧，使其詞作有更廣闊的感染魅力，更使其於「清雄」為基調的詞風中，因際遇思想而轉生「超曠」的面貌。

　　政治上的失意，卻化為文學成就上的養分。蘇轍於為兄所寫墓誌銘將其散文分四期，言及黃州時期的東坡道：「謫居於黃，杜門深居，馳騁翰墨，其文一，如川之方至，浩然不見其涯也，而轍瞠乎不能及矣。」龍沐勛《東坡樂府綜論》亦言：「東坡詞語亦隨年齡與環境而有轉移，讀東坡詞，自當比四十至五十間諸作品為軌而已……又以黃最重要，『逸懷浩氣，超乎塵垢之外』正此時之作。」因此，藉東坡黃州時期的詞作，不但可以看見東坡沉潛後在詞壇上開闢的新境界，更見其如何由「得罪以來，深自閉塞」的惴慄驚愕，默自觀省，參透世間現象「蝸角虛名，蠅頭微利，算來著甚乾忙，事皆前定，誰弱又誰強？」（〈滿庭芳〉）了悟「苟非吾之所有，則一毫莫取，惟江上之清風與山間明月，耳得之則成風，目遇之則成色，此吾與子之所共適者也」（〈赤壁賦〉）的自在，並展現環境對其思維的摧折與再生。藉由黃州詞中「揀盡寒枝不肯棲」（〈卜算子〉）所堅持的「一點浩然氣」（〈水調歌頭〉），和「何妨吟

嘯且獨行」(〈定風波〉)裡的忘情得失後的自在,我們更見到東坡如何出入於佛老易傳中脫困,以廓清開朗的人生觀重新為自己定位。

月是一種特殊的天體現象,由《詩經‧邶風‧日月》所謂:「日居月諸,照臨下土。」月便與超越性的永恆與普遍的存在息息相關。「江畔何人初見月,江月何年初照人?人生代代無窮已,江月年年只相似。」(張若虛〈春江花月夜〉)相對於不知何時有月,不知月何時將終的永久存在,人生命短暫的宿命性更顯得無可奈何。李白心目中的月同時具有如此糾結的象喻,寄託對一己生命最深刻的反思與觀照,屬於東坡詞裡的黃州月又是什麼樣的風景?東坡寫月之詞作如〈水調歌頭‧明月幾時有〉以月寫秋思子由之心,〈永遇樂‧明月如霜〉寫人生無常、古今如夢,〈西江月‧世事一場夢〉道飄搖不定、身無所寄之感,〈念奴嬌‧大江東去〉則寫歷史與個人的宿命之悲。月,具體呈現東坡浪跡的一生,也見其思想的轉變。由黃州所寫詞作中,可以窺見東坡透過月傳遞出什麼樣的思維?

一、天涯飄泊,空虛無奈之慨

世事一場大夢,人生幾度秋涼,夜來風葉已鳴廊,看取眉頭鬢上。　酒賤常愁客少,月明多被雲妨,中秋誰與共孤光,把琖淒然北望。(〈西江月〉)

神宗元豐三年二月,四十五歲的東坡抵黃州。舉目無親的他寓居定惠院,閉門靜思,深自隱晦。五月,子由自南京護送

東坡妻子至黃州，二十七日船行到磁湖遇大風不能進，次日東坡到巴口相迎，二十九日全家遷居臨皋亭。蘇軾在與〈范子豐書〉中記錄這趟行履云：「臨皋亭下，不數十步便是大江，其半是峨嵋雪水，吾飲食沐浴皆取焉，何必歸鄉哉？江山風月，本無常主，閒著便是主人。」（《蘇詩總案》卷二十）表面上看來一片自在，並以閒自嘲自解何須歸鄉，但是由〈與自由渡樊口同遊武昌寒溪西山〉詩卻見東坡飄零淪落的失意之情，特別是與子由別後的孤獨，被排擠的幽苦之緒：「卻憂別後不忍到，見子行跡空餘悽，吾儕流落豈天意，自坐迂闊非人擠。」（《蘇詩編註集成》卷二十）子由停數日便赴筠州任，此年中秋在皓月當空下，瞻前思後，不免百感交集，作此〈西江月〉：「中秋誰與共孤光，把琖淒然北望。」見兄弟之情於句意之間，寄勞生有限，世事一夢之慨於中秋月。

　　在黃州的東坡雖企圖以佛老解脫內心痛苦，以莊學超越黑暗現實，但東坡畢竟是生命的熱愛者，骨子裡儒家文人宿命的家國責任感，因此即使屢為理想破滅而慨嘆世事夢幻，詩詞中時見對未來不確定的徬徨失落，如「人生如夢」（〈念奴嬌〉）、「世事一場大夢」（〈西江月〉）、「笑勞生一夢」〈（醉蓬萊〉）、「萬事回頭都是夢」（〈南鄉子〉）、「身外儻來都似夢」（〈十拍子〉）。因而黃蓼園在《蓼園詞評‧南鄉子》中云：「東坡升沉去住，一生莫定，故開口說夢。如云『人間如夢』、『世事一場大夢』、『未轉頭時皆夢』、『古今如夢，何曾夢覺』、『君臣一夢，古今虛名』。」《莊子‧齊物篇》：「且有大覺而後知此其大夢也。」古今多少事，都付笑談中是「夢」；是非成敗轉頭空是「夢」；君臣之間遇與不遇更是如「夢」般惘然不定。

　　緊接起筆對世事大嘆如「夢」之後，全詞呈現情緒性的字

眼：涼、冷、孤、賤，而使情境籠罩於幽暗淒然的氣氛中。「人生幾度秋涼」的疑問裡，一如「但屈指西風幾時來，又不道流年暗中偷換」（〈洞仙歌〉），是對生命有限性所產生的焦慮。「夜來風葉已鳴廊」暗示時間與心境，風鳴也是內心掙扎憂苦的對白。「酒賤常愁客少」襯寂寞身影，「中秋誰與共孤光」又一問，問的是月圓人不圓的惆悵，是不遇不得意之憾恨。

儘管世事一場大夢，人生幾度秋涼所顯現的時間急迫感是如此逼人，儘管蘇軾貶黃州期間看盡世態炎涼，如〈送沈達赴廣南〉：「我謫黃岡四五年，孤舟出沒風波裡，故人不復通問訊，疾病饑寒宜死矣。」他依然把酒問青天，北望汴京，期待月明不再被雲妨。只是「我為劍外思歸客」，對於「岷峨雪浪，錦江春色」（〈滿江紅〉）的依戀，盡化為「小舟從此逝，江海寄餘生」（〈臨江仙・夜歸臨皋〉）中衰老之嘆、身世之感、孤單之悲，這般鬱結心中的牢騷與怨憤，又有誰能解？

「月明多被雲妨」，月是那天邊的君國，怎奈浮雲蔽日？楊湜《古今詞話》敘說東坡寫此詞的背景道：「東坡在黃州，中秋對月獨酌，作〈西江月〉，坡以讒言謫居黃州，鬱鬱不得志，凡賦詩綴詞必寫其所懷，然一日不負朝廷，其懷君之心，末句可見矣。」《苕溪漁隱詩話》引《聚蘭集》注云：「明月，雲妨，即浮雲蔽白日之意。孤光，誰共，即瓊樓玉宇不勝寒之意……所謂『蘇軾終是愛君』者，此亦可能想見。」可見全詞旨在抒發貶官黃州的孤獨，淒涼心情以及對朝廷的期望。

時間一直是人最大的敵人，當對生命時光的思考，聯繫到自我身世遭遇，時不我予的無奈，加之以歲月在「眉頭鬢上」染上的老態，一事無成，出路難尋的生命迷惘，理想虛幻的感

慨焦慮，怎不叫人興嘆？在黃州第一年的中秋月裡，東坡有萬念俱灰的落寞：「佳節若為酬，但把清尊斷送秋，萬事到頭都是夢，休休，明日黃花蝶也愁」（〈南鄉子〉），更有「天涯倦客，望斷故園心眼」（〈永遇樂〉）的漂淪滄桑，還有「望美人兮天一方」最深層對家國不捨的忠愛之心。

二、歸去來兮，退隱東山之念

蘇東坡的心境由初抵黃州的惝慄驚愕，到在佛道中尋求精神寄託，其中有「來年轉覺此生浮」的空幻之感，有身不知何處的錯然虛惘：「輕舟短棹任橫斜，醒後不知何處，此身如僧舍，何處是吾鄉？」（〈臨江仙·送錢穆父〉）最後了悟「蝸角虛名，蠅頭微利，算來著甚忙，事皆前定，誰弱又誰強？」既然功名、利祿、地位、得失都是命中註定，因此無需執著，無需操忙，精神上的舒暢與安寧才是最大的滿足，及早狂放自任，樂得「對清風皓月」，享受「江南好，千鍾美酒。」（〈滿庭芳〉）

> 照野瀰瀰淺浪，橫空曖曖微霄，障泥未解玉驄驕，我欲醉眠芳草。　可惜一溪風月，莫教踏碎瓊瑤，解鞍欹枕綠楊橋，杜宇一聲春曉。

此題作「頃在黃州，春夜行蘄水中，過酒家飲。酒醉，乘月至一溪橋上，解鞍曲肱，醉臥少休。及覺已曉，亂山攢擁，流水鏗然，疑非塵世也，書此詞橋柱上。」為元豐五年三月所

寫。東坡藉對「一溪風月」的陶醉，寫瀟灑出塵的意趣，以超脫謫居之不幸，詞以時間順序先寫「臥」後寫「覺」。

全詞以寫景為主，視角由橫空照野的月，逐漸移動寫月下所見之水天清景。由水光拓寬原野，由層霄襯映夜空，構成迷人的畫面。在這清空的月夜下，只有人與馬，馬因為所喜愛的「障泥」未解下而精神抖擻，蓄勢待發；而我，卻要流連，醉眠於此，這兩句交代置身畫境的反應，亦即欲「解鞍」而「醉眠」。

下片在繪景的基礎上抒懷，以含蓄、暗襯的手法表現既有閒適之情，又有豪爽之氣複雜而深致的感情。「可惜」二句一方面用溪月之美進一步鋪寫景致，強化酒醉欲眠之情，另以惜溪月不忍踏碎的心意，在「醉」為「解鞍」找到不得不如此的理由，東坡惜春的心情，也寫得清婉動人。月夜中不忍「踏碎瓊瑤」而「解鞍敧枕綠楊橋」的奇情逸趣，是東坡藝術個性的再現。

周頤《蕙風詞話》卷五指出：「詞貴有寄託，所貴者流露於不自知，觸發於弗克自己。身世之感，通於性靈，即性靈，即寄託，非二物鄉比附也。」東坡詞中興到的託意，正體現此一特點，這樣幕天席地，縱意所如的生活，正映證東坡曠達的心胸，所謂「非塵世」正是他此刻心境的寫照。至於結筆以「杜宇」一聲聽覺收束，以近而言，是「曉風殘月下的綠楊翠嵐，橋下的淙淙流水與聲聲催歸的杜宇交織。」呼應上片「我欲醉眠芳草」的主旋律，以遠而言，此乃「清絕之境」。然探究以蜀望帝化身的「杜宇」，豈偶然涉筆？顧易生在《詞林觀止》析此詞云：「蘇軾因作詩受政治陷害，謫居黃州，實受看管。他徜徉於大自然懷抱，表現出一種逍遙自得，瀟灑出塵的

意趣，實為對現實壓迫的蔑視和鄙視。」東坡此景，既有「一聲春曉」坦蕩光明，又在杜宇啼歸的鳴叫裡，含了某種惆悵思歸之意蘊。

　　一溪風月，美秀透明，清麗迷人，寫出春夜閒適之情。這樣的月是東坡此刻澄澈空明的心境，月也是東坡詩中「雨洗東坡月色清，市人行盡野人行，莫嫌犖确坡頭路，自愛鏗然曳杖聲。」「一任自由，適性自足」的人生真味。

三、才高不用，明心見性之思

　　「人類生活的真正價值存在於不斷探究和查問他自身存在狀況的審查中，存在於這種對人類生活的批判中。」（德·恩斯特卡西爾《人論》）生命意識的深沉反思，首先體現於個人的其生命的自我觀照中。東坡在烏臺詩案中，看盡世態風雨，卻也因此對自己存在的價值與原則有更清醒的認識。

　　東坡自視甚高，報國心重，但朝廷未必用之，因小人構陷的烏臺詩案，讓原本意氣風發的東坡於詩詞中流露「誰能借箸，無復似張良。」（〈少年遊〉）有志難伸不遇之憾與無奈之情。不過面對這樣的困頓，在慨嘆「世事一場大夢，人生幾度秋涼」（〈西江月〉）之餘，東坡並未沉緬於消極落寞的自棄中。儘管「憂患已空憂夢怕」，但這闋詞，寫下孤清無人解的寂寞，懷才不遇的憾然之外，也藉以表白自己志高行潔，肝膽冰雪。

　　　　缺月挂疏桐，漏斷人初靜，時見幽人獨往來，縹緲孤鴻

影。　驚起卻回頭，有恨無人省，揀盡寒枝不肯棲，寂
寞沙洲冷。(〈卜算子‧黃州定慧院寓居作〉)

此首元豐五年壬戌十二月之作，以先賓後主的形式寫成，
上片寫鴻見人，下片寫人見鴻。缺、疏、斷、幽、獨、孤、寒
都向結筆「冷」字集中，使通篇充滿「冷」意，不止情境冷，
更是心冷。這般月是冷峻而幽暗的，所寄託於月的感情也是寂
寥而淒清的。

黃蓼園《蓼園詞選》對這闋詞章法分析道：「此東坡自寫
黃州之寂寞耳，初從人說起，言如孤鴻冷落；下專就鴻說，語
語雙關，格奇而語雋，斯為超詣神品。」此說頗精當。起筆先
就視覺寫月缺桐疏之景，再就聽覺寫漏斷人靜之景，這種極其
寂寞的背景，正好襯托出作者此刻身無所寄的心境，而且也為
下段「孤鴻」的出現鋪陳氣氛。誰能樂此寂靜？惟有幽人，孤
鴻所以喻幽人，故後半闋即從孤鴻著筆。「時見幽人獨往來」
中所謂「幽人」，以《周易》言：「履道坦坦，幽人貞吉。」是
有德之士，或為隱士，此是孤鴻影，也作者自身。真如莊子之
夢蝶，不知周之為蝶？抑蝶之為周？蓋相化為一也。由幽人之
獨被缺月所投射的孤鴻，其影之縹緲，順筆轉寫其孤之因，其
中有「有恨無人省」的憤慨、有「展翅不得」的含恨、也有
「揀盡寒枝不肯棲」的傲氣。儘管這樣的堅持註定寂寞，但尋
尋覓覓的東坡依然不肯棲寒枝，不願對惡勢力妥協，語意雙
關，委婉幽深。

「驚起」二句，寫「孤鴻」有驚弓之恨，與東坡烏臺詩案
倖得一命是有關的。繆鉞以此詞是：「東坡經歷烏臺詩案之
後，貶居黃州，發抒其個人幽憤寂苦之情。」張惠言曰：「鮦

陽居士云:『缺月,刺明微也。漏斷,暗時也。幽人,不得志也。獨往來,無助也。驚鴻,賢人不安也。回頭,愛君不忘也。無人省,君不察也。揀盡寒枝不肯棲,不偷安於高位也。寂寞沙洲冷,非所安也。』」俞文豹《吹劍錄》更進一層說道:「其思深,其情苦讀之使人憂思感傷。……『缺月挂疏桐』,明小不見察也。『漏斷人初靜』,群謗稍息也。『時見幽人獨往來』,進退無處也。『縹緲孤鴻影』,悄然孤立也。『驚起卻回頭』,猶恐讒慝也。『有恨無人省』,誰其知我也。『揀盡寒枝不肯棲』,不苟依附也。『寂寞沙洲冷』,寧甘冷淡也。」

　　澄坡在《詞林觀止》中解釋說:「這是蘇軾當時在官宦生涯中的實際遭遇,寒枝隱喻朝廷高位,沙洲猶如卑荒的黃州,作者以比興的手法出之,形象生動。」可見此詞托鴻寫自己幽獨之恨,有才識無人省之憾,「驚」、「恨」二句,尤是此時心情的寫照,在寂寞冷落中透露兀傲的堅持。故黃山谷云:「語氣高妙。似非喫煙火食人語,非胸中有數萬卷書,筆下無一點塵俗氣,孰能至此?」

　　在這梧桐缺月的畫面月下,有東坡才高不遇之「恨」、有「寂寞自甘,徘徊沙洲不肯棲」的執著身影,這樣的月色充滿「幽獨」,而「幽」、「獨」,也正是東坡生命的一種基調。

四、懷古感今,超脫曠遠之達

　　蘇軾風格特徵之一,在於他常借用他人之酒澆自己胸中塊壘,其歷史況味之詞,尤見此造境。他不僅將內心的悲慨融合於天寬地闊的景色之間,而且融合於古往今來的歷史之中,形

成其曠逸襟懷之因。道家的修養與歷史觀上，通古今而觀之達觀，使他在懷古詞中，放入的不是個人的傷惜弔往，也非再現過去光華的憑念。他把自己置入整個大歷史中，因此筆下懷古之作，背景開闊，時空拉至無窮遠。於是呈現的不僅是個人的成敗，而是古今多少人的興衰榮辱；所探究思考的不是由其中得成敗教訓，而是通過縱觀人世變化，力求認識自我，解悟人生，因此東坡寫歷史人物，其實是寫自己。

> 大江東去，浪淘盡，千古風流人物。故壘西邊，人道是：三國周郎赤壁。亂石穿空，驚濤拍岸，捲起千堆雪。江山如畫，一時多少豪傑。　遙想公瑾當年，小喬初嫁了，雄姿英發，羽扇綸巾。談笑間，強虜灰飛煙滅，故國神遊，多情應笑我，早生華髮。人生如夢，一尊還酹江月。(〈念奴嬌·赤壁懷古〉)

面對大江東去，李後主想的是「一江春水向東流」的無奈情傷，沒有反省、沒有超越。東坡看到的是「浪淘盡，千古風流人物」的歷史永恆性，如此則成敗轉頭空，繁華若夢，風雨也終過去的了然。

詞由江山而人物、由今而昔、由歷史而現實，將無盡的歷史藉長江具現。「大江東去，浪淘盡，千古風流人物」，虛實相生，既是寫演前之景，也是寫看不見的歷史長河；是滾滾浪濤東去不回的氣勢，也是千古人物逃不過的命運。結構上大開大闔，情緒上大起大落，所涵攝的時空縱橫上古下今，豪放裡有悲涼，清曠中深蘊凝重。

「亂石崩雲，驚濤裂岸，捲起千堆雪。」所鋪就成強而有

力的舞臺，是淘盡千古風流人物的東去大浪；也是一時多少英雄豪傑出沒的如畫江山。它曾是三國群雄馳騁的戰場，也是今日望美人兮天一方的東坡所遊的場景，傾注不盡的長江與累世高名的歷史人物，在東坡筆廣闊悠遠的時空中頓成一體。而被視為理想化身的風流人物，在詞以豔為美的特殊要求下，不再是〈赤壁賦〉裡曹操「軸艫千里，旌旗蔽空，釃酒臨江，橫槊賦詩」--世之雄的形象，而是功成名就，抱得美人歸，雄姿英發，年少挺俊的周瑜。在周瑜以兵數萬，敗曹操五十萬大軍的浪漫風采中，貫注了東坡自己人格理想：「羽扇綸巾」的儒雅、「小喬初嫁了」的風流與「談笑間，強虜灰飛煙滅」的雄豪，以襯自己相形見絀的懊喪與慨嘆。

　　無論是多情的山川風月也罷，是意氣風發的周瑜也好，這「笑」字裡隱藏著多少感慨！三十年少的叱吒風雲與年近半百的早生華髮，古今相對，赤壁戰壘依舊，只是舞臺上演出的戲碼不再是建奇功定江山的風流韻事，而是幾經憂患，落拓偃蹇，贏得兩鬢早斑的蒼老。水雲江月有靈，應笑我為世情所困，未能超然物累！三國郎將也當笑我一事無成，時不我予的惆悵，人生滄桑的感慨向誰傾？只有「一尊還酹江月」！

　　從藝術手法來看，詞由四部分組成，起首大江、故壘、亂石、驚濤勾勒古戰場形勢，其次寫孫劉聯軍周瑜指揮若定的神情，再由神遊故國聯想自身無成，末以曠達心情，放下眼前一切榮辱而醉於月。無論是空間上的廣大與時間上的久遠，或是歷史與當下，英雄與遷客的對話：「東坡詞，使人登高望遠，舉首高歌。」所寫高遠景象，使人但見其開闊博大，而無蕭瑟淒涼之意。其景與情之關係，乃其天性中超曠襟懷與外界即景即心之融匯，無怪乎黃山谷云：「東坡書，挾海上風濤之氣，

讀坡詞，當作如是觀。」東坡於此詞中幻化李白〈赤壁歌〉：「二龍爭鬥決雌雄，赤壁樓船掃地空，烈火初張燕雲海，周瑜於此破曹公。」為「談笑間，強虜灰飛煙滅」強烈對比誇張中，凸顯周瑜從容得勝的自在與自信。這份聰明、膽識不正是東坡的寫照？可惜生不逢辰，東坡以全能之士，卻沒有足以伸展的舞臺，只能在「早生華髮」中扼腕嘆息！

　　黃氏《蓼園詞選》云：「題是懷古，意謂自己消磨壯心殆盡也，開口『大江東去』二句，歎浪淘人物，是自己與周郎俱內也總而言之，題是赤壁，心實為己而發。周郎是賓，自己是主，借賓定主，寓主于賓。」由此觀之，東坡懷古之詞非在摹寫歷史人物，而是抒發自己遭貶後的失意，「奮有天下志」雄心破滅的哀嘆，包孕其思想底蘊者應是「人生如夢，一尊還酹江月」的釋懷與超脫。認清生命本質的無常，東坡選擇的不是「永結無情遊，相期邈雲漢」（李白〈月下獨酌〉）式的遠離，而是將個人與高遠的天地，江水明月結合。

　　赤壁下的月，俯視紅塵滾滾爭執後的接受與遺忘，因為道盡千古人物生命的共相，而有其超越時空的永恆意義。

五、結語

　　黃州五年，是東坡人生觀的轉捩點。他在經歷命運擺佈，虎口餘生後，熱烈的心逐漸趨向閒適，性格也轉向曠達與超脫，佛道思想與黃州風土人情的滲透，使東坡找到另一個生命的出口。

　　東坡寫詞，實寫自己。詞是他的生活日記，詞容納情的特

質，讓東坡一瀉無止的傾訴其對生命之愛、江山之情。然而命運對於東坡是殘酷的，不幸的考驗接踵而來，透過對月的種種悲歡，對無常的百般無奈，東坡在月下，經歷人生種種風景，看盡人生真相。

月，記錄東坡的生活與心境，讓我們得見〈記承天禪寺夜遊〉月夜中「庭下如積水空明，水中藻、荇交橫，蓋竹柏影也」的澄澈，與「一溪風月」醉眠裡的瀟灑。月，同時是感知人間無常的悲劇性，凝聚人生如夢的見證，所以在〈前赤壁賦〉壬戌之秋，七月既望「出於東山之上，徘徊於斗牛之間」，看到的月是「羽化登仙」飄然離世的虛無。在「把琖淒然北望月」的落寞裡與映照「縹緲孤鴻影」的缺月中，則見更深的理性反思與妙悟，這是〈後赤壁賦〉十月十五之月「江流有聲，斷岸千里，山高月小，水落石出」冷峭的月！是〈赤壁懷古〉中「一尊還酹江月」，經個人生命與歷史結合，永恆的月。

詞中字字寫月，實則抒情寄託，流於筆端。屬於東坡的月雖記錄其人生種種不得意，卻因能吞吐納放人間得失，超越多愁善感的悲調，深蘊理性的人生解悟超越多愁善感的悲調，而得以在「穿林打葉」中的逆境，見到「山頭斜照卻相迎」的希望，與超乎苦樂「也無風雨也無晴」的適然。

——原刊於《南一國文教學快訊》第 7 期（2002 年 11 月）。

織　錦

精力自致墨池黑

　　正體的記，以記錄人事時地物的經歷、發生脈絡為主，在內容上或寫景抒情或記事道感，如歐陽修〈醉翁亭記〉、林紓〈蒼霞精舍後軒記〉、柳宗元〈始得西山宴遊記〉。變體的記，則在敘上加上更多議論的變化，如蘇轍的〈黃州快哉亭記〉、范仲淹的〈岳陽樓記〉、王安石的〈遊褒禪山記〉。

　　曾鞏〈墨池記〉著眼王羲之書藝晚乃善這一個事實，結合其習張芝「臨池學書，池水盡黑」的傳說，「不可強而仕」的正直超俗。一則藉記述墨池，考其行跡點題，並與王盛書「晉王右軍墨池」六字相映；二則藉王羲之徜徉肆志，自休於此，竟能寫池盡黑，以及「晚乃善」的事實見其成「書聖」之名，是「精力自致」，「非天成也」，進而由此延伸讀書治學、深造道德更在於勤。

　　全篇由記而議、由議生論，以記略議詳的方式，由具體寫王羲之學書之事，漸次提升到抽象的道德境界。在短短三百多字的篇幅中，層層擴展凸顯主題，可以見到曾鞏精煉樸素之筆，蘊藏豐厚的思想。

　　文雖分四段，內容結構上實有三部分。

一、墨池的位置於來源

　　起筆「臨川之城東……荀伯子臨川記云也。」這一段是簡介墨池的地理位置，記述的方式是由遠而近、由大及小。鏡頭從臨川城東，拉到新城，再由新城緊湊地特寫池，這樣的敘寫方式，讓讀者有跡可尋，也彷彿隨著作者的路線圖，一步步走近觀光點。但是，作者並不一語道出「墨池」二字，反而以「窪然，方以長」來形容其狀貌。如此看來，這池並不特別，但有道是：「人以地靈，地也因人而名。」這池雖不起眼，卻因王羲之而意義不凡，所以作者這才點題，說出池的來歷是「王羲之之墨池者」，並交代此傳說的來源是「荀伯子臨川記云」，表示所言有本。

　　在總說池之所在後，由實寫眼前墨池，轉而用回溯之筆道羲之學書事蹟。王羲之在致友人書中曾說：「張芝臨池學書，池水盡黑，使人耽之若是，未必後之也。」曾鞏此處便藉羲之仰慕張芝書法，積極主動學其成功之道的學書精神，除顯現羲之苦練勤學，也為下文「精力自致」做立論基礎。但作者不以平順的陳述句呈現，卻以反詰句「羲之嘗慕張芝臨池學書，此為其故跡，豈信然邪？」來承上面的歷史軼聞，是懷疑？還是肯定羲之曾於此練字？究其作意，一方面緊扣前文，在文氣上作一波瀾；另一方面以曾鞏在校勘《戰國策》時「信其可徵，疑其不可考」的態度，必對傳說做一番考察，因而有此反問，並為下文議論做張本，另則顯現作者的眼光所注重的不是墨池位置，而是意在探索「池水盡黑」的本源上。

二、由藝及學而臻道

　　上段由寫物「墨池」，到人「王羲之、張芝」，目的在顯現王羲之學書之勤事與墨池遺跡。繼而以由反詰的語氣「豈信然邪？……而又嘗自休於此？」這一段開展出王羲之的經歷、行腳，隱含其學書歷程、精研態度及精神氣質。然後以「羲之之書，晚乃善」、「況欲深造道德者邪？」由此歸納羲之成專家之道，並推言為學、修身亦非天成，全靠真積力久，才能有得，這第二部分是文章的重心。在寥寥數筆之間，波瀾起伏，轉折跌宕，可以見到曾鞏點到即止，簡筆蘊繁意的高妙。

　　王羲之在〈右軍自論〉敘述其學藝歷程：「予少學衛夫人書，將謂大能。及渡江北遊名山，見李斯、曹喜等書。又之許下，見鍾繇梁鵠書，又之洛下，見蔡邕石經三體書，又從兄洽處見張昶華岳碑，始知學衛夫人書，徒費年月耳，遂改本師，乃於眾碑學習焉。」由這些學書的過程，可知羲之因閱歷拓寬，眼界愈大，而在書法上有新的識見與野心。此與〈墨池記〉中「嘗極東方，出滄海，以娛其意於山水之間」對照，見羲之之遊在徜徉肆志以娛其意之餘，更採習眾家之長。

　　〈墨池記〉中曾鞏以追敘之筆提問：「豈其徜徉肆志而又嘗自休於此邪？」與上句「豈信然矣？」兩句反詰互相輝映，做一疑一信的回應。足見這是作者經過徵信後，肯定羲之曾在臨川新城臨池學書之事，更顯羲之鍥而不捨的苦練和堅持恆久的毅力。否則，怎會在出遊散心過境暫居的地方，都會寫書致池水盡黑？這不是因為樂在其中的努力不懈，會是什麼？這也是

為什麼王羲之雖初年不及庾翼、郄愔（見宋虞龢〈論書表〉），卻能在臨碑讀帖，兼採眾家特色，創新書風；在自我奮進不已中，成一家之書，達「力屈萬夫，韻高千古」之境（見《書概》），所以文章歸結「羲之之書，晚乃善」，而這樣登峰造極的成就豈不是全靠「精力自致」這四個字？此意既收前文羲之成就，與前文「羲之嘗慕張芝，臨池學書，池水盡黑」相承，也開展出下文治學、養德之道都賴「精力自致」，此正是文眼所在。

一藝之成不在天成，而靠刻苦努力是正論。「然後世未有能及者，豈其學不如彼邪？」行文以反問敘說，其實是肯定的指陳，說明以後世之人與羲之相比，無人能出其右者，非天資不如，是學不及彼勤也！這是第一層以藝較。下面兩句「學固豈可少哉！」「況欲深造道德者邪？」一嘆一問，呈現兩個境界，並正論收前之問。「學固豈可少哉！」句中的「固」字加強其必然性、絕對性。「豈可」正反見「不可」。這樣的句式，比起「則學不可少」的判斷句，顯得有力多了！這是第二層次。下句引伸，飛出墨池，飛出一藝，論及道德修養。此僅一句，當議不議便嘎然收筆。「況」字提出「深造道德」另一個人生追求方向。這段裡，接連三句分別是反問、謂嘆、提問，讓文意層遞，開拓深境，更表現情韻含蓄之味。

有道是：「心正則筆正」、「字如其人」。在文學藝術上，中國人總認為作品是其人格思想的反映，也以其涵養道德來衡量其藝術成就。王導由北方南渡至江南，告訴孫輩戰亂時沒有什麼可爭奪，僅留下一卷書法，此後王家子·孫便從事藝術，更將書藝化為品格——生命自在清高，這是在混濁亂世中生命的堅持，因此所留下的是生命的隨意，而非只是字。其次，義之所

處的魏晉是多種書體融合發展的時代，在重視追求內在精神氣質的捕捉風氣下，書法不但筆墨表現字的空間結構藝術，並呈現書家獨特的人格與學養，這和所謂「文格即人格」有異曲同工之處。所以，在王羲之的字裡，我們不但看到線條的有形之美、行間氣之流轉韻律，更因在時代中所有人都活得委屈妥協時，其「不可強而仕」的個性，袒腹東床的自在，而讓筆墨之中映照出高雅風格。

〈墨池記〉裡看重的固然是羲之由「不可強以仕」到「精力自致」，在書法高深造詣之因，更在其透過書藝，躍然紙上的高尚的情操，因為藝、學、德三者實有其內在緊密不可分的關係，所以曾鞏於文中指出學者當「精力自致」於學習上，更要「深造道德」，畢竟這才是學的真正目的。「深」這個字，是荀子〈勸學〉裡「真積力久則入」的入，也是孟子「深造有得」的深，更為達孔子升堂入室，成賢成聖的境界。

這一段文字中，「池水盡黑」是王羲之苦學明證，此句牽一動萬，與下面「晚乃善」、「精力自致」、「非天成」、「學固可以少哉！」處處回顧照應，也是作者預留伏筆，最後照應，閒筆不閒，匠心獨在。此外，本文巧妙運用問句、感嘆句使文章情韻悠揚，如「此為其故跡，豈信然邪？」的反問，把注意力帶到王羲之身上。表面是問，實是肯定，強調「然後世未有能及者，豈其學不如彼邪？則學固豈可以少哉！況深造道德者邪！」這一連串問句，迫人深索。其次，曾鞏善用似問卻已答，本是肯定卻用不定語氣或疑問語氣，把文勢推向高潮，並以感嘆語氣強化事理，以慨嘆情緒感染讀者。

三、推王君囑文之意

　　這篇文章的寫作背景是曾鞏受王盛之託寫〈墨池記〉，而當年王羲之寫字寫得池水盡黑的墨池，如今成為學堂。在這兩個先決條件下，書寫者勢必站在請託者的立場，設想其用心與目的，因此後段補充說明今之墨池以為州學舍，並道受託作文之事。因此起筆便道：「推王君之心，豈愛人之善，雖一能不以廢，而因以及其跡邪？」「推」是領字，貫穿下面四句。「推」字更表示此番敘事、議論是曾鞏推測王盛請託作記之心，也是自己的想法。這一小節由善及跡，以「豈」字引出的反問，看似懷疑，實是肯定。蓋由前文王盛「恐其不章也，書王右軍墨池。六字於楹間以揭之」的行跡，可以導出王盛的心意。

　　作者接著自問自答：「其亦欲推其事以勉學者邪？」是由跡及事。推者，推究，深思義之臨池學書，池盡黑是學之勤也，是精力自致也。故以此勉在義之墨池故跡讀書的州學子，當如義之在書法上精益求精、苦學不懈，才能深造有得。最後收全文「夫人之有一能，而使後人尚之如此，況仁人莊士之遺風餘思，被於來世者何如哉！」由「一能」，到「仁人莊士」，雖是不同境界、不同層次，但「雖一能不以廢」，況「深造道德」者？

四、結語

　　文章有陽剛陰柔之美，以八大家而言，韓愈、柳宗元得陽剛之美，歐陽修、曾鞏則屬陰柔之美。姚鼐評：「歐陽、曾鞏之文，其才皆偏於柔之美者也，曾公能避短所而不犯。」宋呂本中說：「子固文章，紆余委曲，事情說盡，加之字字有法度，而無遺恨。」

　　曾鞏擅於雜記序跋，明茅坤說：「曾鞏最長序記，誌銘稍嫌不足。」這可說是定論，其寫作態度立求客觀，一如在整理校勘《戰國策》、《說苑》時對所採得的資料：「信其可徵，而疑其所不可考。」這種「知之為知之，不知為不知」做學問誠實、負責的態度是值得我們學習的。因此，曾鞏在文章中也顯現講求真實、客觀敘述的特點，以之為議論根據，開展其以儒家為正統思想的立場，足見曾鞏在學術思想的純正性。

　　在這篇文章裡，曾鞏以「學」字貫穿全文，緊密的結合羲之之事跡，由狀物到寫人，乃至敘事，終歸於習藝、為學、修德之理。全文主要提出只要勤學，以王羲之為例，說明有一藝一長都能名傳於後，為人崇尚，何況致力於求學修道者？此不僅為生命開拓新局面，也讓我們不以一技而自廢自棄，明白行行出狀元，只要學，必能精進不已，並由藝能知識在提升自己，向德行修為努力。全篇運用敘議交錯的方式，或先敘後議，或追敘補議，或夾敘夾議，見曾鞏為文的變化生姿。起承轉合之間，明要俐落，語簡而意豐。

　　在《元豐類稿‧學舍記》中，曾鞏自言讀書不倦的態度：

「力疲意耗而又多疾，得其閒時，挾書以學於夫為身治人世用之損益，考觀講解有不能至者，故不得專心盡思琢彫文章，以載私心難見之情，而追古今之作者為。……余之勞心困形以役於事者，有以為之矣。余之敝巷窮廬，冗衣礨飯芑蕢之美，隱約而安者，固予之所以遂其志而有待也。予之疾則有之，可以進於道者，學之有不至，至於平生所好慕，為之不暇也。」再者由〈讀書〉這首古詩中，更可見曾鞏在處境上雖飄泊窮厄，卻仍砥志進學，「家事已獨當，經營食眾口，四方走遑遑。一身如飛雲，遇風任飄揚，憂慮心膽耗，馳驅筋力傷，況已近衰境，而長犯風霜。」但「百家異旨趣，六經富文章，其言既卓闊，其義固荒茫，搜窮力雖憊，磨礪志須償，古人至百首，搜窮敗肝腸，僅名通一藝……明膏續飛光，搜窮力雖憊，磨礪志須償。譬如勤種藝，無憂匱困倉……此求苦未晚，此志在堅剛。」

由此可見曾鞏雖年少便以文才名，但直到三十九歲才進士及第。時歐陽修任主考官，同及第的有二十二歲的蘇軾、十九歲的蘇轍、二十二歲的王安石。相較之下他登科晚，人事中的折磨也比其他人多，然而他依舊潛心向學，對其生命中的困厄毫不在意，不但一肩挑起養家撫育弟妹的擔子，反而更認真而強韌的面對命運給他的考驗。

由這些曾鞏的生命歷程的旁證資料，可見〈墨池記〉借事立論的背後，寫的正是自我的實踐態度。由《學記》中：「隱約而安者，固予之所以遂其志而有待也。予之疾則有之，可以進於道者，學之有不至，至於平生所好慕，為之不暇也。」可知他儘管科考不如意，家事煩瑣，卻從未停止學習，一心嚮往的是進於道，全心所在的是學。〈墨池記〉中「蓋精力自致，

非天成也。」「則學固可少哉！」正是他自己的寫照，「深造道德」更是他一生的志向。

　　——原刊於《中國語文》2001 年 7 月號。

由〈師說〉談論文寫作

　　文章千萬種，各憑創意與運思，但不可否認的是任何好文章都經過設計。或許是故事情節，或是架構角度，或是見解分析呈現特殊性，因此欣賞一篇文章時，除卻因情而動容、為其理而折服等情緒性的感受外，更當依循文字帶領的線索，逐步解讀其遣詞煉句、運作技巧、篇章結構、思維理論。然則固然操千曲而後可言琴，但若學而不習，論而不創，亦無法攻錯他山之石，脫前人窠臼。

　　因此，在學文論章之餘，何不與作者較量，試試自己的功力，也來作一篇同性質的文章？或以同題目創作，想想在寫法上會不會有另一種可能？這練習讓我們不僅讀作品，分析作品，更在思考辯證章法架構中，在比較實驗文句安排裡，清楚認識為什麼文章要這樣寫？其產生的效果各如何？另則，經過這樣仔細閱讀，才能發現作品真正好在哪裡？自己可以轉移的經驗技巧又在哪裡？現試以韓愈〈師說〉一文，來引導學生在讀課文中，循思覓意，找出作文經營之道。

一、從構思到設計
——顛覆想法的龍頭鳳首

　　議論文是以論說主張或見解為內容的文章，旨在凸顯「理」之必然、「理」之精確，彰顯「理」之存在事實、「理」

之影響層面。文字上講求嚴密準確，以形成說服力量；在寫作上關注的焦點是「為什麼？」在思路上牽動「證明什麼？」「如何證明？」「用什麼證明？」因此首先提出問題是為「引論」，繼而舉例說理，或採「破」、「立」反駁批評的方式以揭露所見，或以正、反相生的方法以映襯主張，或藉譬喻論證、比較排比以深化觀點，末總收全文。

此為議論文基本章法，但為文巧妙自於一心之用。與其照本宣科，背而不能用，不如在教學之前，與同學一起逆向思考當初韓愈是如何醞釀？探索其如何構思？發現其如何運用策略或技巧使文章氣勢盎然條理清明？

分析〈師說〉第一段可以源溯其最初的構思應是：「人非生而知之者→人皆有惑→有惑需從師→從師為解惑→故學者必有師」。

事實上，以這個內在思考線條，我們從任何一點切入都可以成文。如直線發展的：「人非生而知之者→有惑則必從師→故學者必有師」。或者轉個彎：「人皆有惑→故學者必有師以問道解惑也」。也不妨由果寫起形成：「學者必有師→蓋人非生而知之者→人皆有惑→故從師解惑」。

比較上面幾種寫法，可以明顯察覺第三種方式最曲折。果真韓愈也採取了這個策略，不過他技高一籌，在第一句冠上「『古之』學者必有師」，以與「今不從師」做對比，並在第二句插上「師者，所以傳道、受業、解惑也」，把老師的責任及價值，簡單明瞭的勾勒出來。緊接著「學者必有師」，不但出現頂針以連語氣，同時有開宗明義的揭示效果。再看〈師說〉，可以發現韓愈在「人皆有惑→故從師解惑」上，用了心有定見的反問：「孰能無惑？」不僅一震文氣，也因這提問讓

人啞口無言，無法否認，這更加強從師的必要性、絕對性。接下來又是一句頂針，但韓愈不以正面作結，而承上反問的答案來反說「惑而不從師」，並推其結果——「其為惑也終不解矣。」一針見血地諷刺當時恥學於師者，惑將不解，並回應首句「學者必有師」。

　　在這一段裡我們看見韓愈為了增加文章氣勢，在敘述上並不依思路，而做了些「令人意外」的調整，同時利用反問、反說來使語氣文勢錯綜變化，更能在起筆中有龍頭鳳首的炫耀，這是寫論文的第一招！

二、經緯交會
——承上啟下的樞紐

　　在首段開門見山地說明求師的必要，求師的目的後，第二段承接上文，提出道「老師在哪裡？」的疑問，目的在帶出其基本理念：「道之所存，師之所存也」、「有道者皆我師」。但為批判當時「年相若」則群聚而笑之，「位卑則足羞，官盛則近諛」的風氣，而提出無論貴賤長少皆可為師。於是韓愈由「長」、「少」著眼，分列排比。在整齊句式中以「固先乎吾，吾從而師之」、「亦先乎吾，吾從而師之」，強調只要「聞道先乎吾，吾從而師之」，緊接這兩串句子收筆道：「師道也，夫庸知其年之先後生於吾乎？」也是以反問來達到詰責的效果，並正面凸顯「師道，有道則師焉」。

　　有了前面的陳述、結論後，底下的「是故」便是水到渠成。然而上文只分析了「無長、無少」，此處結論卻出現「無

貴無賤」，而且置於「無長、無少」之上，這運用了數學上「同理可證」的原則。既言從師不分長少，基於師道的同理，從師也不分貴賤，這是在簡筆中開展出寬局面的方式。有了這層層推論，最後畫龍點睛──「道之所存，師之所存也」，收前二段，也是全篇關鍵。

　　橫磚直柱撐起大廈，橫經直緯穿梭成錦。同樣的，文章必須要有穩健的架構才能緊密有序，在下筆前務必想想主軸是什麼？為呈現基調可以用的線是什麼？就像這篇文章便採用以「道」為經、以「師」為緯的架構，道字貫穿全文，在每一段中以師來寫道，交集處正在「道之所存，師之所存也」。如此簡單穩固的結構，讓理路明朗呈現，同時在綿密的組織中網住每一小節推論，這是寫論文的第二招！

三、化短為長
──在對比、排比中批今論古

　　一如廣告中常以大小、昔今對比來彰顯效果。論說所以能出色也是用了映襯比較的技巧，在〈師說〉第三、四、五段反面批判當時不尚師道的風氣中，一般人多直陳列舉事實然後提出指責，但韓愈並不在一段中把所有偏蔽都呈現，而是在每一段中針對一個角度，以對比來顯示出其弊，使得行文中雖採用對比，卻在批判的焦點略有不同，而沒有重複累贅之嫌。

　　「嗟乎！師道之不傳也久矣！欲人之無惑也難矣！」三句嘆見韓愈心中之憤慨無奈，也見時弊非一朝一夕之故。這三嘆貫串下三段，也承上二段中「古之學者必有師」、「惑而不從

師，其為惑也終不解矣」的論點。

第三段原本的想法是：「從師問學則日漸聖明，否則惑不解則愚」。寫文章時，常碰到的困難便是在意念上這麼簡易的理論，如何寫成長篇道理？這時不妨把時空拉大，由古今著眼，再用排比來拉長句子。你瞧！韓愈不也用了這個法子！但別忘了在整齊略加變化，如「猶且從師而問焉」、「而恥學於師」，如果依前句寫成「猶且不從師而問焉」豈不單調？也缺乏指責氣勢。這正是韓柳散文的特色，亦即在行文上利用辭賦的排比鋪陳的形式美感，將通篇四六轉化為多種字數句式的排比、對偶，或略加參差錯綜，並穿插散文筆法轉接，使得氣勢靈動多變。

「是故」底下是兩個結論：「聖益聖，愚益愚。」「聖人之所以為聖，愚人之所以為愚。」一從正面歸理，二由原因強調「其皆出於此乎？」又是反問，不過這反問看似猜測，實是肯定，這種表禮內兵的口氣讓人無法辯駁。以「此」代替「從師而問焉」，一則惜墨如金，使文簡有力，二則話到嘴邊留三分，大家心照不宣，自思知之。由此可見韓愈文章語言精鍊之處，而這種要言不煩、蜻蜓點水的略筆，也正是使論文扼要的關鍵。

四、跌宕生姿
——在指陳時弊間錯綜變化

有別於前段長句的對比，這段改以三組短句對比，使文在節奏與句式上產生變化，在內容上則呈現嚴厲指責的語氣，以

凸顯更全貌的社會現象。此段僅扣事實，說明社會怪現象有
三，分別是一：「愛其子，擇師而教之」，與「於其身也則恥師
焉」，對此現象，韓愈的評語是「惑矣！」二：「彼童子之師，
授之書而習其句讀者也」，此承上，道當時擇師的原則、目的
是「習句讀」，老師的職責也在「授句讀」，韓愈不以為然地指
出「非吾所謂傳其道、解其惑者也」。既回應首段師之本務在
「傳道、受業、解惑」，反映時人從師擇師之惑，另為下面的
「小學大遺」建立理論基礎。三：「句讀之不知，惑之不解，或
師焉，或不焉。」以錯綜方式形成對比，避免與前兩組對比有
太高的重複性，並強調所學非重點，由此導出「小學而大
遺」，亦是惑矣！在列數當時士大夫恥師、擇師、學習的糊塗
事項後，任誰都忍不住要說「吾未見其明也」！

有道是：「韓文如潮」。在這段中，我們可以仿效的是韓愈
如何變化對比句，以展現潮水般的波折起伏，並把批判的重心
放在前後感嘆中。如明明三組對比中呈現的現象都是「惑」！
但〈師說〉中只在第一組後結以「惑」，並在最後毫不留情的
一語道破「吾未見其明也」。在陳述句、反詰句、判斷句、感
嘆句的交互使用中，不但使文章錯落有致，論說中也因此該精
則簡，該說則斬釘截鐵，肯定有力，才能顯現出咄咄氣勢。

五、追根究柢
——層層推因

這段以士大夫之族，曰師、曰弟子，造成「群聚而笑之」
的事實及示現描繪畫面，與「巫醫、樂師百工之人，不恥相

師」形成對比，以落實「師道之不傳也久矣！」的判斷與現象，然後由現象下挖掘出三個原因，足見年相若稱師不可，向位卑位高者請益也不可，師道焉能復？怎不令人「嗚呼！而嘆！」至於接下來的對照「巫醫、樂師百工之人，君子不齒」、「今其智乃反不能及」，則把士大夫根本沒資格瞧不起人的空虛擊破，也回應第三段「愚人之所以為愚」，皆因後天不從師問學所致。

批評是建立於事實之上，但如果只對表相譴責，充其量不過浮面，一此韓愈採取「治標需治本」的原則，像剝筍般層層以直筆，一針見血地剖析現象背後的心態，社會風氣形成的原因，才能清本溯源，提出根本解決之道，這是論文能服人之處。

六、鐵證如山
——讓事實說話

事實勝於雄辯，史例聖賢事蹟不容否認，因此，引言舉例能讓論理在確實有力的支持贊助下，說服力大增。在這段裡，以承道統，聖人之志為心的韓愈便將歷史事實化為現實經驗的一部分，舉孔子師郯子等人的事實，點出「聖人無常師」。一方面回應前文所導出的結論與所敘述的事實：「聖人之所以為聖」、「古之學者必有師」，強化「無貴、無賤、無長、無少，道之所存，師之所存也」；另方面開展出「弟子不必不如師，師不必賢於弟子」，並進一步推究曰師、曰弟子，源於學的時間先後、專攻的深淺度，正所謂「聞道有先後，術業有專攻。」藉以擊破士大夫以「彼與彼年相若，道相似」而群聚笑之，

或以「位卑則足羞」、「官盛則近諛」而恥學之謬誤。足見人人有專攻之術即可為師，師生的角色隨聞道先後而互易，而學習更是一生的事業，蓋「道之所存，師之所存也」、「吾師道也」。

七、結語

韓愈藉贈李蟠文，嘉其「不拘於時」，能「行古道」，不僅「請學於余」，又「好古文」，正合韓愈震師道倡古文之心；另則與時人相對，以諷時弊。基於這個寫作動機，韓愈提出立論邏輯：「人非生而知之者→有惑則從師→從師聞道解惑→惑解則智則聖」，「恥學於師→惑不能解→則愚」。由研讀〈師說〉一文中，我們學到韓愈如何以這立論邏輯，運用簡單的架構上，或以顛覆次序、穿經引緯方式形成變化，或藉排比對比的語言結構增添波瀾，或舉例引言等策略來彰顯自己的觀點，主題結構上寄託思想。並在行文間以層層剝筍的急筆，蜻蜓點水的略筆，讓道理清明，風格多變。

韓愈藉物事貫道言志，在用詞上講求「惟陳言之務去」，因此以新經驗、新物像作為導引，或以卑下的經驗意象作為感覺層面比襯，如充分利用世俗怪異現象：「群聚笑之」，以引申出雅正教化，既傾吐其「不平而鳴」的憤慨，又達到「文以載道」的目的。

諸君何不運用〈師說〉中的章法技巧，針對當今「哈日」、「次文化」、「奢靡」、「八卦」風氣批判之?!

——原刊於《中央日報》2000 年 10 月 16 日及 18 日。

出奇制勝的〈留侯論〉

　　蘇軾二十六歲，在京城經歐陽修推薦參加制科考試御試前，獻進策進論各二十五篇，有系統地提出自己的政治主張。〈留侯論〉是進論中一篇，全文骨幹，就在一個「忍」字。在蘇軾以前，無人將「能忍」和張良聯想在一起，〈留侯論〉一出，張良成了「能忍」所以成大事的英雄典範，也正因為出此奇招，而使〈留侯論〉成為蘇軾最出色的史論作品。

　　南宋呂本中及朱熹說：

> 自古以來，語文章之妙，廣備眾體，出奇無窮者，為東坡一人。（《童蒙詩訓》）
> 東坡天資高明，其議論文詞，自有人不到處。（《朱子語類》卷一百三十）

　　足見東坡為文長於「出奇無窮」，「有人不到處」，這也是南宋葉適曾稱蘇軾為「古今議論之傑」的原因，而〈留侯論〉正是東坡出「奇」制勝之作。

　　如果說張良受書於圯上老人，而成王者師，這些奇事奇遇讓張良佐高祖成了天意。那麼，蘇軾也必然了解要讓仁宗賞識他是「王者之師」，佐王興之才，也非得出奇招不可！所以，蘇軾是有意要「標新立異」，要「言他人之所未言者」。因此，〈留侯論〉裡無論立意、取材及筆法，再再顯出奇特之處。

一、立意
——一字立骨，忍字出奇

〈留侯論〉成功之處，首先在於立意出新出奇，以「忍」為脈絡，統攝全篇。首段先不言留侯行事，而以「大勇」與「匹夫」對比，見大勇者因為「所挾持者甚大」，「其志甚遠」而能「忍」，此「過人之節」正是「古之所謂豪傑之士者」。文章看似未道留侯事蹟，卻句句暗隱張良椎擊秦皇之事乃「拔劍而起，挺身而鬥」之行徑，並以判斷句的口吻諷曰：「此不足為勇也」，這樣實寫豪傑，虛筆泛寫張良的方式，亦是奇也。

明代歸有光《文章指南》評〈留侯論〉：

> 作文須尋大頭腦，立得意定，然後遣詞發揮，方是氣象渾成。……如蘇子瞻〈留侯論〉以「忍」字貫說是也。[1]

蘇軾〈留侯論〉表現善於翻空出奇的立論特點，在首段及立定大方向，以「忍」一字立骨，揭出全篇綱領。通篇以「忍」貫穿，引張良狙擊秦始皇事，表現張良的不能忍，再提高祖所以勝，項羽所以敗，歸結到能忍與不能忍，聯繫著伊尹、太公之謀與荊軻、聶政之計，大勇與不足為勇，筆筆圍繞「忍」這個主題。文以事例作為佐證，環步而上，使「忍」的意涵從事例中透出，層層論證張良因為能忍，所以能成就大事終而渾成一體，成就以新奇之理立己論的效果。

---

[1] 明・歸有光：《文章指南》（臺北：廣文書局，1977年）。

太史公在〈留侯世家〉中詳敘張良受書於圯上老人之事，並曰：「學者多言無鬼神，然言有物。至如留侯所見老父予書，亦可怪矣……高祖離困者數矣，而留侯常有功力焉，豈可謂非天乎？」此後，人們多將張良之成為王者師與黃石公所授之書聯想，以為是神仙之助，天意如此。

但蘇軾闢去俗論，駁司馬遷之說，拋開「其事甚怪」的各種神秘說法，認為圯上老人是隱君子，其「命之以僕妾之役」、「倨傲鮮腆深折之」，都是為要深折張良少年剛銳之氣，使其忍小忿而就大謀。巧妙地將此世人以為鬼物的公案，一筆推翻，跳回到人事上來找原因，不僅將黃石老人合理化為隱君子，並強調「其意不在書」，而在教育張良「能忍」，同時把老人受書之事貫穿到聖賢相與告誡的「忍」字線上，蓋此意甚於授書。這兩個論點，翻出新意，亦是人所不到的奇筆，是以明代王禕有記：

> 眉山蘇公曰：「黃石公，古之隱君子也。」是可以祛千載之惑矣。（《王忠文公集・跋圯上進履圖》卷十三）

明代金聖嘆評〈留侯論〉有言：

> 此文得意在「且其意不在書」一句起，掀翻盡變，如廣陵秋濤之排空而起也。（《天下才子必讀書》卷十四）

南宋謝枋得評〈留侯論〉：

> 主意謂子房本大勇之人，唯年少氣剛，不能涵養忍耐，以就大功名，如用力士提鐵鎚擊秦始皇之類，皆不能

忍。老父之圯上，始命之取履納履，與之期五更相會，
數怒罵之，正所以折其不能忍之氣，教之以能忍也。
（《文章軌範》卷三）

二、取材
——以偏概全，翻古出新之奇

蘇軾史論筆勢放縱，善從舊史料中翻出新意，以新穎見識
引人注目，其作法尤在取材與立意。

在議論上，蘇軾多摘取一事一理作為論點，或從小處著
眼，發他人之所未見者；或翻空立論，另創虛擬可供議論處；
或推陳出新，在前人已論處逆轉。此三者均能由〈留侯論〉得
到印證，見蘇軾與眾不同的眼光與獨到的取材運篇之妙。

根據《史記·高祖本紀》，高祖採用張良之計有：一、先
得關中：張良諫曰：「沛公雖欲急入關，秦兵尚眾，距險。今
不下宛，宛從後擊，彊秦在前，此危道也。」於是沛公乃夜引
兵從他道還，更旗幟，黎明，圍宛城三匝……及趙高已殺二
世，使人來，欲約分王關中，沛公以為詐，乃用張良計。使酈
生、陸賈往說秦將，啗以利，因襲攻武關，破之。二、得關中
民心：當劉邦西入咸陽，欲止宮休舍，張良諫，「乃封秦重寶
財物府庫，還軍霸上」，乃召諸縣父老約法三章。三、立韓信
為齊王：「韓信已破齊，使人言曰：齊邊楚，權輕，不為假
王，恐不能安齊，漢王欲攻之。留侯曰：不如因而立之，使自
為守。」四、勞軍安士心：「項羽大怒，伏弩射中漢王，漢王
傷胸……張良彊請漢王起行勞軍，以安士卒。」五、乘勝追項

羽：「項羽解而東歸，漢王欲引而西歸，用留侯、陳平計，乃進兵追項羽。」

〈太史公自序〉推崇張良：「運籌帷幄之中，制勝於無形；子房計謀其事，無知名、無勇功，圖難於易，為大於細。作留侯世家第二十五。」

《史記·留侯世家》裡對張良作為王者師所為計謀則有：

一、沛公入秦，宮室帷帳狗馬重寶婦女以千數，意欲留居之，樊噲諫沛公出舍，沛公不聽。良曰：「夫秦為無道，故沛公得至此……今始入秦，即安其樂，此所謂『助桀為虐』……。」沛公乃還軍霸上。

二、項羽至鴻門下，欲擊沛公。……良曰：「沛公自度能卻項羽乎？」沛公默然久曰：「固不能也，今為奈何？」良乃固要項伯。項伯見沛公，沛公與飲為壽，結賓婚。令項伯具言沛公不敢倍項羽，所以距關者，備他盜也。」

良因說漢王曰：「王何不燒絕所過棧道，示天下無還心，以固項王意。」乃使良還，行，燒棧道。

《史記·高祖本紀》中用其餘將領之計如「用韓信之計，從故道還，襲雍王章邯遂定雍地。」「用陳平之計，以閒疏楚君臣，於是項羽乃疑亞父未至彭城而死。」「袁生說漢王……漢王從其計，出軍宛葉間，與鯨布行收兵。」此聲南擊北的辦法，使項羽備多而力分，因之失敗。當高祖與項羽決勝垓下時，「淮陰侯將三十萬自當之項羽敗走」。

由此可見劉邦擊敗項羽之因，張良所教奪得天下之策略並不全在於「能忍」，建立漢王朝，也並不是張良一個人的功勞。但蘇軾稱張良為「王者師」，一則奠定其地位，另則將高祖破群雄建立帝業的功勞集中於張良一身，進而翻以新意，深

析張良之所以能成功的個性全在於忍，高祖之所以得天下也是因為張良教之以忍。選材相當獨特，可說是以小見大、以偏概全，以期證明蘇軾獨特之見。

一般而言，史論中由於所論之人其行事眾多，若非凸顯某個焦點，則無法彰其人特色，何況要使立論具說服力，更得慎選素材。蘇軾既然選擇了「忍小忿而就大謀」這一中心論點，便取最能呈現張良教之忍的具體事為材料，以特寫鏡頭，把記述與議論，巧妙地加以穿插。如「當淮陰破齊而欲自立王，高祖發怒，見於辭色，由此觀之，猶有剛強不忍之氣，非子房其誰全之？」此等生動的形象化描述，活神活現地呈現高祖不忍之態，以加大子房教忍的張力，也將張良為王者師的基點著墨於忍字。

蘇軾在再現歷史人物中，有意地以特殊角度去觀照之，為的便是呈現其心中某種意義的洞見，因此運用了以偏概全的策略，無視於其他諸將對漢興的貢獻，也不論張良之策非盡是忍，而將項籍之所以敗，高祖之所以勝的原因，一語鎖定於「不能忍」、「能忍」之間，實為語新意奇之作。其效果正如清代徐乾學評〈留侯論〉所云：

意實翻空，辭皆徵實。讀者信其證據，而不疑其變幻。（《古文淵鑑》卷五十）

論說時雖取材不遍及全體，但因所引實事可徵可證，使讀者信之，而不見其設計之跡，這選材之奇，從古意翻出新意之奇是〈留侯論〉成功之處。

三、筆法
——斷續、抑揚、賓主、順逆之奇

首段即標明題意，說出豪傑之士過人之節在「忍」，段落間聯絡照應，穿插秦之持法急而子房不能忍強犯其鋒，圯上老人命之僕妾之役以教之能忍，顯現其蛻變過程，再由子房教漢高祖能忍而成帝業，凸顯其實踐忍的成效，段段相承，將複雜經驗整理為有秩序的論點，也使全文內在邏輯集中於忍字。清代沈德潛有言：

> 老人教子房以能忍，是正意；子房又教高祖能忍，是餘意。作文必如此推論。(《唐宋八大家文集》卷二十一)

〈留侯論〉除結構精煉外，較明顯的章法應用有「斷續、抑揚、賓主、順逆」，茲評析如下：

(一)斷續

本文其分段主意雖是互相承接，然其中第二層由子房說到老人，第三層由老人說到子房，其間插入鄭伯、句踐事一小節，是行文之斷續處。明代王慎中評〈留侯論〉言：

> 此文若斷若續，變幻不羈，曲盡文家操縱之妙。
> (《蘇文忠公文鈔》卷十四)

此等跳躍若斷實續的筆法，一則可使讀者轉換思考空間，

是變化之高明手段。次則引例旁證以呼應主題，更能強化成事之道興國之法在忍、暗與漢以忍屈辱於項羽之下，如退蜀燒絕棧道、示項羽無東意事契合。

(二)抑揚

文中先述「子房不忍忿忿之心，以匹夫之力，而逞於一擊之間。」為張良本不能忍之例證，後言「項籍唯不能忍，是以百戰百勝而輕用其鋒。高祖忍之，養其全鋒而待其弊。此子房教之也。」經圯上老人教導後，張良已經能以忍警戒漢高祖，成就漢高祖之功業，從「不忍」到「忍」，將張良處事態度之轉換明顯點出，是「先抑後揚」之作法。

(三)賓主

文中引鄭伯、句踐、劉邦、項羽之事是賓，以說明忍與不忍之差異，主要目的在彰顯黃石老人教張良忍小忿而就大謀之主意，此乃藉客形主，期使賓主相映，也在正反對比襯托中使主題彰顯。

(四)順逆

用順逆法，由子房說到老人一段，又有自老人說到子房一段，順逆環生，文意源源不竭。清代劉大櫆評〈留侯論〉言：

> 此文忽出忽入，忽賓忽主，忽淺忽深，忽斷忽續。而納履一事，止隨文勢帶出，更不正講，尤為神妙。[2]

---

[2] 清‧姚鼐輯，王文濡校註：《大字本－評註古文辭類纂》（臺北：華正書局，1974 年），頁 178。

　　從寫作上說，〈留侯論〉在開頭時欲擒故縱，然後轉入正面論述，夾述夾論運筆卻反覆多變，形成蘇軾史論文縱橫捭闔、汪洋恣肆的特點。除於文中分別就《史記‧留侯世家‧太史公贊》：「學者多言無鬼神，然言有物。」「至如留侯所見老父予書，亦可怪矣！高祖所困者數矣，而留侯常有功力焉，豈可謂非天乎？」提出「老人非鬼物」、「其意不在書」逆向思考的翻論。結尾再對太史公謂：「上曰：『夫運籌策帷幄之中，決勝千里外，吾不如子房。』余以為其人計魁梧奇偉，至見其圖，狀貌如婦人好女。蓋孔子曰：『以貌取人，失之子羽。』留侯亦云。」於曲折變化後發餘音，點破太史公之誤，並回應全文主旨：「太史公疑子房以為魁梧奇偉，而狀貌乃如婦人女子，不稱其志氣。嗚呼！此其所以為子房歟？」「魁梧奇偉」暗指張良之剛毅；「狀貌乃如婦人女子」又恰如張良之能忍，餘味無窮，以張良形象為喻，寓至理於淺顯，使讀者在此結語處產生豐富聯想，正如清代吳楚材、吳調侯評〈留侯論〉言：

　　淡語作收，含蓄多少！[3]

　　文章的結構看似隨意佈局，實則緊扣題旨；文章結尾看似閒筆，實則突出張良內剛而外柔，似弱而實強的特點，恰是符合「忍小忿而就大謀」的寫照，韻味無窮。

---

[3] 清‧吳楚材、吳調侯輯，王文濡校勘：《精校評注古文觀止》（臺北：華正書局，1974 年），卷 10，頁 45。

四、總結

　　《（康熙）御製文第三集》卷四十《古文評論》評〈留侯論〉有言：「以忍字作骨，而出以快筆，豈子瞻胸中先有此一段議論，乃因留侯而發耶？」

　　由此觀想，寫此文時，蘇軾胸中先有主意論點，〈留侯論〉只不過為明其欲強調「忍」之理。這或許和宋初文治的背景有關，參照蘇軾另一篇史論〈賈誼論〉：「忍耐以待時，才高識更高」，見「忍」蘇軾評論賈誼、張良的主要依據。賈誼不能忍，所以自傷而夭絕；張良受教於圯上老人，能忍耐待時，所以幫漢高祖開創漢朝。

　　由另一個角度思考蘇軾選為王者師的留侯作為進策之一，是否也期望自己能佐帝業成王事？在內容上，這篇文章可謂是針對《史記》來顛覆，在「且其意不在書」一語間翻千古之案，駁太史公對圯上老人詭異的記載。此外，在提供情境敘述時全以對比呈現，如先是將張良刺始皇……亦已危矣，為荊軻、聶政之計，與伊尹、太公之謀的人生轉折，以及始皇為盜賊不足以死，與其身之可愛的扭曲詮釋，最後，用「倨傲鮮腆深折之」戲劇化地將描繪張良的焦點由勇轉筆為忍。目的在證明老人一方美張良有才，另則因憂其「度量」不足，而命之以僕妾之役，顯現「孺子可教」的原因在「德」在「忍」。

　　在某方面而言，這篇文章同時顯現蘇軾認為輔佐君王的臣子條件，除了才之外，尤其要掌握客觀情勢，能因勢制宜、以靜制動，正是忍以觀時察勢，特別是「其所挾持者大，而其志

甚遠者也」。

　　「史論」中的「論史」，其作用在客觀評判史事利害得失，並提出主觀意見。因為「論史」只是某種橋樑，主要目的還在通過對歷史事件或人物的省思，反映作者本身的思想觀點、批評態度及論析角度。以此觀蘇軾〈留侯論〉便可清楚察見其為自己主張，將自己觀點在取材上的設計，以及用推理論證的方式，縱橫議論，將無形抽象之理，透過有形具體之象呈現的痕跡與其出奇致勝的用心。

　　——原刊於《中央日報》2000 年 11 月 20 日及 27 日。

閱讀〈項脊軒志〉裡的空間

　　行為科學家有一種說法:「衣著是一個人皮膚的延伸,宅第則為肢體的延伸。」說明建築是思想心靈的投射,是哲學內在的延伸。

　　以此觀項脊軒所展示的空間,除了可以由百年老屋空間環境的變化中,所承載的前塵往事,讀到家道中落的欷歔無奈,更見錯綜綴成歸有光生命中不同時期、不同意義的人物:祖孫、母子、夫妻關係,特別是其心志情思。透過這些片斷的記憶,形成和時間的聯繫,但在傳統線性時間敘事之外,歸有光同時將記憶空間化,以項脊軒為背景的空間地圖上,與過去的人事物交會,並藉著流轉於項脊軒閣屋牆院空間中的種種回憶,讓曾經發生的情事人物再現,讓自己某一部分還原,而拼湊成心靈深處的圖畫,建構自己生命的空間。

　　林紓《古文辭類纂・卷九》對此文遣詞、章法、風格說之甚詳:「文語家常瑣事,最不能工,唯視史漢有其纏綿精切語,行之以己意,則神味始見。歐公文即學班、馬而能化者。震川此文亦得漢書之力,改其面目,不期而類歐。歐之長在感嘆往事,能寫其真。震川之述老嫗語,至瑣細,至無關緊要,然自少失母之兒讀之匪不流涕矣。其情景逼真,人人以為決有此狀。震川既喪母,而又悼亡,無可寄託,寄之于小軒。先敘其母,悲極矣。再寫枇杷之樹,念其妻之親手植,又適在此軒之庭,睹物懷人,能毋惆邪?!凡文人之有性情者,以文學感

人，真有不能不動者，此文與〈先妣事略〉同一軌軸而又不相
復沓，所以為佳。」

除卻以形式來解讀，若能藉著閱讀項脊軒中空間的經營、
分隔、修葺後的體制與其居住者的身分、地位、心志，則可以
發現這篇以居室為名的作品，所照見的豈只是家族由盛而衰的
滄桑，屋舍由新成漸舊敗的失落，更見迴轉在這空間裡的聲笑
哭問。這軒庭門牆之中的種種記憶，空間只是符碼，像心靈地
圖，銘刻著揮之不去的情傷。當我們尋著文字所鐫鏤的物象，
重訪塑造歸有光生命的光影，辨識在這活動空間曾經存在的溫
度，彷彿聽見「無意於感人而歡愉慘惻之思溢於言語之外」
（王錫壽〈歸震川墓誌銘〉）的聲音。

一、建築中空間的意義

儒家的尊卑禮法，道家崇尚自然，加上原始社會形成的神
話，巫術以及陰陽五行的世界觀交織地組成了中國傳統文化網
路。它深深地影響古代建築空間觀念互為表裡，出現中國建築
特殊群體組合的規矩，從屋頂、屋身到基座，從樑架到門窗、
以至廳廂堂室樓閣的位置，都反映多重漣漪狀的倫理網及所謂
「差序格局」，所以建築雖是物質的，卻也或多或少地記錄和反
映精神與文化思想。中國人更將個人心志操行、家族倫理觀
念、社會身分地位與宗教信仰寄託其中，這使得在建築的每一
個角落中潛藏著它的影響。因而即使創建者已死，但其精神依
附在建築中得以永恆，成為生活其中子孫的生活指標及驅策力
量。在項脊軒的命名與對建築分隔為籬為牆的悲嘆中，正反映

依附於建築的精神被破壞，子孫不肖之嘆。

　　根據樓慶西《中國建築形態與文化》一書說明，可見意識形態領域裡上下尊卑內外的準則，君臣、父子、男女之間的從屬關係，在建築中明顯地見到禮制的體現：

> 以標準四合院形式而言，大門多設在院落的東南角，進門即前院，與大門並列的一排房屋稱「倒座」，是供男僕人居住和客房所用。由前院北面廊子的院牆中垂花門即到內院，內院對外保持它的寧靜，是全家交往聚合的公共室外空間，這是四合院的中心。正面是正房，多為散三至五開間左右帶小耳房，是一家之主父輩居用的地方。東西兩邊的廂房是兒孫住，正房後院一排後罩房是做為廚房、貯藏室和供女僕居住。所有門窗都開在朝院內的一面，它創造了一個向內安寧的環境，保持住宅私密性，滿足各種需要，也維護中國家庭的倫理關係。人口眾多則以多座四合院組合成大四合院，按縱或橫相串聯，有主有從。

　　從漢畫像磚上已清晰可見使用規則整齊的四合院情形，經長期發展而成為中國民間基本住宅形式。因此，我們以四合院方式來想像項脊軒中所述的空間，或可推知其起初依輩份居住，庭中通南北為一的和樂融融，其後在小四合院築垣牆以劃分界線，內多置小門牆各立門戶的東犬西吠，乃至各在四合院後搭起廚房異爨的分裂。由於一個個小四合院如龍串通，因此此家廚後正通另一家大廳，故有所敘「客踰庖而宴，雞棲於廳」的畫面出現。

二、項脊軒隱藏的標幟

正因為住宅是彰顯祖德，蔭庇子孫之所在，是安身立命之處，所以建築不再是冷冰冰無生命的建材組合，而是將人性投影在大地上，以細述著生命的理想和榮耀。歸有光將本是宅中南邊的閣樓重修，以「項脊軒」為書齋名，是因為其九世祖歸隆道曾居江蘇太倉州的項脊涇，故此命名有追念遠祖，承其志業之意。

海德格在〈詩、語言、思考〉文中說：「邊界不是某種東西的停止，而是如同希臘人的體認，邊界是某種東西在此開始出現。」同樣的，項脊軒雖狹小得「僅方丈，容一人居」，卻延伸建構起歸有光的象徵領域。

「項脊軒，舊南閣子也。室僅方丈，可容一人居。」起筆數句中交代了項脊軒與老宅歷史的連線，並以事實指出其聯屬於建築群的位置，以及僅供獨居的空間性質。這「局部」與「整體」的空間關係，其實也意味著「個人」與「群體」的生活聯繫，在某種程度上反映出其於歸家的位置，歸族家道的情況亦不言而喻。

三、空間的改造修葺

由歸有光在〈項脊軒志〉裡的敘述可知南閣子是：「百年老屋，塵泥滲漉，雨澤下注，每移案顧視，無可置者。北向不

能得日，日過午已昏。」建築物承載著歷史，也成為歷史的遺跡。但空間所記錄的又豈只是歲月的侵蝕？還有現實生活中的狼狽不堪吧！

而在原有空間上所做的改變：「余稍為修葺，使不上漏，前闢四窗，垣牆周庭，以當南日，日影反照，室始洞然。又雜植蘭、桂、竹、木，舊時欄楯，亦遂增勝……。」這一連串改造空間的動作，非僅使舊屋自荒蕪中復活，由廢墟中重建的舉動中也使生活其中的人重新築造生命的棲所。藉著修葺的動作，在建構之進程和結果中，不但轉化了「南閣子」的名稱為「項脊軒」，在命名的同時也有承傳祖德，再造光耀的宣告，也使人所存在的建築空間承載滿盈的「意義」，因而其改頭換面後的新狀，直接反映主觀的心靈，顯現其生活哲學。

四窗反照的日影帶來一室明亮，明月半牆上風移影動的桂香，庭生蘭、桂、竹、木中漫開寂靜，使身處其中的歸有光既於「借書滿架，偃仰嘯歌，冥然兀坐，萬籟有聲」自得其樂，亦於「小鳥時來啄食，人至不去。三五之夜，明月半牆，桂影斑駁，風移影動，珊珊可愛」間享受物外之趣。在垣牆、庭階、小鳥、明月、桂影所環繞的空間裡，暗中有明、靜中有動，將室內外相融，使這周庭珊珊可愛的邊界，於重修後非但不再是窘困於「塵泥滲漉，雨澤下注」的拘役，反在幽雅寂靜的景緻，生動有情的風鳥月影中，創造靜觀欣悅的生活意趣，呈現安泰祥和的心境，於是，這小小的斗室遂個性化為自足自得的個體空間。

如果，居處是一個自我的仿製，那麼，做為自我的世界的書齋當是文人自明性裡的一部分。文人塑造了居室的環境，使其成為生活焦點，這讓居之所變得有意義。依據文人價值觀投

射的建築造形，所創造的存在空間，與周邊所栽的植物來看，則帶有君子之香的「桂」、君子之德的「蘭、竹」也在有意無意間反映出其美感經驗與品格標示，對自然的觀照和生活巧思。同時從南閣子新舊之間格局佈置的差異，可以窺見個人心靈的投射，自我的實現。是以，今朝的得日的洞然，與昔時不能得日的昏暗的對比處境，以及由廢墟中重建的舉動中，象徵的是重新築造生命的棲所。修葺的動作，也因為居住者不斷地自我創造價值，自我湧現著意義，這是否也暗示了對過去的整理，在除舊佈新的同時省思自己的人生腳步，期盼在空間的明亮中有新的轉機？

四、空間的分隔破裂

然而，對於這原本是家中成員生命源頭的老宅，應寫著是生命延續的過程，滋潤家族生機力量的屋院，卻因歷經父母亡妻兒死、會試屢不第，再加以「歸氏至於有光之生而日益衰，源遠而末分，口多而心異。自吾祖及諸父而外，貪鄙詐戾者，往往雜出于其間。率百人而聚，無一人知學者，率十人而學，無一人知禮者，貧窮而不知恤，頑鈍而不知教。死不相弔，喜不相慶，入門而私其妻子，出門兒詆其父兄，冥冥汶汶，將入于禽獸之歸。」（〈家譜記〉）足見歸氏子孫行同陌路。因此本是同源本同宅的家族，分家裂族的關係反映於住宅上遂由「先是，庭中通南北為一」的相融相親，到「異爨」所象徵的分家，甚至於「內多置小門牆，往往而是」劃清界線式的絕然陌生，斷然切割往來的冷漠。而「東犬西吠，客踰庖而宴，雞棲

於廳」的唐突和「始為籬，已為牆，凡再變矣」漸行漸遠的過程中，心裡未嘗不深自傷悼也，但這翻騰不平的憤慨被冷冷的牆硬硬擋著。

〈歸氏家譜後〉記：「高祖曾言：吾家自高曾以來，累世未嘗分異……為吾子孫而私其妻子求析生這以為不孝，不可以列于歸氏。」足知家法相承之厚。然而祖先的遺訓總像時光一般經不起流逝，就像由籬為牆的一變再變，所阻隔的又豈僅是空間？更是親人間的疏離與家族的敗落。

家宅作為居住的疆界，畫分的原是自家人與外人之間的界線，如今卻是因為一家人形同陌路而建立起來的門檻。原本以垣牆周庭所圍繞的私人屏障，此時也成了許許多多分割的一部分，於是原本欣喜快意的空間，成了單薄無力的悲嘆。

五、空間的凝聚焦點

古羅馬人的信仰中認為每一種獨立的本體都有自己的靈魂。靈魂賦予場所和人生命，靈魂自生至死伴隨人和場所，同時決定了他們的特性和本質，在建築的發展變動過程中保存了生活的真實性。在建築中我們找到歸屬的認同感，習慣的方向感，並因為人的記憶經驗在其中來回穿梭，而使難忘的鏡頭一而再，再而三地依附人事物的靈魂，呼喚起曾經發生過的真實。這些確定，也使人在失去後以為它其實並不曾失去，因為歷歷往事總在景物依舊中，還原那已非的人事。

項脊軒建築結構的老舊，可以靠修葺而復新，但結構間所蘊藏的記憶的老，卻不斷在現時空間裡，疊架出往昔的空間情

境。「余居於此，多可喜，亦多可悲」，是作者的親見親感。「家有老嫗，嘗居於此。嫗，先大母婢也，乳二世」。文章繼書寫屋之老，宅之變異，進而直接觸及歷史中曾經過的人事。這段透過聽聞老人的口述，使記憶得以綿長上溯，使過去的祖先因此活存。建築與家族便在彼此生命中緊密結合，項脊軒的前後居住者，是建築家族空間的見證人，也是歷史人事的見證人。

藉著「先大婢，乳二世」的老嫗反芻陳年往事，使連於中閨的室西這平凡的空間，因為老嫗的指點「某所，母立於茲。」頓成為故事的舞臺，勾勒回憶的場景。「汝姊在吾懷，呱呱而泣。」的高聲號哭與「娘以指扣門扉曰：『兒寒乎？欲食乎？』的低聲關切，以及老嫗吾從板外相為應答的安心回應，都讓畫面由「中閨」、「室西」縮小至「門」。畫面移近，視野也愈來愈集中，最後將空間凝聚於「板」這個焦點。不僅加強了畫面立體感，空間平面的方位，同時突出聚焦點，使混合在老嫗陳述中，昔日門裡門外敲問扣板所呼應對兒女的焦急慈愛聲音，聲聲如在眼前。聽在失去母親的歸有光耳邊，猶如重溫孩提保育之愛。母親是慈愛的化身，透過老嫗的回溯，似實似虛的跨越時空。以對姐姐的噓寒問暖：「兒寒乎？欲食乎？」再現為母的關愛，此處只寫母親如何對姐姐，一則避免重複將寫作焦點集中於己，另則寫母親對姊之愛亦是自己所承受的慈愛。余之泣是想母疼之愛蓼莪之悽，是子欲養而親不在之悲。以〈先妣事略〉觀之，老嫗亦泣是感其主之慈，備受「先妣撫之甚厚」之恩，主僕二人在母親的善良慈愛中相合，於是「語未畢，余泣，嫗亦泣」。

六、空間的轉向移位

　　「余束髮讀書軒中，一日，大母過余曰：『吾兒，久不見若影，何竟日默默在此，大類女郎也？』比去，以手闔門，自語曰：『吾家讀書久不效，兒之成，則可待乎！』頃之，持一象笏至，曰：『此吾祖太常公宣德間執此以朝，他日汝當用之。』」在這三節轉折間所呈現的三個空間狀態——入軒中問、闔門出軒外、持笏入軒，及問話當時，比去自言，頃之持笏至的三個時間，透過時空實象交互映射，將感情縱橫鈎貫於時空之中。藉攝取鏡頭的角度在遠近俯仰中的推移，造成空間的凝聚或擴散，若隱若現地表現內心。而祖母行動上的來往躊躇、言語的先抑後揚，以及徘徊於項脊軒內外空間中，訓戒期勉與暗喜自語的區隔對照間，闔門、自語、持象笏一連串舉動，無不曲折地表現人物的身分、性格，祖母殷殷期盼也盡在其中。

　　由「府君少時亦嘗學書，後棄之，夫婦晨夜力作白茆。」（〈歸府君墓誌銘〉）高祖「無位於朝而居於鄉者甚樂，縣城東南，列第相望，賓客過從飲酒無虛日。」（〈歸氏家譜後〉）的記載中可知歸家三代無人作官。因而對於在誕生時充滿奇景的歸有光莫不寄以重望：「先生在孕時，家數見徵瑞有虹起於庭，其光屬天，故名先生有光。」或許是背負著這初生便預言的光環，也或許是再興家聲宿命的責任，不僅反映於日後屋宅命名為「項脊軒」的自我期許，也落實於母親督之甚嚴的現實之中：「孺人中夜覺寢，促有光暗誦孝經，即熟，讀無一字齟

齬，乃喜。」（〈先妣事略〉）而「余少好僻居如處女，見人若驚噤不能語出，應世事有如束縛。」（〈書齋銘〉）「有光七八歲時，見長老輒牽衣問先世故事，蓋緣幼年失母，居常不自釋，於死者恐不得知，於生者恐不得事，實創巨而痛深也。」（〈家譜記〉）由此見歸有光個性樸素木訥，少時便深明自己所負責任，有心地從長輩問昔人昔事。

憶起祖母之語，字字見殷殷期望與家族責任，尤其象徵四品官以上的象笏，更有如衣缽代表具體的傳承、榮耀的顯相。以祖先的榮耀做為自己尋求堅定不移的錨和持久的價值，是在血緣之外精神上的歸屬感，心志上的繼承相連感。象笏所建構的象徵、認同，頓時成為精神上的原鄉，讓現實界的努力方向定位。祖先遺命，家族再興之責為立命之基，這樣的自覺意識建構出未來的方向，更藉以否定現實中的不得意，因此瞻顧遺跡「長號不自禁」。較之前段的泣，此處的號哭之中，應該是顯見自己雖有承繼祖業之志，卻至今未能功成名就如祖母所期，有負再興家族隆譽之望的深沉悲痛吧！

七、存在空間的擴展

中國建築中以左青龍、右白虎形象化的圖騰來分別方位。而一般而言由青龍入，白虎出，故廚房在左，廁所在右。由此「軒東故嘗為廚，人往，從軒前過」，可想見項脊軒在整個大四合院的方位。而由「余扃牖而居；久之，能以足音辨人。」寫置身於吵雜中的心寧氣靜，「軒凡四遭火，得不焚，殆有神護者」，說明這個空間曾經發生的災變，以此襯項脊軒為吉地，

有神護也意味著有文曲星祐讀書人吧！其中有人不堪其吵，吾不改其樂的自得，也有因神護而對未來的自信。

依據恩特利肯的說法，所謂生存空間，是人涵容、參與並且直接關懷而不斷生發「意義」的空間。在此空間中，人與人、人與世界具有一個聯結關懷的共同意向所形成的意義性網路，實則一種自我中心空間，即是由「主體之人」做為空間的中心點而往外圈擴展。在此擴展的過程中，「主體人」不斷地投射賦予層層空間以意義和價值，是從基本的「房間」如書齋、臥室、起居室開始，然後隨「主體人」之往外活動，而構成「家園」、「鄰里」、「鄉土」每一層圈，均賦予其自我主體之價值觀的投射和造形（潘朝陽〈存在空間的一個詮釋〉）。

以身處項脊軒的生存空間來說明其東為廚，窗前人聲足音，影幢幢而過，像用一個伸縮鏡頭讓畫面隨著由遠而近、由大而小，再藉由軒中人的想像跳躍時空至蜀清守丹穴、諸葛孔明起隴中。空間頓然無限擴展的拉長，讓局居斗室之人，因心志之豪而突破敗屋的限制；也使項脊軒在時間上溯間，儼然是潛龍沉潛蓄養的深淵。當歸有光將自己一時的不得意與蜀丹青，諸葛孔明昧昧於一隅結合時，其後一人得「秦皇帝築女懷清臺」，一人助「劉玄德與曹操爭天下」的結果，彷彿是自己前途遠景的寫影，也是其襟懷抱負。如此即使外人不識而以為是「坎井之蛙」，卻焉能掩自己「揚眉瞬目，謂有奇景」的得意？

觀諸〈陶庵記〉中所記：「以為君子之處世，輕重之衡常在於我決，不當以一時之所遭而身與之遷徙上下。設不幸而處其窮，則所以平其心志，怡其性情者亦必有其道，何至如閭巷小夫，一不快志悲怨憔悴之意，動于眉眥之間哉？」更可以見

其自處君子之道，不以窮而否定自我。因為歸有光擺脫世俗空間的拘役，所投射的思想心志與對生命的態度，不但啟動靈視，打開人生寬闊的圖景。項脊軒被賦予豐富的意義與深厚價值，也因他與世界所聯結的意向形成的意義性網路，因而屋雖敗，卻能與家族與國族歷史連繫而有奇景。這奇景，正因有奇人！

八、空間情境的故事

　　末尾意猶未盡，五年後再補寫一記，更增低迴綿遠的情懷。項脊軒因為有女主人的加入，較之於祖母來戒勉時，在軒中竟日默默，大類女郎的生硬沉悶，而平添無限柔和的線條。「時至軒中，從余問古事，或憑几學書」一語將空間位移由軒而轉至几，集中於書上。墨淡意濃文章在家庭瑣事，小軒情景中細緻親切的著墨中，見小閣子在夫妻生活中所營造的浪漫情事，譜就的恩愛歡愉。映之〈美堂後記〉中敘道歸有光落第返家，迎接他的是繁花好酒，二人間的對話雖寥寥數語，卻滿盈相惜相重之情：「庚戌歲余落第，出都門從陸道，旬日至家時，芍藥花盛，吾妻具酒相問勞。余謂：『得無有所恨耶？』曰：『方共採藥鹿門，何恨也！』……世無知君者矣。」「共採藥鹿門。」更見二人鶼鰈情深與妻之賢德，尤見無怨無悔，全然相依的體貼，怎不讓歸有光即使在多年之後，每一憶起對空間無不充滿懷念與依戀。

　　在對亡妻的追憶中，插入小妹語，讓低迴壓抑的氣氛中增添一抹歡樂無邪的音調，也藉此點出南閣子是扣貫穿全文的線

索。再者，由轉述間羨慕的口吻，想見亡妻回娘家敘說與歸有光書齋學書的表情是多麼幸福，間接透露對於夫婿的仰重崇敬，這對一個屢經科第不中的失意人而言，該是多麼深厚的信任與肯定。由「其後六年，吾妻死，室壞不修。」可想見閣子當是其夫妻所居之處，而昔日「來歸，時至軒從余問古事，或憑几學書。」種種相知恩愛情景，都教人不堪回首，也不忍重踏故地，因此任其壞而不修。直到「其後二年，余久病無聊，乃使人修葺南閣子，其形制稍異於前」。景異人遷，昔日愈歡，今日愈悲，文至收尾，作者已完全沉入悲涼之中。所敘雖瑣瑣細事，文字雖淡然平實，但集中於「南閣子」的每一件小事都是曾經幸福的見證，清黃宗羲〈張節母葉孺人墓志銘〉特別提及此：「**余讀歸震川文之為女歸者，一往情深，每以一二細事見之，使人欲涕，蓋古今事無巨細，唯此可嘆可活之精神。**」

　　文以時間的流逝為經，敘說人事的變化：吾妻來歸、歸寧、死故，余臥病、余多在外……這些滄桑都依約在項脊軒的每一個角落。而在其情境中，所牽繫於空間的感情、關懷，使所存在的建築空間承載滿盈著意義和故事。生命與空間在曾經中交疊，拓印著人死室壞，屋修人離的牽動，項脊軒所銘刻的有豈只是令人錯愕的悲慟？

　　從「舊南閣子」到「項脊軒」，再稱「項脊軒」為「南閣子」，建築身分、名稱的改易，是否也正暗示著空間情境的移步換形？通過使人修葺南閣子，其形制稍異於前的過程，又是一番心境上，人生上的調整。

　　承載歷史痕跡的空間早已傾圮，依靠記憶去保存確定，藉空間隱示不同生命階段。空間所記憶故事中的故事，像鏡子般

反映了自己，以多重投射圖象，為生命創設出不斷深化的空間層次。

「庭有枇杷樹，吾妻死之年所手植也，今已亭亭如蓋矣。」藉著附在空間事物上熟悉的、有記憶的情事，當被回想呼喚醒來時，它所記錄的將不侷限於事情發生的特定時空或特定的人物而已，它更讓回想的人在試圖召喚這些意識中最有紀念性的影像和圖畫時，重返過去生活痕跡，並將這一份擴展成他生命的一部分。讓敘事的我、經驗的我，藉不同人的記憶來填補時間的空白，回顧那曾經保有的點滴過往，確定生命中的唯一都是如此被真正擁抱。

九、結語

沒有人的情味悲歡離合，沒有生命事故串聯出的光影，那麼建築將只是空洞的場所。人們在建築裡建構家園，找尋美好安逸的結合，如此，建築將不再是物體和活動所在的空間背景。因為人們在房室裡，以其生命寫下永恆地記錄，如此，建築是保有個人私密的領域，也成為雕塑經驗、傳遞精神寄託的根。宅第所圈起的家依舊是人顧盼的視域，也是最樸實的根本，在追尋自我生命時，總離不開家園。呼吸著一磚一瓦的氣息，聆聽樑柱間迴旋的聲音，注意到隱藏在陰暗灰塵下的往事，那是一個更深刻，豐富的內在世界，有豐富的空間表情。

空間與記憶向來糾纏不清，時間流逝了，而空間往往成為記憶的承載體。百年老屋所記憶的興衰繁敗，所銘刻的傳統使命以及所牽繫的命運，都讓空間的每一角落挑起種種真實或虛

幻的記憶，讓居住在這的人與曾經在這生活過的人，因為一花一木、因為人情事故、因為共同記憶而冥冥交會。這篇文章裡，混合著歸有光人格、記憶、情感與意向來裝飾項脊軒的意象，居室使記憶空間化，空間故事化。每一個空間是屬於房屋的一部分，也是歸有光生命中的一個色塊，各因其所代表的時間與意義，而被賦予寄託不同的生命情調。童年的慈愛充滿暖色的養護，在噓寒問暖中關切的是身體上的成長上的物質養份。祖母則以一家之長的身分，代表祖先以象笏宣示家族使命，這是對成年責任之交付。妻來歸、歸寧一連串成家的禮俗，彷彿是一道道閘門，進入另一種身分與生活。

〈項脊軒志〉中意義豐富的空間書寫，呈現多重圖像、多元意義。歸有光將與命運相牽繫的眼前景、身邊事，一一藉著空間記憶在觀照中被喚醒。這些流轉在垣閣間的聲影對話因為珍惜所以銘記，雖然瑣碎但都是生活遺跡意識裡的真實表現，在回溯時間的過程中，他發現祖先們居住的永恆生命之場域，也為尋找能接納自己的共同體，而不斷重登旅程，在祖先的居所中，諦視自己生長於此的記憶依憑與生命的點線與面貌。

清梅曾亮盛贊此文道：「此種文字，直接史記、韓歐不能掩之。」「借一閣以記三世之遺跡，此神明之法者也。」透過獨特的時空背景來經驗庭軒樓閣敘事中，我們閱讀到那依附場域所點染出的人生風景，默默處敗屋中所投射出的揚眉瞬目，自期自得，也在逝去的心靈空間被銘刻為文之中，見到低迴孤獨的影子。

——原刊於《國文天地》第 17 卷第 6 期（2001 年 11 月）。

赤壁賦與詞間的對話

　　每一類文體都有它個自的獨特性。敘事角度、結構形式、（音律、句式、語言）符號意義、語言風格、與構成其之所以為該文體的符碼，形成文體無可取代的鮮明面貌，因此文學研究要給予作品以審美判斷，就必須如黑格爾〈美學〉所言：「把注意力都投到組成本質的那些個別標誌上去，因為正是這些標誌，組成那個事物的特徵。」

　　再者，即使同一位作家當他運用相同的素材時，往往因文體約定俗成、與眾不同的特質，而呈現出不同的風景。當我們觀思其同中之趣與異之源由，將不僅發現「內容」必然依附於「文本」結構形式，更見知文學是創造性思維活動，如何以最具體的藝術形式、完美的表現方式來呈顯內在思維是作家在選擇文體所重視者。因之在作品中反映文體對取材的影響，也投射出形式內容間平衡的焦點，故擬以蘇軾在元豐五年所寫的赤壁詞與賦探討文體間的對話，與因此決定材料、表現情思手法與寄託內涵之別。

一、賦與詞的屬性

　　當探尋賦之緣起時，可知《楚辭》以整齊句式、長篇幅，藉譬喻、誇張、排比、等手法來抒情寫懷，語意委婉曲折，給

人一種深微幽渺之感。至漢賦則承「拓宇於楚辭」的傳統，以「鋪采摛文，體物寫志」（劉勰《文心雕龍‧詮賦》）的方式，注重氣勢的烘托，藉描寫宮殿林苑等外在事物以「勸一諷百」，情感的藝術創作相對而顯得薄弱。六朝時期詩賦合轍，衍生為在形式上結合駢儷對偶；內容上走向寫個人情志的短小精簡，於是賦脫離了為政治階層歌功誦德的現實功用，為文造情的鋪排虛誇，走向個人心靈世界吟唱自我的生活情調，同時在講求唯美的追求上創新。唐代詩歌的審美視點較開闊，主體內在豐富而多彩，這一方面是由於國盛民富提供創作情愫與材料，另則因「為事」而作，講究「風雅」、「興寄」的藝術精神，演變成豪邁奔放的盛唐氣象。賦承繼此時代特色並吸收律詩對仗手法，而形成律賦。至宋古文運動與詞講求「婉變近情」、「極情盡態」而以散文賦，以情韻為主體，書寫個人生命形式及與自然、宇宙的關係，在主客體直接感發中，「應物斯感」、「感物吟志」。賦像是變色龍，是詩的流裔而可塑性大，常與主流文類相激盪，形成能抒情言志更能體物敘事，能稱詩喻意及勸諫諷諭的特殊文學體裁。

　　相對於賦，出於敦煌曲子詞與行之於歌樓舞榭的詞，在氣象與格局上都受到相當侷限。晚唐五代「花間」「尊前」文人詞承六朝宮體之豔情主題，北宋詞婉約的本色風格鮮明表現主體心靈對客體的投射力量，表現個人感悟與胸懷情趣。陳廷焯謂：「情有所感，不能無所寄；意有所鬱，不能無所洩，古之為詞者，自抒其性情。」足見詞的特性在抒情述懷，王國維：「詞之為體，要眇要修，能言詩之所不能言，而不能盡言詩之所能言。」說明詞的表現手法則以委婉生姿、曲折見意為主。

　　由賦與詞的發展脈絡與其特殊個性可知：賦擅於大開大合

的場面，寫情寫志抒感言理無不可入賦，或飛仙幻想、或騷愁天問或鋪張其事稱炫道豪；詞則適歌樓舞榭情曲豔調，多麗人華景、嫵媚之姿，在淺酌低唱間情動韻生，淡化紀實，比興多於賦。

二、文體間的對話

賦與詞在形式上體現文體藝術特色的音律、句式、語言、風格。在表現過程中，其自身負載的形式也必然呈現相異格調，加之以文學感情的構成因素與表現形態，各文體之間也有其質、量的程度分別。以同屬韻文的詩詞與賦而言，在文體表現形式、格調神韻上有其區別的審美趣味，如「詩言志」，舉凡人生抱負、理想、情思都蘊於中；詞寫情，講求「倚聲而歌」，少言政治者；賦鋪陳其事，以表現方式而言則詩直詞婉賦誇張。

但這原本各有風貌的賦與詞，其中又因為「賦者，古詩之流也」（〈兩都賦序〉）、「古樂府者，詩之旁行也。詞曲者，古樂府之末造也」（王應麟《困學紀聞》）。有切不斷的血緣關係。因之在雄邁奔放波瀾迭起的東坡筆下，詩莊詞媚賦麗的風格，與詞長短句交錯，賦問答相應的形式，淵源於散文與楚辭的賦體，古詩及縱橫家之流的鋪排事典、華美的詞藻全融為一爐，使得同以「赤壁」為背景的詞、賦，因為情感傳遞方式以及文體表現特徵，而呈現形式與風格似與不似間的游離；內容同中有異，異中有同的趣味。

三、赤壁賦與赤壁詞的突破

　　《文心雕龍‧辨騷》中言：「然賦也者，受命於詩人，拓宇於楚辭也。」《文心雕龍‧詮賦》謂：「賦者，鋪也；鋪采摛文，體物寫志也。」說明賦繼承《詩經》中鋪陳其事的寫作方法，又吸收《楚辭》用長篇幅和華美辭藻描繪事物、發揮想像、抒發感情的特點，產生回環鋪陳、疊致排比、韻散兼用、主客相答的形式。受唐宋古文運動影響而產生的賦體，一反俳賦、律賦贊駢偶、用韻的限制，更趨於散文化，吸取古文章法和氣勢，句式以四、六言為主，並夾以大量長句，除連接詞語外，還使用「之、乎、者、也」之類虛詞，用韻自由，間或也有駢句，問答形式，常於寫景中雜以議論、說理。

　　〈前赤壁賦〉不僅於形式上，體現散文與辭賦的綜合美感，解放賦之侷限，大膽突破傳統賦的表現手法、章法結構和語言形式，注入更多散文韻趣，使文章富節奏感。同時在客觀簡淨的文字上，發揮對仗之妙與奇絕想像，形式上優美如首散文詩，更在內容上一掃歌誦宮廷苑囿、亭臺樓閣或詠物傷情的狹隘，完美表達東坡貶謫期間複雜而深刻的人生思想。

　　文以作者感情的三個起伏分三段落：清風明月交織的詩意世界，寫出「羽化而登仙」的超然之樂；繼而從憑弔歷史人物興亡，而陷入現實人生的苦悶；最後仍從眼前景立論，闡述「變」與「不變」的哲理，在曠達樂觀中得到解脫，飽含深情。水月所鋪就的赤壁場景是用以展示東坡思想由波折、掙扎到解脫過程的舞臺，語言的長短舒緩急促、句型或駢或散、轉

韻間的變化都隨情而生，緣景而異，與理融為一體，兼有楚辭浪漫主義的色彩、比興的創作的運用及多層次及豐富的手法寫作，形成既有詩情又有畫意的豐厚面相。

〈念奴嬌‧赤壁懷古〉同樣打破詞以「典麗精工」、「婉約清新」花間式的豔科伶唱的風格，別開蹊徑。「大江東去」所捲掀起的氣魄，遠承「詩言志」與古詩「應物斯感」、「感物吟志」，「豪邁奔放」的盛唐氣象、宋詩重理的脈流。以詩為詞，創造「豪邁奮發」、「個性分明」的雄渾；以酣暢的自我意識，情思灌注於放筆快意、揮灑自如的豪放風格中。東坡藉反思三國爭雄之史事，引發出「人生如夢，一尊還酹江月」的慨嘆，詠古形式的實質是試圖探求出生命價值的真諦，藉而調整自我。筆調莊中有婉，直中有曲；激昂中有落寞，豪邁中有傷悲，瀟灑中有感慨。《草堂詩餘》卷四楊慎評：「古今詞多脂軟纖媚取勝，獨東坡此詞感慨悲壯，雄偉高卓，詞中之史也。」「學士此詞，亦自雄壯，感慨千古，果令鐵將軍于奏之，必能使江波鼎沸。」凡此都見〈念奴嬌‧赤壁懷古〉在婉約詞外，所開拓出豪放的新境界。

四、意象間的交互指涉

「意象」是指外在事物和內在情意結合的有機產物，所謂「物色之動，心亦搖焉。」（《文心雕龍‧物色》）二者激盪意象於焉產生。在理學學風影響下，蘇軾、黃庭堅及宋詩人轉向內心深層的抉剔與透視，強調主體性的表現。在意象建構上，唐詩主情致，物象多被作者賦以主觀情感，宋詩注重因象究

理，藉物明心，物象為表達理路的媒介。而在反映時語事的詠史詩中，則講求敘事觀點的設計，用思精深。由〈前赤壁賦〉、〈水調歌頭赤壁懷古〉詞中，明顯可見東坡以詩為賦，根據主觀情緒變化，建造詞體的時空形式，將客觀物體予以情態化的創造，並藉形容盡致、究理說意的宋詩特色與辭賦的意象結構相通方式闡述自我思維。

　　赤壁賦與詞不約而同地以「水」、「月」為場景，渲染刻畫，著力物象的描繪，鋪墊或迷濛深致或澎湃激越的襯底以彰顯主題。由文學繼承性而言，詞承楚辭、南朝民歌和南朝文人詩等前代南方文學傳統，加以南宋文學活動勢力在南方，江河湖海是南方地域特色，因此選擇「水」的意象群組景，呈現柔美曲折，風月無邊的婉約詞風的基本元素。以「水」的迷茫豐富了賦的浪漫，同時剛化了「水」的意象展開雄渾澎湃的豪壯，在詞中以強烈生命力的「水」衝擊歷史的永恆。

　　「亂石崩雲，驚濤裂岸，捲起千堆雪」所鋪就成強而有力的舞臺，是淘盡千古風流人物的東去大浪；也是一時多少英雄豪傑出沒的如畫江山。它曾上演「舳艫千里，旌旗蔽空」，叱吒風雲的得意；也曾是強虜灰飛煙滅倉促的戰場。它是今日「望美人兮天一方」、「擊空明兮溯流光」落寞失意的場景；是「羨長江之無窮」、「抱明月而長終」掙扎困頓的遙想。時間空間由千古而縮小到三國，再到當下；空間雖集於黃岡長江，卻在浪淘盡的絕對中泯滅英雄與遷客的界限。千古風流人物讓長江與歷史、眼前之景與過往之人、天地與個人在浪之下臣服。傾注不盡的長江與寄蜉蝣於天地的渺小，在變與不變的爭議中齊等，萬物的生死、人的壽夭、事之是非得失，生命本質上於東坡筆廣闊悠遠的時空中頓成一體。風流人物曾如江浪捲起千

堆雪，那卓犖不群的氣勢正像洶湧澎湃的大江，廣闊悠遠的宇宙中，時間與空間因此英雄而有意義，也因為其風流而化為永恆。

東坡寫月，抒情寄託必流於筆端，如「明月幾時有？」以月寫秋思子由之心，〈永遇樂〉中「明月如霜」寫人生無常，古今如夢。至於「明月幾時有，把酒問青天，不知天上宮闕，今夕是何年，瓊樓玉宇，高處不勝寒……」與〈赤壁賦〉中「羽化登仙」、「望美人兮天一方」，則相同的隱然表現內心出世入世之間矛盾的悲慨。

餘音嫋嫋的歌聲裡，「月」是慕的焦點、是訴的對象，也是傷悲的源源；「水」所流逝的歲月激盪起早生華髮的惶恐焦急，「水」擺渡的是在紅塵挫敗沉重的無奈。在〈赤壁賦〉裡，「水月」醞釀羽化登仙的幻夢，「水月」是流動的空影，「水月」是英雄的舞臺，「水月」映照宿命的有限，「水月」是變與不變的鏡子。水月不僅提供了當下即足的美感之樂，而且提供了生命思索的環境與解決之道。

蘇軾藉著「水」與「月」投射出他豁達超然的價值取向與人生態度，也在「水」、「月」變與不變中反思事物的本質，在精神上得到解脫。〈念奴嬌‧赤壁懷古〉中，那浪淘盡的東去江「水」是無法抗拒的命運，那一尊還酹的江「月」則是永恆的象徵。水的沖擊展開雄渾澎湃的撼動，隱寓時光之不可逆轉，對照個人貶謫遭遇的飄忽孤寂，有志難伸的現實困境，與生命有限的共同悲劇，剩下的只是自然與時間的浩浩長流。「人生如夢」與「一尊還酹江月」中，所訴說的不正是「託遺響於悲風」千古同然的悲情？

五、藝術特色間的聚焦點

　　依傅藻《東坡紀年錄》所載：「元豐五年壬戌，七月既望，泛舟於赤壁之下，作〈赤壁賦〉；又懷古，作〈念奴嬌〉。」無論是元豐五年七月或十月所遊之赤壁，實際上並非歷史上發生爭戰的地點，《拙軒詞話・葉蘇二公詞》記錄道：「赤壁有五處：嘉魚、漢川、漢陽、江夏、黃州，周瑜以火敗操在烏林。」東坡自是明白，故「人道是，三國周郎赤壁」，但其何以移轉空間，以懷古興嘆？

　　周瑜和孫策同年，據《三國志・吳志・周瑜傳》載，建安三年，東吳孫權親迎二十四歲的周瑜，授「建威中郎將」與之同攻取皖城。戰勝，策納大喬、瑜納小喬，《史記》中敘：「瑜時二十四，軍中皆呼為周郎」，然赤壁戰時周瑜已三十四歲，但詞中卻將二者時間拉成同一焦點，如此移時併事目的何在？

　　在陸游〈入蜀記〉所敘原本如茅岡，略無草木的赤壁，在東坡詞中卻搖身一變為「亂石崩雲，驚濤裂岸，捲起千堆雪」的雄奇壯觀；〈赤壁賦〉裡則呈現「白露橫江，水光接天」，萬頃茫然空靈超凡的詩意畫面，東坡美化詩化赤壁的原因又是什麼？再者，同是描寫赤壁戰英雄，何以賦中以曹操為一世之雄；詞則以周瑜為讚頌焦點？

　　凡此虛構時空、誇張其辭與取材之異，端在意旨與文體特質之不同。以主旨而言，詞藉周郎之「雄姿英發」襯己之「早生白髮」；賦則以「一世之雄」發出「而今安在？」之悲，以寄「抱明月而長終」超凡之想，反襯共適「江上清風與山間明

月」之樂。為顯現英雄不凡氣勢，自然得鋪陳其顯盛事蹟，與角色相映的場景當然也不可不豪壯廣闊，因此東坡在賦中以「舳艫千里，旌旗蔽空」、「釃酒臨江，橫槊賦詩」的軍盛勢容與文武得意，呈顯曹操的豪情氣魄；詞則於假想間詞塑造「浪淘盡，千古風流人物」的如畫江山，以澎湃的波濤狀為戰爭猛烈險象，佈置驚心動魄的場地，將聚光燈所集中的周瑜成為心中的慕想。

以文體特質而言，賦重鋪陳誇張，故以曹操「月明星稀，烏鵲南飛」求才之切與其「破荊州，下江陵」氣勢之盛顯現「一世之雄」帝王富貴之氣與豪邁宏大的格局；詞體一向「以豔為美」，故所表現的雖是戰場上的英雄人物，但因詞的傳統習慣，而被賦以「羽扇綸巾」服飾之美、「雄姿英發」的整體氣質之美，與「小喬初嫁了」的浪漫之美。

在三國英雄代表人物的選取上，〈赤壁詞〉不以賦所著墨的曹操為主角，而以才子佳人為基調，選擇以「二龍爭佔決雌雄，赤壁樓傳掃地空，烈火張天照雲海，周瑜於此破曹公。」（李白〈赤壁送別歌〉）「知音如周郎，議論亦英發。」（蘇軾〈送歐陽雄推官赴華州監酒〉）的周瑜為焦點。在周瑜以兵三萬，敗曹大軍的浪漫風采中，強烈對比誇張中，凸顯周瑜從容得勝的自在與自信，貫注了東坡自己人格理想：「羽扇綸巾」的儒雅、「小喬初嫁了」的風流與「談笑間，強虜灰飛煙滅」的雄豪。周瑜的幸福與神奇能力才華之美，無不顯現東坡美化歷史人物上的用心，其作用則在塑造理想人物，反襯自己相形見絀的懊喪，在「早生華髮」中的扼腕嘆息！

六、賦與詞相互滲透之旨趣

蘇軾風格特徵之一，在於他常借用他人之酒澆自己胸中塊壘，其歷史況味之詞，尤見此造境。他不僅將內心的悲慨融合於天寬地闊的景色之間，而且融合於古往今來的歷史之中，形成其曠逸襟懷之因。道家的修養與歷史觀上，通古今而觀之達觀，使他在懷古詞中，放入的不是個人的傷惜弔往，也非再現過去光華的憑念。他把自己置入整個大歷史中，因此筆下懷古之作，背景開闊，時空拉至無窮遠。於是。呈現的不僅是個人的成敗，而是古今多少人的興衰榮辱；所探究思考的不是由其中得成敗教訓，而是通過縱觀人世變化，力求認識自我、解悟人生，因此東坡寫歷史人物，其實是寫自己。

對於〈念奴嬌・赤壁懷古〉，清黃蓼園《蓼園詞譯》有這樣的評論：「題是懷古，意謂自己消磨壯心殆盡也。開口『大江東去』二句，嘆浪淘人物，是自己與周郎俱在內也。『故壘』句至次闋『灰飛煙滅』句，俱就赤壁寫周郎之事。『故國』三句，是就周郎推到自己，『人生如夢』二句，總結以應起二句。總而言之，題是赤壁，心實為己而發。周郎是賓，自己是主，寓主於賓。是主是賓，離奇變幻，細思方得其主意處。」

面對「大江東去」，李後主想的是一江春水向東流的無奈情傷，沒有反省，沒有超越。東坡看到的是「浪淘盡，千古風流人物」的歷史永恆性。浪淘盡所乘載的不可逆轉性，點化出人生苦難的意識成分，時不我予的生存迷惘。

北宋國力微弱，遼夏威脅，有志之士無不極言時弊，如蘇洵〈六國論〉以賂諫言、蘇軾〈教戰守策〉強調教民戰守的重要。東坡渴望自己能如周瑜力挽狂瀾，得禮賢下士如曹操者青睞而建立功業，然而身處黃州謫遷待罪，即使心懷魏闕之憂，也只能在跌回現實中化為一聲聲無奈的慨嘆。因此，在「多情應笑我，早生華髮」間，「笑」字後的蒼涼裡有壯志未酬的傷悲、有時不我予的惶惑。徒羨英雄，自感蒼老，年少有成的周瑜對比下焉然不被笑？歷史與現實、昔與今時空、周瑜與東坡、理想與實際在多情中結成笑，一如飄落在悲風的蕭聲是那樣蒼涼無奈。

〈念奴嬌〉所引起的情緒不是思齊勇往的積極，也非由古人功業成敗中得教訓經驗，而是慨嘆古人功業難以企及，對歷史悲劇性的無奈，感情聚結於「人生如夢，一尊還酹江月」感傷基調，這與〈前赤壁賦〉中借客之口所表現的虛幻意識、無常之感是相通的。

對生命時光的思考聯繫於身世遭遇，東坡坎坷曲折的宦途經歷使「嘆時」的思維更添沉鬱的感情成分。當從生命本體反思人生歷程時，思維的焦點就必然不再侷限於某一事或某一物的具體抒發，而是由外在事件的變化而審定自身生活，從事物表層現象而體會出人生意義。在〈赤壁賦〉與〈念奴嬌·赤壁懷古〉中面對宇宙的無窮廣大，與人類個我「寄蜉蝣於天地，渺滄海之一粟」所存在的孤絕渺小迥然對立。

臨江懷古憑弔之際，神遊赤壁戰場英雄的雄姿煥發，對照個人貶謫遭遇的飄忽孤寂，有志難伸的現實困境，與生命有限的共同悲劇，不由得興發「萬事到頭都是夢，休休！」〈南鄉子〉的感傷，「人生如夢」的慨嘆。但在「一尊還酹江月」、

「抱明月而長終」，由哀吾生須臾所流露出世思想之餘，面對這由苦難——省悟的人生真相，骨子裡不妥協的因子在〈赤壁賦〉變與不變的論辯中，超越為珍惜當下「山間之明月與江上的清風」的聲色，接受「物各有主」的有限性，進而開拓「造物者之無盡藏」的美好。

賦與詞的書寫勾勒東坡複雜的內心世界，消極的隱退與積極進取、嫉世憤懟與逍遙山水兩種情緒，在贊頌曹操周瑜與侶魚蝦而友麋鹿、挾飛仙以遨遊之間掙扎。

七、結論

黃州四年是東坡在人生上第一次碰到困厄，但政治失意的他卻在文學上豐收。蘇轍〈東坡先生墓誌銘〉中云：「三謫居於黃，杜門深居，馳騁翰墨，其文一變，如川之方至，浩然不見其涯也而轍瞠乎不能及矣。」在黃州期間，東坡完成《易傳》九卷、《論語說》五卷與許多不朽的文學作品。烏臺詩案沉重的政治打擊對東坡人生態度、創作與感情造成明顯變化，透過〈念奴嬌〉、〈前後赤壁賦〉，我們得以洞悉其複雜矛盾的人生感慨與豪健清雄的風格，見到黃州時期整個基本思想感情「樂—悲—曠」發展過程的縮影。

由以文為詩、以詩為詞、以詩為賦、詩禪相融……莫不充分顯示東坡極欲突破詩詞賦等諸多文體的舊格，以在各體裁之間創新。東坡於嘉祐六年〈王維與吳道子畫〉中云：「道子實雄放，浩如海波翻。當其下手風雨快，筆所未到氣已吞。」元豐八年〈題吳道子畫後〉：「出新意於法度之中，寄妙理於豪放

之外。」無論是內容或形式上,〈赤壁賦〉與〈念奴嬌·赤壁懷古〉都呈現東坡「出新意於法度之中」的企圖,賦中主客問答傳遞出的儒、道、釋思維「浩如海波翻」,詞以驚濤裂岸掀起的大江東去更展示「寄妙理於豪放之外」雄放的創作個性,同時在各文體間相互滲透、彼此補充中開發新的創作氣象與藝術風貌。

　　每一種文體自有其擅長的表現領域以及自身獨特的藝術風格,不同的藝術形式有其一定的藝術魅力,也能適應各種不同的需求,創作者因事依情選擇最適當的文體呈顯,以使形式與內容相互輝映。

　　同在元豐年間寫的赤壁賦與詞,看似兩副面目,但在這充滿歷史回憶英雄影像的赤壁賦與詞裡,清楚見悉東坡憂讒畏譏,瀟灑自然之外無窮傷感悲慨的軌跡:出世絕塵與報君效國間不可得的失意,憑弔江山恨人生如寄,以及經過對人生苦思而悟超然的共相。無論是遊赤壁享水月,撿拾生命落空後的坦然、或步臨皋歸雪堂、觀自然所提供懷古的舞臺,在認清生命本質的無常,參破變與不變間並非絕對後,東坡選擇的不是「永結無情遊,相期邈雲漢」(李白〈月下獨酌〉)式的遠離,而是將個人與高遠的天地,江水明月結合。

　　但在處理相同情思中,東坡運用不同文體的特殊性營造出不同的藝術效果:

　　在〈念奴嬌·赤壁懷古〉中,緊扣詞「要眇婉曲」、「專注情致」的特點表現感情,同時巧妙縮合詠史「大抵借一二古人古事以喻況自己,發揮個人情志」的特點,傾洩如浪般奔放的情感,寄人生況味際遇於風流人物所創造的歷史長河中。賦則展現問答間鋪陳誇張、騷體寫懷憂、散文辯理論說的優勢,藉

由想像與文字意象的靈活運用，發揮文賦駢散兼用的長處，跌宕衍生「高健在骨、空靈在神」詩意化的世界。

在安排語言時，也見因詞賦不同符碼系統所展開的相異之處：詞筆筆是濃情，以「浪淘盡」的無情絕對，到「亂石崩雲」集視覺、聽覺所顯現的雄奇壯闊景象，卻在「遙想」二字將時空同時集中於「三國」、「風流」、「豪傑」昔今對比之中，轉生無限悵然。賦則以運用自由想像，靈活地結合詩筆佈置場景、騷語吶喊失意、賦的鋪陳寫人事際遇、子書之言論理，貫穿古文章法、氣勢，讓整篇賦文呈現多元化色彩，呈現詩與文、駢與散結合的藝術美感，文體在承、變間所綻放出創造性的面相。

——原刊於《國文天地》第 18 卷第 4 期（2002 年 9 月）。

探　索

談留侯受書之事

——由《史記》張良受書之事提出與〈留侯論〉不一樣的思考

　　在蘇軾〈留侯論〉中，對「子房受書圯上老人」這事，先是認為「其事甚怪」，再道圯上老人是隱君子，深折張良少年剛銳之氣，是為教忍小忿而就大謀之理，主意在將張良受書之事貫穿到忍字線上。又引張良狙擊秦始皇事，表現張良的不能忍，作為圯上老人培養他能忍的反面材料。在這篇文章中，蘇軾將《史記》黃石公一段，全然翻空，集中於黃石公之出現是為教張良「忍」之功夫大於授書意義立論，駁斥了「世以為鬼物」的說法，使文章理壯而氣直。歷來對此創新觀點莫不稱道，明代金聖嘆評蘇軾〈留侯論〉有言：

> 此文得意在「且其意不在書」一句起，掀翻盡變，如廣陵秋濤之排空而起也。（《天下才子必讀書》卷十四）

　　在此姑不論張良為圯上老人拾履，後得老人以奇書相授的傳聞是否可靠，此事是否神奇到近乎迷信，但既然蘇軾據此傳聞跳回到人事上來找原因：「其意不在書」，而在教育張良「能忍」。我們也可以就《史記》黃石公一段文本提出與〈留侯論〉不一樣的切入點，與思考層面。同時也與刺秦皇事連繫，來解讀張良真是不能忍之人嗎？

一、刺秦王事

《史記‧秦始皇本紀》：「（秦王政）十七年，內史騰攻韓，得韓王安，盡納其地，以其地為郡。……二十六年，始皇東游。至陽武博浪沙中，為盜所驚。求弗得，乃令天下大索十日。」《史記‧留侯世家》載：「秦滅韓。良年少，未宦事韓。韓破，良家僮三百人，弟死不葬，悉以家財求客刺秦王，為韓報仇，以大父、父五世相韓故。」由此可知，張良之舉並非匹夫之勇，而是基於累積數代參與國事，深受國恩的情懷。

既然家之財均為君之賜，而今悉以家財求客刺秦王也是應該。況且君死國亡，家何以在？由家僮三百人，弟死，足見秦所血洗的不僅韓王，其大臣子民無可倖免。戰國時除韓之外其餘諸國流血漂櫓，無一不出於秦之手。因此張良名為韓報仇是報國仇，更是報恩；是為父報仇，更是為喪命的家人、六國所有人民報仇，所以張良椎擊秦皇的決定，不是不知「其身之可愛」。以此看張良全然捨財棄命的豪情壯志，義無反顧地為除天下害而謀刺秦王，焉不能稱大勇者？

以張良擁有蘇軾所贊「蓋世之才」，豈會不知對付秦王不能莽撞行事而要以智取？

由《史記‧留侯世家》所載：「得力士，為鐵椎重百二十斤。秦皇帝東游，良與客狙擊秦皇帝博浪沙中，誤中副車。」可以知道在這次暗殺行動中，張良並不是花錢請刺客行事而已，他自己直接參與事先的掌握情報，運用智慧安排出擊地點，並一起與力士狙擊秦王，說明他對此舉所抱的決心是成

功，是成仁。這種置死生於度外，為國為民除害，為蒼生平亂源的做法，堪稱英雄！更何況，此刺殺行動其實是成功的，椎的確擊中了天子車陣之一，只是沒想到秦皇帝並不坐在那輛車之中。

二、受書圯上老人

良嘗閒從容步游下邳圯上，有一老父，衣褐，至良所，直墮其履圯下，顧謂良曰：「孺子，下取履！」良鄂然，欲毆之。為其老，彊忍，下取履。父曰：「履我！」良業為取履，因長跪履之。父以足受，笑而去。良殊大驚，隨目之。父去里所，復還，曰：「孺子可教矣。後五日平明，與我會此。」良因怪之，跪曰：「諾。」五日平明，良往。父已先在，怒曰：「與老人期，後，何也？」去，曰：「後五日早會。」五日雞鳴，良往。父又先在，復怒曰：「後，何也？」去，曰：「後五日復早來。」五日，良夜未半往。有頃，父亦來，喜曰：「當如是。」出一編書，曰：「讀此則為王者師矣。後十年興。十三年孺子見我濟北，穀城山下黃石即我矣。」遂去，無他言，不復見。旦日視其書，乃《太公兵法》也。良因異之，常習誦讀之。（《史記・留侯世家》）

太史公對張良更名姓，亡匿下邳之後的事以示現的筆法，像小小說般詳敘張良與圯上老人相遇的戲劇化過程。對於老人

「直墮其履圯下」、「孺子，下取履」的舉動，張良的反應是
「鄂然，欲毆之」，但是「為其老，彊忍，下取履」。這段恍若
寫實的敘述，尤其是「鄂然，欲毆之」，既傳神又合人之常
情，表現出張良平凡的一面。

張良刺秦王事後，據《史記》載：「秦皇帝大怒，大索天
下，求賊甚急，為張良故也。」任何一個明白自己是秦王大索
之人，亡命之徒的人都懂得自己絕不能惹半點事，何況擁有蓋
世之才的張良，必然以「彊忍」待橫逆，因此張良彊忍取履的
行為固然如《史記》所敘是「為其老」，但更多的因素該是危
機意識。沒想到在張良忍下撿鞋這麼大的羞辱之後，接下來的
是命之以「僕妾之役」——穿鞋。張良「因長跪履之」，可見
其非不能忍之人，只是此忍是因自身之危而迫不得已，所以在
這過程中，張良「鄂然，欲毆之」、「彊忍」……心驚、憤怒之
氣仍現於色，因此蘇軾以此為焦點將圯下受書，從「不忍」這
點奇妙而貼切的結合起來，以開展其推翻「圯上老人受書之意
不在書而在忍」之理。

故事在「父以足受笑而去」之後，轉入另一個情節。面對
前段拾履、納履的事件，一般人最有修養的反應必然是咬牙切
齒，在心裡怒罵，但當老者以理所當然的姿態「以足受之」，
同時以一種近乎滿意、得意或許還帶著些嘲笑的表情離去時，
《史記》記錄是：「良殊大驚，隨目之。」表面上看來張良對於
老者「笑」的反應並不具小說的戲劇性，但如果再仔細揣測
「驚」、「目之」兩個動作，應該看得出張良已由老人之「笑」，
洞悉此老人非等閒之人，原來，剛剛不尋常的種種非難舉動全
是老人有意的測試。所以張良不僅隨目之，並等待之，否則
「父去里所，復還」時，張良怎會還在橋上候之？這是張良不

凡處，亦見其非不能忍之人。

　　所以接下來該是彼此鬥智的一場好戲，老人一定經過觀察才選擇張良做為實驗對象。他可能知道張良的真實身分，也欣賞他有報仇之志，有解天下倒懸之心，甚而有心助其濟天下蒼生。但在不確定其是否值得受書，是否能懂得書中奧妙前，便以「直墮其履圯下，顧謂良曰：孺子，下取履」等一連串常人所不願做的事來考驗他。等張良取履、穿履後，老人又特意在「去里所」空間上所暗示的時間考驗上，觀察張良，及至未在其背後出言不遜後，老人才確定這有知人之智，有忍耐之量的少年正是自己要托書之人，於是折回橋上定下日後的約會。由此看來，與其說這是藉事告訴「忍」之理，不如說是老人慎選授書之人。或者可視為老人刻意製造「奇」的懸疑，滿足對「奇事」、「奇書」、「奇人」的想像，因此稱讚道：「孺子可教矣。後五日平明，與我會此。」

　　張良對這樣的巧合雖「怪之」，但基於初識後便在心中種下的好奇心，仍應曰「諾」。接下來三天，老人一再於碰面時間的小事上刁難責求，對於已了解老人心態的張良而言，一則想看看老人葫蘆裡賣的是什麼膏藥？另則，既然這是考驗，自負的張良以靜待變，就不信自己過不了關？！因此張良對老人的把戲均以順處之，面對老人「怒」、「復怒」的反應與責難，張良的作法是「夜半往」。至此，老人才「喜曰：當如是。出一編書，曰：讀此則為王者師矣。」讀到這，定能對圯上老人會有如此「倨傲鮮腆而深折之」的舉動，豁然開朗，恍然了悟老人設計這一連串考驗、試探、磨折歷程的目的。

　　授書的目的在於找到足以為「王者師」者，所以得書之人不但要有智以解書用謀，要有勇以臨危不亂，有器識容人，更

要察言觀色，知人知心，才能因勢制宜。老人必是在這一段考驗中逐步測知張良能觀人容事，才授之書。於張良，則因其書得來不易，「因異之，常習誦讀之」。由另一角度思考，這未嘗不是老人指示張良另一條復仇之路——為王者師，以還下太平，這不啻也給逃匿在下邳陷困的張良一個新的出口。

程頤認為張良借漢力以報韓仇：「人言高祖用張良，非也；張良用高祖爾。秦滅韓，張良為韓報仇，故道高祖入關。既滅秦矣，故辭去。及高祖興義師、誅項王，則高祖之勢可以平天下，故張良助之。良豈願為高祖臣哉？無其勢也。及天下既平，乃從赤松子遊，是不願為其臣可知矣。……或問：張良欲以鐵椎擊殺秦王，其計不已疏乎？曰：欲報君仇之急，使當時若得以鐵椎擊殺之，亦足矣，何暇自為謀耶！」（《二程集》，頁 233）明鍾惺亦言：「留侯一生作用，著著在事外，步步在人前，其學問全在用人。即從高帝亦為其所用，能用留侯者，獨老人耳。」（《史記半解‧留侯世家》引）由此切入點，可作為張良與圯上老人間用計鬥智、相互得利的旁證。蓋張良始終為報韓滅之仇、家亡之恨，在親身參與力士椎擊的事件失敗後，張良化明為暗，化直線為曲折，借箸代籌，因此任何可以「因藉其力以報君父累世之仇」的機會，任何可以利用的關係他絕不放過，任何屈辱他毫無怨言，何況圯上納履區區小事？

三、結語

老人所授之書乃《太公兵法》，本非奇書，只因授書的過

程一波三折，而增加其書的神秘性，加之以「讀此則為王者師」的慎重預言，所產生預示的神奇效果，和「十三年孺子見我濟北，穀城山下黃石即我矣」的身後之約，而使後人將張良能成王者師歸因於圯上老人之書，並將對帝王神授的思想，染於授書之事上。

太史公在〈留侯世家〉評論中道：「至如留侯所見老父予書，亦可怪矣。」是因為授書的過程甚怪，不過蘇軾以借力使力的方式，就此破前人之見，於〈留侯論〉言：「世人不察，以為鬼物。」「且其意不在書」。至於老人「所以微見其意者」，是否定然是「忍」？其實由《史記》觀之，並不盡然。論史者只不過藉事為橋樑，反映作者本身的思想觀點及論析角度，而在取材上以不同的設計、推理、論證的方式，縱橫議論，我們每個人都可以就其做出不同詮釋，無需尊一家宗。

——原刊於《中央日報》2000 年 11 月 6 日及 8 日。

如何一段琵琶曲，青草離離詠不休
——由歷代王昭君詩文看文化底蘊

　　研究主題學不只切入文本美學層面如技巧、意圖等，尚得進一步地與作者及時代聯繫，從中探究詩歌、故事與時代的宰制力量。同時，歷史的真實未必是美學鑑賞的真實，於是創作者往往藉歷史表露個人觀點或寄寓於身世之感。除此之外，歷史上同一主題的故事或人物在不同世代，因文化背景間的差異產生滾雪球般作用，使原本的主題踵事增華、開枝展葉；或如接龍故事般在渲染、解讀、創造中，激烈的或默默的標誌著文化差異、文化順從的種種風情，在文本世界裡外形成豐富的對話狀態。但也就在人類共同創新對話中，不僅原故事再生新意，同時趨於複雜化、精緻化。歷史就這麼在民間傳說與詩歌中孳乳衍生、推繹、變形。

　　東西方歷史文化中都有許多主題是藝術品的抽象核心，它們是支撐藝術品的隱形或內在架構，以不同形式在時代裡反覆出現。以歷史源流的演變與人物素材而言，西方從尤里西斯、普羅米修斯、浮士德到聖女貞德，中國則由孟姜女、王昭君一直到梁山伯與祝英台……一而再，再而三地於不同文化時期以改頭換面，或原汁新味的方式被複誦、被歌詠，或被借題發揮。故本文擬藉王昭君在各時代被敘說的觀點，被文人與通俗所凝視角度，所呈現於史傳記錄、民間傳說、詩詞戲曲等各種文體的表現與意義之外，同時考慮時代的宰制力量、作者意

圖，思考其演變背後的操作力量及歷史圖景，藉以探索所反映的時代觀與文化底蘊。

一、和親事起

「和親」一詞初見於《禮記》、《周禮》、《左傳》等書，其意僅被解為「和睦親愛」，除此外尚包括名分的確定，下嫁公主的「賜與」。春秋戰國時，兩國交好便已互結姻親，如《左傳》隱公元年：「初，鄭武公娶於申，曰武姜。」但這樣的政治聯姻僅限於中原地區，至漢「和親」始指中原民族與邊疆民族和議而締結為親。

此事源於漢初高祖時，匈奴與漢形對峙，七年（西元前200 年）韓王信叛走匈奴，對漢朝安全構成威脅。高祖遂率三十二萬軍北討，困平城七日，賴陳平計乃解，於是用劉敬「婚姻」、「賂遺」的計策，以求暫時和平。總計五度取公主下嫁烏孫，二度以宗女下嫁。

此例既行，即使在國勢上漢強胡弱，以宗女和親在漢歷代皇帝與匈奴的外交往來上一直持續著。如武帝時，衛青、霍去病重挫匈奴，知不能敵，遂援例請和，武帝許之，從此匈奴之長必求婚於漢，以為不侵不叛之證。武帝更以遠交近攻之策與烏孫交結，元封六年（西元 105 年）以江都王建女細君為公主嫁之。烏孫王昆莫封細君為右夫人，昆莫年邁，言語不通，細君既孤獨又悲傷。然儘管其以詩訴思歸之願：「吾家嫁我兮天一方，遠托異國兮烏孫王。穹廬為室兮旃為牆，以肉食兮酪為漿。常思漢土兮心內傷，願為黃鵠兮歸故鄉。」（劉細君〈悲

愁歌〉〉但回鄉的路依然是漫漫無期。其後，烏孫王遂欲將公主嫁其孫岑陬，公主上書報漢王，漢王叫她「**從其國俗，欲與烏孫共滅胡。**」細君只好從命憂鬱一生。

武帝曾策使烏孫王助漢攻匈奴，形成彼此在外交、軍事上的緊密關係。西元前六十八年，五單于爭立，後併於呼韓邪單于。不久，呼韓邪為兄郅支所敗，西元前五十一年入朝於漢，朝見漢宣帝。呼韓邪為第一個到中原來朝見的單于，漢宣帝除親迎之於長安郊外，並設宴慶之。後得漢派將軍帶領一萬名騎兵護送回漠南，還贈以三萬四千斛糧食，助攻退其兄，於是統一匈奴，自是呼韓邪單于十分感激，一心和漢朝和好。

漢元帝時呼韓邪來朝，求美人為妻，而有昭君出塞之事。從元帝竟寧元年（西元前 33 年）至王莽建國三年（西元 11 年）構難匈奴，邊不見烽火四十四年（見《漢書・匈奴傳》）的事實觀之，和親以安邊陲之功不可沒，這也使得歷來詩家在著墨於同情之餘，頗肯定昭君對漢家之助益。

二、漢記中的昭君出塞

王昭君是齊國王穰之女，南郡（今湖北秭歸）人，名嬙，字昭君。明妃之稱始於江淹〈恨賦〉，西晉時因避司馬昭諱，改其名為明君。年十七，儀容雅麗，國中長者求之，其父皆不許，乃獻元帝。

呼韓邪單于來求美人，元帝勒以宮女五人賜之。嬙入宮不不見御，怨恨不平，乃憤而請行。臨行宴會元帝見豐容靚飾，光彩射人，顧影徘徊，竦動左右，乃大悔恨。但不便失信，只

有目送她懷抱琵琶，上馬出關而去，時為元帝竟寧元年（西元前 33 年），死後依俗嫁其子，墳稱青塚，在呼和浩特。

（一）《漢書》、《後漢書》中的說話者

昭君和親事初見諸班固《漢書‧元帝本紀》：

> 竟寧元年春正月，匈奴虖韓邪單于來朝，詔曰：「匈奴郅支背叛禮義，既伏其辜，虖韓邪單于不忘恩德，鄉慕禮義，復修朝賀之禮，願保塞傳之無窮，邊垂長無兵革之事，其改竟寧，賜單于待詔掖庭王嬙字昭君為閼氏。」

說明以昭君和親，純為邊疆安寧，而此事乃漢皇帝基於外交上對朝賀番邦的某種恩惠與嘉勉而主導。

　　《漢書‧匈奴傳》裡，是這麼敘述這段和親事件的原委：

> 郅支既誅，呼韓邪單于且喜且懼，上書言曰：「常願謁見天子，誠以郅支在西方，恐其與烏孫俱來擊臣，以故未得至漢。今郅支已伏誅，願入朝見。竟寧元年，單于復入朝，禮賜如初，加衣服、錦、帛、絮，皆倍于黃龍（西元前 49 年）時。單于自言，願婿漢氏以自親。元帝以後宮良家子王嬙字昭君賜單于。單于歡喜，上書願保塞上谷以西至敦煌，傳之無窮，請罷邊備塞吏卒，以休天子人民。……
> 王昭君，號寧胡閼氏，生一男伊屠智牙師，為右日逐王。呼韓邪立二十八年，建始二年（西元前 31 年）

死……（大閼氏長子）雕陶莫皋立，為復株絫若鞮單
于。……

復株絫單于復妻王昭君，生二女，長女云為須卜居次，
小女為當于居次。

　　同出於《漢書》所述，〈匈奴傳〉與〈元帝本紀〉記載昭
君出塞皆為皇帝所賜，目的亦為靖邊與拉攏兩國友好關係。不
同的是〈匈奴傳〉中的記載，昭君和親之事變成是「單于自
言，願婿漢氏以自親」，也就是這樁漢夷婚姻是單于主動要
求，漢元帝應所求而許配。但據〈元帝本紀〉所載，和親乃基
於「虖韓邪單于不忘恩德，鄉慕禮義，復修朝賀之禮，願保塞
傳之無窮，邊垂長無兵革之事」的承諾，方賜年號，賜妃。其
次由〈匈奴傳〉所載可見因皇帝許親，單于歡喜，才允諾「願
保塞上谷以西至敦煌，傳之無窮」。由此可見漢胡邊塞無事，
顯然是單于得到利益後的回報。與〈元帝本紀〉中單于修朝貢
禮，保邊陲無兵革之事，元帝方賜昭君的敘述，在主控權上出
現兩極化的現象，顯見在書寫的角度上，此處基於是〈匈奴
傳〉，因此以單于為主控權，並提及昭君和親後所添增的子
嗣，也都是站在匈奴國的視角記錄。

　　至於范曄《後漢書・南匈奴傳》的記載則為：

初，單于弟右谷蠡王伊屠知牙師，以次當為左賢王，左
賢王即是單于儲副。單于欲傳子，遂殺知牙師。知牙師
者，王昭君之子也。昭君字嬙，南郡人也。初，元帝
時，以良家子選入掖庭。時呼韓邪來朝。帝敕以宮女五
人賜。昭君入宮數歲，不得見御，積悲怨，乃請掖庭令

求行。呼韓邪臨辭大會，帝召五女以示之。昭君豐容靚飾，光明漢宮，顧景裴回，竦動左右。帝見大驚，意欲留之，而難于失信，遂與匈奴。生二子。及呼韓邪死，其閼氏子代立，欲妻之，昭君上書求歸，成帝敕令從胡俗，遂復為單于閼氏焉。

同列於〈匈奴傳〉下的敘述，《後漢書》與《漢書》對於昭君的描繪顯然相去甚遠。《後漢書》中的昭君已不再是未嫁的宮女，也不是讓單于見之心喜的閼氏，而是知牙師之母，本段更以昭君因胡人「夫子嫁子」的習俗，請歸不許，道盡其悲涼一生的棄絕影像。但《後漢書》同時又以鮮艷的文字描繪出昭君年輕的形象，勃然的自我意識，這樣的書寫實堪玩味。

（二）漢夷視角與女性主體性呈現

這三則史書對於昭君臨別漢宮的記載，《後漢書》詳於《漢書》。令人不解的是何以離王昭君和親時代愈遠，其記載卻愈詳細？范曄的歷史書寫距昭君和親已百多年，所記卻詳於漢書，是掌握較多史材？作者有意增衍或受時代影響？

再者，以書寫角度而言，《後漢書》不僅敘述昭君主動選擇出塞的原因，凸顯出其和番個人的情緒意願，如「昭君入宮數歲，不得見御，積悲怨，乃請掖庭令求行」。還更進一步描繪辭行場面中，昭君「豐容靚飾，光明漢宮，顧景裴回，竦動左右」的盛裝巧扮與顧盼生姿的動人風采。一則聚焦於昭君之美，成為後文元帝驚、悔之由；另則顯現昭君有刻意竦動朝廷上下，傲視群鶯以使元帝驚，悔未能及早發現美人之怨。隨後文以近於小說家的筆法寫元帝見昭君後的反應與掙扎：「帝見

大驚，意欲留之，而難于失信，遂與匈奴。」通篇記述對於王昭君與元帝舉止、心理都有深刻的描繪，使得昭君不再是平面模糊的影子，而是形象飽滿，有個性有主見的女子，既主動爭取自我生命掌控權，亦即時以亮麗的面貌對元帝無視於其存在做出致命的諷刺與反擊。

相形之下，距離昭君和親時代近的《漢書》，所記卻將昭君寫成一個被動接受和親，被元帝當作禮物送呼韓邪的角色，一個被君王安排的棋子，絲毫看不見昭君的心情、意願和想法。她只是普天之中君腳下的塵土，沒有聲音，沒有面貌。再觀《漢書‧匈奴傳》所記：「王昭君，號寧胡閼氏，生一男伊屠智牙師……。」也是站在君王的角度敘述，於是，王昭君的一生價值便在希望她能為匈奴帶來安寧和平而命的「寧胡閼氏」之名，以及生子的記錄上被功用性的輕輕帶過。在《漢書》的昭君只是帝王威權下的物品，是男性手中的傀儡，如此其應之於史的形象，充其量不過是「犧牲小我，完成大我」的悲壯色彩，是國際外交上的禮物。

在日常生活中，女性經常扮演被看的角色，而男性則扮演看者，這種看人和被看的互動關係中，帶出的是男性剝削女性的不平等信息。女性在被看的同時，亦即是讓男性任意宰制，是男性主觀慾望投射的對象。被看的一方被營造、被建構、被創造、被描摹，男性弱化女性能力與強化女性弱姿的審美觀，目的在讓女性遺忘或否定自我，而甘願成為「他者」活在男性的庇護之下，這是男性否定女性主體的邊緣化策略。

然而《後漢書》的昭君選擇了與眾不同的方式，顯現出昭君是有血有肉有思想的女子。她以「積悲怨」的情緒鮮明地揭舉女性獨立的旗幟，揚起女性個人尊嚴與自我實現的風采。這

不僅顯露昭君看清自己如籠中鳥的命運，同時她以堅毅主動，理性勇敢地以「豐容靚飾，光明漢宮」挑戰君權，讓女性成為判決者，讓見之大驚「意欲留之」的漢元帝顯得無能軟弱。再者，昭君深知做為入宮女子的宿命，若不能一朝寵幸為妃，便註定一生所染上的是「白頭宮女」的淒清。宿命無從豁免、無可逃避，但弔詭的是，正是因為這事件，我們才得逼近帝王的無能。昭君從容地，驕傲地解釋自我，在無可選擇中呼吸「自由」，在主動詮釋的權力中，以出走抗議所遭受的冷漠、拒絕無止盡的等待、否定女性只能被安排。她毅然決然地走向陌生的他鄉，為國，她比許多男性走得更遠，比所有男性走得更壯烈。

　　同為正史的《漢書》、《後漢書》之所以在書寫上呈現相當差異性，這不僅顯示敘述者個人思維，同時暴露史家意圖凸顯的國族形象。基於班固所載的漢是皇權政治的盛世，充滿王道理想與宗法倫理的霸氣，在男性權威與君王專制的集權下，《漢書》所昭示的是主持國際正義的帝國姿態，以「賜單于待昭掖庭王嬙字昭君為閼氏」作為獎賞「虖韓邪單于不忘恩德，鄉慕禮義，復修朝賀之禮，願保塞傳之無窮，邊垂長無兵革之事」。而范曄寫《後漢書》時，漢氣數已盡，亂世的帝王不再是統攝天下，至高無上者。當帝王神權化能力被推翻時，回歸人本位的抒情表意便藉昭君自主性的抉擇表露，同時也在「緣事而發」的基點下，對崩解的王權作另一形式的陳述。

三、昭君故事情節的增衍

依據李則芬在〈王昭君與毛延壽〉一文中說，歷史上名女人在文學中的孳乳，往往遵循一個共同的過程：

> 先由詩歌或私人筆記，提出或暗示一些細節，異於歷史記錄。其次是，後出的稗官野史、唐人傳奇、宋人的話本與雜劇、金之院本等，逐漸加以渲染。到元代的雜劇出現，使集其大成。因為劇本有商業特色，賣座第一。如果劇本的內容不夠精彩、故事不夠曲折離奇，不足滿足觀眾的好奇心，劇院絕不能接受演出。所以故事一到戲劇上，便與原始歷史事跡相去十萬八千里了。[1]

這段話說明原本在史書上屬於政治工具的女人，在故事流傳過程中產生了一大批可見的或隱形的讀者、聽者、說者熱烈的參與閱讀與討論。由小說、詩歌、戲劇等各種生產場域所累積的接受狀態，激烈的或默默的標誌著文化差異、文化順從的種種風情，在文本世界裡外形成豐富的對話狀態。王昭君故事在文學上的發展，也必有同樣的過程。

以下以時為經，歸納歷代對昭君出塞事的增衍種種情形，可見在人們對於昭君入宮、入胡以及是否因毛延壽而被冷落、被醜化，還有漢元帝位置的傳說、詩作，並由中見情節轉變與

---

[1] 《東方雜誌》復刊 10 卷 2 期，頁 70～71。

分歧的關鍵，作為歸納分析背後的操作力量及其歷史圖景的觀察點，也由中見昭君的形象是如何在書寫、詮釋的展演下被個性化、被作為承志寄意的載體：

（一）昭君入宮是進獻抑或是被選？

有關王嬙入宮之事一說是王氏獻女入宮，如漢蔡邕《琴操》：「昭君，齊國王穰女也。昭君年十七時，顏色皎潔，聞於國中。穰見昭君端正閒麗，未嘗窺看門戶，以其有異於人，求之者皆不與，進於孝元帝。」一說則以為皇帝點選入宮，見於《後漢書・南匈奴傳》：「初，元帝時，以良家子選入掖庭。」《西京雜記・女俠傳》亦云：「初元帝時，以良家子選入掖庭。」薛道衡〈昭君辭〉的說法則承此言：「我本良家子，充選入掖庭。」都強調王嬙的出身為「良家子」，因此被「選入掖庭」。

（二）昭君入胡是自願？抑或是被賜嫁？

昭君因單于請而受昭和親，事見《漢書・元帝本紀》、《漢書・匈奴傳》皆言「元帝以後宮良家子王嬙字昭君賜單于。」至《後漢書・南匈奴傳》轉而寫昭君因「不得見御，積悲怨，乃請掖庭令求行」，說明昭君乃主動自請「求行」。《琴操》則延續此說法，言：

> 以地遠既不幸納，備後宮積五六年，昭君心有怨曠，偽不飾其形容。元帝每歷後宮，疏略不過其處。後單于遣使朝賀，元帝陳設倡樂，乃令後宮妝出。昭君怨恚日久，不得侍列，乃更修飾，善妝盛服，光輝而出，俱列

坐。元帝謂使者曰：「單于何所顯樂？」對曰：「珍奇怪物皆悉自備，惟婦人醜，不如中國。」帝乃問後宮，欲以一女賜單于，誰能行者起？

于是昭君喟然越席而前，曰：「妾幸得被在後宮，粗醜卑陋，不合陛下之心，誠願往。」時單于使在旁，帝大驚悔之，不得復止。良久太息曰：「朕已誤矣！」遂以與之。

昭君至匈奴，單于大悅，以為漢與我厚，縱酒作樂，遣使者報漢，送白璧一雙，駿馬一匹，胡地珠寶之類。昭君恨帝，始不見遇，乃作怨思之歌。

這其間的差異除顯現史家簡實之筆與文學家曲賦之筆的不同，在敘述上也由平鋪直敘轉為對話體，同時更凸顯昭君本人的主體性。情節上由《漢書》的被迫和番，到《後漢書》臨行前的刻意裝扮，乃至《琴操》中因「心有怨曠」，而「偽不飾其形容」。顯現昭君明白女性活著的目的僅在取悅男性，但她不屑以符合男性期望的方式來滿足男性，以確實保有自己被寵的位置，所以故意不飾容顏。其後由先前「元帝每歷後宮，疏略不過其處」，「不得侍列」，在「乃更修飾，善妝盛服，光輝而出」之後，在元帝問後宮誰願隨單于行時，「喟然」、「越席」以得到俱列坐的機會。既而以自貶「粗醜卑陋」，因而不得君心的口氣，來反諷皇帝重色，更以自請入胡，勇敢地以自己的想法決定自己的存在方式，為自己爭取選擇命運而非被命運安排的機會。

相形之下，被昭君「恨」之終身的元帝，表情由「驚悔」、事已「不得復止」、到「良久太息」曰：「朕已誤矣！」

內心的糾結是悔不當初的憾，是無力改變的無奈，亦是不得不與之的不捨……然而，這一切只因為昭君「光輝」的外貌，如此，在昭君的眼裡，終究只是好色之君，一個比貌得寵的妃子終會因色衰見棄，這是美麗的宿命，或許昭君是看見了這深層的悲劇，而選擇遠離，作為對元帝的審判。

此時的王昭君不但揭揚起女性個人尊嚴與自我實現的風采，並以自己的意志在詩中成為審判者，發揮個人做為自由創造主體的潛力成為反擊者、控訴者。

（三）是誰醜化了王昭君？為什麼醜化王昭君？

為昭君畫像的畫工到底是誰？

距漢元帝已四百餘年的小說《西京雜記》（梁・吳均，或題：漢・劉歆，或題：晉・葛洪）增加了元帝按畫召幸宮女、遷怒畫工的情節。按晉武帝因嬪妃眾多而「莫知所適，常乘羊車，恣其所之。」（《晉書・胡貴嬪傳》）因此加入元帝以畫召幸宮女之事。但此書雖提出畫工之名，但並未特指何人為昭君作畫。其載曰：「（元帝）乃窮案其事，畫工皆棄市。籍其家，資皆巨萬。畫工有杜陵毛延壽，為人形，醜好老少，必得其真。安陵陳敞，新豐劉白龔寬，下杜楊望，亦善畫尤善布色，樊育亦善布色，同日棄市。京師畫工，於是差稀。」可能毛延壽在當時畫工中最善描摹人物，而成了後人唾棄的對象，以至李商隱詩方明確指為毛延壽之罪：「毛延壽畫欲通神，忍為黃金不顧人。馬上琵琶行萬里，漢宮長有隔生春。」

關於毛延壽所繪美人圖，有云於入宮前，亦有一說為入宮後，如《西京雜記》。而毛延壽之所以未盡昭君之容，也有二

說，或言毛延壽索價甚高，或言昭君自恃貌美而不願賄賂。《西京雜記》則如《後漢書》敘昭君「貌為後宮第一，善應對，舉止閑雅」，並云：「元帝後宮既多，不得常見，乃使畫工圖其形，按圖召幸之。諸宮人皆賂畫工，多者十萬，少者亦不減五萬。獨王嬙不肯，遂不得見。……」由昭君自恃貌美而不肯賂畫工，既顯現出昭君傲然的骨氣與自信，同時也註定其不肖屈服於惡勢力的悲劇性。

一說則如馬致遠《漢宮秋》敘王昭君入宮，為選擇使齎領昭書一通，遍行天下刷選，將送中者，各圖行一軸送來，元帝按圖臨幸。既已選定九十九名，各家盡肯餽送，惟向王嬙要百兩黃金，選為第一。嬙一則言家貧，一則恃容出眾，不肯出錢。毛延壽遂將美人圖點些破綻，以為到京時定發入涼宮，受苦一世。

（四）畫工是罪魁禍首？還是代罪羔羊？

到底元帝殺毛延壽是為救贖自身不識美人之過？抑或是為昭君報仇？

此事肇始於《古今圖書集成》（閨媛典類）記昭君入至胡後作〈報漢元帝書〉：「臣妾幸得備員禁臠，謂身依日月，死有餘芳。而失意丹青，遠竄異城。誠得捐軀報主，何敢自憐。獨惜國家黜陟，移於賤工（指畫工）。南望漢關，徒增愴結耳。有父有弟，惟陛下幸少憐之。」這封以昭君名義致元帝的書信除敘思鄉之情，請託照顧父兄，最重要的是揭露自己是「失意丹青」，以致「遠竄異城」。元帝得書，大為動情，恨畫工之欺罔，結果「畫工毛延壽、樊青……等同日棄市，京師一時畫工為之斷絕。」

　　自《西京雜記》首次提到昭君告白因畫工作梗而不得見幸，此後畫工成了這件事的代罪羔羊。詩家著墨於此，為昭君抱屈，如沈約孫女沈滿愿有〈昭君嘆二首〉：「早信丹青巧，重貨洛陽師，千金寶蟬鬢，百萬寫蛾眉。今朝猶漢地，明旦入胡關。高堂歌吹遠，游子夢中還。」另有陳後主〈昭君怨〉、隋謝道衡〈王昭君〉：「不蒙女使進，更失畫師情。」與《西京雜記》同出一轍，將罪歸於畫工，以解釋元帝何以未見昭君之美而寵幸之。但儘管如此，由題目中的「怨」字，悲劇之嘆已盡在不言中。

　　唐以後，如〈王昭君變文〉：「當嫁單于，誰望喜樂。良由畫匠捉妾陵持，遂使望斷黃沙，悲連紫塞，長辭赤縣，永別神州。」祭詞中提及「妹越世之無比，綽約傾國，和陟傅丹青，寫形遠嫁，使匈奴拜首。」由此可推知唐後流傳民間的昭君故事中可能已有畫匠獻圖，而單于按圖索之的情節。於是更強化了畫師在此事中的關鍵位置，如郭震〈王昭君〉：「聞道河南使，傳言殺畫師。」石崇〈明君敲歌〉：「未幸之宮人，安得有多金以賂畫工？……宮庭跡闊，誰代為游談通賄者？」李白〈王昭君〉：「先乏黃金枉圖畫，死留青塚使人嗟。」都以畫師從中作梗、無錢買通畫師為論點。

　　但宋王安石〈明妃曲〉則提出新視角，為毛延壽抱屈：「意態由來畫不成，當時枉殺毛延壽。」元連文鳳〈明君敲歌〉：「只因自恃好顏色，不把金錢買畫工。」則提出王昭君自恃美貌，而不屑賄賂畫工。與前述各角度相較，宋元詩家不再為元帝推諉責任，亦不再以不得重責畫師哀怨，而是顯現王昭君主體性與鮮明的個性。

　　杜濬（1611～1678）〈王墻故里〉借趙飛燕姐妹替醜化王

昭君的毛延壽平反:「毛生漫負丹青責,炎季空論禍水波。若寫趙家雙姐妹,畫師功已敵蕭何。」言下之意是畫師醜化昭君,已替漢室避免一場禍水災劫,如趙氏姐進宮時也被畫師畫醜,他的功勞已可與開國功臣相提並論了。

先秦時即有視女性才智及美色為禍患之源,「女禍」說則在漢,此後女禍觀趨向平民化,由天子及庶民,更多階層的女性被指為「禍水」、「尤物」,唐宋以還許多文獻中見女性被指為敗家之根源,此處即為男性視角「女人禍水論」觀點下的書寫。

由歷代論畫工詩作,可見原本在正史上並未露名的毛延壽,只因在畫工中最善描摹人物而成為眾矢之的。論其事則始於《西京雜記》,其書成於漢元帝後四百餘年,又屬小說家言,穿鑿附會的虛構成分居多。憑畫工所畫圖像選人的說法或許因晉武帝嬪妃眾多而「莫知所適,常乘羊車,恣其所之」(《晉書・胡貴嬪傳》),因此,以想當然耳的推論元帝以畫召幸宮女,孰料此後詩家遂以此為著墨焦點,直至宋元明逐有反議,杜濬非但為毛延壽開罪,更進一步贊其功,尤是殊見。

(五)漢元帝凝視的眼光

在《漢書・元帝本紀》與《漢書・匈奴傳》的記載中,元帝與昭君的關係僅止於單純而無情地主從之間:「賜單于待昭掖庭王嬙字昭君為閼氏」、「元帝以後宮良家子王嬙字昭君賜單于」,昭君充其量不過是君王腳底下的螻蟻,彼此間未曾照面,也在生命中沒有任何交集。但到了范曄《後漢書・南匈奴傳》卻出現一連串驚訝、掙扎矛盾、無可奈何……等複雜曲折的心情:「帝見大驚」、「意欲留之」、「而難于失信,遂與匈

奴。」及至《西京雜記》除以「悔」字，將元帝的心情描寫得更深沉，並添加追究元兇的動作：「帝悔之，而明籍已定，帝重信於外國，故不得更人。乃窮案其事，畫工皆棄市……。」此後畫工成了這件事的代罪羔羊。《琴操》則記：「帝大驚悔之，不得復止。良久太息曰：『朕已誤矣！』遂以與之。」比諸前者，「誤」字所吐露的遺憾更為深切。

　　然而，元帝之所以有如是的心理反映，只因昭君「顏色」而竦動，因其「光彩」而震懾。呈現男性審美觀點是以女性身體做為「美」的條件，而處於被矮化、被物慾化位置的女人一直是附屬的花瓶。如是，男性再怎麼感動的表情，女人依然難逃身體容貌被物化的命運，是男性觀照下的客體，是強化男性權力慾望的象徵之一。因此，元帝依然是千萬男性的權力者宰制者，是被女色所搖動、以女人在外交上示好、以宮女應付邊塞問題的軟弱者。

　　不過從另一個角度來看，「大驚」、「欲留之」、「不得更人」、悔恨、太息誤之的心歷路程，元帝還算是個有情之人。但至宋王安石「歸來卻怪丹青手，入眼平生幾曾有？低迴顧影無顏色，尚得君王不自持。」詩中一則以昭君別漢時傷心憔悴，尚美得讓元帝不能自勝來襯托其姿色，亦批評元帝昏庸竟無法看出昭君之美，另則批判元帝諉過畫工的不負責任，此時元帝的形象一變為好色而無能的、沒有擔當沒有氣魄的。

（六）馬上琵琶的形象

　　昭君出塞時馬上抱琵琶的形象，首見諸《漢書‧匈奴傳》：「昭君戎服乘馬，提一琵琶，出塞而去。」戎服、乘馬、提胡樂這樣的鏡頭可能是因為出塞，想當然耳的附會增衍，西

晉‧石崇〈王明君辭〉序言:「昔公主嫁烏孫,令琵琶馬上作樂,以慰其道路之思。其送明君,亦必爾也……。」從此琵琶既是慰藉思鄉之情的載體,也是昭君的代言人,是懂得其無限淒苦的知音。但昭君馬上抱琵琶的姿勢,也呈現昭君的雄姿英挺,果敢勇氣。

(七) 入胡思歸情惻切的想像

正史上並未敘及昭君入胡後生活,詩家對於昭君入胡後境遇的想像,則多以其忠於漢家、思歸不得、夫死嫁子、異地孤苦為焦點。這樣的書寫內涵最早見於《琴操》中以飛鳥為喻,由形貌憔悴側寫昭君際遇之苦困,詩曰:

> 恨帝始不見遇,心思不樂,心念鄉土,乃作怨曠思維歌曰:秋木萋萋,其葉萎黃。有鳥處山,集於苞桑。養育毛羽,形容生光。既得昇雲,獲倖帷房。離宮絕曠,身體摧藏,志念抑沉,不得頡頏。雖得委食,心有徊徨。我獨伊何,來往變常。翩翩之燕,遠集西羌。高山峨峨,河水泱泱,父兮母溪,道里悠長。嗚呼哀哉,憂心惻傷!……

這樣的視角顯然是以漢家眼光的期待,想像胡地「萎黃」孤寂、胡鳥「身體摧藏,志念抑沉」,而勾勒出不得意的悲苦情境,凡此種種無一不指向漢家之美,思鄉之切,然而「道里悠長」,註定憂思綿綿無終期。或許這樣的想像既合乎中國懷鄉的主題,亦烘托出漢邦之富壯繁華,因而此後昭君入胡後的形象多圍繞「怨」字發揮。

　　詩家之所以「怨苦淒清」為昭君出塞後的生活著墨，初以「思鄉」為主，一則以地理環境之苦寒，二則因風俗之異。此由劉細君〈悲愁歌〉：「吾家嫁我兮天一方，遠托異國兮烏孫王。穹廬為室兮氈為牆，以肉為食兮酪為漿。居常土思兮心內傷，願為黃鵠兮歸故鄉。」寫漢江都王之女遠嫁之思，其離昭君時代不遠，可推之。

　　至石崇（西元 249～300 年）則偏重漢胡地位與姬漢異邦非我類的大中國主義，在〈昭君辭〉云：

> 我本漢家子，將適單于庭。辭訣未及終，前驅已抗旌。
> 僕御涕流離，轅馬悲且鳴。哀鬱傷五內，泣淚沾朱纓。
> 行行日已遠，遂造匈奴城。延我於穹廬，加我閼氏名。
> 殊類非所安，雖貴非所榮。父子見凌辱，對之慚且驚。
> 殺身良不易，默默以苟生。苟生亦何聊，積思常憤盈。
> 願假飛鴻翼，乘之以遐征。飛鴻不我願，佇立以屏營。
> 昔為匣中玉，今為糞上英。朝華不足歡，甘與秋草并。

　　詩從昭君離情起八句，其下八句寫在匈奴所受尊寵，「父子見凌辱」則寫胡俗所受身心折辱，然而殺身何益？千古艱難是生死的分際，在逃避與承擔之間，詩著眼於昭君憤苦無奈，蘊藉生活與命運的沉重壓力，顯現昭君所承受最深的悲劇是做為女性身不由己的邊緣弱勢。

　　石崇不僅數度以昭君為素材，書其人，寫其事，陳其情，寓心志，這首詩除寫昭君處異地思鄉之苦，突破過去詩作的觀點，提出明顯而強烈的國族論：「殊類非所安，雖貴非所榮」，樹立昭君始終不忘是漢家女的心志，胡漢不兩立的意識。再

者，對昭君嫁其子之事以同情：「默默以苟生。昔為匣中玉，今為糞上英」對比的無言中寫出無奈之悲。

據《唐書・樂志》：「明君，漢曲也。元帝時，匈奴單于入朝，詔以王嬙配之，即昭君也。及將去，入辭，光彩射人，竦動左右，天子悔焉。漢人憐其遠嫁，為作此歌。晉石崇綠珠，善舞，以此曲教之，而自製新歌。」可見對昭君出塞本末，漢魏多承《後漢書》的記載，但漢所作昭君辭已佚，元嘉年間石崇鋪述其事作昭君辭，歸於相和歌辭，《文選》、《玉臺新詠》所錄均為此辭，這或可說明無論民間流傳歌辭或詩家多以石崇辭意為基，而踵事增華之故。然而，這樣的書寫均不託大中國主義角度，若當朝者真的同情和番女子，何以代代和親不絕？

南朝梁沈約（西元 441～513 年）〈昭君辭〉則由昭君離所居的披香殿，在設想、書寫中還原其一生，「陽春」與「苦寒」對比之間所悲嘆的不僅是塞外天凍，也是昭君生命的色調，而明月之「暫」過，使唯一足以寄託鄉愁的媒介渺乎其微，悲絕之痛盡在不中：

> 朝發披香殿，夕濟汾陽河。于茲懷九逝，自此斂雙蛾。
> 沾妝如湛露，繞瞼狀流液。日見奔沙起，稍覺轉蓬多。
> 胡馬犯肌骨，非直傷綺羅。銜涕試南望，關山鬱嵯峨。
> 始作陽春曲，終成苦寒歌。惟有三五夜，明月暫經過。

（八）單于情深的眼神

敦煌抄本〈王昭君變文〉中則一反昭君「怨」的形象，與〈琴操〉所記截然不同，敘昭君備受呼韓邪疼愛。呼韓邪為抒

其家國之憂思，不但「非時出獵」，並於昭君死時，他傷心欲絕：「脫卻天子之服，還著庶人之裳，披髮臨喪，魁渠並至。驍夜不離喪側，部落豈敢東西。日夜哀吟，無由蹔掇，乃哭明妃。」這是首次出現描述呼韓邪的記載。這個一直隱藏在背後的藏鏡人，被視為造成昭君悲劇的隱形殺手，他不再是昭君和親中的配角，甚至是被別人口述中的模糊道具，也不是昭君被犧牲的元兇，而是一個活生生的、清楚的面貌。尤其令人驚訝的是他是有情有義，懂得體貼疼惜的好男子，不是茹毛飲血的番人，不是掠奪侵略的殺手，因而在傳唱文中昭君是擁有愛情的嬌女，不再是悲苦不幸的、無奈冷清的。

唐儲光羲〈明妃曲其二〉：「胡王知妾不勝悲，樂府皆傳漢國辭。朝來馬上箜篌引，稍似宮中閒夜時。」也極寫單于對昭君的體貼，以奏唱漢樂慰其思鄉之情，而宋王安石〈明妃曲〉則以呼韓邪恩深的角度，讚單于之愛，安慰昭君：「漢恩自淺胡自深，人生樂在相知心。」

（九）昭君為什麼自縊？

呼韓子欲繼妻嬙，墻乃上書求歸，但漢皇帝回信叫她從胡俗，又生兩女。後人痛惜她的遭遇，頗以她從胡俗是白圭之玷，於是有種種異說：一是投江自盡，如關漢卿《漢宮秋》；一刺單于立，她對單于說：「為胡者妻母，為秦者更娶。」單于欲行胡禮，遂飲藥而死，如《樂府解題》。

蔡邕（西元 132～192 年）所作《琴操》首次提到呼韓邪子嗣即位，欲依胡俗娶昭君，昭君不從，吞藥而死。詩中並提及葬後「胡中多白草，而此冢獨青」，此即李白、杜甫、王安石詩中「青冢」之所源出；也是元馬致遠《漢宮秋》、清尤侗

《弔琵琶》以投黑水河見節的來源。

　　不過昭君墓在歸綏，但墓地所在卻有三處傳說，一是在涼城，一在包頭西七十，一則位於歸綏城東南三十里，也就是黃河南岸，黑河南岸，據杜佑《通典》證此地為昭君青冢所在。唐《昭君變文》中言：「墳高數尺號青塚」，宋《太平寰宇記》：「其上草已常青。」這樣的傳說一如史可法是死清兵之手？或出江寧門投江而死？背後所承載的是對其人的不捨之情。

四、昭君故事在歷代詩詞曲文的影射

　　一如審美經驗的積累是個體與集體的交融過程，人的審美既是個體的經驗，又是歷代審美活動濃縮的結晶，當人們不加思索地直覺到昭君故事的意義時，實際上，其思維「已被一個既有的歷史文化模式整合過了」（吳功正《中國文學美學》，頁225）。在長期積澱下，昭君出塞的故事漸凝聚人們對社會人生的思考，每--個人在敘述昭君故事時，往往滲透了時代共同的聲音、生命裡同質的情感，其間有恨不得志的荒涼：「若夫明妃去時，仰天太息，紫臺稍遠，關山無極。搖風忽起，白日西匿，隴雁少飛，代雲寒色。望君王兮何期，終蕪絕兮異域。」（江淹〈恨賦〉）有凸顯生命的共相者，如「昔為匣中玉，今為糞上英。朝華不足歡，甘與秋草并。」「紅顏易老」所暗示的非但是生命有限的悲劇性，更是被棄的危機，進一步觀照眼前所享受的朝華之歡所相對的冷落，亦投射出與作者個人遭遇，或對現世的諷喻，也道出共感的思維。

「通過詩歌所折射出的時代情緒，人們可以看出當代的審美思潮，讀者的審美期待以及整個時代的精神狀態。」因此藉昭君建構、詮釋個人的觀點之外，也反映出與自我緊密關聯的時間精神的某個面相。大抵而言，漢魏唐人寫昭君多圍繞「哀怨」，以琵琶、青冢和畫工來烘托，至晚唐李商隱詩後，遂將昭君不得幸歸因於毛延壽「忍為黃金不顧人」。宋則將焦點轉為責元帝之懦弱、和親事屈夷狄並為毛延壽翻案。元明戲曲小說除渲染情節外，不脫昭君因畫師誤前程的異地悲情，並加強昭君投黑水河以死見節。凡此種種在顯現作者創作觀點與寓寄意圖之外，也呈現因時代氛圍所造就的共同意旨。今列舉歷代名家之作說明如下：

（一）唐著墨於哀怨

大唐不斷開疆闢土擴大版圖下，創立帝國恢弘氣象，社會上充滿旺盛的生命力，昂揚的自信和希望。在這剛健有為的歷史條件與時代的精神折光下，唐人對昭君多寄予同情如：

> 邊池無芳樹，鶯聲忽聽新。間關如有意，愁絕若懷人。明妃失漢寵，蔡女沒胡塵。坐聞應落淚，況憶故園春。（陳子昂〈居延海樹聞鶯同作〉）

> 漢家秦地月，流影照（一作送）明妃。一上玉關道，天涯去不歸。漢月還從東海出，明妃西嫁無來日。燕支長寒雪作花，蛾眉憔悴沒胡沙。生乏黃金枉圖畫，死留青冢使人嗟。（李白〈王昭君〉）

昭君拂玉鞍，上馬啼紅頰。今日漢宮人，明朝胡地妾。
（李白〈相和歌辭〉）

群山萬壑赴荊門，生長明妃尚有村。一去紫臺連朔漠，
獨留青塚向黃昏。畫圖省識春風面，環珮空歸月夜魂。
千載琵琶作胡語，分明怨恨曲中論。（杜甫〈詠懷古跡
其三〉）

漢使南還盡，胡中妾獨存。紫臺綿望絕，秋草不堪論。
一回望月一回悲，望月月移人不移。何時得見漢朝使，
為妾傳書斬畫師。（崔國輔〈王昭君〉）

明妃風貌醉娉婷，合在椒房應四星。只得當（一作長）
年備宮掖，何曾專夜奉幃屏。
見疏從道迷圖畫，知屈那教配虜庭。自是君恩薄如紙
（一作命卑如紙薄），不須一向恨丹青。（白居易〈昭君
怨〉）

滿面胡沙滿鬢風，眉銷殘黛臉銷紅。愁苦辛勤憔悴盡，
如今卻似畫圖中。
漢使卻回憑寄語，黃金何日贖蛾眉？君王若問妾顏色，
莫道不如宮裡時。（白居易〈王昭君〉）

上有飢鷹號，下有枯蓬走。茫茫邊雪裡，一掬沙培塿。
傳是昭君墓，埋閉蛾眉久。凝脂化為泥，鉛黛復何有。
唯有陰怨氣，時生墳左右。鬱鬱如苦霧，不隨骨銷朽。
婦人無他才，榮枯繫妍否。何乃明妃命，獨懸畫工手。

丹青一詿誤，白黑相紛糾。遂使君眼中，西施作嫫母。
同儕傾寵幸，異類為配偶。禍福安可知，美顏不如醜。
何言一時事，可戒千年後。特報後來姝，不須倚眉首。
無辭插荊釵，嫁作貧家婦。不見青冢上，行人為澆酒。
（白居易〈青冢〉）

夢裡分明入漢宮，覺來燈背錦屏空。紫臺月落關山曉，
腸斷君恩信畫工。（王渙〈惆悵詩十二首之十二〉）

由「今日漢宮人，明朝胡地妾」的事實到「千載琵琶作胡
語，分明怨恨曲中論」的宿命，乃至「何時得見漢朝使，為妾
傳書斬畫師」的憤怒都是站在同情的角度，以昭君為敘述觀
點，呈現對昭君對出塞事的怨苦，所指責的對象仍集中於毛延
壽。李白詩以月為昭心之明證，月是故鄉的記憶，月是孤獨的
堅持時唯一的聽者，歸於「生乏黃金枉圖畫，死留青冢使人
嗟」，嘲弄昭君命運的荒謬性，嘆惋其剛烈不屈，卻不敵人心
之險惡，反加速命運的悲劇。

杜甫以「畫圖省識春風面」反說「不省」，白居易詩則開
始從長年備宮掖的不見重，轉向對君之薄情的指控：「自是君
恩薄如紙（一作命卑如紙薄），不須一向恨丹青。」「腸斷君恩
信畫工。」同時，對於以美色貪圖富貴，反而賈禍不如嫁作貧
家婦，作為可戒千年後之教訓：「禍福安可知，美顏不如醜。」
「無辭插荊釵，嫁作貧家婦。」至於王昌齡〈長信宮詞〉：「奉
帚平明金殿開，暫將團扇共徘徊。玉顏不及寒鴉色，猶帶昭陽
日影來。」則透過宮妃在清寒的秋晨仍搖晃合歡扇的動作，以
自覺容顏不及昭陽日影的寒鴉，隱蔽含蓄地寫失寵宮妃無限幽

怨。

最特別的是汪遵所寫：「漢家天子鎮襄瀛，塞北羌胡未罷兵。猛將謀臣徒自責，蛾眉一笑塞塵清。」以「蛾眉一笑」與「猛將謀臣」對比，強烈地反映出和親之功竟甚於將軍百戰，同時諷刺漢家天子無法安邊，反而依女子使塞清！到了呂本中〈明妃〉一詩則明言道：「丈夫不任事，女子去和親！」此論實啟宋朝文人對元帝之責！

（二）宋獨唱新意

昭君故事至宋翻既有之案，或為毛延壽脫罪、道人生失意之必然、或諷元帝無能抗夷狄。

王安石〈明妃曲〉二首獨唱新意，將箭頭指向漢元帝。其詞曰：

明妃初出漢宮時，淚濕春風鬢腳垂。低迴顧影無顏色，尚得君王不自持。歸來卻怪丹青手，入眼平生幾曾有？意態由來畫不成，當時枉殺毛延壽。一去心知更不歸，可憐著盡漢宮衣。寄聲欲問塞南事，只有年年鴻雁飛。家人萬里傳消息，好在氈城莫相憶。君不見咫尺長門閉阿嬌，人生失意無南北。（其一）

明妃初嫁與胡兒，氈車百輛皆胡姬。含情慾蓄無處，傳與琵琶心自知。黃金捍撥春風手，彈看飛鴻勸胡酒。漢宮侍女暗垂淚，沙上行人卻回首。漢恩自淺胡自深，人生樂在相知心。可伶青塚已蕪沒，尚有哀弦留至今。（其二）

第一首重在寫昭君辭漢的悲怨，第二首則重在渲染昭君出塞后的凄涼。王安石首先以具體形象抓取昭君辭別漢宮的側面寫其悲怨哀戚，留給讀者想像的空間，從而落實「意態由來畫不成」的議論。進而以「著盡漢宮衣」從細節上刻劃昭君的心思，並以身著之衣所象徵的華夷之別，凸顯昭君忠貞之質。「欲問塞南事」之聲所吐露思歸幽怨之心，歸不得之怨都在「年年鴻雁飛」的事實對比間，一層層具體形象中深刻地顯現。再藉昭君家人之口道出了感慨，以漢武帝時失寵的陳皇后幽居長門與出塞的昭君相比，意在指出失意之人無分南北的思索。

王安石翻案論點之一是「意態由來畫不成，當時枉殺毛延壽。」其次為「君不見咫尺長門閉阿嬌，人生失意無南北」、「漢恩自淺胡自深，人生樂在相知心」二者均扣君，如此則「人生失意無南北」不只是陳皇后的失意，是昭君的怨楚，更是謫臣遷客的無奈。因為這人生的必然，而將同於君權下弱者的女性與臣子的悲哀聯繫為一。

二詩作於嘉祐四年（1059），當時三十九歲的王安石曾於〈上仁宗皇帝言事〉指出「當今之急，在於人才而已」，但未被採納，故此所作〈明妃曲〉不完全是以古人的酒杯澆自己胸中的塊壘，而是「自出己意，借事相發，情態畢出。」（《蔡寬夫詩話》引王安石語）。可貴之處在既藉「漢恩」二句道出心中的憧憬，以昭君的遭遇為喻，「人生樂在相知心」凸顯對知己的渴求，同時又能超脫其上，以俯瞰人生的角度，寫出人生共相，形象與議論有機地組合。使不同時代的人都可以從中找到自己感情共鳴的位置，因此引起司馬光、歐陽修、梅堯臣的迴響中，或以直接而尖銳之筆抨擊統治者無力制夷狄，或諫人

主勿為近臣所欺：

> 妾身生死知不歸，妾意終期寤人主，目前美醜良易知，
> 咫尺掖庭猶可欺。
> 君不見白頭蕭太傅，被讒仰藥更無疑。（司馬光〈和王
> 介甫明妃曲〉）

> 漢宮有佳人，天子初未識。一朝隨漢使，遠嫁單于國。
> 絕色天下無，一失難再得。雖能殺畫工，於事竟何益？
> 耳目所及尚如此，萬里安能制夷狄？漢計誠已拙，女色
> 難自誇。明妃去時淚，灑向枝上花。狂風日暮起，飄泊
> 落誰家。紅顏勝人多薄命，莫怨春風當自嗟。（歐陽脩
> 〈　〉）

> 明妃命薄漢計拙，憑仗丹青死誤人。一別漢宮空掩淚，
> 便隨胡馬向胡塵。馬上山川難記憶，明明夜月如相識。
> 月下琵琶旋製聲，手彈心苦誰知得。辭家只欲奉君王，
> 豈意蛾眉入虎狼。男兒返覆尚不保，女子輕微何可望。
> 青冢猶存塞路遠，長安不見舊陵荒。（梅堯臣〈和介甫
> 明妃曲〉）

　　至於曾鞏〈明妃曲〉，則顯然借古說今，寫人生共相亦寓
個人境遇：「丹青有跡尚如此，何況無形論是非？窮通豈不各
有命，南北由來非爾為。」凡此種種雖各人詮釋不同，但所暗
示的重點，具體呈現彼此唱和的詩人集團所具有的共同美學規
範與對人生情境、時代寓託的意涵。

　　陸游〈明妃曲〉以「漢家和親成故事，萬里風野妾何罪？」「雙馳駕車夷樂悲，公卿誰悟和戎非？」句句疑問質詢執政者當權者何以讓孤獨一女子承擔所有悲苦？問公卿貴人在享樂之餘，誰覺悟和親苟安之非？在每一聲沉痛的問號中，盡是南宋偏安下，王師不思北定中原的心痛！

> 漢家和親成故事，萬里風野妾何罪？掖庭終有一人行，敢道君王棄蕉萃（憔悴）！雙馳駕車樂東悲，公卿誰悟和戎非。蒲桃宮中顏色慘，雞鹿塞外行人稀。沙磧茫茫天四圍，一片雲生雪即飛。太古以來無寸草，借問春從何處歸？

　　至於同為南宋時期的姜夔（同潘德久作明妃詩三首）則承王安石〈明妃曲〉：「一去心知更不歸，可憐著盡漢宮衣。」以昭君始終著漢衣的形象，在思鄉懷國的心態之外，強調與遼金不兩立的堅持態度：

> 明妃未嫁時，滿宮妒蛾眉。一朝辭玉陛，人人淚雙垂。年年心隨雁，日日穹廬中。遙見沙上月，忽懷建章宮。身同漢使來，不同漢使歸。雖為胡中婦，只著漢家衣。

　　然而，陳潤〈讀明妃引〉：「驪山舉爐因褒姒，蜀道蒙塵為太真。能遣明妃嫁胡虜，畫工元是漢忠臣。」卻呈現十足的男性權力論，在「女禍論」外，不僅大逆轉畫工罪魁禍首的形象，甚而盛讚能讓昭君和親的畫工是忠臣。另如宋鄭清之〈偶記賦王昭君漫錄之一〉：「青冢不遺芳草恨，白溝那得戰塵空？

解攜尤物柔強虜，延壽當年合議功！」則完全漠視以至泯除昭
君入胡的情緒，認為昭君能使漢胡戰熄而不應有遺恨，並進而
稱美毛延壽之功。王叡〈解昭君怨〉裡道：「莫厭工人愁畫
詠，莫嫌明主遣和親。當時若不嫁胡虜，祇是宮中一舞人。」
既不責畫工，也不咎元帝，反而認為昭君若不和親，至今或許
還是被棄的宮女，言下之意，與其成為白頭宮女不做單于皇
后，這樣的論點背後全然是男性思維，彷彿和親對女子而言，
是出人頭地，被肯定重視的機會，絲毫未顧及女性權益與意
願，這或許正是所有女性的悲劇。

　　綜觀宋代重理學之風，異於前代的另類思考使翻案文章頻
見佳作，因此以昭君故事為詩，雖為舊調重彈，卻在滲透新思
維新視點中，於歷代圍繞「怨」的主題之外，加上詩人個人意
圖、身世之寓而轉出新意。此外宋面對遼與西夏等外患，以古
刺今，借古抒情的意味濃，加之以歐陽修云：「為道必求知
古，知古明道，而後履之以身，施之於事，而又見於文章而發
之以信後世。」（〈與張秀才第二書〉）現實旨歸顯示其社會性
增高。因此認為斬畫師無濟於事，亦難贖帝過，以至後來反稱
美畫工促成和親之事。

　　宋代人對於漢元帝，無論是直陳無隱或機鋒側出，則不約
而同地以批判的口吻痛斥，藉以批判帝王昏瞶，此固然與宋朝
廷積弱有關，而納幣和親以求苟安的作法，由蘇洵〈六國論〉
以賂諷喻、蘇軾〈教戰守策〉所提出積極備兵的建議，可知北
宋時眾皆以為不非長久安治之道，澶淵之盟訂立五十年來，淪
陷其中者更憤憤不平，此或許正是宋代詩人寫昭君多直指元帝
之過的原因。

　　站在侵略者的立場，更直陳帝王無能，如金王元節〈青

塚〉：「環珮魂歸青塚月，琵琶聲斷黑山秋。漢家多少征西將，泉下相逢也合羞。」以「羞」字諷漢庭軟弱，靠女色和親求苟安。

（三）元明清雜劇傳奇

元代作家無論是漢人或蒙人，對於昭君的描述大致不離幽怨愁苦，如元淮〈昭君出塞其一〉：「西風吹散舊時香，收起宮裝換北裝。絨帽貂裘同錦綺，翠眉蟬鬢怯風霜。草白雲黃金勒短，舊愁新恨玉鞭長。一天怨在琵琶上，試倩征鴻問漢皇。」耶律楚材〈過青塚〉：「漢室空城一土丘，至今仍未雪前羞。不禁出塞涉沙磧，最恨臨軒辭冕旒。幽怨半和青塚月，閑雲常鎖黑河秋。滔滔天塹東流水，不盡明妃萬古愁。」

而元馬致遠《漢宮秋》在承襲前人以毛延壽而不得見幸的說法之外，並藉琵琶聲而得寵於後宮，封為明妃，同時揉合《琴操》、《西京雜記》及眾家詩詞，渲染鋪陳與虛構。毛延壽知事生變，恐見則降罪，便挾原畫奔走匈奴國，慫恿單于來京按圖索要昭君。單于果然動心，發兵南下，漢軍不敵，昭君以國為念，情願和親示好以息刀兵。元帝忍痛割愛，臨行灞橋餞別，留下漢宮衣，以示不以顏色待人。時昭君過黑水自盡以見節。當下，匈奴深悟受毛延壽挑撥：「則為他丹青誤了昭君，背漢王暗地私奔，將美人圖又來哄我，要索取出塞和親。」於是，綑綁毛延壽歸漢京治罪，最後一折戲裡，王昭君魂返，漢王驚秋。

馬致遠刻意將原本漢強胡弱的情勢，寫成漢朝廷軟弱無能，不能克敵，落得以一女子和親，並藉元帝與昭君生離死別的悲劇，寫時代或個人之悲，借古喻今，此中所投射抗異族入

侵之愛國意識頗明顯。同期作品尚有關漢卿《漢元帝哭昭君》、張時起《昭君出塞》、吳昌齡《月夜走昭君》，可惜的是曲文已失，無從見其間變化。但由題目中見得昭君是被元帝憐愛的，而「走」的動作裡有主動的選擇、有自我意識地堅持。月夜的出走讓人聯想到逃亡，這樣的舉動本身所帶有的冒險性與叛逆性，都足以說明昭君決定向命運挑戰的勇氣與膽識。

明初詩家或迴繞於塞外淒清之寒，書寫紅顏悲命，如李攀龍〈和聶儀部明妃曲其一〉：「天山雪後北風寒，抱得琵琶馬上彈。曲罷不知青海月，徘徊猶作漢宮看。」以遙望湖上月徘徊，藉錯認漢宮月色曲寫昭君心繫漢家思鄉之情，與杜甫「環珮空歸月下魂」（〈詠懷古跡其三〉）同寫昭君悲空心事。其中頗見新意者，如徐禎卿（1479～1511）〈王昭君〉：「辛苦風沙萬里鞍，春江微淡黛痕殘。單于猶解憐嬌色，親拂胡塵帶笑看。」就昭君立場諷元帝不如單于能賞識國色。

唐寅〈詠美人八首之二昭君琵琶〉：「高抱琵琶障冷風，淋漓衫袖濕啼紅。安邊至用和親計，駕馭英雄似不同。」則獨以不以為然的語氣，逼使元帝以和親安邊之無能現形，並嘲諷其對英雄與女子的差別待遇。另有明末遺臣馬鑾〈詠美人三十六絕句明妃〉：「安邊無策始和戎，簫鼓含情出禁中。天子若憐沙塞苦，願先延壽罪三公。」與唐寅觀點出於同一機杼，但在責元帝「安邊無策」之餘，進一步提出在懲處毛延壽前應先將最愆歸諸大臣。可見明後期，身受家國淪亡之危苦者，一變初期悲昭君苦境，轉而著墨於對君王不能保疆衛國，不能禦寇防夷，實寓時勢之況，在指責元帝的背後顯然憤明皇帝不能護江山！與宋翻案詩意不同的是明代詩家採取目標精確、用筆犀利的方式呈現，不但一語中的地指出罪魁禍首，並集中論點於君

臣昏庸，個個理當「罪」處，語氣剛強凜然。

　　同處明末的陳子龍（1608～1647）為明末才大思健的代表作家，清兵攻入時曾遁隱為僧，後因抗清被捕，投水而死。在所作〈明妃篇〉中則就叛國變節者批判：

　　　　絕代良家十五餘，掖庭待詔上椒除。三春花落收金鎞，
　　　　五夜燈微望玉輿。竟寧年中賓北國，詔選才人歸絕域。
　　　　胡兒已失燕支山，漢家何惜傾城色？明妃慷慨自請行，
　　　　一代紅顏一擲輕。薄命不曾陪鳳輦，嬌姿還欲擅龍城。
　　　　詔賜臨行建章宴，顧影徘徊光漢殿。單于親御衣萌車，
　　　　侍女猶遮九華扇。一曲琵琶馬上怨，紫臺青海日淒其。
　　　　當年應悔輕相棄，深愧君王殺畫師。

　　詩依《後漢書・南匈奴傳》的敘述觀點，以「明妃慷慨自請行，一代紅顏一擲輕」顯示昭君出塞的主動性與毅然決然的勇氣、魄力，然而末句卻筆鋒一轉，寫道「當年應悔輕相棄」，輕輕一撇，完全推翻了前篇詳細鋪陳的選擇。據《陳子龍集・明妃篇》附王昶案語：「是詩似為當時不得志者而作，故借明妃言之，言女不可以不見御而易其心，猶士不可以不見知而變其節。」

　　相較於詩，明雜劇有陳與郊《昭君出塞》、薛旦《昭君夢》，傳奇有無名氏《昭君戎記》。清尤侗《弔琵琶》雜劇、無名氏章回小說《雙鳳奇緣》情節大都因襲《漢宮秋》或綜合前人之作，並沒有太多突破。至於清詩詞，或如朱彝尊〈明妃曲〉：

上林消息斷歸鴻，記抱琵琶出漢宮。紅顏近來惟憔悴，春風更遜畫圖中。

蔣吉〈昭君冢〉：

曾為漢帝眼中人，今作狂胡陌上塵。身死不知多少載，冢花猶帶洛陽春。

納蘭性德〈蝶戀花・出塞〉：

今古河山無定據，畫角聲中，牧馬頻來去。滿目荒涼誰可語？西風吹老丹楓樹。從前幽怨應無數，鐵馬金戈，青冢黃昏路。一往情深深幾許？深山夕照深秋雨。

三首詩都以哀憐美人不幸的陰柔筆調，由紅顏老去以至青冢西風的蒼涼極寫昭君悲慘的命運。惟《紅樓夢》第六十四回「幽淑女悲題五美吟」中曹雪芹假黛玉作〈五美吟〉另闢蹊徑：「絕豔驚人出漢宮，紅顏命薄古今同。君王縱使輕顏色，予奪權何畀畫工？」遠承明唐寅等作，將個人感懷寄於才色雙全的昭君際遇，痛譏元帝依圖擇人，將決定宮人命運之權交畫工是麼荒謬！

後期之作如見諸孫紫濤、黃仕忠《風月錦囊箋校》[2]，〈新增王昭君出塞〉則不出前人窠臼，仍以馬上琵琶卿塚悲為基調：

---

2 黃仕忠《風月錦囊箋校》（北京：中華書局，2000 年 8 月），頁 10～13。

（水桃紅）為人莫作婦人身，最苦是昭君怨也，恨只恨，毛延壽，誤寫了丹青，羞殺了漢朝臣。

（下山虎）西風颯颯，短亭長亭，兩國和番使，奏入漢庭。簇密密，耀目刀鎗，帶甲曳兵，更雕旗促起程，昭君出禁城。

（一盆花）強把琵琶撥著數聲，總是離情。

（浣溪乍）為詞了漢高主，那王多邪佞，迎著美貌人，把胭脂為阱，豈知當今文帝有多少武其文，百萬鐵衣郎，忍將紅粉去和番，要那將軍則甚

（馬鞍兒）鋪馬傳宣罷戰征，接昭君入禁城，夫人和小人齊笑語，阿世羅觀世音。

（三換韻）悶懨懨病漸增，羌笛弄兩三聲，喚把歸心切。耐阻隔千山萬水，陰山冷草地深。何時得見故鄉人？花如錦，柳似茵，爭如得見漢宮春？

（尾聲）自古佳人多薄命，玉容花貌陷邊庭，古塚年年青常（尚）青。

（四）模式化書寫的文化現象

由唐以降，歷代對於王昭君情事的議論，雖因作家展演的書寫技巧而有不同風格，但在內容與切入的觀點卻呈現極高的同質性、普遍性，如此「模式化」的書寫現象的背後是文人群有意的模擬？或有某種主流意識及宰制力量？是否隱藏著某種「共識」？作為一種常識理性的存在，王昭君故事不斷的被詩歌、戲劇傳播，是否也意謂著作者用書寫王昭君來揭露意識形態，指涉時代氛圍及個人心志融滲等關係？

在生存版圖之爭中，與異族的戰火始終延燒不絕，長城的矗立標誌著權力的伸張與鞏固，「秦時明月漢時關」低吟出塞的悲歌。但從漢與匈奴、來勢洶洶的五胡亂華到唐與突厥、宋邊遼金患、蒙古女真滿人建立的元清兩朝。被指稱為蠻族番邦異類雜種的南北族群，為南下牧馬、為生存條件、為侵略奪取也無時不對中國宣戰，而烙印著「戎狄是膺，荊舒是懲」優越感的華夏便在一次次戰與和、燕然碑刻與和親納幣、甚至落得帝王蒙塵、江山變色。每一個對國事失望的志士、對家國憂懷的君子、對戰士稱揚的詩家、對漢夷不兩立堅持的思人，都在王昭君的故事上找到載體，因此檢視時代中不斷增衍的情節與評論的觀點，可以窺見該時文化社會與政治思維。

歷來詩家寫昭君事或為昭君入胡的身世處境而悲怨，或怪罪畫工毛延壽，或樹立君權，記漢夷外交政策苟且忍辱，或藉以慨嘆政府懦弱無能，寄託對當時朝廷國勢的批判、或道人生失意無南北之意，寫讒臣逐客不遇之憤，或表達昭君心繫漢家的堅貞，歌詠女子為國奉獻。在書寫上則融和重於內心的刻劃的閨怨詩、胡俗異邦的邊塞詩、懷古自我中心式地抒發個人牢騷，或諷喻朝政的理性思維。

昭君形象由由《漢書》的被迫和番，到《後漢書》臨行前的刻意裝扮，乃至《琴操》有意地「偽不飾其形容」、「乃更修飾，善妝盛服」主動入胡，但當唐宋反轉為到馬上琵琶哀怨辭、盡著漢衣悵雁歸。昭君的主體性在唐宋詩家借古抒情之下逐漸被淡化，「哀怨」的色彩也因國族觀而被強調，以致詩題中「明妃」總與「怨」結合，形象上反不如在中原之外的傳說來得鮮明而亮麗。

在唐代，昭君被集中於思鄉與「哀怨」的情緒中描寫，如

此「模式型」書寫，一則與闢邊爭塞，連年對胡作戰的政策有關，詩人藉以寄對陷於胡昭君的同情，強化漢族作為拯救者與對抗異族的姿勢；另則承魏晉後以「閨怨」詩擬代個人處境的系譜，融入作者自我的生命風景。但這樣的寄託書寫到了宋代，因為軍事上不順遂，外交上和親納幣的屈辱，使得在朝為官的知識份子將箭頭指向當局者、決策者，以指桑罵槐的方式，批判元帝，其實意在責宋君。

對昭君的書寫在每個時代裡進行，而存在於各朝代間「模式化」形塑昭君的現象，無非重複銘刻漢夷間微妙的生存鬥爭、「古來征戰幾人回？」見證的聲音，也反映出社會文化思維。

明朝萬曆年間至清朝康熙年間，在政治劇烈變化，商業化衝擊下，造成文化生產上許多新興的產製現象。興起的戲劇表演也因表演場域、觀眾需求，在文化生產過程當中，形塑昭君的書寫的筆調除翻新舊作，誇張角色關係、鋪陳情節敘述之外，其發聲狀態也因邊緣文人帶著多重的文化性格，藉著游擊戰的方式，不斷向主流文化發言，在文化身分的遊走之間，挾帶著各種性質的文化成分進行時代造像，也因此在明清詩歌戲劇中呈現大眾化世俗意味，也可見到反應時事的新鮮風貌及個人興寄。

五、民間傳說

民間文學往往以自由、活潑的形式拒絕單一的權威論述，藉與權力階層的妙堂、知識分子的廣場相抗衡。民意流動的能

量解構感時憂國的主流論述，因此在國家的興亡，漢族文化的
絕續之外，透露新鮮的意味。

在文人詩歌的書寫中，昭君最深刻的形象總是執著原鄉信
念，被凝結的生命。然而蒙古地區的昭君卻是婦孺皆知活潑、
可愛、仁慈的化身，當地人以神話的方式描繪昭君為天上仙女
下凡塵的和親天使，過河時抖動其衣裙，落下千萬條銀絲，而
為當地的美食「銀魚」，而其所到之處，腳下生青，一片繁花
綠野。在他們心目中，昭君是為沙漠帶來生機的神，是快樂善
良的女子。據內蒙古大學蒙古史研究所編《昭君與昭君墓》中
敘述昭君原是仙女，玉皇地帝派她下凡平漢與匈奴之間的干戈
之戰。單于迎之於黑水邊，當時飛沙走石，軍不能行，昭君一
揮手，頓時風雪止，彩霞滿空，祥雲燦爛，冰雪融而萬物生，
陰山綠而黑水澄清，飛來百靈、布穀、喜鵲。昭君定居後，走
其行履所到之處，水草豐美，她更以金剪將羊皮剪成犁、車、
馬教民種植。

安徽地區的傳說則道昭君為和平而嫁，途中九天玄女贈銀
針衣避寒，上有 9999 根針，可保不被侵害。昭君使單于殺毛
延壽，在白洋河橋禱，九天玄女出現，收回銀衣，銀針落出成
銀魚，順流游回漢。此說顯然以魚回化身，圓昭君歸漢之思，
但也顯露其歸不得的絕然。

民間故事中除承詩家文人所描繪的昭君故事演繹外，更富
有活潑生動的想像，如《楠木井》、《梳妝台》、《珍珠
潭》……，情節浪漫，把香溪的桃花魚，當成是昭君離家時，
與家人離別所流淚落入河中而成的。長江三峽上下數百里，獨
香溪河口在每年桃花盛開時，水中的桃花魚也相繼而生，桃花
凋零時它也消失。

足見民間演義帶著更多彩的傳奇色調，所附加的不是個人生命的寄託，有的是因地緣視景架構出的民族誌、有的則以神化的方式雕塑青春豐饒的偶像，其間滲透蠻族的謙卑與對天地的禮贊。王昭君的生命就這樣在引起歷代文人的心靈共感，民間傳說更結合文化的想像下，在不斷被渲染與書寫中創造新的面貌與觀點。

六、女性視角下的聲音

相較於男性作家對昭君的同情與借其事說己遇，女性作家又是如何寫昭君？

梁天監元年（西元 502 年）到隋末（西元 617 年）梁王淑英妻劉氏作〈和昭君怨〉詞曰：「一生竟何定，萬事良難保。丹青失舊儀，玉匣成秋草。相接辭關淚，至今猶未燥，漢使汝南還，殷勤為人道。」「丹青失舊儀，玉匣成秋草」與石崇「昔為匣中玉，今為糞上英。朝華不足歡，甘與秋草并」，同比昭君今昔兩種處境，詩末寄語漢使傳書淚未乾的思鄉之情。在另一層次而言，毋寧是另一個深宮女子藉事說己境己情的深愁傷悲。

清女詩人陳運蓮〈昭君〉道：「妾未承恩願報恩，琵琶一曲靖邊陲。寄言漢代麒麟閣，莫畫將軍畫美人。」葛秀英〈題明妃出塞圖〉：「絕塞揚兵賦大風，旌旗依歸過雲中。他年重畫麒麟閣，應記蛾眉第一功。」二詩不約而同地認為刻漢功臣圖像的麒麟閣上，應標記昭君之功，說明長期被排於史的書寫之外的女性作家不再甘作個無名的影子，不甘被除名於時間的永

恆之外；她們由一向消極感傷轉為積極爭取，立功顯名的位置與權力，所提出「他年重畫麒麟閣，應記蛾眉第一功」的呼聲，不啻為對自我生命價值的認同與追求自我實踐的宣言。

清道光女詩人萬夢丹：「按圖索取太相輕，豈有芳姿繪得成？枉向宮門誅畫史，琵琶出塞已無聲。」詩以「枉」字隱約透露元帝嫁罪於畫工的懦弱。「無聲」所發的是更深沉的抗議與憤懣。「按圖索取太相輕」一句則充滿對於元帝的指控、鄙棄、痛譏、質疑，顯示女性從自己的眼光、自己的角度、按自己的思維方式批判男性，表達對權威者的不滿與憤慨。

臺灣日治時期詩人石中英的昭君詩寫道：「獨坐宮中日已昏，沉思國難暗消魂。無端奉使驚征鳥，抱卻琵琶出雁門。」以「沉思國難暗消魂」強調獨坐宮中不知日已昏的原因，不是為相思閒愁，不是為傷感懷春，而是為國而憂、為時局而思。然而生為女人，命運是被擺佈的，是在「無端」之下被決定的。男性談家國歷史是對生民立命，為萬世開太平的大敘述，是時間的、是外在世界的。女性永遠是被迫害的、被宰制的。張李德和〈弔昭君〉：「深宮悲寂寞，搔首嘆斜陽，未得君王寵，先遭國賊傷。紅顏雖薄命，青塚有餘香，長使單于服，貞名耀漢邦。」對於昭君則在嘆不遇之餘，美其耀邦安國得單于服之功，能脫昭君一貫的悲怨思鄉角度，稱美其餘香之德。

至於二十世紀在現代詩裡的昭君形象被描繪成什麼樣？以鍾玲之作觀之：

曳地的深衣裙裾／托我生殿如綠雲／落日剪出我的風柳腰／直映入龍座上你的雙眸／陛下，空等了你三年……我裊裊俯身下拜；／呼韓邪拍案驚起，／風霜的臉滿佈

歡喜。／以後的蠻荒歲月，／都交付黃沙、廬帳／刺痛
肌膚的毛氈／以及異族男子拉弓的臂彎，陛下、你的深
情也刺痛我，／縱使你愛我，以無盡溫柔，／你的寵眷
疼多久？／倒不如你魂牽塞外，／因為得不到的，／屬
於永恆。

　　鍾玲將鏡頭置於王昭君登上承明殿時的情況，繼而寫她空
等三年和往後的「蠻荒歲月……」。昭君對漢帝以退為進，自
動求去，以長保漢帝對她歉疚與遠慕。「因為得不到的，／屬
於永恆」裡有太多參破世間情無常的了悟，這樣決然求去的舉
止裡有著太深的嘆息！

　　無論是為昭君訴冤苦：「明妃遠嫁泣西風，玉箸雙垂出漢
宮。何事將軍封萬戶，卻令紅粉為和戎。」（胡曾〈漢宮〉）或
是站在大男人主義言和親對昭君是美事一樁：「莫怨工人醜畫
身，莫嫌明主遣和親。尚時若不嫁胡虜，只是宮中一舞人。」
（王叡〈解昭君怨〉），均見男性居高高在上的說話位置，俯視
女性受苦，所灑下的薄薄的同情。相對於男性由家國立場的書
寫，女性視角重構女性自己的故事，賦予昭君自己的聲音，解
構父權虛擬的真理，無論是從情愛的虛渺、爭取權力的吶喊，
都讓聽見女性聲音的力量。

七、結論

　　從西晉石崇〈王昭君〉至今，「昭君出塞」的題材為歷代
文人屢吟不絕。楚楚動人、瀰漫著悲涼色彩的昭君形象明顯帶

有詩人的想像成分，藉昭君故事相引發，除增強了詩句的感染力，傳達出其審美情趣外，還有君權下為臣子群體的悲劇意識。誠如王立《心靈的圖景》一書所言：「看似孤立懸擱在個別文本情境中的意象，實則在其背後是一個蘊含豐的文化實體。」詩人的精神世界是時代社會意識形態的投影，文學作品也是特定的時代精神與文化特性的體現，由對王昭君出塞故事的敘述、歷史性的回顧、考察，挖掘在這意象中「深層意識中的長期積澱」與「潛藏的文化因子」。

在民間戲曲中，書寫者多站在同情的角度上勾勒昭君悲怨愁苦的形象，直到一九六一年曹禺應周恩來之請，以王昭君為對象歌頌民族團結和民族間的文化交流。該話劇本寫成於「文革」結束後不久，加上政治意識主導，顯然受當時的文藝思潮和創作方法的侷限。正如郭沫若主編的《中國史稿》稱「昭君出塞成為漢朝與匈奴和好的歷史佳話」，因而一反哀怨楚淒，著墨於活潑、堅毅、主動的昭君自願肩負起漢胡和親的使命，開創和維繫了漢朝邊境長達五十年安定局面的功蹟之上。足見為了適應不同時代需要，同一題材可有不同的主題；也因個人所寄託的意念情思，同一主題被賦予迥異的觀點。昭君故事就這麼在歷代詩家文人筆下被不斷地重組、增衍、說解，其形象也在推陳出新中，由被動懦弱轉為積極理想，而漢元帝則由主宰者轉為被批判者。其中除顯示在不同角度透視下的詩家思維，也反映時代的共相，更從男女作家的書寫當中，聽見女性長久被邊緣化，渴望被歷史肯定的聲音。

埃耳韋・聖・德尼言《中國的詩歌藝術》（邱海嬰譯）載錢林森編（牧女與蠶娘）言：「若在別國，昭君的身世引起的會是羨慕而不是憐憫，因為她失去的是幽居深宮的悲苦和卑

賤，換回的是王后的寶座和丈夫的厚愛，可是所有的中國人都為她的命運悲嘆，李白、常建以及其他許詩人說道：昭君死在遠離長安的地方，沒有見到家鄉，這何異於流放！」昭君以孤獨的身段出走塞外，在蒼茫的大地中回看家鄉故國種種，千山萬水，顛沛流離，昭君的自我放逐，在某種意義上是對整個民族、政治怯懦的反諷，在剛烈的蒼涼中，刻鑄下對人生的堅持。

　　創作者復現、篩選、重塑的歷史，在接受主體而言，那是根據文字代碼轉譯重現心中的「歷史」，均非歷史本來面目。所謂：「古人詠史，但敘事不出己意，則史也，非詩也。」[3]由昭君故事的流變說明：在「借古人往事，抒自己之懷抱」[4]時透過相關材料的取捨和詮釋角度的推陳出新，形成特殊新穎的視野，使「過去已然的歷史情境」與「現在發展中的自我主體」產生視野的融合。再者，「櫽括其事，而以詠嘆出之」[5]時，同一題材卻開展出不同的主題與內容，正反映不同時代的需要，而文化印記、時代宰制、重塑記憶、對現實的揭露針砭，無不昭示現實給人的一種歷史反思，都使它成為文學一再被解構與建構的主題。

　　──原刊於《景女學報》第5期（2005年2月）。

---

[3] 吳喬《圍爐詩話》（上海：上海古籍出版社，1986年），頁78。

[4] 袁枚《隨園詩話》（臺北：漢京文化事業公司，1984年2月），卷14，頁467。

[5] 同上。

揀盡寒枝不肯棲，寂寞沙洲冷
——話東坡黃州詞

一、前言

「身如已灰之木，心似不繫之舟，問汝平生功業，黃州惠州儋州。」蘇軾在〈蘇北遊金山寺見己肖像自贊〉中言：然而此三處為東坡在事業上最無用武之處，何功業之有？應是創作量最多之自豪[1]。

以詞而言，東坡經過長期創作準備和理論認識上的醞釀才開始寫詞，因此直到熙寧四至六年間為杭州通判，時年三六方有詞作。初期詞作內容多個人色彩，寫景送別酬唱之作，後由具體寫景到遣情入詞，結合曲子詞而走向口語化、散文化。論及境界的開拓則在密州寫水調歌頭〈懷子由‧明月幾時有〉、徐州熙寧十年〈永遇樂‧明月如霜〉及湖州之作計四十四首作品中，由於性情、才學、胸襟融合而逐漸形成個人特殊風格。

烏臺詩案於東坡是人生前所未有的逆境困局，但在文窮後工之中，反使黃州詞因為含蘊著生命境界的轉變與理想的堅持，銘刻遭受仕途滄桑、人世糾葛的磨折的恐懼，而呈現真實

---

[1] 王承照〈論蘇軾創作的發展階段〉，《社會科學戰線》1984 年第 1 期，頁 259～29。

的感情與省思。同時在儒道釋探索中的融合，與仕隱掙扎中的體悟，東坡由原本意氣風發地以為「有筆頭千字，胸中萬卷，致君堯舜，此事何難？」（〈沁園春〉）到「誰怕，一簑煙雨任平生」（〈定風波〉）的瀟灑，其中所留下自我尋覓自我完成的足跡與情思，都在其或豪邁豁達，或清俊飄逸的流風詞韻中展現。再者，東坡創作上以詩為詞的新視角創製豪放詞，並從整體上改造舊有傳統文人詞，破詞為歌樓樂曲狹隘的觀念，使「詞主情」的情得到空前的拓展。舉凡言志、闡理、諷諭、詼諧乃至喜怒之情皆可入詞，為詞創立了新範式[2]。在解除音樂性的束縛後，更使詞有更廣闊的發揮空間，詞情聲情至黃州詞技巧成熟，表現多樣化已臻於化境，故擬藉東坡黃州詞了解其創作歷程、整體風格、藝術特色，貫穿其生活情思的主旋律，以及東坡詞的所展開的境界。

二、黃州詞的成就
——技巧的渾然天成，意境內涵的清曠簡遠，雄健俊逸

（一）建立清俊豪放的風格

　　蘇轍在為兄所寫墓誌銘中，將蘇軾散文分為四期：「一、少與轍書，皆師先君，初如賈誼、陸贄書，論古今治亂，不為空言。二、既而讀莊子，喟然嘆息曰：『吾昔有志於中，以未能言，今見莊子，得吾心矣。』三、謫居於黃，杜門深居，馳

---

[2] 朱靖華〈東坡歷史地位為詞創立新範式〉，「千古風流——東坡逝世百年紀念學術研討會」，2000 年 11 月 17～18 日。

騁翰墨,其文一變,如川之方至,浩然不見其涯也而轍瞠乎不能及矣。四、後讀釋式書,深悟實相,參之孔老,博辯無礙。」

清王文誥以東坡詩分:「元豐謫黃一變,紹聖謫惠州一變,及渡海而全入化境。」[3]龍沐勛〈東坡樂府綜論〉分三期:「東坡詞語亦隨年齡與環境而有轉移,大抵自杭州至密州為第一期,自徐州貶黃州第二期,去黃以後為第三期。」並述各期特色說道:「讀東坡詞,自當比四十至五十間諸作品為軌而已……又以黃最重要,『逸懷浩氣,超乎塵垢之外』正此時之作。」[4]

由上可知在政治失意的東坡,於黃州時期的深自沉潛,反形成創造其在文學上豐收的動力。東坡由詞淵源上尋「微詞宛轉,蓋詩之裔」,樹立「以詩寫詞」,並注入北宋詩文革新反傳統的精神,別開詞的豪放。

雖然東坡詞中豪放風格僅佔其全作十分一弱,然而因為他是第一個大量創作豪放詞的作家,並以成熟的作品來支持其嶄新的詞觀。這樣的契機在密州時期已見端倪與創作,但烏臺詩案的衝擊,讓黃州時的東坡內心深處屬於道佛的興味,在沉寂中更近圓融,表現於詞作上的飄灑奔放,便如滔滔江水不可遏抑,因此我們可以說黃州詞在東坡生命體悟與其人生情境的結合下,不僅流露其個人超俗絕困的智慧,使其詞作有更廣闊的感染魅力,更使其於「清雄」為基調的詞風中,因際遇思想而轉生「超曠」的面貌。

---

[3] 清王文誥《蘇文忠公詩編注集成》(臺北:臺灣學生書局,1979 年 8 月),《蘇海視餘》卷 1,頁 377708～377709。

[4] 《詞學季刊》第 2 卷第 3 號,頁 1～11。

（二）創作量多質精

龍沐勛《東坡樂府箋》云：「現存東坡詞 344 首，可編年者 206 首，最早為〈浪淘沙〉於熙寧五年春（1072）杭州通判任上所作，最晚為〈鷓鴣天〉，元符三年（1100.12）。」自海南島北還行到韶州，共二十八年中，人生中種種沉浮影響其思情，滲透於作品中，形成不同的風貌。儘管在黃州所作詞共四十七首，數量尚次於杭州之作，但許多超曠飛揚的作品都作於黃州困頓之時。作品不僅量多，風格上也呈現多樣化，如〈洞仙歌〉、〈卜算子〉之韶秀清麗、〈念奴嬌〉、〈定風波〉之逸懷浩氣、〈水調歌頭〉之開闊飛揚，〈西江月〉之沉鬱悲慨等都足以反映東坡生命情調，與哲趣意興。

（三）詞藝臻化境

宋胡仔曾讚蘇軾詞道：「東坡詞皆絕去筆墨畦徑間，直造士人不到處，直可使人一唱而三嘆。」[5]觀之黃州詞無論是初到的情思或寄寓寫心志的詞作：〈卜算子〉、〈水龍吟·小舟橫〉、〈江城子·夢中了了〉、〈定風坡〉、〈哨遍·為米折腰〉、〈洞仙歌·冰肌玉骨〉、〈念奴嬌〉、〈南鄉子·霜降水〉、〈臨江仙·夜飲東坡〉、〈水調歌頭·落日〉等，在技巧上無論是以宋哲理之趣入詞，或放大時空將個人與歷史結合，情理交映清曠簡遠之境，或用典，或白描，鋪敘跌宕，隱約委婉，都各盡其妙，一如清水出芙蓉，天然其雕飾，豪華歷盡見真淳。

---

[5] 宋胡仔《苕溪漁隱叢話》（臺北：長安出版社，1978 年 12 月），卷 26，頁 193。

（四）取材多樣化

東坡以其「文理自由，姿態橫生」[6]的藝術理論，主張詞的風格多樣化，通過創作實踐，及衝破崇尚音律的束縛，使詞的風格恢復唐代民間曲子詞本然面目和反映多方面現實生活，舉凡酬贈、送別、節令、閨閣、言志、說理、抒情、狀物、懷古、悼亡、嘲謔、詠物……無一不可詞，充分實證了以詩為詞的理論，並豐富詞所描繪的範疇，無怪乎劉熙載《藝概》卷四云：「東坡詞頗似老杜詩，以其無意不可入，無事不可言也。」

（五）生命境界與藝術形式的結合

「真」是東坡創作理念，蘇詞中的個性展現正見其以藝術形式體現此特徵。

在〈答謝民師書〉中，指出「詞，達而已矣。」可見其文學觀主張表達自己內心真實感情，表現事物本質。因此，「東坡……自以真骨面目與天下相見，隨意吐真，自然高妙。」[7]將主觀感情、萬斛才思於詞中傾瀉而出。

東坡詞格「高風絕塵」[8]實源於其人格與個性，其作品之所以能千古傳響，不僅是其才氣橫溢所造就的藝術成就，更因融入生命感知與個人襟懷而使詞境在言志之外，含蘊深沉的歷史文化與人生哲見。尤其烏臺詩案的打擊，使胸懷「書劍報國」的東坡，在仕與隱，儒與道，變與不變間追索人生價值與

---

[6] 蘇軾〈答謝民師書〉。
[7] 方東樹《昭昧詹言》（北京：人民文學出版社，1984年）。
[8] 朱靖華〈東坡歷史地位為詞創立新範式〉，「千古風流——東坡逝世百年紀念學術研討會」，2000年11月17～18日。

定位。這些尖銳複雜的矛盾，都藉著作品中反映，正如他自己所說：「如食內有蠅，吐之乃已。」因此，於黃州詞中，我們可以見到東坡夜飲慨嘆「小舟從此逝」的消沉，也見他「一時多少英雄豪傑」廓結於「人生如夢」，於是以「百年裡，渾教是醉，三萬六千場」（〈滿庭芳〉）化解煩憂，以「歸去來兮」、「任真逍遙」雍容曠達的超越世俗，回歸自然的心路歷程。東坡由生命主體的失落到不斷領悟人生真諦，而肯定自我，張揚自我，這樣尋找自我的脈絡，在黃州詞裡清楚地留下軌跡。

　　王國維《人間詞話》將蘇軾詞與辛棄疾、姜白石比較道：「東坡之詞曠，稼軒之詞豪。無二人之胸襟而學其詞，猶東施之效捧心也。讀東坡、稼軒詞，須觀其雅量高致，有伯夷、柳下惠之風。白石雖似蟬脫塵埃，然終不免局促轅下。」詞至東坡「寄慨無端，別有天地。」[9]黃州詩文之所以瑰麗，因為謫遷而生的無端寄慨，因為融鑄其個人襟懷學識與涵養，而得以廣博浩盛，塑就成理趣情趣相映成姿之美，其中有個人生命經驗真情的種種情思，有其個性智慧所鍛鍊出的曠達。

　　東坡經過對人生苦思而悟的超然，使他解除不得志的抑鬱，而實際上，東坡「一簑煙雨任平生」的生命魄力，「也無風雨也無晴」的坦然樂觀，「疏狂」的豪邁個性，「揀盡寒枝不肯棲」的堅定執著，這些特殊、獨有的精神，與在現實艱苦中抽繹出來的哲理，正是東坡詞的養份，使其風格、內容呈現絢爛多姿的藝術境界。正因為黃州詞字字句句都承載著其「苦難後的超脫與寧靜」真實深刻的情思，使黃州詞不僅是療傷止痛

---

[9]　清陳廷焯《白雨齋詞話》卷1。

的記錄,也是東坡人生境界與藝術理想蛻變的印痕,其價值與意義便顯得十分突出。

三、由黃州詞看蘇軾思想蛻變

黃州五年,是東坡人生觀的轉捩點。他在經歷命運擺佈,虎口餘生後,熱烈的心逐漸趨向閒適,性格也轉向曠達與超脫[10],佛道思想與黃州風土人情的滲透,使東坡找到另一個生命的出口。

(一)儒釋道思想內觀之融合

元豐三年二月一日,東坡抵黃州,不僅生活貧困窮乏,舉目無親,烏臺詩案所帶來「夢繞雲山心似鹿,魂驚湯火如雞」[11]的惴慄驚愕仍駐心頭。在「平生文字為我累,此去聲名不厭低」[12]的嘆息中有深深的挫折之悲愁。首先,他把自己封閉起來,檢討性格上的弱點:在給李方叔信中說:「得罪以來,深自閉塞,扁舟草履,放浪山水間,與漁樵雜處,往往為醉人所推罵,自喜漸不為人識,平生親友無一字見及,有書與之亦不答。」[13]深悟文字之禍的東坡,默自觀省〈答秦觀書〉

---

[10] 唐玲玲、周偉民《東坡思想研究》(臺北:文史哲出版社,1996 年 2 月),頁 108。

[11] 《蘇軾詩集》(北京:中華書局),第 3 冊,卷 9,〈予以事繫御史台獄,獄吏稍見侵,自度不能堪,死獄中,不得一別子由故作二詩授獄卒梁成,以遺子由二首〉,頁 998。

[12] 《蘇軾文集》(北京:中華書局),第 2 冊,卷 19,頁 1005。

[13] 《蘇軾文集》卷 49,〈答李端叔書〉按書中所述當作於初至黃州時。

言「自持頗嚴」深怕「若復一作文字則決壞藩墻，今後乃復衮衮多言矣！」

其次，他希望在佛道中尋求精神寄託：東坡在貶黃州時，面對生命無常初曾齋居天慶觀，焚香安國寺，也曾試圖隨緣自適，居定惠院安身獨處靜坐，安心省思，〈黃州安國寺記〉中云：「閉門卻掃，收召魂魄，退伏思念，求所以自新之方。」或乾明寺偶宿，承天禪寺夜遊，藉佛老靜而遠之境，以尋思突破困境之道，如〈與王定國書〉中言：「某寓一僧舍，隨僧疏食，感恩念咎之外，灰心杜口，不曾看得人，所云出入，蓋住村寺沐浴，及尋溪傍谷，釣魚采藥以自娛耳。」[14]與孟震同遊常州僧舍，悟「來年轉覺此生浮」，「輕舟短棹任橫斜，醒後不知何處，此身如僧舍，何處是吾鄉？」（〈臨江仙送錢穆父〉）

東坡企圖以佛老解脫內心痛苦，超越黑暗現實，但東坡畢竟是生命的熱愛者，骨子裡儒家文人宿命的家國責任感，使他即使屢為理想破滅而慨嘆「人生如夢」（〈念奴嬌〉）、「世事一場大夢」（〈西江月〉）、「笑勞生一夢」（〈醉蓬萊〉）、「萬事回頭都是夢」（〈南鄉子〉）、「身外儻來都似夢」（〈十拍子〉），但他濟世淑世的理想從未熄滅，「煩子指間風雨，置我腸中冰炭，起坐不能平。」（〈水調歌頭·昵昵兒女語〉）元豐四年寂寥之情依舊，直到元豐五十六年築「雪堂」，徜徉蘭溪之上作〈浣溪沙〉，遊赤壁作〈念奴嬌〉，雪堂夜飲醉臨皋作〈臨江仙〉，詞作由寄寓傷感，化為清朗高逸心情，也見閒適曠達，情緒由苦悶而舒緩創作量最多，計二十三首。

---

14 《蘇軾文集》卷52，〈答王安國書〉。

貶黃州期間，東坡對如儒道釋三家思想進行融會梳理與批判，完成《易傳》九卷、《論語說》五卷，經過他「揀盡寒枝不肯棲」的苦苦思潮，終於建立其主體意識的自由人格，所謂自由人格即指他對現實的超越與執著的統一[15]。在〈上文潞公書〉中云：「到黃州，無所用心，輒復覃思於《易》、《論語》，作《易傳》九卷，又自以己意作《論語說》五卷。」[16]東坡的參禪論道，並不是為「出生死，超三乘」，而是「專以待外物之變」，「遇物而應，施則無窮」[17]，以豐富自我，發展自我。

忘我忘世的老莊思想也使東坡在對人生苦思中注入契機，《莊子‧養生主》：「臣以神道，而不以目視，官知止而神欲行，依乎天理，批大郤，導大窾，因其固然。」東坡以其中隨遇而安之體悟，寫〈問養生〉：「安則物之感我者輕，和則我之應物者順，外輕內順，而生理備矣。」道家淡泊名利，縱大化的超然自得，讓東坡體會世事無常，惟有江月永恆，浪淘盡千古風流人物，何況庸碌我輩？「蝸角虛名，蠅頭微利，算來著甚乾忙，事皆前定，誰弱又誰強？」（〈滿庭芳〉）「苟非吾之所有，則一毫莫取，但江上之清風與山間明月，耳得之則成風，目遇之則成色，此吾與子之所共適者也。」（〈赤壁賦〉）遊於自然與忘情物我的老莊哲學使東坡在現實界，不再在乎功利的迫害，而走向「只淵明，是前生」的歸田園思，「小舟從此逝江海寄餘生」的與天地結合，並以無往而不樂的曠達胸襟，開拓「也無風雨也無晴」的人生境界（〈定風波〉）。

[15] 朱靖華〈東坡歷史地位為詞創立新範式〉，「千古風流——東坡逝世百年紀念學術研討會」，2000 年 11 月 17～18 日。
[16] 〈經進東坡文集事略〉卷 44。
[17] 蘇軾〈與滕達道書〉。

葉嘉瑩先生對於黃州時期，東坡思想提出這樣的解說：「人而仙者……入世深用情專，雖九死其猶未悔，以超曠對人間無奈，現實挫折，先天之夙慧結合後天修養而達的人生境界。」[18]在黃州詞裡，東坡坦誠的記下九死不悔的心志，也展現環境對其思維的摧折與再生，藉由黃州詞中「揀盡寒枝不肯棲」（〈卜算子〉）所堅持的「一點浩然氣」（〈水調歌頭〉），和「何妨吟嘯且獨行」（〈定風坡〉）裡的忘情得失後的自在，我們更見到東坡如何出入於佛老易傳中脫困，以廓清開朗的人生觀重新為自己定位。

（二）黃州生活外緣之陶冶

除了從佛道思想中企圖轉思移念外，黃州民情風土、友朋慰藉也是形成東坡思想轉變的元素。初抵黃州拮据生活，在〈答秦太虛七首〉中道：「廩入既絕，人口不少，私甚憂之。」「孤坐凍吟誰伴我，揩病目，撚衰髯。」〈江城子〉云：所幸「魚稻薪炭頗賤，甚與窮者相宜。」[19]「龍焙今年絕品」，（〈西江月〉）「長江繞郭知魚美，好竹連山覺筍香」[20]，加之以人情淳樸如葛天氏之民：「魚蟹一時分付，酒無多少醉為期，彼此不論錢數。」（〈漁父〉）何況朋友的相知相助，如雨後微雪，太守徐君猷攜酒見過，作〈浣溪沙〉三首。

黃州地處長江之濱，是美麗、古樸的江城。浩浩江水啟迪思想，在「臨皋煙景世間無」中（〈浣溪沙〉），東坡「照野瀰

---

18 葉嘉瑩《迦陵談詩》（臺北：三民書局，1977 年 3 月），頁 129～155。

19 《蘇軾文集》卷 49，〈與章子厚參政書〉。

20 《蘇文忠公詩編註集成》（臺北：臺灣學生書局，1987 年），〈總案〉卷 9 冊 4，頁 102474。

灑淺浪，橫空暖暖微霄，障泥未解玉驄驕，我欲醉眠芳草。」
（〈西江月〉）有時在「落日繡簾捲，亭下水連空」的快哉亭下
臨風賞山色（〈水調歌頭〉），有時則於「翻空白鳥時時見，照
水紅蕖細細香」一派悠閒（〈鷓鴣天〉）。黃州的春花秋月，在
在觸動東坡受傷的心靈，這些大自然景物也讓東坡於赤壁江月
中體會人生的變與不變，而得精神慰藉。

　　如陶淵明般開地墾荒的東坡也由勞動，親自刈草蓋雪堂中
獲得樂趣。這時所關心的不再是那「蝸角虛名，蠅頭微利」
（〈滿庭芳〉），而是「依舊卻躬耕，昨夜東坡春雨足，烏鵲喜，
報新晴」（〈江城子〉）風調雨順之樂。在雪堂中「隱几而晝
瞑，栩栩然若有所適而方興」[21]的東坡，從而頓悟人生得的超
然物外的哲理，他在淡泊的生活中樂天知命，心胸超脫，歸隱
之念油然而生「策杖看孤雲暮鴻飛，雲出無心」（〈哨遍〉）不
正是「採菊東籬下，悠然見南山」的真意？

　　這些溫暖的情誼與寧靜自然，使得東坡由「佳節若為酬，
但把清尊斷送秋萬事到頭都是夢，休休，明日黃花蝶也愁」
（〈南鄉子〉）的傷悲落寞，在「坐見黃州再閏，兒童盡，楚語
吳歌，山中友，雞豚社酒，相勸老東坡。」（〈滿庭芳〉）的融
入中，心情由激憤、沉澱、內斂到釋懷、超越，思想也由儒而
歸於忘我忘形如「不繫之舟」之「道」，接受命運無常之
「釋」，乃至「莫道狂夫不解狂，狂夫老更狂」的放懷。

---

21 《蘇軾文集》卷10，〈雪堂記〉。

四、黃州詞主題

　　蘇軾曾說：「言有盡而意無窮者，天下之至言也。」[22]可見蘇軾認為好的詩歌必須意在言外，寄託深遠，有弦外之音，味外之味。「言在意外，寄託深遠」。東坡寫詩主張「詩須要有為而作」[23]、「言必中當世之過」[24]。因此東坡寫詩常「寓物托諷，庶幾流傳上達，感悟聖意」。[25]但詩並未「感悟聖意」卻反成羅織罪名，言之有罪的證據，東坡縱有「偶拈詩筆已如神」「城東不鬥少年雞」[26]的豪情，烏臺詩案後，也有了「多難畏人，此詩慎勿示人」[27]的警惕，因此黃州後的詩歌，更是詞旨隱約，寄託深遠。對於家國之憂、朝政之諷、慨言志氣者、於詞中幾乎不見。大多是生活瑣事或身世之感，以情隱詞，意寓言外的方式，寄託個人內在的情懷思感。

　　黃州詞裡，可以見到東坡生命境界的轉變與理想的堅持，也清楚的銘刻著東坡由挫折、恐懼、到掙扎與體悟，以至自我完成的軌跡。

　　從元豐三年到任，至七年離黃，「酒賤常愁客少，月明多

---

[22] 姜夔〈白石道人詩說〉，收入何文煥編訂《歷代詩話》（臺北：藝文印書館），頁440。

[23] 〈題柳子厚詩二首之一〉，《蘇軾文集》卷67，頁2109。

[24] 〈鳧繹先生文集敘〉，《蘇軾文集》卷10，頁313。

[25] 〈乞郡劄子〉，《蘇軾文集》卷28，頁829。

[26] 〈十二月二十八日蒙恩則檢校水部員外郎黃州團練副使復用前韻二首〉，《蘇軾詩集》卷19，頁1005。

[27] 蘇軾〈答范純夫十一首之十一〉，《蘇軾文集》卷50，頁1457。

被雲妨」（〈西江月〉）的窘困，「飢寒未至且定居，患已空猶夢怕」的餘悸，乃至寂寞沙洲冷卻不肯同流的孤獨，「且趁閒身未老，須放我，些子疏狂，百年裡，渾教是醉，三萬六千場。」（〈滿庭芳〉）意圖以醉不問世事全身遠禍的悲憤，都是創作的情思本源。積極以詩詞表現自我，揭露自我的東坡，其思想心境一直是他品作中的主旋律，其深厚更決定詞境高下寬窄。

幽獨是東坡處黃州時內心深處的滄涼，真實人生下的特殊時空，與心境交互滲透，所形成的思維轉變，都一一在東坡詞中顯露。幽獨是東坡處黃州內心深處的蒼涼，獨，來自幽，因品格幽潔無人解，強烈的幽獨情懷形之於文辭，形成以內在相映為表裡的清峻。而黃州的土民情、生活所提供的寫空間，如「小舟橫截春江，臥看翠壁紅樓起」（〈水龍吟〉）的自在，種田東坡，薪少量出以致「空腹有詩衣百結」，但「黃州食物賤，風土稍可安」。[28]因此，「謫居既久，安土忘懷，--如本黃州人」。[29]「扁舟草屨放浪山水」（〈答李端叔書〉）的悠閒，快哉亭「一點浩然氣」的自我肯定、遊赤壁享水月撿拾生命落空後的坦然、或步臨皋歸雪堂、觀臨皋煙景，自然所提供懷古的舞臺，療傷止痛的藥石，也都成為黃州詞的著墨的焦點。茲分述如下：

（一）天涯飄泊空虛之慨

東坡天性中「欲以天下為己任」的「用世之志意」，無論在朝、在野從未放棄，「不為外物得失榮辱所累」的超然襟

---

28 《蘇軾文集》卷60，〈答李寺丞〉2之2。
29 《蘇軾文集》卷57，〈與趙晦之〉4之3。

懷，使東坡在屢受挫困時，得以自我解脫自我寬慰，但內心深處浪跡天涯，無窮蒼茫的感慨仍不免在「不著跡象」的「春花散空」中悄然傳露出，而這也可說是其黃州時期作品的特色。

近人夏敬觀云：「東坡詞如春花散空，不著跡象，使柳枝歌之，正如天風海嘯之曲，中多幽咽怨斷之音，此其上乘也。」就以這首〈楊花詞〉為例，在離人淚裡投注濃烈的情思：

> 似花還似非花，也無人惜從教墜，拋家傍路，思量卻是，無情有思，縈損柔腸，困酣嬌眼，欲開還閉，夢隨風萬里，尋郎去處，又還被，鶯呼起。
> 不恨此花飛盡，恨西園，落紅難綴，曉來雨過，遺蹤何在？一池萍碎，春色三分，二分塵土，一分流水，細看來，不是楊花點點，是離人淚。（〈水龍吟・次韻章質夫楊花詞〉）

沈德潛〈填詞雜說〉論此詞為言情之作，但：「東坡〈似花還似非花〉一篇，幽怨纏綿，直是言情，非復詠物。」蘇軾詠物詞的共同特點就是「似花還似非花」，好像在詠物，但又不全在詠物，而是托物擬人。此詞貫穿全篇首尾的卻是人物細微心理的流動變化，正見借楊花寫離恨，把人與物寫得若即若離，含蓄蘊藉，意在言外。

女子與花互為比喻，花因此有了女性的幽然清美的氣質與人性，在詞作中，也因此有了種種連續的動作或姿態的刻劃。這些姿態或動作，融合著女性特殊的時間焦慮，和清美高潔的女子的生命，傳達出內心中無限委曲婉轉的情思。「縈損柔

腸，困酣嬌眼，欲開還閉」，緊承「有思」。此處由詠楊花轉而明寫思婦而暗賦楊花「夢隨風萬里，尋郎去處，又還被，鶯呼起。」既攝思婦之神，又攝楊花之魂，二者正在「不即不離」之間。張炎〈詞源〉評此詞「後段愈出愈奇」，奇在承上片「惜」字意脈，專力寫「怨」。「落紅難綴」即春事將盡，藉追楊花，抒惜春深情，緣物生情，以情映物，物情交融而至渾化無跡之境[30]。

唐圭璋以此詞「詠楊花，遺貌取神」[31]，詠物而刻意寄託，本是詠物詩詞的特性，作者將所要詠的物人格化，再藉其為代言人，所謂「借物言志」是也。因此，這首詞中，通過楊花所暗喻的高潔女子也有著更為豐富、更深一層的托諭意義。

蘇軾〈與章質夫書〉曾言及此詞之唱和意圖與經過：「柳花詞絕妙，使來者何以措辭，本不敢繼作，又思楊花飛時出巡按，坐想四子閉門愁斷，故寫其意，次韻一首寄去，亦告不以示人也。」坐想四子閉門愁斷，故寫其意說明藉楊花的縈損柔腸寫章質夫之離別之意，「亦告不以示人」說明亦藉楊花「也無人惜從教墜」抒發自己貶謫黃州的飄泊之感，因此不以示人，以免又遭言禍。

東坡詠物，重在托意，在對客觀物象的描寫中，寄託自己的襟懷，因此其詠物物皆著我之色彩，也創造了有我之境，所描寫的境象，即物即人。正如張炎〈詞源〉所說：「詠物之作，在借物以寓性情，凡身世之感、君國之憂，隱然蘊于其內，斯寄托遙深，非沾沾焉詠一物矣。」東坡詠物詞，正體現此藝術現象。

---

30 《唐宋詞鑑賞》（臺北：五南圖書出版公司，1991 年 6 月），頁 702。
31 《唐宋詞簡釋》（上海：上海古籍出版社，1981 年），頁 90。

　　這首詞表面上寫楊花飄落與望花美人的幽怨，背後隱藏著謫居黃州的東坡自我，尤其是後半闋的曲筆，不恨楊花飛盡，卻恨落紅難綴，「西園」低迴迷離與「曉來雨過，遺蹤何在？」之問所流露出的黯然神傷裡，「天涯倦客」、「望斷故園心眼」〈永遇樂〉天涯淪落之感，離人幽怨之淒世人解否？

　　　　世事一場大夢，人生幾度秋涼，夜來風葉已鳴廊，看取
　　　　眉頭鬢上。
　　　　酒賤常愁客少，月明多被雲妨，中秋誰與共孤光，把琖
　　　　淒然北望。(〈西江月〉)

　　　　白酒新開九醞，黃花已過重陽，身外儻來都似夢，醉裡
　　　　無何即是鄉，東坡日月長。
　　　　玉粉旋烹茶乳，金虀新擣橙香，強染霜髭扶翠袖，莫道
　　　　狂夫不解狂，狂夫老更狂。(〈十拍子〉)

　　東坡寫中秋之作如〈水調歌頭‧明月幾時有〉、〈永遇樂‧明月如霜〉、〈西江月‧世事一場夢〉，雖以節令為背景，卻一改昔人寫思情，而以節日之背景寫己身世之淒。元豐三年三月，東坡抵黃州居定惠院，是年中秋，在皓月當空下瞻前思後不免百感交集，寫勞生有限，世事一夢之慨。楊湜〈古今詞話〉云：「東坡在黃州，中秋對月獨酌，作〈西江月〉……，坡以讒言謫居黃州，鬱鬱不得志，凡賦詩綴詞必寫其所懷，然一日不負朝廷，其懷君之心，末句可見矣。」《苕溪漁隱叢話》引〈聚蘭集〉注：「明月，雲妨即浮雲蔽白日之意，孤光，誰共，即瓊樓玉宇不勝寒之意……所謂『蘇軾終是愛君』

者,此亦可能想見。」可知全詞抒發東坡貶官黃州的孤獨,淒涼心情以及對朝廷的期望。

黃氏〈蓼園詞評南鄉子〉云:「東坡升沉去住,一生莫定,故開口說夢。如云『人間如夢』、『世事一場大夢』、『未轉頭時皆夢』、『古今如夢,何曾夢覺』、『君臣一夢,古今虛名』。」儘管世事一場大夢,人生幾度秋涼所顯現的時間急迫感是如此逼人,貶謫間看盡世態(〈送沈逵赴廣南〉):「我謫黃岡四五年,孤舟出沒風波裡,故人不復通問訊,疾病饑寒宜死矣。」的他,依然把酒問青天,北望汴京期待月明不再被雲妨。「我為劍外思歸客」對於「岷峨雪浪,錦江春色」(〈滿江紅〉)的依戀,「小舟從此逝,江海寄餘生」(〈臨江仙夜歸臨皋〉)中衰老之嘆、身世之感、孤單之悲,鬱結心中的牢騷與怨憤又有誰能解?

時間一直是人最大的敵人。東坡藉寫花蕊夫人事所寫的〈洞仙歌〉:「但屈指西風幾時來,又不道流年暗中偷換」、「佳節若為酬,但把清尊斷送秋,萬事到頭都是夢,休休,明日黃花蝶也愁。」(〈南鄉子〉)和以懷古為興的〈念奴嬌〉「多情應笑我,早生華髮」中,生命時光的思考、出路難尋的生命迷惘,理想虛幻的感慨焦慮,都成為筆下興嘆的主題?

龍沐勛說東坡:「憂讒畏譏,別具苦衷,故其詞驟然視之,雖極瀟灑自然,而無窮傷感,光芒內斂。」[32]由此可證。東坡一生浪跡江湖,飄泊南北,無論「重重如畫,曲曲如屏」的泗州、「古今奇」的「錢塘風景」、「小溪鷗鷺靜聯拳」的徐州美麗超然臺、「軟草平沙過雨新」的徐州農村風光、「亂石崩

「雲」的黃州赤壁……這些繽紛爛漫的景色曾給東坡心靈無上的安慰，但飄浮天涯的蒼茫卻也是「劍外遊子」永遠的心痛。

（二）歸去來兮退隱之念

　　熙寧年間居杭州通判的東坡雖有「有情風，萬里卷潮來，無情送潮歸，不思量今古，俯仰昔人非……誰似東坡老，白首忘機。」充滿禪機的東山之心，但這不過是歎久於杭州，未蒙內召之意[33]，直到烏臺詩案置之死地而後生的政治打擊，方使東坡頓悟「年來轉覺此生浮」（〈與孟震同游常州僧舍〉），嚮往「簞瓢未足清歡足」，「左手抱琴書，雲間宿」的生活（〈滿江紅〉），樂得「一笑人間今古」，「輕舟短棹任斜橫，醒後不知何處」（〈漁父〉），「酒無多少醉為期，彼此不論錢數」，這樣單純平凡生活與坦誠的人情，讓東坡詞中所流露出明顯的隱逸出世思想，如「還賦謫仙詩，追黃鶴」（〈滿江紅〉）。

　　「蝸角虛名，蠅頭微利，算來著甚乾忙，事皆前定，誰弱又誰強？」既然功名、利祿、地位、得失都是命中註定，因此無需執著，無需操忙，精神上的舒暢與安寧才是最大的滿足，及早狂放自任，樂得「對清風皓月」，享受「江南好，千鍾美酒」（〈滿庭芳〉）。

　　蘇軾自稱自己的性格是一種野性，黃州流放的生活，提供了他衝決而出藩籬的無邊空間。在謫居的日子裡或「尋溪傍谷釣魚採藥以自娛，或扁舟草履，放棹江上」，或「酒醉飯飽，倚於几上……當時是，若有所思而無所思，以受萬物之備」。[34]東坡以天為幕、以地為席的放懷自在，於詞中留下這樣的生

33　黃氏〈蓼園詞評八聲甘州〉，見《蘇詞彙評》，頁148。
34　王文浩〈蘇詩總案〉。

活寫照。

　　嚮往范蠡浮游五湖四海的自在，以陶淵明的田園之志為榜樣的東坡心裡，隱退的願望成了他這一時期的精神支柱。由他所作〈滿庭芳〉與櫽括陶淵明〈歸去來辭〉的〈哨遍〉之作，可見東坡鋪寫對田園生活的想像，企圖過一種「忘我兼忘世」的生活，在琴書中體會人生真味之心。元豐四年，故舊馬正傾為他於郡中請故營地數十畝，東坡從過著耕讀生活，五年在東坡旁得一廢圃，改築「雪堂」，自號「東坡居士」，寫「東坡」詩：「雨洗東坡月色清，市人行盡野人行，莫嫌犖确坡頭路，自愛鏗然曳杖聲。」實現如陶淵明般的自足與恬淡自適的生活：

　　　　〈江城子〉淵明以正月五日游斜川，臨流而坐，顧瞻南阜愛曾城之獨秀，乃作斜川詩，至今使人想見其處。元豐壬戌之春，余躬耕於東坡，築雪堂居之。南挹四望之後丘，西控北山之微泉，慨然而嘆，此亦斜川之游也，乃作長短句，以〈江城子〉歌之。

　　　　夢中了了醉中醒，只淵明，是前生。走遍人間，依舊卻躬耕。昨夜東坡春雨足，烏鵲喜，報新晴。　雪堂西畔暗泉鳴，北山傾，小溪橫。南望亭立，孤秀聳曾城，都是斜川當日景。吾老矣，寄餘齡。

　　心遠則地偏，「一任自由，適性自足」的真意不正是東坡「隱於仕」的意識？東坡認定「只淵明，是前生」，主要的精神在於「真」，故於〈書李簡夫詩集後〉贊陶淵明：「欲仕則仕，

不以求之為嫌，欲隱則隱，不以去之為高。飢則扣門而乞食，飽則雞黍似延客，古今賢之，貴其真也。」東坡自己說：「淵明形神似我。」（〈主直方詩話〉）黃庭堅〈跋子瞻和陶詩〉也說東坡：「彭澤千載人，東坡百世士，出處雖不同，風味乃相似。」形神、風味之似，正由於「真」，而使二人形成緊密的內在連接。

東坡尋求身心自由的高奇氣象亦見其取〈歸去來辭〉，稍加隱括而成的〈哨遍〉之中：「念寓形宇內復幾時？不自覺皇皇欲何之？委吾心去留誰計？神仙知在何處？」分別問人生短促，身不由己，為何圖求？是去是留，我心難斷[35]？四問裡，見東坡欲求歸宿而又難以如願的情懷。人世紛擾如此損心傷神，故深發感喟：「富貴非吾志」，於是「臨水登山嘯詠，引壺觴自醉」，這樣的情緒也表現於〈臨江仙〉之中：

> 夜飲東坡醒復醉，歸來髣髴三更，家童鼻息已雷鳴，敲門都不應，倚杖聽江聲。　長恨此身非我有，何時忘卻營營？夜闌風靜縠紋平，小舟從此逝，江海寄餘生。（〈臨江仙〉）

由看似實寫三更歸來之事，引出在現實上的不遇。藉莊子：「舜問乎丞曰：『道可得而有乎？』曰：『汝身非汝有也，汝何得有夫道？』舜曰：『吾身非吾有也，孰有之哉？』曰：『是天地之委形也。』」與「無使汝思慮營營」之言，隱蘊反省後清明的自主。「小舟從此逝，江海寄餘生」的喟嘆中除了有

---

[35] 孫立《詞的審美特性》（臺北：文津出版社，1995 年 2 月），〈宋詞的生命意識〉，頁95。

高適詩：「寸心仍有適，江海一扁舟」的消極抗爭，還寓《論語》孔子嘆曰：「道不行，乘桴浮於海」的蕭疏情懷。

「我欲乘風歸去，但恐瓊樓玉宇，高處不勝寒，起舞弄清影，何似在人間？」（〈水調歌頭〉）儘管東坡一生未真正隱退，但內心始終嚮往之。前人曾言其詞「使人甘心淡泊，而有種菊東籬之思」，東坡於詞中數次言及陶淵明，其思想也滲透了「南山」精神。他在黃州訪僧尋道，耕耨「東坡」大量寫詞，為的是疏解被壓迫的情緒，陶淵明的生活態度，便因此成為其尋求自我獨立人格的實現。無論是「走遍人間，依舊卻躬耕」，或「江海寄餘生」都是對人生逆境反思後選擇的生命存在形式，也是保心存志不妥協流俗更清明觀照自我後的了悟。

> 西塞山邊白鷺飛，散花洲外片帆微，桃花流水鱖魚肥。
> 自庇一身青篛笠，相隨到處綠蓑衣，斜風細雨不須歸。
> （玄真子〈漁父〉詞極清麗。恨其曲度不傳，故加數語，今以〈浣溪沙〉歌之。）

在〈漁父〉這組詞裡，寫漁父實為自況，由飲、醉、醒三種行為方式袒露任意逍遙，澄懷棄世，嘯傲古今的灑脫胸懷（〈滿庭芳歸去來兮〉）。將「歸隱」、「人生」與「黃州生活」三個主題融而為一，含蓄雋永，既呼應「歸去來兮，吾歸何處？」之感慨，也見入境隨俗，安閒意趣。

但是，東坡雖有「臨水登山嘯詠，引壺觴自醉」超脫意識的追尋，有「小舟從此逝」的慨嘆，也曾有親耕田畝的生活歷程，卻始終未忘塵事，而是在精神上建構一個屬於自我超脫困境的心靈滿足。

（三）明心見志頓悟之思

「人類生活的真正價值存在於不斷探究和查問他自身存在狀況的審查中，存在於這種對人類生活的批判中。」[36]生命意識的深沉反思，首先體現於個人的其生命的自我觀照中。東坡在烏臺詩案中看盡世態風雨，卻也因此對自己存在的價值與原則有更清醒的認識。

> 大江東去，浪淘盡千古風流人物。故壘西邊人道是，三國周郎赤壁，亂石穿空，驚濤拍岸，捲起千堆雪。江山如畫，一時多少豪傑。　遙想公瑾當年，小喬初嫁了，雄姿英發，羽扇綸巾。談笑間，強虜灰飛煙滅，故國神遊，多情應笑我，早生華髮。人生如夢，一尊還酹江月。（〈念奴嬌・赤壁懷古〉）

豪放為表，超曠為裡，正是這首懷古詞的特色。上片詠赤壁，寫大江，拔地掀天的氣勢，展現胸中翻騰的豪宕之情，下片懷英雄，抒感慨，雖有壯志未酬之嘆，但不失豪放基調。東坡藉反思三國爭雄的歷史事件，引發「人生如夢」的慨嘆，在超曠中，我們可以看到試圖超脫卻又無法擺脫人世糾葛的痛苦，也見其俯視紅塵滾滾爭執後的接受與遺忘。所著眼的焦點固然由己身探求生命價值，藉而調整自我處世態度出發，卻因道盡千古人物生命的共相，而有其超越時空的永恆意義。

36　（德）恩斯特卡西爾《人論》（上海：譯文出版社，1985 年），頁 1。

　　莫聽穿林打葉聲，何妨吟嘯且徐行，竹杖芒鞋輕勝馬，
誰怕？一蓑煙雨任平生。　料峭春風吹酒醒，微冷，山
頭斜照卻相迎，回首向來蕭瑟處，歸去，也無風雨也無
晴。(〈定風波〉)

　　此詞題記云：「三月七日，沙湖道中遇雨，雨具先去，同
行皆狼狽；余獨不覺。已而遂晴。故作此詞。」以散文之筆揮
就出東坡物來順應，瀟灑自適的人生態度。

　　在結構上先敘事後抒情，並以時為經、以事為緯地寫下沙
湖遇雨之事，既實寫當時風雨之景，又虛寫人生之境。依序道
來出東坡不避苦難，經得起挫折的人生態度與只求心安、不計
較得失的前途展望，表現在「穿林打葉」風雨聲中「吟嘯徐
行」的自我持守的精神，以及「回首向來蕭瑟處，也無風雨也
無晴」超然曠達的觀照，將其立身之志意與超然襟懷全然融匯
「穿林打葉」的敘寫中。其中或有對宦途挫折和打擊的悲慨，
但東坡卻將此席天卷地的風雨以四字輕輕帶過，更兼以「莫
聽」、「何妨」所引領的「吟嘯且徐行，竹杖芒鞋輕勝馬」表現
出意態瀟灑，悠然自信之神情。這既是沙湖遇雨的形象，同時
也是初到黃州流放自我的自畫像，而蘊藏於「輕勝馬」中與達
官貴人相較下的輕快自在，更充分顯露出東坡的傲然自得，也
使「誰怕」二自所呈現自負自信的力量，足以與人生困厄抗
衡。在「一蓑煙雨任平生」中將眼前風雨與人生境況結合，也
表達不怕風雨，聽任自然的人生態度。鄭文綽《大鶴山人詞
話》：「此足徵是翁坦蕩之懷，任天而動，琢句亦瘦逸，能道眼
前景，以曲筆直朽胸臆，倚聲能事盡之矣。」此之謂也。

　　尼采言：「一切文學，余愛以血書之。」東坡在感知人間

無常的悲劇性，凝聚人生憂患、自身不幸之外，有更深沈的理性反思，能超越多愁善感的悲調，在「穿林打葉」中的逆境，都能見到「山頭斜照卻相迎」的希望與超乎苦樂「也無風雨也無晴」的適然。

（四）才高不用無奈之感

東坡自視甚高，報國心重，但朝廷未必用之，因小人構陷的烏臺詩案，讓原本意氣風發的東坡於詩詞中流露「誰能借箸，無復似張良」（〈少年遊〉），有志難伸不遇之憾與無奈之情。不過東坡並未沉緬於消極落寞的自棄中，儘管「憂患已空憂夢怕」[37]，在〈卜算子〉這闋詞雖有孤清無人解的寂寞，懷才不遇的憾然，卻見志高行潔，肝膽冰雪的表白：

> 缺月挂疏桐，漏斷人初靜，時見幽人獨往來，縹緲孤鴻影。　驚起卻回頭，有恨無人省，揀盡寒枝不肯棲，寂寞沙洲冷。（〈卜算子·黃州定慧院寓居作〉）

此首元豐五年壬戌十二月之作，全篇流露「冷」意。月缺桐疏、漏斷人靜之景，所營造出的實意既是無所寄的心境，也為下段「孤鴻」的「幽人」告白。[38]接著由缺月所投射的孤鴻，轉寫其孤之因，歸於「揀盡寒枝」的追尋與「不肯棲」的

---

[37] 〈次韻定慧院寓居月夜偶出〉。

[38] 吳曾《能改齋漫錄》卷 16，〈東坡卜算子〉條曰：「張右忠文潛貶黃州潘邠老學得及詳題詩以志之：『空江月明魚龍眠，月中孤鴻影翩翩。有人清吟立江邊，葛巾藜杖眼窺天。夜冷墮幽蟲泣，鴻影翹沙衣露濕，仙人采詩作步虛，玉皇敕之碧琳腴。』」詩以與詞意相同。

抉擇。這份「冷靜」觀世態、「冷淡」看紛爭之後，做為獨醒者的堅持，是幽人明知「寂寞」之冷卻仍不悔的基點。

　　東坡作品中表現出他「臨事必以正，不能俯仰隨俗」（〈東坡墓誌銘〉）的生活原則：「寧孤不屈，寧冷不濫。」其本身「蟬蛻穢濁之中，浮游塵埃之外」的孤傲氣質，使他受盡現世苦難「年年事事與心違」，在生命的追尋道上充滿孤寂與無奈之情。因為才高不遇而有「恨」，驚起回頭之中亦是恨。寂寞自甘，但見徘徊沙洲，自寄其「不肯棲」之意，而其所以「恨」者，依然「無人」省！這首詞雖曰詠物寫鴻，但鴻其實是東坡自畫像。他「以性靈語詠物，以沉著之筆達出」[39]寄託自己的抱負，巧妙結合人景物，固有含蓄吞吐之妙，但仍難掩無奈憾意，只是這一份根之於性生的忠愛之情，光明磊落之心[40]，君知之乎？。

（五）自期豁達適性之勉

　　東坡是性情中人，剛柔並濟的個性，使他有理性堅持立場不計私情，敢說直言的一面；也有藝術氣質所顯呈的超曠襟懷，善於自我解嘲，思想超於物外，而能屈能伸於挫境之中。這樣的彈性使他總能在絕望自我調適，在絕處轉彎，尋找出最自在的生活態度。

　　東坡在黃州的日子雖窮乏愁苦但「布衣疏食，於窮苦寂淡之中，卻粗有所得。」[41]此一方面是得於山水之樂：「寓居去

---

[39] 《蕙風詞話》卷5。

[40] 陳廷焯《白雨齋詞話》，〈蘇辛兩家不同〉條：「東坡心地光明磊落，忠愛根於性生。」

[41] 《蘇軾文集》卷61，〈與圓通釋師〉。

江干無十步，風濤煙雨，曉夕百變，江南諸山，在几席上，此幸未始有也。」[42]另則得於患難中的真情。當眾人皆去，小人落井下石的世態炎涼隨烏臺風暴狂卷襲來時，益見雪中送炭的友人，其情可感可銘如用〈蘇〉、〈須〉韻，敘黃州生活情事的〈浣溪沙五首〉。尤其是友朋體貼的自帶酒菜，知己的溫暖，是支撐東坡走過蕭索風雨中，釋懷的面對生活與心裡的困境，了然「命分如此，亦何復憂慮」[43]的力量。

> 山下蘭芽短浸溪，松間沙路淨無泥，蕭蕭暮雨子規啼。
> 誰道人生無再少，門前流水尚能西，休將白髮唱黃雞。
> （〈浣溪沙〉）

元豐五年三月，東坡與龐醫遊清泉寺，飲王羲之洗筆泉，水極甘，徜徉蘭溪之上。上片由三個意象組成：「山下蘭芽短浸溪」，分別點出「寺臨蘭溪」，「短」字暗點春日。「松間沙路淨無泥」寫散步其中，清新的環境，由「淨」強調明潔，由此構成一片清幽光潔的春日美景，從篇外渲染以襯托出作者澄澈愉悅的心境。「蕭蕭暮雨子規啼」言傍晚雨聲杜鵑啼，由承上由視覺到聽覺，也見時間的流動感，更見心情上的轉變。天氣由晴朗而陰雨，光線隨之晦暗，襯東坡流浪而生的愁懷。

下片從寓情於景，轉而直抒理趣，著意集中於「溪水西流」。蘭溪逆轉反常的現象，啟發東坡「誰道人生無再少？」老與不老只是心境！當下便擺脫貶謫的低哀悲調，注入新的活力，新的方向。

---

[42] 《蘇軾文集》卷52，〈答秦太虛〉7之4。
[43] 《蘇軾文集》卷52，〈與王定國書〉41之5。

古詩有：「花有重開日，人無再少年。」白居易〈醉歌‧示妓人商玲瓏〉，罷胡琴，掩秦瑟，玲瓏再拜歌初畢：「誰道使君不解歌，聽唱黃雞與白日，黃雞催曉丑時鳴，白日催年酉前沒。腰間紅綬繫未穩，鏡裡朱顏看已矣，玲瓏玲瓏奈老何，使君歌了汝更歌。」感嘆雞鳴報曉催時光流逝，白髮唱黃雞嘆青春不再，朱顏易失，然而，「門前流水尚能西」，人生諸多可能，有什麼必然呢？蘇軾反用白居易詩意，轉筆道不要徒自悲嘆怨尤，既然流水都有向西而流的，豈知時間不會逆向而走？

> 落日繡簾捲，亭下水連空，知君為我，新作窗戶溼青紅。長記平山堂上，攲枕江南煙雨，渺渺沒孤鴻，認得醉翁語，山色有無中。　一千頃，都鏡淨，倒碧峰。忽然浪起，掀舞一葉白頭翁，堪笑蘭臺公子，未解莊生天籟，剛道有雌雄，一點浩然氣，千里快哉風。
> （〈水調歌頭黃州快哉亭贈張偓佺〉）

元豐六年，張偓佺於黃岡江邊築亭，東坡命名為「快哉亭」，蘇轍寫記，詞作是年六月，採「先敘後論」的結構寫成。由實寫亭外與亭身之靜景，呈現雄偉的氣勢與寬闊的境界「水連空」、「一千頃」、「倒碧峰」、「忽然」、「掀舞」、「浩然氣」、「快哉風」顯出語言雄健的磅礡風格，鏡頭中滔滔白浪與水天相連無際的氣象，除展開生動的形象，更反映東坡自身的風度與生命情調。轉而以「長記」追憶之筆寫昔日揚州平山堂所見，一則以「江南煙雨」、「山色有無中」與快哉亭景結合，另則以「枕江南煙雨，渺渺沒孤鴻」寫所見景色，其實也寄寓自身與夢得被謫之慨。「渺渺」、「孤鴻」與「縹渺孤鴻影」

（〈卜算子〉）同樣隱現東坡在超脫曠達中卻又包含難以忘懷失落感的矛盾，然而這不也正展現真實的人性？不過，東坡之所以出於人者，是他能有超越憂患的自我意識，在白頭翁與風浪的抗爭中體悟人生哲理。

下片鋪寫亭外所見波濤壯闊的動景，暗中帶出「風」以引發議論。末以宋玉在〈風賦〉中「雄風」、「雌風」之說，從反面點醒「快哉」指明「使其中自得，不以物傷性」、「不以謫為患」[44]的浩然之氣，正是快哉之因，既蘊勉勵自己，又用以為勉人，意味深長，見東坡身處逆境，卻泰然處之的和諧心靈世界，「浩然」的磊落襟懷，由眼前推向開闊無邊的山水風浪，呈現清空高逸的境界。

東坡詞作風格的灑脫放逸是其心胸的投射，其生命的曠達決定筆下所揮瀉出的豪爽氣勢與視野，詞中所描繪人生精神，使其在被貶的生命歷程中展現最適性而無怨的自我。如此看來，「快哉」、「浩然」正是東坡超曠瀟灑之源頭，深刻領悟的自我表白，也見他走過風雨後的自在自得的境界。

五、黃州詞藝術特色

（一）檃括與用典的推陳出新

蘇軾在文學主張貴於「自然」，他曾贊謝民師詩文「如行雲流水」，主張「新詩如彈丸，脫手不移晷」（〈次韻參寥〉）。

---

[44] 蘇轍〈黃州快哉亭記〉。

自謂：「吾文如萬斛泉源，不擇地而出。在平地，滔滔汩汩，雖一日千里無難。及其與山石曲折，隨物賦形而不可知也。所可知者，常行於所當行，常止於不可不止。」[45]的東坡才氣橫溢，思捷筆快，其詩文彷彿都是不經意而作。後世多以此為贊：「蓋其天資不凡，辭氣邁往，故落筆皆絕塵耳。」[46]「東坡天趣獨到處，殆成絕詣。」[47]事實上，蘇軾在創作上，非常講究技巧，他曾多次引歐陽修的話：「文章如精金美玉」，可見東坡認為除自然素材外，作家當有高深的藝術修養，並對藝術技巧嫻熟掌握，方能出神入化。東坡寫詞正是抱著如此求精求美的慎重態度，只不過是以不經意的方式表現，以其在用典及化用前人詩歌之作可窺一斑：

1. 用典

用事用典乃詞章習見，運用得當，以古擬今，能發人幽思收意在言外之效。東坡用事而不為所使，展現「貴神情，不貴跡象」的運筆技巧。《苕溪漁隱叢話》引〈溫叟詩話〉云：「東坡最善用事，既顯而易讀，又切當。」如：

以古代人物為典：「誰能借箸，無復似張良」（〈少年游‧玉肌鉛粉傲秋霜〉）。「夢中了了醉中醒，只淵明，是前生」（〈江城子‧夢中了了〉）。

以古代故事為典：「空腹有詩衣百結，濕薪如桂米如珠」（〈浣溪沙‧半夜銀山上種蘇〉）。「薦士已聞飛鶚表，報恩應不用蛇珠」（〈浣溪沙‧雪里餐氈例姓蘇〉）。

---

[45] 蘇軾《經構東坡文集事略》，卷57。

[46] 王若虛《滹南詩話》。

[47] 周濟《宋四家詞選‧目錄序論》。

藉前人詩句為典：「誰道人生無再少，門前流水尚能西，休將白髮唱黃雞」。(〈浣溪沙‧山下蘭芽短浸溪〉)取白居易「聽唱黃雞與白日，鏡裡朱顏看已失。」東坡反其意而用，將原詩消極情緒轉為積極意義。

東坡之才高，使其在用典中能化用前人之作而脫胎換骨，成為自己創作的養分。其學之廣，而能藉他人之詞突出己作，加之以其獨特的性情、襟懷，因此對古今典故信手拈來，運用自如。宋人費袞《梁溪漫志》卷四言：「東坡用事對偶精切。」條云：「東坡詞源如長江大河，洶湧奔放，瞬息千里，可駭可愕，而於用事對偶，精妙切當，人不可及。」這是因為他用事用典能化為自然不見痕跡，用事而不為事所使，不落呆相[48]。

2. 櫽括

在宋代詞中，以櫽括詞作為一種獨立詞體而進行創作的，首推蘇軾。使詞的創作不受陳規束縛，開拓了詞的新領域，自此後許多作家效法。在賀鑄、林正大等詞作中，蔚為大觀。櫽括原指矯揉竹木等使之成形的器具，魏晉後，部份作家對已有作品的內容和情節，加以翻新，賦以新意，但又在題目或行文中隱約保持原作的某些痕跡，讓讀者明確意識是前人作品的剪裁和改造[49]。

[48] 《蘇詞彙評》李佳《左庵詞話》卷下〈用事最難〉：「詞中用事最難，要體認箸題，融化不澀。如東坡〈定風坡〉『破帽多情卻戀頭』……皆用事不為事所使，自不落呆相。」(臺北：文史哲出版社，1998年5月)，頁98。

[49] 唐玲玲《東坡樂府研究》(成都：巴蜀書社，1992年)，頁169～170。

(1)以賦檃括為詞

陶淵明賦〈歸去來〉，有其詞而無其聲。余既治東坡，築雪堂於上，人俱笑其陋；獨鄱陽董毅夫過而悅之，有卜鄰之意。乃取《歸去來辭》，稍加檃括，使就聲律，以遺毅夫，使家僮歌之，相從於東坡，釋耒而和之，扣牛角而為之節，不亦樂乎！

為米折腰，因酒棄家，口體交相累。歸去來，誰不遣君歸，覺從前皆非今是。露未晞，征夫指余歸路，門前笑語喧童稚，嗟舊菊都荒，新松暗老，吾年今已如此。但小窗容膝閉柴扉，策杖看孤雲暮鴻飛，雲出無心，鳥倦知還，本非有意。
噫，歸去來兮，我今忘我兼忘世。親戚無浪語，琴書中有真味。步翠麓崎嶇，泛溪窈窕，涓涓暗谷流春水，觀草木欣榮，幽人自感，吾生行且休矣，念寓形宇內復幾時，不自覺皇皇欲何之，委吾心，去留誰計，神仙知在何處，富貴非吾志。但知臨水登山嘯詠，自引壺觴自醉，此生天命更何疑，且乘流，遇坎還止。(〈哨遍〉)

由中可能清楚見及陶淵明「歸去來兮……悟已往之不諫，知來者之可追。實迷途其未遠，覺今是而昨非。……乃瞻衡宇，載欣載奔。童僕歡迎，稚子候門。……已矣乎，寓形宇內復幾時，曷不委心任去留。胡為乎遑遑欲何之？富貴非吾願，帝鄉不可期。懷良辰以孤往，或植杖而耘耔。登東皋以舒嘯，臨清流而賦詩。聊乘化以歸盡，樂夫天命復奚疑！」的影子。

(2)以詩檃括為詞

歐陽文忠公嘗問余：「琴詩何者為善？」答以「退之《聽穎師彈琴》詩。」公曰：「此詩固奇麗，然非聽琴，乃聽琵琶也。」余深然之。建安章質夫家善琵琶者乞為歌詞。余久不作，特取退之詞稍加檃括，使就聲律，以遺之云。

> 昵昵兒女語，鐙火夜微明，恩怨爾汝來去，彈指淚和聲，忽變軒昂勇士，一鼓填然作氣，千里不留行，回首暮雲遠，飛絮攬青冥。　眾禽裡，真彩鳳，獨不鳴，躋攀寸步千險，一落百尋輕，煩子指間風雨，置我腸中冰炭，起坐不能平，推手從歸去，無淚與君傾。

韓愈〈聽穎師彈琴〉詩：「昵昵兒女語，恩怨相爾汝，劃然變軒昂，勇士赴敵場。浮雲柳絮無根蒂，天地闊遠隨飛揚。喧啾百鳥群，忽見孤鳳凰。躋攀分寸不可上，失勢一落千丈強。嗟余有兩耳，未省聽絲篁。自聞穎師彈，起坐在一旁。推手遽止之，濕衣淚滂滂穎乎爾誠能，無以冰炭置我腸。」

(3)以其他詞人之作檃括

《浣溪沙》(玄真子《漁父》詞極清麗。恨其曲度不傳，故加數語，令以《浣溪沙》歌之。)

> 西塞山邊白鷺飛，散花洲外片帆微，桃花流水鱖魚肥。自庇一身青箬笠，相隨到處綠蓑衣，斜風細雨不須歸。

檃括前人之篇，原作固然可在創意，用語上提供憑藉，但也同時形成桎梏，因而不易寫得自然無跡。儘管東坡的檃括詞，後人有非議者如王若虛《滹南詩話》卷二：「東坡酷愛歸去來辭，既次其韻，又衍為長短句，又裂為集字詩，破碎甚矣。陶文信美，亦何必爾，是亦未免近俗。」但不可否認的是，東坡並非分割原作，反因其對原詩句意有刪減，又有增補，既保留原作精神，又發揮詞體長處，加之以思想感情融入，情理寄託而拓展了原作的藝術境界。如〈浣溪沙〉中將「西塞山前」改為「西塞山邊」，增添「散花洲外片帆微」的境界。下片將「青箬笠，綠蓑衣」擴大為「自庇一身青箬笠，相隨到處綠蓑衣。」把自己處身黃州的心境寄於詞意之中。如此，在張志和原詞基礎上附加個人思想意趣，開展出另一層詞境，無怪乎「山谷見之，擊節稱賞，且云：『惜乎散花與桃花字重疊，又漁舟少有使帆者。』」[50]此贊與評是對的。

（二）以詩為詞的實踐

詞在內容講求「專注情致」、「極情盡態」與「倚聲填詞」的結果，造成「詩莊詞媚」[51]、「詩境闊，詞境狹」。魏塘曹學士云：「詞之體如美人，而詩則壯士也。如春華，而詩則秋實也。如天桃繁杏，而詩則勁松貞柏也。」[52]詩詞情韻之異除取材內容有別外，詞在形式上「淡化紀實」，「比興多於賦」的藝術表現手法也突顯了二者差異，特別是「詩直詞婉」的表現手

---

50 王奕清《御選歷代詩餘》，卷 110。
51 清人李東陽對詩與詞風貌之說，見王又華《古今詞論》。
52 田同之〈西圃詞說曹學士論詞〉，見《蘇詞彙評》（臺北：文史哲出版社，1998 年 5 月）。

法形成二者在風格上、氣象上「詩之境闊，詞之言長」[53]的分別。

　　為達「婉孌近情」[54]的效果，詞在寫作上著重於從不同角度、不同層次縱向式地展現心思，委婉曲折的細繪生活情趣與人生歡怨，在深幽的靈魂中突出個體，比興中有感而發，在博大橫向場景中反映人生，或莊重寫就，思理深刻的詩，要更深情、誠摯。

　　但這同時也限制了詞以花間式的豔科伶唱的風格，因此東坡別開蹊徑，遠承「詩言志」與古詩「應物斯感」、「感物吟志」、「豪邁奔放」的盛唐氣象，宋詩重理的脈流，以詩為詞。目的正在擴大詞境與詞格，以詞「厚人倫、美教化」，創造「豪邁奮發」、「個性分明」的氣魄，以酣暢的自我意識，情思灌注。由其慢詞中，處處可見他以「鋪陳紀事」的手法為詞，化詩文為詞與將宋詩說理的特色滲透於詞，融會各種文體的藝術特色的用心。同時因其個人獨特的才情和曠達豪放的個性，在以詩之言志，以詩之寫事入詞的實驗中，不僅擴大詞的境界，也充實詞的內容。

1. 化詩為詞

　　樓敬思云：「東坡老人‧故自靈氣仙才，所作小詞，衝口而出，無窮清新，不獨寓以詩人句法，能一洗綺羅香澤之態也。」[55]這說明了東坡以化詩入詞的方式，改變詞的氣質，在綺麗香澤之餘增添更豐富的詩韻如：

---

[53]　王國維《人間詞話》。
[54]　王士禎《藝苑卮言》。
[55]　《蘇詞集評》，頁 123。

《茗溪漁隱叢話》記:「東坡〈水調歌頭〉云:『認得醉翁語山色有無中。』蓋歐陽文忠公長短句云:『平山闌檻倚晴空山色中有無中。』東坡蓋指此也。然王摩詰漢江臨帆詩又嘗云:『江流天地外山色有無中。』歐實用此。」

如「酒賤常愁客少,月明多被雲妨」(〈西江月〉),實化韓愈詩:「人生如此少,酒賤且勤置。」以及潘閬詩:「西風妒秋月浮雲重疊生。」入詞。

又如〈浣溪沙〉:

覆塊青青麥未蘇,江南雲葉暗隨車,臨皋煙景世間無。
雨腳半收檐斷線,雪床初下瓦跳珠,歸來冰顆亂黏鬚。

半夜銀山上積蘇,朝來九陌帶隨車,濤江煙渚一時無。
空腹有詩衣有結,溼薪如桂米如珠,凍吟誰伴撚髭鬚。

「覆塊青青麥未蘇」——韓愈詩:「桑下麥青青」

「江南雲葉暗隨車」〉——陳蔡〈凝春雲〉詩:「入風衣暫斂,隨車蓋轉輕,作葉還依樹,為樓欲近城。」杜甫詩:「雨稀雲葉斷。」

「雨腳半收檐斷線」——杜甫〈茅屋為秋風所破歌〉:「雨腳如麻未斷絕。」

「歸來冰顆亂黏鬚」——羅鄴〈早行〉詩:「時整帽簷風刮頂,旋呵鞭手凍黏鬚。」

「半夜銀山上積蘇」——詩苑劉師道雪詩:「三千世界銀成色,十二樓臺玉作層。」

「朝來九陌帶隨車」——韓愈詩:「隨車驟縞帶,逐馬散銀

盃。」

「凍吟誰伴撚髭鬚」──王維詩：「平旦東風騎蹇驢，旋呵凍手暖髭鬚。」杜荀鶴〈舟行即事〉：「時逆帽簷風刮頂，施呵鞭手凍黏須。」盧延讓〈苦吟詩〉：「吟安一個字，撚斷數莖鬚。」

「我醉拍手狂歌，舉杯邀月，對影成三客，起舞徘徊風露下。」（〈念奴嬌‧中秋〉）──李白〈月下獨酌〉：「我歌月徘徊，我舞影零亂，醒時同交歡，醉後各分散。」

2. 化經為詞

「簞瓢未足清歡足」（〈滿江紅〉）──《論語》：「一簞食，一瓢飲，在陋巷，人不堪其憂，回也不改其樂。」

「荷蕢過山前，曰有心也哉此賢。」（〈醉翁操〉）──《論語》：「子擊磬於衛，有荷蕢過孔氏之門者，曰：『有心哉？擊磬乎！既而曰：『鄙哉！硜硜乎！莫己知也，斯已而已矣，深則厲，淺則揭。』」

「君不見周南歌漢廣，天教夫子休喬木。」──《詩‧漢廣》：「南有喬木，不可休思，漢有游女，不可求思。」

「羽扇綸巾強虜灰飛煙滅。」──佛經《圓覺經》：「火出木燼灰飛煙滅。」

3. 化史為詞

「漸粲然光彩照階庭，生蘭玉。」（〈滿江紅〉）──《晉書‧謝安傳》：「安嘗戒約子姪，因曰：『子弟亦何豫人家事，而正欲使其佳。』諸人莫有言者，謝玄答曰：『譬如芝蘭玉樹，欲使其生於庭階耳。』安大悅。」

4. 化子為詞

「世事一場大夢。」(〈西江月〉)——《莊子》:「且有大覺,而後知此其大夢也。」

「翻然歸去,何用騎鵬翼?」(〈念奴嬌·中秋〉)——《莊子·逍遙遊》:「鵬之背不知其幾千里也,怒而飛,其翼若垂天之雲。」

「覆塊青青麥未蘇。」(〈浣溪沙〉)——《莊子》:「青青之麥,生於陵路。」

「半夜銀山上積蘇。」——《列子》:「穆王遊化人之宮,實以為清都紫微,鈞天廣樂,帝之所居,王俯而視之,其宮榭若累瑰積蘇焉。」

5. 化辭賦為詞

「琅然清圜。」(〈醉翁操〉)——《楚辭·九歌》:「撫長劍兮玉珥。」

「人生幾度新涼,夜來風葉已鳴廊。」(〈西江月〉)——唐徐寅賦:「落葉辭柯,人生幾何?」

6. 化文為詞

「便相將左手抱琴書,雲間宿。」(〈滿江紅〉)——白居易〈廬山草堂記〉:「左手引妻子,右手抱琴書,終老于斯,以成就平生之志,清泉白石,實聞斯言。」[56]

「亂石崩雲驚濤裂岸。」(〈念奴嬌〉)——諸葛亮〈黃陵

---

[56] 龍沐勛校箋《東坡樂府箋》,頁 126～130。

廟記〉:「趨蜀道，履黃中，因睹江山之勝：亂石穿空，驚濤拍岸，斂巨石於江中。」

7. 鋪陳其事

「小舟橫截春江，臥看翠壁紅樓起，雲間笑語，使君高會，佳人半醉，危柱京絃，豔歌餘響，繞雲縈水，念故人老大，風流未減，空回首，煙波裡。」(〈水龍吟〉)「水殿風來暗香滿，繡帘開，一點明月窺人，人未寢，攲枕釵橫鬢亂。」(〈洞仙歌〉)「遙想公瑾當年，小喬初嫁了，雄姿英發，羽扇綸巾談笑間，強虜灰飛煙滅。」(〈念奴嬌〉)

8. 以文為詞

「認得岷峨春雪浪」「一陣東風來捲地」(〈南鄉子〉)。

「佳人言語好不願求新巧。」(〈菩薩蠻──畫檐初桂彎彎月〉)

「似花還似非花。」(〈水龍吟〉)

9. 融詩入詞

「圓綠卷新荷。」(〈少年遊〉)

「岷峨雲浪錦江春色。」(〈滿江紅〉)

詞往往鮮明地表現主體心靈對客體投射的感情，因此常以烘托情境來含蓄寫情，或透過場景、氣氛的渲染，使物象契合心態變化。然而，詩卻不時透露出對社會、家國時事的指陳、反映時代，在景物的表現上則側重客觀描寫，因此藉鋪陳以勾勒。東坡詞體詩化，展現於以作詩之筆法填詞，使詞之精神近

詩，同時以詞為詩，即視詞與詩為同類的文學作品。由東坡這幾段詞句中，正可見以詞的形式，抒寫詩的情致，一掃詞柔媚之習，出以清新雅正之風。如鋪敘夢中樓歌雅會的歡樂場景，與花蕊夫人其神韻和置身清涼世界的氛圍，大江東去中寥寥數筆便將定三國天下的赤壁戰況呈現眼前，其筆之簡扼，其勢之雄渾，躍然紙上，不僅建立一宗，為詞在型式與內容發展別開蹊徑，更使其境界在傾蕩磊落中，與詩文結合如天地奇觀。[57]

（三）自然圓融的構篇

1. 隨物賦形

　　蘇軾「隨物賦形」的美學觀點，體現於詞作中，其文字結構隨著作者與客觀事物接觸中所感受到的層次變化，一步步進行組合，使詞章結構以氣勢勝。他在〈書蒲永升畫後〉中說：「唐廣明中處士孫位始出新意，畫奔湍巨浪，與山石曲折，隨物賦形，盡水之變，號稱神逸。」所謂神逸即氣勢，是作者一時感觸而生發的感情表現，因此東坡詞在以現實存在的活動與狀態下表現情思，又能由心領神會的心靈融合中，以圓融的藝術形式，達到「詩中有畫，畫中有詩」的美感境界。如〈定風波·莫聽穿林打葉聲〉客觀的煙雨景色與心靈意會相合，下片延伸上片，料峭春風、山頭斜陽、向來蕭瑟處是客觀物象，吹酒醒、微冷、回首是主觀感覺與動作，歸去、也無風雨也無，與上片「一簑煙雨任平生」，重複意念的再現，使詞緊密結合，展現隨物賦形的藝術美。

---

[57] 劉辰翁〈辛稼軒詞序〉云：「詞至東坡傾蕩磊落，如詩如文，如天地奇觀。」

再者，東坡「隨物賦形」的結構美中還體現了建築美的特色。所「建築美」是指通過具體意象的描寫和組合把本來按照時間順序流逝的時間藝術轉化為具有空間立體感的空間藝術。如「照野瀰瀰淺浪，橫空曖曖微霄，障泥未解玉驄驕，我欲醉眠芳草。　可惜一溪明月，莫教踏碎瓊瑤，解鞍攲枕綠楊橋，杜宇一聲春曉。」（〈西江月〉）「淺浪」、「微霄」、「芳草」、「綠楊橋」、「杜宇」是自然意象，這些意象靜中有動，動中又有靜。東坡將自然意象、時間意象、空間意象各自獨立的排列在一起，形式結構上的立體，在時空中表現豐富情感。由「曖曖微霄」到「一溪明月」、「一聲春曉」見時間的流動，也見空間由天而入溪乃至廣闊天地的轉移，於「杜宇」一聲中，從「照野瀰瀰淺浪」到「解鞍攲枕綠楊橋」的當下，塑造一個完整的空間與時間意象，使主體人物的心靈在這建築般的藝術結構美中渾然融合。

東坡運筆之妙，不凝滯於題，不拘於詞牌，在結構上更是意到筆隨，看似不合繩墨，其實自有章法，除前述外他如〈浣溪沙覆塊青青〉平鋪直敍，寫景敍事說理只取其一，無主從輕重層次之分。〈念奴嬌〉由大江發端興感，因赤壁而遙想周郎事蹟，再藉故國神遊帶入自敍，末句仍收江水，首揭全篇之主情，順以層層推衍。〈臨江仙〉上寫景下抒情，景從情主，由夜飲東坡之實景，以至小舟從此逝之抒懷敍事寫，章法井然，其義明其味足。〈臨江仙・細馬遠馱雙侍女〉中情景對比，相互烘托，昔今、夢醒之映襯。〈水龍吟・小舟橫截春江〉情理交錯，波瀾起伏[58]。〈定風波〉、〈滿庭芳〉空間由內至外，或

---

[58] 《東坡黃州詞研究》，（臺北：臺灣大學中國文學研究所碩士論文，1985 年 6 月）。

由大而小，藉以呈現時間的流動〈卜算子〉先泛寫，後專敘，使語長情亦長。

2. 廣泛運用詞的標題與小序

　　詞序的目的在介紹詞人的寫作行為，如果詞本身所體現的抒情經驗是一種「凍結的」、「非時間」的「美感瞬間」，那麼詞序所指必然是外在人生現實，而此一現實又恆在時間的律動裡前進[59]。

　　在蘇軾編年詞中，寫題與小序有一百六十九首（〈據龍本〉）。比起以往詞家只寫下〈秋思〉、〈懷舊〉、〈溪橋寄意〉……東坡清楚的說明主題與創作時間、動機、背景、地點、事件使其成為作者與讀者之間的橋樑，在欣賞作品時能引發更廣闊的聯想。蘇軾此創舉，對於詞的普及，有其貢獻。再者如〈念奴嬌·大江東去〉，題目是〈赤壁懷古〉，不但使詞章本身生色，主題明確，也成為詞不可分割的一部分。或如〈江城子·夢中了了〉的小序，猶如短文，使讀者能直接感應其藝術特色與心理情思。如〈水龍吟·小舟橫截春江〉小序曰：「閭丘大夫孝終公顯，嘗守黃州，作棲霞樓，為郡中絕勝。元豐五年，余謫居黃，正月十七日，夢扁舟渡江。中流回望，樓中歌樂雜作。舟中人言：『公顯方會客也。』覺而異之，乃作此曲，蓋《越調鼓笛慢》。公顯時已致仕，在蘇州。」可見作詞之時間心情背景，更見東坡之交友與際會，彷彿是一片片生活鱗爪，使讀者得以藉此更貼近作品的聲音。

---

[59] 孫康宜《晚唐迄五代詞體演進與詞人風格》（臺北：聯經事業出版公司，1994 年 6 月），頁 197。

（四）煉意鑄句的曲筆

作詞以立意深遠為要，以氣格崇高為尚，所謂「貴神情，不貴跡象」，「不著一字，盡得風流」，尤以能表現意境而無斧鑿之跡為高。東坡以才高，加以學養之富贍，故為文能如行雲流水行止自如。如〈卜算子〉以詠鴻自寫謫貶寂寞、〈和章質夫詠楊花詞〉曲盡其妙，寄意於詞，物我之間，交織融合。沈際飛《草堂詩餘》評此詞云：「讀他文字，精靈尚在文字裡面，此老見精靈，不見文字。」（《宋四家詞選箋註》引）意在言外，所以覺意味深長。又其「不恨此花飛盡，恨西園，落紅難綴」，「不恨」實是「有恨」，也在曲折中流露深情。

一詞之中，最能動人處當在一二小句，全篇意境因而點出，尤以發端能先聲奪人，結句使言盡而意無窮。沈祥龍《論詞隨筆》云：「詩中發端，唯詞亦然，長調尤重。有單起之調，貴突兀籠罩，如東坡大江東去是。有對起之調，貴從容整鍊，如少游山抹微雲，天粘衰草是。」對起之句東坡詞中如「為米折腰，因酒棄家。」（〈哨遍〉）從容整鍊而「似花還似非花」（〈水龍吟〉）起句便能收先勢得人之效。鍾應梅《紫園說詞》云：「起句即故作迷離，亂人耳目。」劉熙載《藝概》亦云：「此句可作全詞評語。」

又「歸去來兮」〈滿庭芳〉起句由思歸興歎，後寫黃州人事，異乎先述後感的寫法，而更能警切動人。以結句言，鄭文焯評〈水龍吟〉云：「煞拍畫龍點睛，此亦詞中一格。」（《東坡樂府箋》引）「細看來不是楊花，點點是離人淚」既結前文說花擬人，又收花入流水，隨風尋郎，於法極密，而情意深遠。張炎《詞源》云：「東坡楊花詞，春色三分，二分塵土，

一分流水，平易中有句法。」看似平實卻情致盎然，正源於煉意於平易，鑄句於曲折。

（五）靈活生動的修辭

「詞的『詩的』用法使模稜兩可性成為詩歌的主要特徵。」[60]為表現詞的多重美感，營造出豐富的彈性，東坡將詩的濃密融入詞中，以暗示、排句或各種靈動的字詞，呈現視覺聽覺空間上的活潑；或以設問、擬人使物我相溶，強化心緒：

1. 疊字　翻空白鳥時時見，照水紅蕖細細香（〈鷓鴣天〉）。渺渺孤鴻影（〈水調歌頭〉）。何時忘卻營營？（〈臨江仙〉）。

2. 重複　也無風雨也無晴（〈定風波〉）。歸去來兮，吾歸何處，萬里家在岷峨（〈滿庭芳〉）。

3. 對句　君是南山遺愛守，我為劍外思歸客（〈滿江紅〉）。身外儻來都似夢，夢裡無何即是鄉（〈十拍子〉）。一點浩然氣，千里快哉風。

4. 排比　十分酒，一分歌（〈少年遊・銀塘朱檻麴塵波〉）。點點樓頭細雨，重重江外平湖（〈西江月・點點樓頭細雨〉）。

5. 設問　歸去來兮，吾歸何處？（〈滿庭芳・歸去來兮〉）試問夜如何？夜已三更（〈洞仙歌〉）。世事一場大夢，人生幾度秋涼？（〈西江月・世事一場大夢〉）

6. 頂針　莫道狂夫不解狂，狂夫老更狂（〈十拍子・白酒新開九醞〉）。終不羨人間，人間日似年（〈菩薩蠻・風迴仙馭

---

[60] 特倫斯・霍克斯著，瞿鐵鵬譯《結構主義和符號學》（上海：上海譯文出版社，1987年），頁63。

雲開扇〉)。

7. 擬人　縹緲孤鴻影　揀盡寒枝不肯棲(〈卜算子〉)。

8. 倒裝　多情應笑我——應笑我多情故國神遊——神遊故國(〈念奴嬌〉)。

9. 回文　別時梅子結　結子梅時別(〈菩薩蠻〉)。

10. 虛字　噫　歸去來兮(〈哨遍〉)。

11. 散文句　起來攜素手(〈洞仙歌〉)。千鈞重擔重頭減(〈漁家傲〉)。

12. 口語化　六隻骰兒六點兒(〈減字木蘭花‧天然宅院〉)。

13. 駢散交疊　亂石崩雲，驚濤裂岸，捲起千堆雪。(〈念奴嬌‧大江東去〉)蘭修薦浴，菖花釀酒，天氣尚清和。〈少年遊‧銀塘朱檻麵塵波〉

(六) 清闊高遠的結筆

東坡「用情而不溺於情，賞物而不滯於物，沈摯之中有輕靈之思，纏綿之內具超曠之致。」整幅生命凸顯出「豁達」境界。尤其能從人生矛盾，感情的漩渦解脫出來，能在悲劇中參透人生世相，追求精神上理性的解放，使自我躍升到更高層次，所描寫的心靈境，也因此能使人「登高望遠」，此特色最能由詞收筆的哲思中見得，正如胡雲翼所評：「我們讀蘇軾的詞，看他縱筆之所至，如行雲流水，橫溢奔放，語意無窮，曲終猶覺天風海雨逼人。」如：

揀盡寒枝不肯棲，寂寞沙洲冷。(〈卜算子‧缺月挂梧桐〉)

> 回首向來蕭瑟處，歸去，也無風雨也無晴。(〈定風波‧
> 莫聽穿林打葉聲〉)
> 人生如夢，一尊還酹江月。(〈念奴嬌‧大江東去〉)

　　東坡寫詞，實寫自己。詞是他的生活日記，詞容納情的特
質讓東坡一瀉無止的傾訴其對生命之愛、江山之情。然而命運
對於東坡，不幸的考驗接踵而來，透過對生的種種悲歡，對無
常的百般無奈，東坡在人生風景之中，看盡人生真相。藉由溢
詞聲情，他寫下超越個人而與歷史結合的了然，與自我堅持的
信念，使我們在他的詞作裡，得以看到許多在景語、情語之
中，畫龍點睛的理語。不論「萬事到頭總成空」的喟嘆，或
「長恨此生非我有，何時忘卻營營？」的自問，都清楚的呈現
其精神境界上的反思後徹悟的理趣。

（七）虛實轉換間建構意境

1. 情景間的實虛

　　如〈臨江仙〉具體敘事──泛以抒情：醉而夜歸──倚杖
聽江聲──營營我身之束──小舟從此逝，江海寄餘生，可見
東坡急於脫離現實之心。「江片際天，風露浩然，有當其意，
乃作歌辭。」[61]全篇以敘事轉入抒情，而抒情中所營造的「小
舟」、「江海」等幻境，似有若無，情景互見蘊含虛實。

---

[61] 葉夢得《避暑錄話》卷上。

2. 空間上的虛實

如〈念奴嬌・赤壁懷古〉由眼前所見實景──浮現英雄爭
戰的赤壁──總括一時多少豪傑的千古悠想，在虛實交錯的描
寫過程中，東坡形象思維已超越時空，也以代表其將由「物
內」，超脫到「物外」的心路歷程。

3. 時間上的虛實

昔今對比呈現空間與時間的廣大，使橫漫其間的情思得以
有迴旋的憑藉，如「當年戲馬會東徐，今日悽涼南浦」（〈西
江月〉）。眼前「落日繡簾捲，亭下水連空」之景，與「長記平
山堂上，欹枕江南煙雨」（〈水調歌頭〉）的回憶鏡頭，將快哉
亭與平山堂融為一體。

4. 表裡間的實虛

如詠物詩〈水龍吟〉從表層結構上看是實寫楊花，但「詠
物即詠懷，」通過物象情態的描寫，往往折射出人心靈的思
維。「春色三分，二分塵土，一分流水。」拍點題的三句「畫
龍點睛」之語中[62]，有「落紅難綴」之恨，更有離人之淚。在
楊花與女子主客體融合孤寂落寞的幽怨中，其實也隱含東坡作
者身世的感發。

蘇軾認為作家主體情性的體現是文藝創作的根本動因和上
乘境界，是以論書之言道：「我書意造本無法，點畫信手煩推
求。」又說：「天真爛漫是吾師」應之於其詞，主張以詩入

---

[62] 鄭文焯手批《東坡樂府》。

詞，正是為發展詞的抒情性，使由專寫兒女相思或豔情的小道，走向嬉笑怒罵皆可入詞。因此他秉持「用意欲深，放情需遠」的原則，使其逍遙情懷見之於詞。

在「真」的基點上，東坡以自己的語調、句法，採虛實結合的藝術方式，表現自己真實的感情、性格，因此在謀篇運辭中，有不羈之放語，平俗狂野；也有應景借物抒情的隱約深微。

陳廷焯《白雨齋詞話》：「東坡詞寓意高遠，運筆空靈，措語忠厚，其獨至處。」由於蘊之胸中的情性豪氣，使東坡隨手拈來，句句有其個人熱情的生命力，不待思慮而工，不待雕琢而麗，情動於中而形於言，臻於自然天成之境。實虛跌宕裡橫生姿韻，潑墨揮灑中酣暢淋漓，特別是其寫志寫思的哲理妙悟，在濃厚醇美的結筆中留下嫋嫋餘音，讓千百年後的讀者，與之神遊。

六、結語

蘇東坡以琴棋書畫詩文詞之全能之士，洋溢的才情使他藉不同文體作為表達自我的工具，而在每個領域間縱橫自如，奇鋒銳出。於詞中，他不僅以詞寫自我情性，以自我超曠胸襟，智慧充實詞的內容，使詞思交融並「以詩入詞」，使其文人詞展現出不同類型：無論新麗雅婉、纏綿嫵媚、開朗急躍、曠放清俊都因詞情蘊藉，而姿態橫生，在婉約中呈現超曠，於「天風海嘯之曲」中卻有含有「幽咽怨斷之音」。

儘管李清照譏東坡詞「皆句讀不葺之詩耳。」陳師道云：

「子瞻以詩為詞，如教坊雷大使之舞，雖極天下之工，要非本色。」[63]卻不可掩其擺脫綺羅香豔之態開展超邁雄渾，豪曠蘊理之風。

宋‧胡寅〈題酒邊詞〉云：

> 眉山蘇氏，一洗綺羅香澤之態，擺脫綢繆宛轉之度，使人登高望遠，舉首高歌，而逸懷浩氣，超然乎塵垢之外。

再者，東坡不拘格套的表現手法，或以詩或以文入詞，在鋪陳直敘中使詞所含蘊的內容更飽和，響亮的音域與其胸懷個性密切契合，在意境上呈現廣闊的空間與氣勢。宋劉辰翁〈辛稼軒詞序〉：「詞至東坡，傾蕩磊落，如詩如文，如天地奇觀。」

經過杭州密州時由嘗試而開拓的創作實踐，東坡詞於黃州達詞作質量的高峰，並能自然地用詞抒寫用世之志與曠達襟懷[64]。如「莫聽穿林打葉聲」（〈定風波〉）委婉表謫心境，又有超曠之情，無官一身輕的自得。「夜飲東坡」（〈臨江仙〉）夜飲東坡，有感而發「江海寄餘生」但仍活在現實中「大江東去」（〈念奴嬌〉），以至將要離黃移汝所寫的「歸去來兮」（〈滿庭芳〉）、「寂寞沙洲冷」（〈卜算子〉）主觀心境，孤鴻、幽人形象都表現此期獨特之意境。

對東坡而言，詞是反映生命美學經驗的最佳工具，它不僅讓想像力馳騁其中，還藉創作過程把生命和藝術融為一體，在體現自我的間架裡詮釋生命。是以詞到東坡，因為審美理性的

63　見《苕溪漁隱叢話‧前集》卷 42 所引。
64　葉嘉瑩〈論蘇軾詞〉，《唐宋詞名家論集》，頁 161。

表現，使詞的境界內容提升，又以其才情而博大[65]。受挫後的黃州生活，與體驗人生悲苦之感，在其哲人式的習性與思考下，除在詞中表現個人對生命省視外，更以超然之姿，俯瞰社會人生風雲變幻，真情至性的融入與才華學藝的橫溢，使其詞蘊含豐富藝術感染力。黃州詞中呈顯東坡用世之心志與超曠之襟懷隨境而生，因心而遷的生活態度、情思而呈現獨特風格，也因為有我濃厚的色彩注入詞中，有個人哲理妙悟，使東坡詞像立體的鑽石折射出瑰麗而多變的光茫。

---

[65] 周頤《蕙風詞話》卷 3〈劉文靖詞樸厚〉條：「文忠詞，以才情博大勝。」收入《蘇詞彙評》，頁 294。

參考書目

唐玲玲　東坡樂府研究　巴蜀書社　1992.

石聲淮、唐玲玲　東坡樂府編年箋注　華正書局　1993.8

龍沐勛　東坡樂府箋　華正書局　1990.3

劉石　東坡詞研究　文津出版社　1992.7

曾棗莊、吳洪澤　蘇辛詞選　三民書局　2000.11

王隆升　宋詞的登望意識與境界　文津出版社　1998.9

孫立　詞的審美特性　文津出版社　1995.2

葉嘉瑩　唐宋詞十七講　桂冠圖書有限公司　2000.2

葉嘉瑩　唐宋詞名家論集　桂冠圖書有限公司　2000.2

唐圭璋等撰寫　唐宋詞鑑賞　五南圖書公司　1991.6

楊海明　唐宋詞主題探索　麗文文化公司　1995.10

曾棗莊、曾濤編　蘇詞彙評　文史哲出版社　1998.5

張宗橚輯　詞林紀事　河洛圖書出版社　1975.3

顏崑陽　蘇辛詞　臺灣書店　1998.3

趙崇祚編　宋紹興本花間集　鼎文書局　1974.10

王幼安校　人間詞話蕙風詞話　河洛圖書出版社　1975.10

中國語文學社編　唐宋詞研究論文集　1969.9

孫康宜著，李奭學譯　晚唐迄北宋詞體演進與詞人風格　聯經
　　出版事業公司　1993.

劉熙載　藝概　金楓　1986.12

蘇軾文集　中華書局

蘇軾詩集　中華書局
何文煥編訂　歷代詩話　藝文印書館

K083

凝視古典美學——高中古文鑑賞篇

作　　者　陳嘉英

發 行 人　陳滿銘
總 經 理　梁錦興
總 編 輯　陳滿銘
副總編輯　張晏瑞
編 輯 所　萬卷樓圖書(股)公司
印　　刷　百通科技(股)公司

發　　行　萬卷樓圖書(股)公司
臺北市羅斯福路二段 41 號 6 樓之 3
電話　(02)23216565
傳真　(02)23218698
電郵　SERVICE@WANJUAN.COM.TW
大陸經銷
廈門外圖臺灣書店有限公司
電郵　JKB188@188.COM
香港經銷
香港聯合書刊物流有限公司
電話　(852)21502100
傳真　(852)23560735

ISBN 957-739-533-3

2017 年 6 月初版三刷
2010 年 5 月初版二刷
2005 年 9 月初版一刷

定價：新臺幣 320 元

如何購買本書：
1. 劃撥購書，請透過以下帳號
　　帳號：15624015
　　戶名：萬卷樓圖書股份有限公司
2. 轉帳購書，請透過以下帳戶
　　合作金庫銀行 古亭分行
　　戶名：萬卷樓圖書股份有限公司
　　帳號：0877717092596
3. 網路購書，請透過萬卷樓網站
　　網址 WWW.WANJUAN.COM.TW
大量購書，請直接聯繫，將有專人
為您服務。(02)23216565 分機 10

如有缺頁、破損或裝訂錯誤，請寄
回更換

國家圖書館出版品預行編目資料

凝視古典美學——高中古文鑑賞篇 /
陳嘉英著
　-- 初版. -- 臺北市：萬卷樓, 2005.09
　面；　公分
ISBN 957-739-533-3(平裝)

1.中國語文-讀本　2.國文-讀本

802.84　　　　　　　　　94013351